EXCALIBUR

Herausgegeben von
Melissa Andersson
und
Gerd Rottenecker

Jane Welchs *Runenzauber-Saga* im Droemer Knaur Verlag:

1. Die Drachenfestung (70133)
2. Das Auge des Druiden (70134)
3. Die Nebel von Farona (70135)
4. Der Drachenstein (70136)
5. Das Schwert der Morrigwen (70137)
6. Der See der Tränen (70138)

Weitere Bände in Vorbereitung

Jane Welch

RUNENZAUBER

III

Die Nebel von Farona

Ins Deutsche übertragen von
Jörn Ingwersen

Knaur

Die englische Originalausgabe erschien 1996 unter dem Titel
»The Lost Runes, Chapters 1–18« bei HarperCollins, London

Deutsche Erstveröffentlichung 4/99

Umschlagkonzept: Melissa Andersson
Umschlaggestaltung: Agentur Zero, München
Umschlagillustration: Doug Beekman/
Agentur Thomas Schlück, Garbsen
Karte: Dieter Jüdt, Trier
Lektorat: Ralf Reiter
Satz: Ventura Publisher im Verlag
Druck und Bindung: Clausen & Bosse, Leck
Printed in Germany
ISBN 3-426-70135-9

4 5 3

Für Harriet, in grenzenloser Liebe.
Danke, daß du so perfekt bist.

Und für meinen Mann Richard,
dessen liebende Hand mir geholfen hat,
diese Seiten zu gestalten.
Danke, daß du da bist –
auf jedem Schritt unseres Weges.

KARTEN

NAHENDE EISDECKE
DIE NOMADENSTEPPE
DAS HORN VON VAAL-PEOR
SOMMER FLÜSSE
DRACHEN WÜSTE
DIE DREI SCHWARZEN TEUFEL
LANDES-GRENZEN
GRENZEN DER BARONIEN
STRASSEN, WEGE UND PÄSSE
BARONIE VON TORRA ALTA
KEILER WALD
TORRA ALTA
BARONIE VON JOTUNN
GUT JOTUNN
SILBERFLUSS
BARONIE VON NATTARDA
BARONIE VON OVISSIA
HIRSCH WALD
WIGLAFS LANDSITZ
BLENHAM
FARONA
GRANHAM
DER DORS
BELBIDIA
BARONIE VON PISCERA
BARONIE VON FARONSHIRE
BARONIE VON QUERTOS
ISTHMUS
BARONIE VON CALDEA
GORTA
ILDROS
TARTRA
NEBELKÜSTE
HESPERA
DER HAKEN
DIE FERNE INSEL
DER KAMM VON OPHIDIA
caballische
DER SPIESS
ophidia
TOTE GÖTTER

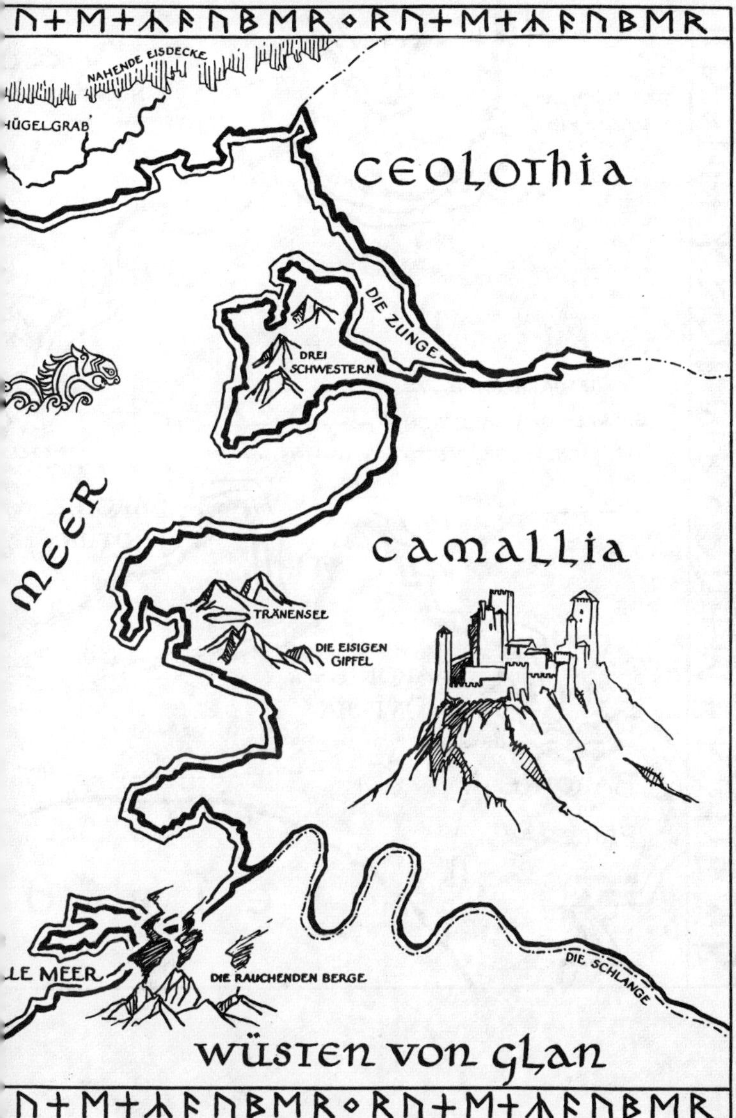
NAHENDE EISDECKE
ÜGELGRAB
Ceolothia
DIE ZUNGE
DREI SCHWESTERN
Meer
Camallia
TRÄNENSEE
DIE EISIGEN GIPFEL
LE MEER
DIE RAUCHENDEN BERGE
DIE SCHLANGE
Wüsten von Glan

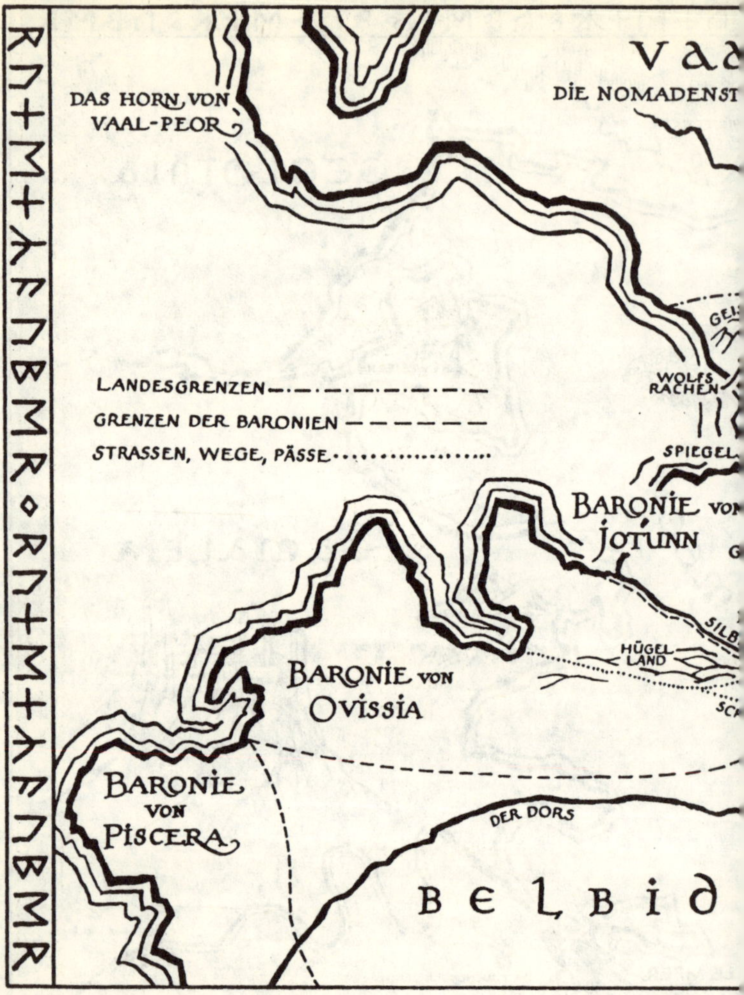
DAS HORN VON VAAL-PEOR
LANDESGRENZEN
GRENZEN DER BARONIEN
STRASSEN, WEGE, PÄSSE
WOLFS RACHEN
JOTUNN
HÜGEL LAND
BARONIE VON OVISSIA
BARONIE VON PISCERA
DER DORS

aka
ACHENWÜSTE
SOMMERFLÜSSE
RIGWENS
ÜTTE
USS
KEILER WALD
DER PASS
TORRA ALTA
BARONIE VON TORRA ALTA
CABALLISCHES MEER
TUNN
HIRSCH WALD
BARONIE VON NATTARDA
WIGLAFS LANDSITZ
GROSSE
BLENHAM
NORD-
FARONA
BARONIE VON FARONSHIRE
SÜD-STRASSE
a

PROLOG

Ein Keil aus Sonnenlicht wanderte durch die Turmkammer, durchschnitt die trübe Finsternis und fiel auf den Altar.

Dunkles Blut schoß aus der Kehle eines Kalbs. Es spritzte zwischen den Fingern des Hexers hervor, sprudelte in den Kelch, bis dieser überlief, dann rann es über den Stein. Ein Hackbeil spaltete den pulsierenden Brustkorb des Tieres, und Finger suchten einen Weg in die blutende Höhlung, um das pochende Herz herauszureißen. Feierlich legte der Hexer es auf den Altar, wo es kraftlos in seiner blutigen Lache lag.

Neben dem Herzen spreizten zwei Dolche die Flügel eines kopflosen Huhnes auseinander, dessen Leib quer durchs Gedärm aufgeschlitzt war. Der Hexer rührte in den verschlungenen Eingeweiden und nahm die Leber heraus. Er schlitzte das dunkelrote Herz des Kalbs mit seinem Dolch auf und stopfte die Leber hinein. Die Finger zitterten ihm fiebrig von seinen magischen Künsten, als er in einen Beutel griff und eine Handvoll Knochen nahm, von denen jeder mit magischen Zeichen versehen war. Die Knochen des heiligen Hasen klapperten über den Opferaltar, bildeten ein Muster im Blut. Mit gelehrter Ruhe sah er sich an, wie die Knochen gefallen waren.

Ein schwerer, plumper Mann stand neben dem Hexer, und Speichel sabberte von seinen formlosen Lippen, während er das überflüssige Gedärm betastete. Während er mit seinen fleischigen Füßen in den Eingeweiden stand, machte sich der tölpelhafte Mann daran, mit einem Küchenbeil auf den Hals des Kalbs einzuhacken, in dem linkischen Versuch, den Schädel aufzuspalten.

Vier Mondsteine waren den vier Winden entsprechend ausgelegt worden, und ein silbriges Schillern ergoß magische

Kräfte in den verriegelten Raum. Ihre Energie kochte und zischte auf dem blutigen Altarstein.

Der Hexer rollte den Ärmel seines linken Arms auf und zog sein blutiges Messer vorsichtig über die stramme Haut seines Unterarms. Die Haut sprang auf, und er ließ das frische Blut in einer Spirale an seinem Arm herunterlaufen, bis es sich an seinen Fingern teilte und von den Nägeln auf das Herz des Kalbs und über die Orakelknochen tropfte. Grotesk klaffte die frische Wunde zwischen den alten, schwarzen Narben früherer Schnitte.

Sorgsam nahm er eine Locke kastanienbraunen Haars aus einem Beutel aus Kranichhaut – des alten Vogels der Weissagung. Er hielt das Haar zwischen den ausgestreckten Fingerspitzen, verzog das Gesicht, als würde er von glühenden Kohlen versengt. Wie eine Feder ließ er die Locke schweben, bis sie sich mit den Innereien und dem Opferblut vermischte, wobei das Haar das Blut aufsog und sich verdunkelte. Er drehte die Locke zu einem Band, dann verflocht er sie mit dem Gedärm des Huhns und legte den Zopf kreisförmig ums Herz.

»Vaal-Peor, Gott des Schreckens, Gott des Untergangs, Gott der Vernichtung, höre mich an. Ich werde dein Volk durch die Tore von Torra Alta führen, ich werde die Mauern untergraben, ich werde den Felsen schwächen und dir zeigen, wie man ihn erobert, aber wir müssen die Festung vernichten. Sie muß vernichtet werden!«

Eisige Luft fuhr heulend durch die Schießscharte, blies die Kerzen aus und riß ihm den Umhang vom Rücken. Der Wind warf den Kelch zu Boden, vergoß das Blut auf dem Altarstein, so daß es übers Kalbsherz lief und das Heft des Opferdolches überzog.

»Wir müssen sie töten, wir müssen sie töten. Cailleach, meine Verbündete, warum bringst du mir keine Neuigkeiten? Dunnock, du elender, kleiner Priester, warum kehrst du von deinem Auftrag nicht zurück? Habt ihr mich denn alle verlassen?« Er rollte vor wahnsinnigem Zorn die Augen. »Ich habe euch allen soviel versprochen. Armer, frommer Dunnock, ich habe dir versprochen, wir könnten Belbidia von den letzten Hexen befreien, welche den üblen Kult der Mutter am Leben halten. Cailleach, ich habe dir Macht und die Freiheit versprochen, deinen bösen Willen durchzusetzen. Und Vaal-Peor, dir habe ich den Untergang Torra Altas versprochen. Warum hat sich bisher niemand an unsere Vereinbarung gehalten?«

Flehentlich fiel der Hexer auf die Knie. »Großer Vaal-Peor, sie liegt in deinem Schoß. Warum kannst du sie nicht töten? Warum nur?« Kurz sank sein Kopf gequält herab, dann riß er ihn ruckartig hoch, und die Muskeln seines Unterkiefers spannten sich.

Mit hemmungslosem Haß starrte er die kastanienbraune Locke an. »Einst dachte ich, ich hätte dich getötet. Einst dachte ich, ich hätte meine Mutter endlich doch gerächt, doch nein. Noch immer bist du mit den Bischöfen des Neuen Glaubens verschworen, die dich verachten und verabscheuen, um mich klein zu halten, damit die Welt mich schmäht. Ich werde nicht zulassen, daß man mich verschmäht!«

Wütend hieb er wiederum auf seinen Arm ein. »Ich bin ein Mann. Warum solltest du, schwache Frau, vor mir verehrt werden? Du hast meine Mutter getötet, damit du, Hexe, alle Macht an dich reißen konntest. Du hast sie getötet, damit man dich dazu erwählt, dich über mich zu erheben, um meinen Namen und meine Ehre zu zerstören. Ich werde Rache nehmen!«

Er schlug mit der Stirn an den Altarstein, und Blut verschmierte seine angespannte Miene. »Großer Gott, Vaal-Peor, der du hungrig nach der Welt und ihrer Verehrung bist, der du dir wünschst, daß Nationen vor dir zittern, ich kann dein unbedarftes Volk wohl führen. Ich habe das Wissen und die tiefere Einsicht. Ich will dieses Volk führen und dir die Welt öffnen. Ich bitte dich nur, sie zu töten. Du mußt sie töten!«

Sein Zorn wurde zu einem Kreischen, und in Krämpfen sank er zu Boden, schlug um sich, daß Kelch, Kerzen und Opferdolche zu Boden fielen. Er warf den Kopf in den Nacken, packte und drückte das Kalbsherz, ließ das Blut in seinen Mund tropfen, trank wie ein Wahnsinniger. Blut quoll zwischen seinen Zähnen hervor und tropfte aus den Mundwinkeln.

»Vaal-Peor wird auf der ganzen Welt verehrt werden, und ich werde in seinem Namen herrschen. *Ich* werde herrschen, nicht der barbarische Morbak mit seinen hirnlosen Kriegern. Ich allein werde herrschen: Ich bin der Herr.« Er wandte sich seinem törichten Gefährten zu, der freudig das Hirn aus dem Kalbsschädel zog und das graue Gewebe zwischen seinen Wurstfingern zerdrückte. »Wer bin ich?«

»Ihr seid der Herr.« Der begriffsstutzige Mann grinste dämlich über seine einstudierte Antwort. »Ihr seid der Herr. Alle werden Euch gehorchen.«

»Alle jene, die mich ihretwegen verschmäht und verlacht haben, werden sterben. Ihre Anhänger werden brennen. Die Hexen werden brennen, und die ganze Welt wird sich vor mir fürchten.«

Widerwärtiges Lachen rasselte aus dem westlichen Turm und mischte sich mit dem Gekrächz der Aaskrähen, welche die Turmkammer umkreisten.

KAPITEL 1

Hoch auf den zerklüfteten Klippen über der Schlucht fletschte eine einsame Wölfin ihre Reißzähne, die im Licht der Morgendämmerung schimmerten. Mit gespenstisch blauen Augen blickte sie in die fernen Tiefen der Schlucht unter ihr und knurrte die bewaffneten Männer an, die ihre junge Herrin begleiteten. Ihre nimmermüden Beine streckten sich auf dem felsigen Boden, als sie auf der Klippe hoch über ihnen auf und ab lief und dem Mädchen schützend folgte. Unruhig sah sie, wie sich die Gesellschaft weitgereister Reiter mit ihren stolpernden Bergpferden der hoch aufragenden Felsenspitze näherte, die den Eingang zur Schlucht beherrschte.

Von den stämmigen Türmen und eckigen Türmchen einer Grenzburg gekrönt, ragte der Felsenturm vom Grund der Schlucht auf, fast bis auf die Höhe der staubig gelben Gipfel, welche den Grabenbruch säumten. Die Wölfin hockte sich auf ihre grauen Hinterbeine und knurrte beim Anblick der alten Burg, deren Schatten die Schlucht verdunkelte, aus tiefer Kehle. Sie war der drohenden Festung und deren Garnison von Bogenschützen gegenüber argwöhnisch und wich in die zerklüftete Wildnis der Gelben Berge zurück. Ein Wolfspelz brachte in diesem Land viel Geld.

Die schäumenden Fluten des Silberflusses stampften durch die Schlucht, bevor sie in den finsteren Graben stürzten, der im langen, dunklen Schatten des Felsenturmes lag. Eine gepflasterte Straße ahmte den sich windenden Lauf des Flusses nach. Caspar reckte seinen Hals nach vorn, um dem Verlauf der Straße zu folgen, die sich durch den Fuß des Felsenturms bohrte und sich wie eine Spirale um dessen Stein wand. Sein Blick stieg auf, bis er die Basaltmauern der aufragenden

Festung sehen konnte, die dort nach dem Himmel griff. Hoch oben auf der Felsennadel wachte die herrschaftliche Festung über den nördlichen Paß nach Vaalaka.

Schon berührte die Morgensonne die Türmchen von Torra Altas höchstem Bau, während der Wind mit dem blaugoldenen Banner spielte, welches am Hauptturm flatterte. Er atmete tief ein, sog die kühle, frische Luft in sich auf.

»Daheim!«

Der Trupp grobknochiger Pferde trottete müde die Straße hinauf, die Köpfe vor Anstrengung gesenkt, als sie die steile Anhöhe erklommen. Caspar sah sich nach seinen sieben erschöpften Gefährten um, die in ihren Sätteln wankten. Die stämmigen Bergpferde schnauften müde, und nur das schlanke, schwarze Streitroß seines Vaters kaute ungeduldig an seiner Kandare, weil es seinen Stall witterte.

Sein Vater, Baron Branwolf, ritt voraus, neben Caspars jungem Onkel mit dem rabenschwarzen Haar, beide mit Schwertern und Dolchen behangen. Hinter ihm ritt ein kunterbunter Trupp aus Bäuerinnen und Kindern aus dem Keilerwald, und immer wieder sah sich Caspar um, da er sichergehen wollte, daß sie nach wie vor allesamt in Sicherheit waren. Sein Blick fuhr über die Greisin, die junge Witwe und ihre beiden Kinder und ruhte dann einen Augenblick länger auf der verführerischen Schönheit der zarten Jungfrau in ihrer Mitte.

Mit Stolz sah Caspar auf, als sie sich dem Vorwerk näherten. Trompeten gellten durch die Festung, als der Mechanismus der großen Falltore knarrend in Bewegung kam und Ketten über die riesigen Zahnräder klapperten. Das gigantische Gitter stand gähnend weit auf, und Jubel machte sich unter der eilig versammelten Garnison breit, als Baron Branwolf seinen Sohn und seinen jungen Bruder nach Hause brachte.

»Lord Branwolf! Master Spar! Master Hal!« wurde gerufen, während man Mützen und Handschuhe in die Luft warf.

KAPITEL 2

Im Hauptturm roch es vertraut. Die obere Halle, die der Familie des Barons vorbehalten war, wurde von einem mächtigen Holzfeuer gewärmt, das flackerndes, rotes Licht über die kunstvollen Teppiche an den Wänden warf. Am steinernen Boden lagen Binsen verstreut, die gemütliches Rascheln und süßlichen Duft verbreiteten, als die erschöpften Reisenden durch den Raum schritten. Drei Hunde sprangen auf und umkreisten die Gruppe, hießen ihre Herren mit peitschenden Schwänzen und Gejaule willkommen. Es schmerzte Caspar, daß Reißer nicht mehr unter ihnen war, und er schluckte fest, um seine Gefühle unter Kontrolle zu halten, als er an seinen treuen, alten Jagdhund dachte. Mit schwerer Faust schlug Branwolf auf die mächtige Eichentafel, die der Länge nach den Raum durchmaß.

»Speisen, Bier, frische Milch und von allem reichlich«, forderte er lakonisch, und mehrere Diener, die am Rande des Raumes gewartet hatten, hasteten eilig zur Küche. Der Edelmann mit dem schwarzen Haar und vereinzelten grauen Strähnen an den Schläfen zog einen mit Schnitzereien reich verzierten Stuhl zurück und nickte, daß man sich setzen solle. Lange war es her, daß eine Frau zum Rat des Barons gehört hatte; Caspar nahm zur Rechten seines Vaters Platz und dachte über die illustre Gesellschaft nach.

Hal, stets sein treuer Begleiter, saß auf der anderen Seite neben ihm, nickte verständig bei den verschiedensten Beschlüssen. Gwion, der von der Nachricht über seine Schwester nach wie vor vom Donner gerührt schien, hockte unruhig am vordersten Rand seines Stuhls. Schatzmeister und Schreiber des Barons hielten sich diskret von den anderen fern, saßen nachdenklich über ihren Notizen und schnitzten an ihren Federn, um den Blickkontakt mit den beiden seltsamen Frauen in ihrer Mitte zu meiden. Der hakennasige Hauptmann der Garnison, dem diese Gesellschaft ebenfalls nicht recht gefiel, hielt seinen Blick auf den Baron gerichtet, und nur gelegentlich sah er zu den beiden heidnischen Priesterinnen hinüber, die in stiller Gelassenheit darauf warteten, daß sie zu Wort kamen.

Während man darauf wartete, daß die Diener ein schlichtes Mahl aus Käse und Brot servierten, nahm der Baron die Gelegenheit wahr, sich danach zu erkundigen, was in letzter Zeit geschehen war. »Wie ist es Torra Alta in Eurer Obhut ergangen, Gwion? Hauptmann?«

Der lange Soldat sah den Priester an, dann wieder den Baron. »Wir haben die Lager bis an den Rand gefüllt. Der Bogenmacher hat sein Arsenal voll frisch befiederter Pfeile, und wir haben einige der Schwefelbrandsätze vorbereitet … Nur fürchte ich, die Zusammensetzung des Pulvers könnte vielleicht nicht ganz korrekt sein. Ohne Catrik …«

»Wie geht es Catrik?«

»Nicht gut, mein Bruder.« Der Priester rang seine schlanken Hände. »Ich habe stündlich für ihn gebetet, doch er wird täglich schwächer. Ich fürchte, er hat bei der Explosion unten in den Höhlen zuviel abbekommen.«

Branwolf nickte, nahm die ernste Nachricht traurig auf.

Hal und Caspar tauschten düstere Blicke. Catrik war ein beliebter, verläßlicher Mann.

»Als wir von der Zahl der Vaalaker hörten, haben wir dem König eine Nachricht gesandt und ihn um Verstärkung ersucht. Er will sie uns aber nicht geben, sondern sagt, seine Armee müsse nordwärts ziehen, um den Wolfsrachen zu bewachen. Er fügt hinzu, daß seine kampfbereite Armee in Friedenszeiten nicht groß sei und er uns nur ein paar Freibauern von den Feldern schicken könne, die wahrscheinlich nur wenig dazu beitragen könnten, den vaalakischen Angriff abzuwehren«, faßtc Gwion die Worte des Königs vorsichtig zusammen, dann betrachtete er mit seinen blaßblauen Augen die Gesichter, die im Kerzenlicht flackerten. »Ich fürchte, wir sind erheblich in der Unterzahl.«

Die ungleiche Versammlung war beunruhigt. Die beiden Frauen saßen am gegenüberliegenden Ende der Tafel, während Gwion nervös an seinem Ärmel zupfte und die in ihm widerstreitenden Empfindungen nicht verbergen konnte. Erneut wandte er sich seinem Schwager zu, konnte sich nicht beherrschen und begann, klagend zu heulen: »Sie ist lebendig im Eis gefangen? Meine Schwester, meine liebe Schwester. Oh, mein Gott, sei ihr gnädig.«

Branwolf schloß seinen Schwager fest in die Arme, wollte ihn über Keridwens Schicksal hinwegtrösten. Es war das erste Mal, daß sie nicht unter Beobachtung der ganzen Garnison standen, und erst jetzt konnten sie ihren wahren Gefühlen freien Lauf lassen, ohne die Kampfmoral der Burg zu schwächen.

Hal hustete, verlegen ob dieser Zurschaustellung männlicher Gefühle. Branwolf schüttelte sich, und seine Miene wurde hart gegen den Schmerz, während Gwion die Hände rang und seinen Kummer nicht für sich behalten konnte.

»Nur das Ei des Druiden kann sie retten«, verkündete Morrigwen sachlich. Ihr Gesicht war ungerührt. Es schien, als hätte sie ihre Gefühle tief in der Seele eingeschlossen, um zu verhindern, daß sie ihr körperliche Beschwerden bereiteten.

»Das Druiden-Ei.« Gwion zitterte. »Aber, Herr im Himmel, es ist ein fürchterliches Ding von immenser, heidnischer Macht. Wir können es nicht auf die Welt loslassen.«

»Wir können, und wir müssen … um Keridwens willen, um Torra Altas willen, um unser aller willen.«

»Auch wenn es die Auferstehung des Alten Glaubens bedeutet?« rief Gwion verzweifelt. »Es muß eine andere Möglichkeit geben.«

»Keine andere Möglichkeit«, ließ Morrigwens ruhige Stimme mit harter Entschlossenheit verlauten.

Caspar staunte, wie bereitwillig sich Gwion den Worten der Greisin beugte. Jedoch war er unter ihrem Dach erzogen worden, als sie sich auf dem Höhepunkt ihrer Macht befand, und daher empfand der Priester noch immer gesunden Respekt für ihre Weisheit. Als er sie kennenlernte, schien Morrigwen Caspar nur eine wertlose, alte Frau zu sein, deren Gelenke zu sehr schmerzten, als daß sie einen Spinnrocken einsetzen oder ein Spinnrad treten konnte, doch – wie er in den vergangenen Wochen erfahren hatte – waren ihre kritische Wahrnehmung und ihr erstaunliches Wissen nicht zu unterschätzen.

Stirnrunzelnd betrachtete Hal den Kaplan und stieß Caspar an, flüsterte ihm ins Ohr: »Man sollte glauben, Gwion würde für seinen großen Gott etwas mehr Einsatz zeigen.«

Caspar zuckte mit den Achseln, aber Hals indiskretes Murmeln war ans Ohr des Priesters gedrungen.

»Zweifle nicht an meinem Glauben, Master Hal. Ich werde auch weiterhin das Wort des Einzig Wahren Gottes predigen und dafür sorgen, daß meine Schäfchen nicht die wilden, primitiven Gewohnheiten der heidnischen Kulte wiederaufnehmen. Aber im Gegensatz zu gewissen jungen Männern, die in den Heiden bloße Zauberkünstler sehen, habe ich ihre Macht kennengelernt und verstehe die Kräfte, von denen sie zehren. Nur glaube ich nicht, daß wir uns auf die grundlegenden Mächte der Natur berufen sollten, um unser Schicksal zu gestalten. Ich glaube, wir sollten fromm sein und die Wege des Herrn studieren. Dann mag er uns gnädig sein. Wir sollten uns bemühen, seinen Wegen zu folgen und den Krieg zu meiden. Er steht darüber, sich in unsere sündigen Zankereien einzumischen, und kämpft die Kriege der Menschen nicht: Er ist ein Gott des Friedens und der Gnade.«

»Sagt das den Inquisitoren, wenn sie unschuldige Frauen auf dem Scheiterhaufen verbrennen«, murmelte Brid verbittert.

»Und wenn allein Torra Alta auf dem Spiel stünde, würde ich dieses Tun nicht gutheißen«, fuhr Gwion fort. »Ich würde predigen, daß wir die heidnischen Frauen mit ihrer Teufelsanbetung hinauswerfen. Aber ich bin nur ein Mensch, ein schwacher und verführbarer Mensch. Gnade mir Gott, ich heiße diese Frau willkommen, denn obwohl sie eine von denen ist und ihre Seele an den Teufel verlorenging, will ich doch meine Schwester wiederhaben. Ich würde meine Seele verkaufen und sie für alle Ewigkeit in der Hölle brennen lassen, um sie aus ihrer Qual zu retten. Sie ist meine einzige Verwandte. Ich erinnere mich nicht an meinen Vater, doch bevor meine Mutter kurz nach Keridwens Geburt starb, hat sie mir abgerungen, daß ich sie beschütze und – so gut ich kann – für sie sorge. Ich war noch ein kleiner Junge, aber ihre Worte verfolgen mich. Als Gottesmann hätte ich diese Frauen verbrennen lassen sollen, aber als einer unter vielen Verzweifelten heiße ich sie willkommen, denn nur sie können meine Schwester zurückbringen.«

Schweigen machte sich im Raum breit, und die Männer rutschten unbehaglich auf ihren Stühlen herum, betrachteten die Astlöcher in der hölzernen Tafel, während sie die traurige Geschichte des Priesters verdauten.

Branwolf durchbrach das betretene Schweigen. »Als Adel von Torra Alta hat meine Familie dem Gott schon seit Generationen gehuldigt, während es dem Volk freistand, dem Alten Glauben anzuhängen. Doch meiner Meinung nach hat der Einzig Wahre Gott nie irgendwas für Torra Alta getan. Ich hätte vor all den Jahren auf meine Frau hören sollen.« Er klang verbittert. »Er hat nur meine Männer beim Bau dieser feudalen Kathedrale verschwendet, meine Ressourcen in goldene und marmorne Böden und sogar bestickte Kniebänke vergeudet. Habt Ihr eine Ahnung, wieviel der Seidenfaden für tausend Kniebänke kostet?« Er hob seine dichten Augenbrauen und betrachtete die Gesichter um ihn. »Ich kann mich nicht dazu durchringen, mir diese Zahlen anzusehen. Wie Catrik sagte: Welch ein Preis für eine Stute, wenn man den Hengst verkaufen muß, um sie zu besitzen. Waffen wurden geopfert. Bogenmacher, die Bögen hätten schnitzen sollen, lernten, Wasserspeier für die Kathedrale zu meißeln. Wir sind eine Grenzgarnison, und wir haben unsere Pflichten vernachlässigt. Ich muß diese Burg verteidigen, und ich muß meine Frau suchen. So lauten meine Prioritäten, und für beides müssen wir das Druiden-Ei finden.« Er wandte sich der krummen Greisin in ihrer Robe aus mystischem Grün zu. »Morrigwen, wir haben uns zurückgezogen, um über diesen Talisman zu beraten. Sagt uns, was wir tun müssen.«

Sie hielt eine Hand an ihre Lippen und hieß ihn schweigen. »Wir dürfen von diesen Dingen nur mit Ehrfurcht sprechen und wachsam auf die bösen Geister achten, die dieses Wissen für sich selbst verwenden wollen.« Ihre leise Stimme und die argwöhnischen Blicke schickten Caspar einen Schauer über den Rücken, als er Bilder von Kobolden beschwor, die im Dunkel lauerten, das von flackernden Kerzen durchbrochen wurde. Er wußte, daß es nur seine Phantasie war, doch selbst die Form eines Stuhlschattens, der sich an die Wand kauerte, sah wie ein Dämon aus. Er schüttelte sich, versuchte, sich von der Furcht zu befreien, daß die Magie, an der sie sich zu schaffen machten, sie in den Einflußbereich des Teufels brachte.

Schweigend huschten die beiden Priesterinnen durch den Raum, löschten die Kerzen und zogen die Vorhänge von den schmalen Fenstern, so daß nur das Mondlicht durch die Schießscharten den Raum erhellte. Gemeinsam standen sie im

Licht des Mondes, das alle Farbe aus ihrem Haar wusch und nur die Umrisse ihrer Gesichter deutlich erkennen ließ.

»Wir dürfen nur heiliges Licht haben, das unsere Worte weiht und unsere Geheimnisse vor den bösen Seelen dieser Nacht beschützt«, erklärte Morrigwen geheimnisvoll. »Niemand spricht vom Druiden-Ei, ohne sich dabei in Gefahr zu begeben.«

Caspar legte seine Hand an die Brust und tastete nach dem Mandala aus Haselnußholz, das Morrigwen ihm gegeben hatte. Es pochte auf seiner nackten Haut. Ein Gefühl von Kraft und spiritueller Nähe wallte um ihn auf. Er hoffte, es wäre nur seine blühende Phantasie, obwohl Brid erklärt hatte, daß heidnische Sakramente wie Mandala, Schwert und Mondstein allesamt mit der zentralen Kraft verbunden waren, welche die Mutter ausströmte. Die Wurzeln der Haselnuß zapften die Seele der Mutter Erde an und verstärkten somit Ihren Klang, warnten vor Wesen, die gegen Sie arbeiteten, und hießen jene willkommen, die Ihr zur Seite standen. Im Moment konnte er die wachsende Kraft spüren, als die beiden Priesterinnen sich darauf vorbereiteten, ihre Energien zu sammeln.

Verstohlen schlug Morrigwen ihren Umhang um die Schultern und sprach mit leiser Stimme, flüsterte von einem vergessenen Land, in welchem fahler Sand vom Wind zu Dünen und bergartigen Kämmen aufgeweht worden war. Sie sprach von abgelegenen Höhlen, in die ein vergessenes Volk in alten Zeiten primitive Figuren geritzt hatte. Sie sprach vom Vogel Greif, von geflügelten Drachen und den geschuppten Kreaturen, die in den Spalten der unbekannten Welt lauerten, an dunklen, gottlosen Orten, in Düsternis und dem Schweigen dieser Welt, wie auch der nächsten. »Aber an keinem dieser Orte, so sehr der Mensch auch tausend Jahrtausende lang gesucht hat, länger als die Zeitrechnung, wurde das Druiden-Ei gefunden.«

»Und nur die Hüterinnen wissen, wo es ist«, sagte Gwion tonlos.

Erschrocken blickte Caspar auf und starrte seinen Onkel an, dessen Glatze, die von einem Kreis aus graubraunem, büscheligem Haar eingefaßt war, sich vor Bestürzung kräuselte. Seine Hände bewegten sich zielstrebig und voller Energie, während er seine Gebetsperlen bearbeitete. Es schien ein Widerspruch, daß ein Mann der Kirche über heidnische Traditionen Bescheid wissen sollte … aber natürlich! Immer wieder vergaß er, daß die Teile des Vexierspiels nun an Ort und Stelle lagen. Schon immer hatte er gewußt, daß Gwion der Bruder seiner Mutter war, doch erst in den letzten Tagen hatte er die wahre Identität seiner Mutter entdeckt: Sie war die meistverehrte Frau bei den heidnischen Gläubigen des Alten Glaubens. Gefühlsmäßig war er verwirrt. Es gab so vieles, was die Erwachsenen sein Leben lang vor ihm verheimlicht hatten. Selbstverständlich war Gwions Verwandtschaft mit einer heidnischen Priesterin etwas, das niemand erwähnte. Niemand hätte jemals zugegeben, als Heide erzogen worden zu sein, am allerwenigsten ein Mann, der das Wort des neuen Gottes predigte. Allerdings erklärte es, wieso er von diesem geheimnisvollen Ei wußte.

Die Greisin warf dem Kaplan einen kalten, harten Blick zu, tadelte ihn, daß er ihr ins Wort gefallen war. »Ja, Gwion, in der Tat. Um das Ei zu finden, müssen wir das Geheimnis der Hüterinnen und ihres Hexenkessels lüften, wenn auch der Kessel so geschmiedet ist, daß sein Muster nicht zu entziffern und seine Form nicht zu erfassen sind. Außerdem ist es nicht mehr sicher, daß die Hüterinnen ihn immer noch im alten Tempel der heiligen Stadt bewachen.«

»Ich kann Euch nicht folgen, Morrigwen«, sagte Branwolf höflich, wenn auch ungeduldig.

Die Jungfrau, deren schlanker Körper von Seide umhüllt

war, begann, mit feierlicher Stimme zu erzählen, doch einen Augenblick später nahm sie wieder ihren natürlichen Tonfall aus den Gelben Bergen an. »Als sich die Welt mit dem Aufstieg der bekleideten und werkzeugschwingenden Menschen veränderte, stahl der allererste Druide das Ei und versteckte es in einem vergessenen Land. Er bewahrte das Geheimnis in den Runen des Kessels, den er ›Mutterkessel‹ nannte. Das Geheimnis des Eis war derart grauenvoll, daß der Kessel in eine der vier heiligen Städte gebracht und im innersten Allerheiligtum eines Tempels unter dem Schutz der Hüterinnen verwahrt wurde. In all diesen Jahrtausenden haben allein die Hüterinnen den Kessel gesehen und die Runen gelesen. Der Druide wählte die nördlichste der vier Städte: Er wählte Farona, inzwischen die Hauptstadt von Belbidia und Sitz des Königs.«

»Du meinst, wir müssen nach Farona und direkt unter der königlichen Nase nach diesem heidnischen Artefakt suchen, das mit belastenden und offenbar ketzerischen Runen versehen ist?« fragte Branwolf ungläubig.

»Ganz so einfach ist es nicht«, erklärte Brid und sah dem imposanten Branwolf still und offen in die Augen. Caspar dachte, daß die meisten Menschen zurückschrecken würden, wenn sie dem hochrangigen Edelmann gegenüberstünden, wohingegen sich die Jungfrau trotz ihrer bäuerlichen Herkunft wie eine Königin benahm.

»Sie ist wirklich was Besonderes«, seufzte er.

»Sie sieht in dieser Seide aber auch besonders aus«, erklärte Hal. »Und ihre Haut im Mondlicht …«

Absichtlich verschob Caspar seinen Stuhl, kippte ihn leicht nach hinten, verkantete ihn dann strategisch. Vorsichtig ließ er den Stuhl vorn wieder herab und legte sein ganzes Gewicht hinein, um den Zeh seines Onkels zu quetschen.

»Au!«

Brid war zu gut für Hal. Es gefiel ihm nicht, daß sein Onkel eine Hohepriesterin behandelte, als wäre sie eines der Mädchen aus dem Hauptturm. »Oh, Hal, tut mir leid. War ich das?«

Brid nahm die beiden Jungen gar nicht wahr und fuhr fort: »Aber seit Rewik, der König von Belbidia und Lord von Farona, an die Macht gekommen ist und sich darangemacht hat, den Alten Glauben in seinem Reich mit Waffengewalt auszurotten, verstecken sich die Hüterinnen, genauso wie wir. Inzwischen quillt die Stadt vor Schreinen für diesen gestaltlosen Gott über, und wir glauben, daß der Kessel unter dem Schutt der Fundamente der alten Stadt verschüttet liegt, begraben unter den neuen Gebäuden. Irgendwo in den Ruinen müssen wir den Kessel ausgraben.«

Sie schwieg, ließ das Haar nach vorn über ihr Gesicht fallen, dann warf sie es hoch und fesselte den Hof mit ihrer singenden Stimme. »Überall in Belbidia gibt es nach wie vor Enklaven weiser Frauen, die das Jahrzehnt des Brennens überlebt haben und die letzten Fäden ihres Glaubens in Händen halten. Wenn wir die Ruinen des alten Tempels finden können, finden wir vielleicht noch jemanden, der uns tief hinunter in die Finsternis führen kann, um die heiligen Orte zu besuchen. Wir können nur hoffen, daß noch eine Hüterin übrig ist, die uns die Geheimnisse des verlorenen Kessels und dessen Runenbotschaft erklären kann.«

»Ich vermute, ihr wollt sagen, daß ich jemanden nach Farona schicken soll. Morrigwen, das ist Wahnsinn. Wenn der König jemanden bei einem solchen Akt der Ketzerei erwischt … Es ist undenkbar«, protestierte Branwolf.

»Wie auch die Vorstellung, Keridwen dort unten im Eis zu lassen«, rief ihm die Greisin grausam in Erinnerung. »Wir müssen vorsichtig sein, mehr nicht. Ihr müßt jemanden unter einem Vorwand zum König schicken und eine plausible Erklärung ersinnen, wieso ein Besuch der Großen Bibliothek vonnöten ist.«

»Was um alles in der Welt sollen wir in der Bibliothek?« wollte Hal wissen. »Ich dachte, wir müßten den Tempel finden.«

»Müssen wir auch. Aber Farona hat sich verändert. Der alte Tempel wird höchstwahrscheinlich irgendwo direkt unter den Fundamenten eines neuen Stadthauses, neuer Kasernen für die Inquisitoren oder vielleicht einer dieser neuen Asphaltstraßen liegen, wer weiß? Ihr werdet zur Bibliothek gehen und die städtischen Akten suchen müssen. Es muß Pläne geben, nach denen ihr zwischen der alten Karte und Rewiks neuer Architektur vergleichen könnt.«

»Du meinst, du hast keine Ahnung, wo man die Suche aufnehmen sollte?« warf Hal ein.

Die Greisin spannte ihre schmalen Lippen, zeigte ihre abgenutzten Zähne. Scharf atmete sie ein, bereit, den Jungen für seine Unverschämtheit zu tadeln, doch Brid zupfte an ihrem Arm, um sie zu beruhigen, und warf Hal einen bösen Blick zu.

»Es ist nicht ihre Schuld, daß der König die Stadt hat umbauen lassen«, verteidigte Brid die alte Priesterin. »Es ist nicht ihre Schuld, daß – während die riesige vaalakische Armee droht, unser Land zu schänden – der eifrige Glaube des Königs verhindert, daß wir uns angemessen verteidigen. Wir müssen diesen Kessel finden, aber von solchen Dingen zu sprechen oder auch nur davon zu wissen ist in den Augen des Königs Ketzerei und Hochverrat. Wenn man uns entdeckt, bedeutet das den Tod auf dem Scheiterhaufen, aber es ist besser, als hier herumzusitzen und darauf zu warten, daß die Vaalaker uns niederwalzen.«

Es lag etwas in diesem entschlossenen Blick, in dieser Art, wie die Jungfrau dem Jungen in die Augen starrte, während das Mondlicht über ihr Gesicht strich, es lag etwas in der Art, wie sie »wir« sagte, das Caspar nicht gefiel. Er sah seinen jungen Onkel an, dann die schöne Hohepriesterin, zwei Menschen, die er um keinen Preis verlieren wollte, und las augenblicklich in ihren Gedanken.

»Du gehst nicht, Brid. Das ist viel zu gefährlich«, platzte es aus ihm heraus.

»Ich gehe doch.« Ihre Worte waren eine Feststellung, keine Widerrede.

»Du bist ein Mädchen, Brid«, wies Hal auf das eher Offensichtliche hin. »Das ist für ein Mädchen zu gefährlich. Ich werde gehen. Außerdem: Sieh dich an. Der König wird vom ersten Augenblick an, in dem er dich sieht, mißtrauisch sein. Zum Beispiel deine Augenfarbe. Es ist allgemein bekannt, daß Heiden derart grüne Augen haben.«

»Da gibt es Möglichkeiten«, tat Brid das Problem mit einer Handbewegung ab. »Ich muß dorthin, denn niemand sonst könnte die Runen lesen.«

»Ich werde gehen«, bot Gwion an. »Ich erinnere mich dunkel …«

»Eine dunkle Erinnerung wird nicht genügen«, unterbrach Morrigwen eilig.

»Nein, Gwion«, befahl der Baron entschlossen. »Ich brauche dich hier für die Kampfmoral der Garnison. Nicht alle werden den Alten Glauben annehmen wollen, und ich will nicht, daß sich irgend jemand unter meinen Männern verlassen oder verraten fühlt. Sie müssen ihre Wahl selbst treffen. Wir brauchen dich hier.«

»Dann muß Brid also gehen«, sagte Morrigwen. »Oder ich.«

Die Jungfrau tätschelte ihre Hand. »Nein, Morrigwen, du hast dir viel zugemutet. Bis nach Farona ist es weit, und du brauchst Ruhe.«

»Ich muß mich meinen Möglichkeiten fügen«, krächzte sie.

»Nun, ich kann eine Jungfer nicht allein schicken«, erklärte Branwolf. »Und wenn du zur Bibliothek mußt, werde ich dir jemanden mitgeben, der lesen kann, was uns erheblich einschränkt. In solchen Zeiten kann ich keine Männer entbehren. Ich muß jemanden schicken, dem ich vertraue und dem der König traut, und daher muß es Hal sein.«

»Wenn Hal geht, gehe ich mit«, verkündete Caspar bockig.

»Du bist zu jung.«

Diese kurze Entgegnung war die größte Enttäuschung seines Lebens. Es war undenkbar, Hal allein mit Brid zu schicken. Er kannte seinen Onkel viel zu gut, und allein mit einem hübschen Mädchen … Im Schutz der Dunkelheit starrte er das Mädchen begehrlich an. »Ich werde gehen. Hal wird hier viel dringender gebraucht. Ich kann lesen.«

»Spar sollte gehen«, riet Morrigwen. »Seine Verbindung zur Mutter wird Brids Kräfte stärken. Es könnte sein, daß sie die Hilfe braucht.«

»Nun, Spar wird nicht ohne Hal gehen. Mein Bruder wird dafür sorgen, daß Caspar nicht zu Schaden kommt. Und das ist meine endgültige Entscheidung«, erklärte Branwolf. »Brid, Hal und Spar.«

»Drei ist eine gesegnete Zahl«, verkündete die Greisin und versah den Entschluß mit ihrem Segen.

Den nächsten Tag verbrachten sie mit Vorbereitungen. Brid band ihr Kleid zu einem festen Bündel und zog ein paar alte Jagdhosen und eine Jacke von Caspar an, damit sie auf ihrem Weg nach Farona schneller durch die nördlichen Baronien von Belbidia reiten konnte. Hal mißfiel ihr Aufzug.

»Du siehst wie ein Knabe aus.« Nur der Junge mit dem rabenschwarzen Haar sprach derart direkt.

»Nun, so errege ich weniger Aufmerksamkeit«, erwiderte sie barsch, während sie den Gürtel richtete, um die Jacke fest um ihre Taille zu ziehen, damit diese ihr schlichtes, weißes Hemd und das Lederwams verdeckte. Ohne ihre Amulette, Ringe und Reife glich sie nicht länger einer geheimnisvollen Priesterin, sondern nur noch einem jungen Bauernmädchen mit den kraftvollen, anmutigen Bewegungen, die das Leben unter freiem Himmel mit sich brachte. Wie Caspar war auch sie klein für ihr Alter, doch ihre weiblichen Rundungen deuteten darauf hin, daß sie wohl nicht weiter wuchs und immer einen Kopf kleiner als der Durchschnitt sein würde. Caspar hoffte, er hätte noch viele Jahre des Wachsens vor sich. Es war schlimm genug, wenn man das Gefühl hatte, nur langsam zu voller Größe heranzureifen, aber schlimmer noch, wenn man glaubte, man würde sie nie erreichen. Caspar schob die lockige Strähne seines dicken, kastanienbraunen Haars zurück und rieb seine krumme Nase, versuchte vergeblich, diese wieder gerade zu rücken. Es war eine neue Angewohnheit von ihm und eine, die er pflegte, wenn er angestrengt nachdachte.

Sein Vater war noch damit beschäftigt, plausible Erklärungen und Entschuldigungen dafür zu suchen, warum seine Verwandtschaft am Hofe des Königs vorstellig werden und um Zutritt zur Bibliothek ersuchen sollte. Eilig hatte er das Problem mit Brid durchdacht und es schnell gelöst, nur der Zugang zur Bibliothek blieb ein mehr als ungewöhnlicher Wunsch. Ärgerlich schickte er die beiden Jungen fort, als sie ihm vorschlugen, einen Konstruktionsfehler der Burg vorzuschieben, dem man in alten Plänen nachspüren müsse. Eilig kritzelte der Schreiber mit seiner Feder, während Hal ungehorsam hinter dem Baron schmollte und dreist seine Meinung kundtat, bis der Baron ihn anfuhr, daß er gehen solle. Hal schlenderte zum Wachturm, während Caspar sich anschickte, von der Burgmauer aus einen weitschweifigen, nachdenklichen Blick über das Land unter ihm zu werfen. Er betete, daß der atemberaubende Anblick seiner Baronie sich nie verändern würde.

Er saß allein auf der Brüstung der Westmauer und trommelte mit den Fersen an den Basalt. Ganz vorn am Rand des

Abgrunds saß er und ließ träge die Beine baumeln, als hockte er auf einer Tischkante, kümmerte sich nicht darum, daß unter seinen Füßen nichts als dünne Luft war, die ihn von den Felsen am Boden der Schlucht trennte.

Von hier aus konnte er die Welt überblicken, oder zumindest den Teil, der wichtig war. Der Silberfluß sprudelte von Norden her, weiße Fluten jagten über die Stromschnellen und brodelten durch die schmalen Spalten, die den Grund der Schlucht durchschnitten. Die Fundamente der halbfertigen Kathedrale bildeten einen geometrischen Grundriß aus Quadraten und mathematischen Winkeln. Der Bau ragte als etwas von Menschenhand Geschaffenes heraus, im schroffen Gegensatz zum chaotischen Muster von Fels und Ginster am Fuße des Felsenturms und dem rostbraunen, herbstlichen Waldgebiet, welches den südlichen Eingang zur Schlucht erstickte. Die Berge waren nahe der Schluchtwand von staubigem Braun, wandelten sich in mittlerer Entfernung in verheißungsvolles Gold. Die reine Luft wehte durch seine Kleider und hob sein Haar.

Er drückte seine Hände an den Fels der Brüstung, empfand überwältigenden Stolz, als er liebevoll über die Mauern der alten Burg strich. Seit tausend Jahren hockte sie auf dieser Felsenspitze, einem Turm, der vom Grund der Schlucht bis zu den Gipfeln der Gelben Berge links und rechts aufragte.

Er blickte zu dem Banner auf, das dort im Wind flatterte. Auf tiefblauem Untergrund zeigte die Flagge einen goldenen Drachen mit ausgebreiteten Flügeln. Eine Lanze von Torra Alta durchbohrte seinen Kopf. Der Wind kräuselte den Stoff, erweckte das Tier zum Leben. Er fragte sich, ob er jemals wieder hierher an seine Lieblingsstelle kommen würde, wo sich seine Gedanken mit den Falken und Merlinen, die am Himmel über der Schlucht lauerten, in die Lüfte schwangen. Das war seine Heimat, und er liebte sie von ganzem Herzen.

»Spar!«

Beruhigt sah er zur massigen Gestalt seines Vaters auf und spürte die Sicherheit in Branwolfs festem Griff, als dieser seine starke Hand dem Jungen auf die Schulter legte. »Spar, mein Sohn, mein einziger Sohn …« Seine Stimme verklang zu einem Flüstern, und der Rest der Worte blieb unausgesprochen, als sei es dem Baron unmöglich, der tiefen Sorge Ausdruck zu verleihen, welche in seinen olivfarbenen Augen so deutlich zu erkennen war. Er versteifte seine Schultern, wappnete sich gegen seine Trauer und die Last der Verantwortung. »Hal wird auf dich achten«, sagte er mit gezwungenem Frohsinn. »Denk nur daran, daß du auf ihn hörst. Komm, Morrigwen sucht dich. Bald ist alles bereit.«

Branwolf reichte seinem Halbbruder eine Schriftrolle aus Pergament, die bereits zusammengerollt und mit Wachs versiegelt war, in welches man das Wappen von Torra Alta gedruckt hatte. »Gib das dem König. Hier steht nur, daß ich, da Catrik verwundet ist, die Kampfmaschinen ohne detaillierte Instruktionen nicht reparieren kann, nur besitze ich solche nicht und hoffe, sie in der Großen Bibliothek zu finden. Das gibt euch zumindest einen Grund, seine Akten zu durchforsten. Sagt ihm außerdem, ich hätte euch geschickt, damit ihr um Verstärkung bittet. Auch wenn er euch keine geben kann. Er wird zu sehr darauf bedacht sein, die Reserve um seine eigene Baronie zu versammeln und zum Wolfsrachen zu marschieren, aber dennoch wäre es sinnvoll. Ich glaube nicht, daß er weiß, wie ernst die Lage ist, in der sich Belbidia befindet.«

Caspar gefiel es nicht, daß Hal die Anweisung bekam und nicht er. Es untergrub seinen Status als Sohn des Barons, und er verbarg seine Gefühle hinter seiner Hand, mit der er an seine gebrochene Nase drückte. Mit großer Geste fädelte Hal das Pergament sorgsam in die Innentasche seiner Hirschlederjacke.

Ein seltsames Zischen drang aus Morrigwens Ärmel hervor,

und alle starrten sie argwöhnisch an, während sie an ihren Kleidern riß. »Elendes Tier, laß los«, schnarrte ihre Stimme voll Verzweiflung. »Brid«, rief sie schrill, »hilf mir doch.«

Die Jungfrau schob ihre Hand in Morrigwens weiten Ärmel, und irgend etwas zappelte und bockte unter dem Stoff.

»Hab ihn! Nein. Autsch! Er hat mich gebissen!« Sie zog ihre Hand hervor und lutschte an ihrem Finger, bevor sie es noch einmal versuchte. »Da, endlich.«

Mit fester Hand hielt sie eine große Echse am Hals. Sie war etwa so groß wie eine junge Katze, wenn auch mit harten Schuppen und festen Krallen, und sie zitterte vor Anstrengung, um wieder in die warmen Falten der Kleidung ihrer Herrin zu kriechen. Das Tier war puterrot. Morrigwen tastete um ihren Hals und nahm einen weich leuchtenden Kristall hervor, der in ein Ledernetz eingefaßt war: den Mondstein. Der rote Salamander richtete die Stachelkrause auf, die einen Kragen um seinen Hals bildete, und langte gierig nach der magischen Kugel.

»Ihr müßt das Druidenauge mitnehmen. Es könnte sein, daß ihr machtvollen Zauber braucht, um den Mutterkessel aufzustöbern. Die Macht, die in der Kugel liegt, wird helfen, die Runen zu entziffern.«

»Ich kann Runen auch ohne das Auge lesen«, hielt Brid dagegen. »Nein, ich kann es nicht mitnehmen. Ein Teil von Keridwens Seele ist darin gefangen. Es wäre zu gefährlich, es mitzunehmen.«

»Das ist genau der Grund, wieso ihr es mitnehmen müßt. Ich kann nicht mit euch kommen, aber wenn der Junge bei euch ist, könnt ihr vielleicht wenigstens Keridwens Weisheit herbeirufen. Der Druide war kein Dummkopf. Er konnte Runen lesen, und das konnten auch viele andere. Er hätte keine Anweisungen hinterlassen, die jeder Hexenmeister oder Magier entziffern könnte. Ihr werdet alle Kraft brauchen, die ihr finden könnt, um die Runen zu entschlüsseln, also braucht ihr das Druidenauge.« Morrigwen strich über die schimmernden, weißen Muster, die auf der durchscheinenden Oberfläche der Kugel tanzten. »Achtet gut darauf. Haltet den Feuerdrachen immer in der Nähe. Er atmet Hitze hinein und gibt der Mutter seine Wärme.«

Vorsichtig hob Brid den Lederriemen, der den Mondstein hielt, um ihren Hals und verbarg die Kugel im weiten Hemd. Schließlich befreite sich der Salamander zappelnd aus ihrem Griff und huschte durch die Ärmel, kletterte an ihrem Hals hinab und ruhte dann am Mondstein. Die Jungfrau löste ihren Gürtel und richtete ihre Kleider, um die kleine Beule zu verbergen. Sie bekam davon eine vollere Figur, was Hal zum Lächeln brachte.

»Wie kannst du dieses unheimliche Vieh an deiner Haut haben?« fragte der dunkelhaarige Junge und rümpfte dabei die Nase.

»Den Feuerdrachen? Er ist schön warm«, lachte Brid. »Sind wir jetzt soweit?«

Mit einem Elfenbeinbogen über dem Rücken sprang Caspar in den Sattel und zog den Gurt an seinem nervösen, roten Hengstfohlen fest – einem reinrassigen Oriaxianer. Die blaugoldene Schabracke seines Pferdes flatterte im Wind, und mit wildem Blick scharrte und tänzelte das feinknochige Roß aufgeregt, rutschte auf dem Kopfsteinpflaster, während es ungeduldig darauf wartete, anzutraben. Caspar neigte sich der Greisin zu, die mit etwas Färberwaid nach oben langte und ihm ein Zeichen auf die Stirn malte.

»Die Runen des Krieges«, murmelte sie. »Du wirst sie abwischen müssen, sobald ihr zu irgendwelchen Siedlungen kommt, aber ich bete, daß sie dir auf eurer Reise Kraft verleihen.«

Hal und Brid, die auf zweien der besten Streitrösser Torra

Altas saßen, strahlten in die Menge lächelnder Gesichter. Sie wandten sich um und klapperten über den Burghof, umgeben vom herzerwärmenden Jubel der Garnison. Unter den vielen Gesichtern fiel Caspars Blick auf das der Witwe mit ihren beiden kleinen Kindern. Er spürte, wie die Haselnußaugen des kleinen Mädchens, May, seine Haut direkt durchbohrten. Sein Blick ruhte auf ihrem dunkelhäutigen Gesicht und dem langen, braunen Haar, das von der Jugend aufgehellt war und zweifellos zu dicken, kastanienbraunen Locken werden würde, wenn sie älter war. Einen Moment lang sank das Lächeln auf seinem Gesicht in sich zusammen, als er ihre tiefe Trauer und den Vorwurf spürte. Doch als Hals charismatische Stimme in seinen Ohren gellte, riß die Begeisterung der Burgsoldaten ihn mit.

Schützen, Bogenschnitzer, Fiederer, Schwertkämpfer, Stallknechte, Küchenmägde, Offiziere, Priester, Lagermeister und selbst der Burgarzt klatschten und jubelten, als sie sich einen Weg durch die Menge zu den Falltoren bahnten. Hal langte hinab und ergriff die Hände vieler junger Soldaten, während er vorüberritt.

»Wenn die vaalakischen Hunde hier sind, gebt ihnen einen Tritt von mir.«

»Das tun wir, Master Hal«, riefen sie.

Als sie unter den eisernen Zähnen der Falltore standen, richtete sich Hal in seinen Steigbügeln auf, zog das lange Breitschwert und schwang es über seinem Kopf, als führte er einen Angriff in der Schlacht. Die Garnison antwortete mit donnerndem Gebrüll der Zustimmung. Caspar drückte seine Fersen in die Flanken seines jungen Hengstes, und wie wahre Helden galoppierten sie die Straße hinab und in die Schlucht hinaus, flohen südwärts vor den nahenden vaalakischen Armeen in den Bauch Belbidias hinein.

KAPITEL 3

Als die Abenddämmerung der Luft die Wärme nahm, zog Caspar seinen Umhang fest um sich und wartete. Das Licht ließ nach, aber von Hal und Brid war immer noch nichts zu sehen.

Suchend sah er sich auf der langen Straße um. Der staubige Pfad verschmolz mit den Schatten des Zwielichts, und er erkannte nur die schwarz gezackten Gipfel am Horizont vor dem Violett eines sternenlosen Himmels. Unter ihm schnaufte sein Hengst noch immer hart von ihrem wilden Galopp entlang der Großen Nord-Süd-Straße, und weißer, schaumiger Schweiß zeichnete sich am Nacken des Rotschimmels ab. Liebevoll klopfte Caspar auf das verfilzte Fell.

»Sie haben es sicher geschafft, Feuerschweif. Jeden Augenblick müßten sie hier sein«, murmelte er mit leicht brechender Stimme, während er versuchte, sowohl sich selbst als auch das aufgeregte Tier unter sich zu beruhigen. Trotz des beschwerlichen Schrittes, den das Tier während ihrer Flucht ertragen hatte, kaute der Hengst noch immer auf der Kandare herum und scharrte mit dem Huf über den Boden, konnte nicht still stehen. »Hal hat gesagt: Reite zur Steppe. Und wir sind hier. Mehr können wir nicht tun.« Seine Stimme klang unerwartet schrill in der Stille der kühlen Nacht. Er hustete, um sich zu beruhigen. »Wir können nur wachen und warten.«

Kaum weiter als eine Wegstunde jenseits von Torra Alta sammelte sich der Feind am nördlichen Eingang zum Paß. Selbst von hier aus konnte er noch sehen, wie die orangefarbenen Punkte der fernen vaalakischen Lagerfeuer einer nach dem anderen aufflackerten und zu mattem Glanz verschwammen, der sich in die Schlucht schlich. Unwillkürlich verzog der belbidianische Junge angewidert seinen Mund und wischte mit dem Handrücken darüber, als wollte er einen üblen Geschmack loswerden. Torra Alta machte sich für den heftigsten Angriff seiner tausendjährigen Geschichte bereit.

Pulsierender Schmerz oben in der Wade erinnerte ihn an sein verwundetes Bein. Beruhigt stellte er fest, daß es nur ein kleiner Schnitt in der Haut war, den er mit einem Stoffstreifen fest verband. Stoisch ignorierte er den Schmerz und weigerte sich, Selbstmitleid zuzulassen. Wenn er als Krieger in die Welt reiten sollte, dann wollte er sich auch wie einer benehmen.

Sein Blick wanderte aufwärts. Hoch oben über dem Grund der Schlucht kratzten die fernen Türme Torra Altas am Himmelszelt. Hin und wieder zog eine leuchtende Kugel von Catriks Schwefelbomben ihre Bahn von den Höhen der Festung aus und spuckte helle Funken aus. Ein Blitz mit grellen Farben beleuchtete den Felsenturm, und einen Moment später drang dumpfer Donner einer Explosion an Caspars Ohren. Der Anblick der flackernden Brandsätze erinnerte ihn augenblicklich an den Mann, der diese tödlichen Mixturen aus Schwefel und Salpeter ersonnen hatte.

Catrik war an den Verletzungen, die er unten im Brunnen erlitten hatte, schwer erkrankt und hatte seit ihrer Rückkehr kein Wort von sich gegeben. Grau und aschfahl lag er auf seinem Lager, atmete in Krämpfen, und seine Haut war so eingefallen, daß die Augen aus dem Schädel quollen. Zwar war Catrik offiziell der Brunnenmeister, doch diente er der Hohen Feste von Torra Alta eher als Burgtechniker. Ohne seinen Rat hatten die Soldaten mit den Fässern voller Schwefel, Kohle und Salpeter experimentieren müssen, um die Menge zu schätzen, die man für die gewünschte Reichweite und Ausbreitung der Zerstörung brauchte. Aber Catrik wurde nicht nur wegen seines Wissens um die Alchemie schmerzlich vermißt.

Wie die gezackten Grate und scharfen Spitzen der Gelben

Berge war auch die einsame Felsenspitze eine schwarze Silhouette vor dem Zwielicht am nördlichen Himmel. Ein Felsenturm, welcher die ihn umgebenden Wände der Schlucht überragte. Er stand allein, der Wächter des nördlichen Passes zwischen Belbidia und dem wilden, eisigen Territorium des Nordens.

Der Junge dachte gedankenverloren über die Geschichte der Grenzfestung nach, die von seinen Vorvätern errichtet und beherrscht wurde, um die nördlichste Baronie Belbidias zu lenken und zu schützen. Tausend Jahre regierten die Barone von Torra Alta schon über ihre Ländereien, und in den letzten vierhundert Jahren hatten sie nur Frieden gekannt, der sich seit den Ceolothianischen Kriegen bis zum heutigen Tage hielt. Nun aber war die Ruhe von den nahenden Vaalakern bedroht, angeführt von dem Barbaren Morbak, dem Schlächter, der seine wilden Horden von Norden heranführte, um die Grenzen zu überschreiten. Allein Torra Alta stand zwischen Morbak und den satten Steppen in Belbidias fruchtbarem und überreichem Herzen.

»Wir werden nicht scheitern«, murmelte Caspar zur Burg hinüber, als könnte sein Vater ihn hören. »Wir dürfen nicht scheitern. Dieses Land, unser Land ...« Es war ihm unmöglich, seinen Gefühlen für die Heimat Ausdruck zu verleihen.

Vereinzelte Gedanken rollten in seinem Kopf herum. Er konnte es nicht ertragen, daran zu denken, daß die Schlucht in wenigen Tagen unter marodierenden Horden ersticken würde. »Die Runen des Krieges werden sie beschützen, Feuerschweif.«

Der Hengst wieherte, als schreckte ihn etwas auf, das dort im Unterholz lauerte, und ruckartig war Caspar wieder in der Gegenwart. »Hal! Bist du das? Hal?« rief er erschrocken in die Dunkelheit. »Ich bin hier. Hier drüben.«

Eine Eule schrie, dann drang kalte Stille an die Ohren des

Jungen. Wieder versank er in seiner enttäuschten Wacht. Sie hätten längst dasein sollen, dachte er unruhig, und das Pferd las offenbar seine rastlosen Gedanken. Feuerschweif wurde unter den Falten der blaugoldenen Schabracke immer unruhiger, warf seinen Kopf herum und kaute auf der Kandare, so daß die Hände des Jungen am Ende der Zügel hin und her gingen. Es störte Caspar nicht weiter. Er betrachtete nur mit starrem Blick seine Heimat, suchte die Schatten in der sich verdunkelnden Steppe ab.

»Aber wenn sie es geschafft hätten, müßten sie inzwischen hier sein, Feuerschweif. Irgendwas ist passiert. Irgendwas stimmt nicht.« Wenigstens fühlte er sich im unheimlichen Zwielicht nicht so allein, wenn er mit dem Tier sprach.

»Hal hat gesagt, ich soll zur Steppe reiten, zu den drei Buchen beim Ochsenjoch. Das waren seine Worte. Er sagte Buchen. Wenn ich umkehre, um nach ihnen zu suchen, verpassen wir uns wahrscheinlich«, murmelte Caspar dem Hengst zu, während er mit seinem Gewissen darum rang, was am besten zu tun wäre. Immer wieder ging er in Gedanken die alptraumhaften Ereignisse durch, die sich ereignet hatten, bevor sie getrennt worden waren.

Sie waren unter den Zähnen der Falltore Torra Altas hindurchgeritten und hatten sich gefährlich schnell den trügerischen Sims hinabgestürzt, welcher den Felsenturm umrundete. Der steinige Weg entließ sie am Fuß des nördlichen Hanges, spuckte sie in die Schlucht aus. Angespornt von der jubelnden Garnison strebten sie eilig Farona entgegen und galoppierten südwärts dorthin, wo die Schlucht breiter wurde und in die Tiefebenen Belbidias führte. Hier, in der nördlichen Baronie, war die Große Nord-Süd-Straße eher ein kleiner, sich windender Pfad, der dem donnernden Lauf des Silberflusses im gesprenkelten Schatten von Trauerweiden folgte. Von roten und weißen Birken bedeckt, die um Lebensraum kämpften, stieg der Grund der Schlucht zu den Steilhängen auf, deren fahle, kahle Felsen senkrecht aufragten und die Wände des Grabenbruchs bildeten. Der Weg war von den tiefen Furchen der Ochsenkarren durchzogen, und die drei waren hintereinander über das Gras zwischen den Furchen galoppiert.

Keine Meile vom Felsenturm entfernt kamen sie an das Hochwasser. Der Silberfluß schlug gegen ein Stück soliden Granits, welches von den Wänden der Schlucht gestürzt war und einen Damm im Fluß bildete, und Wasser sprudelte über die Steppe, überschwemmte den Weg. Da die Straße blockiert war, wandten sie sich westwärts, schlängelten sich zwischen den schlanken Zweigen der Weißbirken hindurch, um sich einen Weg durch den Wald und zur Straße zurück zu bahnen.

Natürlich ritt Hal voraus, murmelte noch immer etwas davon, daß es verrückt sei, Brid mit nach Belbidia zu nehmen. »Du hemmst uns auf der Reise nur und wirst in Farona Aufmerksamkeit erregen. Sieh dich an, Brid. Du siehst wie ein Junge aus, wenn du dein Haar so fest verknotest. Keine belbidianische Dame würde rittlings auf einem Pferd sitzen, und ganz sicher würde sie keine Hosen tragen. Du siehst schrecklich aus.«

»Welch galante Worte«, lächelte sie süffisant.

Caspar hatte gedacht, daß Brid großartig aussah, egal was sie trug. Ihre zarten Elfenzüge und die verwirrend grünen Augen besaßen einen geheimnisvollen Zauber, und ihre weichen, femininen Linien erregten seine Leidenschaft ganz sicher. Sie war von äußerlicher Schönheit, doch darüber hinaus machten ihre ruhige Art und ihr tiefes Verständnis auch ihre Seele schön.

Die Jungfrau hatte ihre alten Hirschlederhosen betrachtet, die an den Schenkeln durchgewetzt waren. »Ich trage diese Reitkleider ja gerade deswegen, weil ich euch nicht aufhalten will«, gab sie schnippisch zurück. »Außerdem reite ich nicht nach Farona, um dir zu gefallen. Ich reite dorthin, um die verlorenen Runen des Kessels zu suchen, und du wüßtest nicht mal, wie sie aussehen, wenn ein Druide sie dir ins Gesicht malen würde.«

»Ich finde trotzdem, daß es für dich zu gefährlich ist. Du bist ein Mädchen. Frauen sind einfach nicht hart genug, um in Zeiten wie diesen auszureiten.«

»Ich habe mich in der Drachenwüste zurechtgefunden. Die ist erheblich gefährlicher als das zivilisierte Belbidia.«

»Aber das ist doch der Punkt: Du hast dich nicht zurechtgefunden. Ich mußte dich retten.«

Brid reckte ihre hübsche Nase himmelwärts, dann wandte sie sich lächelnd Caspar zu. Dem Jungen blieb regelmäßig fast das Herz stehen, wenn die junge Maid ihm in die Augen sah. »Ist er immer so unausstehlich?«

Caspar wollte gerade lachen, doch es blieb ihm wie ein Gerstenkorn im Halse stecken. Er hatte nicht mal genügend Zeit, seinen Bogen anzuheben. Als sie sich durch ein Schwarzdorndickicht schoben, wehte das Lied einer Amsel durch die Luft. Nur den Bruchteil einer Sekunde später merkte er, daß die Töne etwas matt und atemlos waren. Ein Dutzend Männer stürzten von den Ästen über ihnen, ließen sich dumpf zu Boden fallen, und alle Hände griffen nach Brid.

An den Rentier- und Bärenfellen, in die die Männer sich gehüllt hatten, erkannte Caspar sie augenblicklich als Vaalaker. Sein wilder Hengst richtete sich auf und schlug mit den Hufen nach den brüllenden Kriegern, die Streitäxte mit doppelter Klinge schwangen. Er hatte einen Pfeil auf seinen Bogen gelegt, doch er konnte keinen sauberen Schuß wagen, ohne Brid zu gefährden. Als die Krieger sie packen wollten, riß sie ihre braune Stute herum und trat mit ihren kleinen Füßen auf sie ein. Schließlich schaffte es Caspar, zwei Pfeile in das Gewirr dreschender vaalakischer Arme zu schießen, als Hals Schwert durch die Reihen blitzte. Endlich hatte sich der Junge mit dem rabenschwarzen Haar einen Weg an die Seite der Jungfrau gebahnt, und sein Pferd drängte sich an die Flanke des Braunen.

»Kehrt um zum Silberfluß«, kreischte Caspar, als ihm plötzlich aufging, auf welchem Weg sein Onkel das Mädchen außer Reichweite des Feindes und zur Straße hin geleiten sollte, wo sie dann ungefährdet galoppieren konnten. Die Vaalaker krallten sich um ihren Hals, rangen darum, ihr den Mondstein zu entreißen. Er ließ einen Hagel von Pfeilen los, von denen manche die vaalakischen Krieger aufspießten und ihnen auf der nackten Brust gräßliche Wunden zufügten. Wenn er nur Hal Deckung geben konnte, würde dieser Brid wohl in Sicherheit bringen. Das Zielen fiel ihm schwer, da sein Hengst unter ihm scheute und bockte, doch zumindest hielten Feuerschweifs tödliche Hufe die Vaalaker auf Abstand.

»Reitet zum Fluß«, schrie er, als er die Sehne spannte und bis an sein Kinn zog. Ein Vaalaker hob den Arm, um mit seiner großen Streitaxt auf Hals Schenkel einzuschlagen. Doch in ebenjenem Augenblick, als sich der Muskel am Oberarm des Nordmannes zu festem Gewebe zusammenzog, durchbohrte Caspars Pfeil den Bizeps. Hal deckte ihren Rücken, während Brid die Fersen in den Braunen schlug und zwischen den Bäumen verschwand. Caspar schoß noch einen Pfeil in den Rücken eines vaalakischen Kriegers, der ihnen folgen wollte. Der ging zu Boden, als sich der Pfeil zwischen zwei Rückenwirbeln verkeilte. Brid und Hal würden es schaffen, dessen war er sicher.

»Reite in die Steppe. Treffen … Buchenwäldchen … Ochsen … Silberfluß. Reite nach …« Hals Worte drangen durch die Bäume, halb verloren im Grunzen der Vaalaker, die sich ihm näherten. Caspar riß seinen Hengst in engem Kreis herum und sah das Chaos der wildgewordenen Vaalaker. Er zog

Feuerschweif auf die Hinterläufe, brachte den Rotschimmel zum Stehen, so daß dieser sich halb aufbäumte, bevor er sich in den wilden Haufen der Feinde drehte.

Ein Arm kam aus dem Wald aus Äxten hervor. Caspar konnte das Knurren, die bestialischen Laute der vaalakischen Sprache hören, als etwas ihn am Stiefel packte. Panisch trat er mit der Ferse zurück, doch die rauhe Hand griff fester zu, und der Muskel an den nackten Armen des Vaalakers spannte sich. Die Hörner am Helm des Kriegers stachen nach ihm. Darunter war eine gräßlich blutrünstige Fratze auszumachen.

»Geh weg. Laß mich los!« Es war ein vergeblicher, verzweifelter Schrei. Der Junge trat mit seiner Ferse aus, während sich Feuerschweif aufbäumte, mit den Vorderbeinen in die Luft trat und wie ein Dämon schrie. Der Griff des Vaalakers ließ ein wenig nach, und der Junge sammelte seine wirren Sinne, um mit dem Bogen ordentlich zu zielen. Die Feindeshand harkte über Caspars Schenkel, zerrte ihn halb aus dem Sattel. Während er darum rang, den Pfeil richtig an die Sehne zu setzen, trat der belbidianische Junge wild um sich und gab sich dabei alle Mühe, auf dem bockenden Pferd sitzen zu bleiben. Einer von Feuerschweifs schlagenden Hufen traf den Angreifer. Sein ausdrucksloses Gesicht stierte den Jungen mit leerem Blick an. Wäßrigblaue Augen, die über blassen Wangen weit auseinanderstanden, lugten unter fadem, weißem Haar hervor. Die trüben Pupillen, die vom Gedränge prügelnder Arme und pfeifender Äxte benebelt waren, klärten sich und konzentrierten sich wieder auf den jungen Belbidianer, wobei die Miene einen Ausdruck kaltherziger Entschlossenheit annahm.

Gefangen im Entsetzen über diesen Blick, fummelte Caspar panisch mit dem Bogen herum, doch endlich schaffte er es, den Pfeil an die Sehne zu setzen. Er riß die Darmsaite zurück und hielt die Sehne für den Bruchteil einer Sekunde auf Kinnhöhe, dann ließ er den Pfeil fliegen.

Das Kinn des Vaalakers sank herab, kündigte einen entsetzten Schrei an, erstarrte jedoch, als der Pfeil seine Wange spaltete und sich in seinen Gaumen bohrte. Augenblicklich zuckten die kräftigen Hände des Kriegers an sein durchbohrtes Gesicht, er riß an dem Pfeil herum und ging zu Boden, trat vor Schmerzen um sich.

Ohne noch auf irgend etwas zu warten, nahm Caspar die Zügel und riß Feuerschweifs Kopf nach Süden herum, suchte einen Fluchtweg durch den enger werdenden Kreis von Männern. Äxte umgaben ihn in allen Richtungen, schlossen sich allmählich um ihn wie eine Garotte um die Kehle eines Opfertieres. Wieder riß er sein Pferd herum, suchte nach einer Fluchtmöglichkeit. Der Knoten der Vaalaker wurde immer enger.

»Fertig, Feuerschweif?« raunte er seinem Pferd zu.

Der Gürtel aus geröteten Gesichtern und langem, blondem Haar drang zwischen den engstehenden Bäumen hervor und verschwand wieder darin, aber er schloß sich immer weiter um ihn. Gleich würde die Falle zuschnappen. Caspar trat dem roten Hengst die Fersen in die Seiten, ließ dem Tier seinen Willen und stürmte der südlichen Phalanx der Vaalaker entgegen. Er wählte einen einzelnen Krieger aus, den kleinsten direkt vor ihm, vergewisserte sich, daß der Vaalaker eine Axt schwang und keinen Spieß mit größerer Reichweite.

Caspar zählte die Schritte: fünf, vier, drei. Der Vaalaker blieb stehen, holte mit der Axt aus, um auf die Brust des Pferdes einzuschlagen. Der Junge faßte mit der Hand an seine Stirn, wo die Greisin die Runen des Krieges aufgemalt hatte. »Komm, Spar, hab Vertrauen«, sagte er sich selbst und sah dem Vaalaker unverwandt in die Augen.

»Wir können es schaffen, Feuerschweif«, schrie er laut, um sich selbst Mut zu machen.

Der Vaalaker hatte sich darauf vorbereitet, einem Frontalangriff standhalten zu müssen, und schien überrascht, daß der Belbidianer versuchen wollte, ihn zu überspringen. Er duckte sich, schützte seinen Kopf mit den Armen, um den massiven Hufen zu entgehen, die seinen gehörnten Helm streiften.

Caspar war zu sehr auf den Mann unter ihm konzentriert, als daß ihm der Spieß aufgefallen wäre, der von links kam. Die Spitze schabte aufwärts über das Leder seines Stiefels und stach in den fleischigen Muskel seiner Wade. Instinktiv hielt er sich die Wunde, schrie eher vor Wut als vor Schmerz und trieb sein Pferd der Steppe entgegen.

»Lauf, Feuerschweif«, drängte er durch zusammengebissene Zähne, führte das wendige Tier durch die engstehenden Bäume. Im zielstrebigen Bemühen, dem Hinterhalt zu entkommen, legte der feurige Oriaxianerhengst die Ohren an. Während sie durch die Lücken zwischen den Bäumen stürmten, kauerte sich Caspar flach an die Schultern des Pferdes, um den peitschenden Zweigen zu entgehen, die über seinen Kopf strichen. Als sie die offene Straße erreichten, schob er seine Hand am Hals des Rotbraunen hinauf und ließ das Tier galoppieren. »Schneller, Feuerschweif, schneller als der Wind.« Der Junge hatte keine Zeit, sich umzusehen. Hal, so dachte er, hat gesagt, ich soll zur Steppe reiten, zu den drei Buchen am Ochsenjoch im Silberfluß. Brid und sein Onkel mußten sich wohl vor ihm durch die Bäume kämpfen. Er konnte das Knacken von Zweigen und dumpfes Hufgetrampel hören. Ihm blieb nichts anderes, als weiterzureiten.

Ein Armbrustbolzen surrte an seinem Ohr vorbei, ein weiterer riß ein sauberes Stück aus der Pferdedecke, doch waren sie zu schnell, fegten zu schnell durch die Bäume, um dem Feind ein ordentliches Ziel zu bieten. In wildem Galopp waren sie in die Sicherheit der Steppe geflohen, wo er dann ungeduldig bei den Buchen gewartet hatte. Nach der ersten langen Stunde war er mehrmals zurückgeritten, um den Waldrand nach seinen beiden Gefährten abzusuchen. Da er sie nicht fand, kehrte er pflichtschuldig zu dem vereinbarten Treffpunkt zurück.

Nun hatte er jedoch mehrere Stunden gewartet, und am Boden der Schlucht sammelte sich die Nacht. Sollte er noch einmal zurückreiten und den Wald absuchen? Schon jetzt war er die zwei Meilen, die das Ochsenjoch vom Eingang zur Schlucht trennten, wohl fünfmal geritten. Jedesmal, wenn er wieder dagewesen war, hatte er die vaalakischen Spione gespürt, die dort zwischen den Bäumen lauerten, aber keine Spur seiner Gefährten gefunden.

Unter dem Dach des Laubes war es jetzt schon dunkel, und vom Waldrand her hörte er unheimliche Laute. Grunzen und Schnüffeln drang durchs Unterholz. Der tiefe, hauchige Schrei eines Eichelhähers ließ ihn erschauern. Instinktiv wußte er, daß dieser Ton unnatürlich war. Falls sich die feindlichen Spione immer noch zwischen den Bäumen herumtrieben, konnten sie Brid oder Hal nicht gefunden haben. Er war sicher, daß seine Gefährten vor ihm herausgeritten waren, nur warum warteten sie nicht bei den Buchen auf ihn? Vielleicht sind sie verwundet, liegen kopfüber im Morast, können sich nicht rühren, sterben langsam eines qualvollen Todes, während ich hier herumsitze und nichts tue, dachte er verzweifelt. Aber wenn ich immer wieder zurückreite, um sie zu suchen, könnte es sein, daß sie mich niemals finden. Wenn Hal gesagt hat, daß ich hier warten soll, dann muß ich es auch tun.

Er füllte seine Lungen mit Luft und hielt die Hände an den Mund, ahmte den Schrei einer Nachtschwalbe nach, in der Hoffnung, daß Hal es als ihr geheimes Zeichen erkennen würde, das sie seit ihrer Kindheit benutzten.

Er ließ den Schrei heraus. Der Hengst legte seine Ohren an und warf unruhig den Kopf hin und her.

»Ruhig, Feuerschweif.« Caspar legte dem Tier eine Hand an

den Hals, strich den verschwitzten Filz aus seinem Haar. Das lange Warten hatte den Schweiß zu frischem Reif abgekühlt. Caspar strengte seine Ohren an, doch er konnte kaum mehr als das Tosen des Flusses hören, der vorüberrauschte, das Flüstern des Windes, welcher durch die letzten verbliebenen Blätter raschelte, die sich trocken an die majestätisch hohen Buchen klammerten. Und hoch oben stieß ein Sperber seinen Schrei aus. Allmählich machte sich die Nacht breit, und nur wenige Vögel sangen noch. Das Rauschen des Flusses schien anzuschwellen, was die umgebende Stille nur um so drückender erscheinen ließ.

Ich kann hier nicht bleiben, dachte er voll Sorge, aber Hal hat gesagt, daß ich warten soll. Wenn ich es nicht tue, kehrt er in den Wald um, weil er mich suchen will, und wird wieder überfallen. Hal wird kommen. Ich muß warten, bis er kommt.

Er konnte nicht einmal zur Burg zurück, um dort Hilfe zu holen. Er würde durch das Dickicht der Bäume reiten müssen, wegen des abgelenkten Silberflusses zwangsweise die Straße verlassen müssen, und in der Dunkelheit stünden seine Chancen, an den Vaalakern heil vorbeizukommen, schlecht.

Der Schrei einer Eule schnitt durch die Nacht, ließ die feinen Härchen im Nacken des Jungen prickeln. Der Mond glitt hinter den scharfkantigen Silhouetten der Gelben Berge hervor, kämpfte sich durch dunkle Wolkenbänder, um dann matt hinter dem Felsenturm hervorzuscheinen. Die fahle Kugel krönte die Türme Torra Altas, beleuchtete sie mit feinsten Fäden aus seidigweißem Licht. Caspar verstand sehr gut, wieso seine Vorfahren ihre Festung der Göttin und ihrer Magd, dem Mond, geweiht hatten. Gebannt vom Anblick des Mondes, der Torra Alta umarmte, sah Caspar den einsamen Felsenturm als Riesen vor sich, einen mächtigen, verhüllten Krieger, der stetig Wacht über das Tor zum Norden hielt.

Feuerschweif schnaubte und wich nervös zurück, warnte

seinen Herrn vor einer Bedrohung in der Nähe. Der schlanke Junge nahm seinen Bogen mit den Elfenbeinintarsien vom Rücken und legte einen Pfeil an die Sehne, lauschte der Gefahr. Der Hengst wieherte, blies gespenstischen Atemnebel in die Nacht.

Zwei rote Augen glühten in der Dunkelheit. Sie blickten böse direkt geradeaus; es waren nicht die harmlosen Augen eines Hirsches oder Steinbocks, sondern die suchenden Augen eines Raubtiers. Caspar zog die Sehne zurück. Die Augen kamen näher, kündeten von der verstohlenen Pirsch des nächtlichen Jägers. Ein Berglöwe, dachte Caspar. Er gab sich Mühe, ruhig zu atmen, bereitete sich auf den Schuß vor, doch in ebenjener Sekunde verschwanden die Augen im Schwarz des Unterholzes. Der Junge spürte, wie kalter Schweiß über seinen Rücken lief, als seine Selbstbeherrschung entnervter Panik wich. Er wußte nicht mehr, aus welcher Richtung ihn das Tier anspringen würde.

Er wartete. Wieder war die Nacht ganz still, alles Leben von Leere verschluckt, abgesehen vom steten Murmeln des Silberflusses. Allmählich entspannte sich sein kurzes, sorgenvolles Atmen, beruhigt von den schweren Seufzern des Hengstes, der nun unter ihm zu dösen schien.

Dann plötzlich zerriß etwas die kühle Stille. Es war das traurige Heulen eines Wolfes, welches das Pferd aufschrecken ließ, so daß es ausschlug. Feuerschweif bäumte sich auf, trat mit den Vorderbeinen ins Dunkel. Kreiselnd und bockend wehrte er sich gegen die Kandare, während Caspar versuchte, ihn unter Kontrolle zu halten. Ein durchgehendes Pferd konnte sich in blinder Panik an Bäumen oder Felsen den Schädel einrennen, und bei Nacht wäre das sicher tödlich. Er zog den Kopf des Rosses herum, versuchte, den panischen Impuls des Tieres, vor seinem natürlichen Feind zu fliehen, unter Kontrolle zu bekommen. Bald schon überwand die Ausbildung zum

Streitroß die natürlichen Instinkte, und das wilde Ausschlagen fügte sich antrainierten Manövern.

Ein Wolf. Das Heulen eines Wolfes. Er fürchtete sich nicht mehr. Wenn mehr als eines der Tiere dagewesen wäre, hätte eines davon geantwortet, und kein einsamer Wolf würde eine derart große Beute ohne die Hilfe seines Rudels angreifen. Nun hatte er Feuerschweif in der Hand, hielt das Tier hart unter Kontrolle und lenkte dessen Aufmerksamkeit auf seine Befehle, fort von der äußerlichen Bedrohung. Er zwang das Pferd durch eine Reihe von Manövern, anspruchsvolle Kapriolen, bei denen er Feuerschweif ermutigte, sich auf die Hinterbeine zu setzen. Der Rhythmus der Bewegungen half, sich vom unbekannten Schrecken der Nacht abzulenken. Ein einsamer Wolf war merkwürdig – so fern den sicheren Bergen und so nah an der Großen Nord-Süd-Straße und dem Puls menschlicher Aktivitäten. Er konnte nur wegen Brid dort sein. Allein die Priesterin konnte diese Tiere aus ihrer natürlichen Umgebung locken: Sie mußte in der Nähe sein. In Caspar wuchs Hoffnung heran. Wieder war die Nacht von diesem unheimlichen Heulen erfüllt, doch diesmal stand das Streitroß unbeirrt auf allen vieren, auch wenn es unter seiner farbigen Pferdedecke etwas zitterte.

Pferd und Reiter hielten aufmerksam Wacht, warteten in langen Stunden endloser Dunkelheit, doch nichts störte mehr den Schlaf des Tales. Die freudige Erwartung wurde so zu sorgenvoller Enttäuschung.

Der bloße Gedanke daran, allein weiterzureiten, war schlicht undenkbar. Hal und er waren als Gefährten aufgewachsen, und stets hatte Caspar in dem älteren Jungen eher einen Bruder als einen Onkel gesehen. Brid war da natürlich anders. Er kannte sie kaum, doch fühlte er sich von ihrer rauhen Schönheit und dem Zauber ihrer geheimnisvollen Worte angezogen. Er wußte genau, daß sie allein – ohne Brid – weder in der Lage wären, den Kessel in Farona aufzuspüren, noch dessen Runen zu verstehen.

Caspar erinnerte sich an Morrigwens letzte Anweisungen. *Findet den Kessel, dann habt ihr das Druiden-Ei.* Nach allem, was er verstanden hatte, betrachteten die Anhänger des Alten Glaubens Farona als eine der vier heiligen Städte. In alten Zeiten war der Kessel im Allerheiligsten eines Tempels der Mutter bewacht worden. Morrigwen kannte den Ort und hatte als Jungfrau selbst vor dem Altar gekniet – nur hatte sie den Kessel nie wirklich gesehen. Dieser blieb den Hüterinnen vorbehalten.

Morrigwen war wegen der unmittelbaren Nähe zum Königspalast nicht sicher, ob der Kessel oder auch der Tempel noch dort wären. Doch wenn sie die Fundamente des geschleiften Tempels finden konnten, dessen war sie sich in ihren brüchigen Knochen sicher gewesen, hätten die Hüterinnen irgendwo ein Zeichen hinterlassen, wo der Kessel verborgen war. Sie hatte Farona beschrieben, wie es einst gewesen war. Die breiten, erhabenen, von Bäumen gesäumten Straßen, die gedrungenen Holzhütten, die Viehställe und die offenen Märkte. Früher hatte König Sithric, Rewiks Vater, seinem Volk die südländische Religion nicht aufgezwungen, wenn auch der Neue Glaube bereits die meisten belbidianischen Herzen erobert hatte.

Er versuchte, sich die Hauptstadt vorzustellen, wie Morrigwen sie beschrieben hatte, voll dichtgedrängter Märkte und riesiger Arenen. Der Tempel, so hatte sie erklärt, lag östlich des Flusses Dors zwischen der Gerstenbörse und dem Auktionshaus für Kräuter und Gewürze aus dem Ausland, einem Ort, zu welchem damals viele kamen. Als König Rewik seinem Vater auf den Thron folgte, zerstörte er einen großen Teil der alten Stadt, verlegte die Märkte ins östliche Viertel, um Raum für seine uniformen Straßen, pompösen Häuser und die gigantischen steinernen Hallen und Türme seiner neuen Kathedrale zu schaffen. Dieses Farona der düsteren Steinbauten unter hohen Dächern war die Stadt, die Caspar kannte.

Selbstverständlich würde König Rewik, der Bekehrer, sie in seiner Stadt keineswegs als Jünger des Alten Glaubens willkommen heißen. Branwolf hatte an seinem schwarzen Stoppelbart herumgekratzt und über das Problem nachgedacht. Die morschen Mechanismen an den alten Steinschleudern hatten Caspar und Hal dann die Ausrede für einen Besuch in der Großen Bibliothek beschert, und Hals Mutter, Elizabetta, bot eine Erklärung für Brids Anwesenheit.

Elizabetta war im vorangegangenen Sommer nach Süden gezogen, und wenn nun eine junge Maid aus Torra Alta die adlige Witwe während des Grenzkonflikts besuchte, war dies ein einleuchtendes Motiv. Elizabetta war Hals Mutter und Branwolfs Stiefmutter. Als die ersten Gerüchte einer vaalakischen Bedrohung aufkamen, hatte sie sich augenblicklich auf den Weg gemacht und sich mit ihrem ganzen Hofstaat auf ein Gut südlich von Farona zurückgezogen. Die Vaalaker hatten der jungen Witwe den erstbesten guten Grund gegeben, der Burg ihres Stiefsohns zu entfliehen. Nicht aus Angst, sondern weil sie nur wenig Freude an ihrer Untätigkeit in der nördlichen Wildnis der Baronie fand, nachdem Hal, ihr Sohn, nun fast erwachsen war.

Als Branwolfs Mutter gestorben war, hatte der Witwer, der alte Baron Brungard, Elizabetta vom Königshof geholt und die junge Frau prompt geheiratet. Das Ansehen, die Gattin eines Barons zu sein, hatte ihr gefallen, doch nun, als Branwolfs Stiefmutter, mißfiel ihr die Degradierung. Drei kurze Jahre nur war ihr Sohn in der Erbfolge der Baronie von Torra Alta gleich nach Branwolf gekommen, doch dann hatte Keridwen Caspar geboren, und es war klar, daß Elizabetta nie mehr eine einflußreiche Position auf Torra Alta einnehmen würde. Nachdem sie ihren Rang als Lady von Torra Alta eingebüßt hatte, erfreute sie sich nicht mehr an dem öden Land und zog es vor, in den Süden zurückzukehren, wo Brungard sie einst gefunden hatte.

Ja, Branwolf war zu dem Schluß gekommen, es würde ganz glaubhaft wirken, daß man ein junges Mädchen in solchen Zeiten zum Schutz hinter Elizabettas Mauern schickte. Weiterhin hatte er erklärt, wenn Hal Brid als Anverwandte vorstellte, würde Rewik in ihr die Frucht einer Indiskretion sehen, und das würde ohne weiteres seine Fürsorge für sie in diesen schweren Zeiten erklären.

Caspar lächelte leise vor sich hin, als ihm Hals stolzes Kinn einfiel, während er das Pergament genommen und es in sein Hemd gestopft hatte. Alles, was Hal seinem Neffen voranstellte, rief bei dem Jungen mit dem rabenschwarzen Haar eine zufriedene Miene hervor. Niemals ein Lächeln – das wäre zu offensichtlich gewesen und hätte seinem Stolz geschadet – nur eine arrogante Steifheit, die an die Stelle des quicklebendigen Humors trat, der das Gesicht des älteren Jungen prägte. Vielleicht hatte Elizabettas Eifersucht auf ihren Sohn abgefärbt und verursacht, daß Hal nach allem griff, was ihn über seinen jüngeren Gefährten erhob – eine verfrühte Entschädigung für jenen unausweichlichen Moment, wenn Branwolf starb und Caspar Baron wurde.

Eine Eule, die oben in den Buchen schrie, ließ Caspar von seinen streunenden Gedanken aufschrecken. Hal, flehte er, bitte, Hal, laß mich nicht im Stich.

Graues Licht kam von Osten her und wurde von den westlichen Gipfeln reflektiert, deren Spitzen die ersten Sonnenstrahlen des neuen Morgens einfingen, was die fernen Schneekuppen violett und malvenfarben tönte. Da die Sonne die Luft über den Gipfeln erwärmte, ohne noch in die tieferen Täler einzudringen, lockte das Versprechen des Tages schlummernden Nebel aus der Wiege des Flußbettes. Der Nebel trat über die Ufer und bedeckte den Grund des Tales. Die Dämmerung berührte eine Platte aus Basalt. Während der Nacht war alles schwarz wie ein Prüfstein aus Jaspis gewesen. Nun ertastete die leise Morgensonne die Spalten und beleuchtete die Büsche, hauchte dem Felsen graue Farbe ein und schimmerte über grüne Adern aus Granat. Caspar spannte sich an, als er der zottigen Gestalt des Wolfes gewahr wurde, der – was er nicht wußte – die ganze Nacht neben ihm gewacht hatte.

Der Wolf stand auf und streckte seinen Mähnenhals, stieß ein Heulen aus, das einem das Blut gefrieren ließ, und das Herz des Jungen blieb kurz stehen. Das Tier heulte, als verfluchte es den Morgen für den Verlust der Nacht, dann sprang es vom Felsen und stürzte sich in ein Meer aus Nebel, das am Rand der Felsen schwappte.

»Es muß Brids Wölfin sein«, murmelte Caspar und betete, daß er damit recht hatte und ihm seine Phantasie nichts vorspielte. Er sah die dunkle Gestalt, wie diese aus dem Nebel kam und wieder darin versank. Das gelegentliche Seufzen des Windes riß Wolkenfetzen heraus, als die Wölfin auf gestreckten, nimmermüden Beinen lief, bis sie dann gänzlich im Weiß abtauchte. Caspar fühlte sich schrecklich allein, als wäre seine letzte Hoffnung mit dem Verschwinden der Wölfin verloren. Er strengte seine Augen an, versuchte noch, den Morgennebel zu durchdringen, nachdem das Tier lange schon verschwunden war. Der Dunst rührte sich und kreiselte in Strudeln. Caspar dachte sich, daß dort die Wölfin unter dem Schleier lief, und er folgte den gespenstischen Wellen. Schließlich fiel sein Blick auf einen dunklen Schatten im schaumigen Meer der Wolken.

Allmählich verdichtete sich der Schatten zu einer festen Form, die aus dem Nebel schwankte und wieder darin verschwand. Wie im Traum am Rande des Erwachens war Caspar nicht sicher, ob es Wirklichkeit oder Phantasie war. Die Gestalt schien groß und dünn, während sie unbeholfen herantaumelte. Er rieb sich die Augen und ignorierte die Müdigkeit, die an seinen Lidern zog. Feuerschweif schnaubte, spürte die Wachsamkeit seines Herrn, als ihnen die dunkle Gestalt entgegenstolperte, sich unter der Last eines kleinen Leibes mühte und die Finger in den Nebel tauchte.

Unruhig zückte Caspar seinen Bogen. Der rote Hengst schnaubte, fügte dem Nebel den Wirbel seines weißen Atems hinzu. Der Junge hob den Bogen an und richtete ihn auf die nahende Silhouette.

Gespenstisch kam die Gestalt heran, schwebend wie ein Geist, die Beine vom Dunst verhüllt.

KAPITEL 4

May schlief schlecht in dieser Nacht, denn das unheimliche Heulen eines einsamen Wolfes, das zwischen den Wänden der Schlucht hallte, verfolgte sie. Sie war rastlos, dachte immer wieder über die Ereignisse der letzten Tage nach.

Pa war tot. Erschlagen von den Klauen eines Ungeheuers. Ihr stockte der Verstand bei dem Gedanken, sie konnte es einfach nicht fassen.

Sie dachte an die letzten Tage, seit der Baron sie hierher in die kühlen Höhen Torra Altas gebracht hatte. Sie erinnerte sich daran, wie sie sich umgedreht hatte, um sich an den Röcken ihrer Mutter festzuhalten, als sie die atemberaubend steile Straße zur Burg hinaufgeritten waren, und wie sie sich voll Sorge nach ihrem kleinen Bruder umgesehen hatte. Pip hatte nichts mehr gesagt, seit der Baron in ihre bescheidene Hütte im Wald zurückgekommen war. Er gab sich selbst die Schuld am Tod seines Vaters, das wußte sie. Als Ma den Baron von seinen Trollwunden geheilt hatte, war Pip ihm heimlich nachgeschlichen, auf der Suche nach einem Abenteuer. Pa war ihm gefolgt, um seinen Sohn zu holen und heimzuschicken, während er selbst seinen edlen Herrn begleitet hatte, um Lord Caspar zu retten.

»Seid guten Mutes, Kinder«, hatte Ma ihnen erklärt. »Seid guten Mutes. Er ist als Held gestorben, und wir können stolz auf ihn sein. Er ist gestorben, um den zukünftigen Baron zu retten.« Sie hatte zu Caspar hinübergenickt, der vor ihnen neben der breiten, ummantelten Gestalt des Barons ritt. Lord Caspar: Sie haßte ihn. Es war seine Schuld. So stolz und arrogant.

Als sie sich der Burg zum ersten Mal näherten, war sie

furchteinflößend. Mächtige Zinnen aus festem Stein bildeten die äußeren Verteidigungsanlagen, und die in unfaßbarer Höhe errichteten Basalttürme ragten in den Himmel auf. Schmale, vertikale Schlitze bildeten die einzigen Fenster und ermöglichten es, Pfeile auf Feinde am Grund der Schlucht zu schießen. Sie hatte sich an das zottige Zugpferd geklammert, ihre Hände in die dichte Mähne gekrallt, als sie die Straße hinaufschwankten. An manchen Stellen führte sie der Weg bis direkt an den Rand des Felsenturms, an dessen Seiten Klippen und Geröllhalden abfielen. Sie war sicher gewesen, daß sie sich übergeben müßte. In ihrem Kopf drehte sich alles, wenn sie über den Rand spähte, und sie stellte sich vor, wie sie endlos in die Tiefe stürzte. Stürzte und stürzte und stürzte …

»Es wird schon gehen. Sieh einfach nach oben«, beruhigte sie eine helle Stimme. Sie hatte in die tiefblauen Augen des Jungen mit dem kastanienbraunen Haar gesehen, der entspannt und bequem auf seinem gleichmäßig schwankenden Pferd saß. Er hatte freundlich gelächelt. »Es geht fast jedem so, wenn er zum ersten Mal nach Torra Alta kommt.«

Er sprach nicht so, wie sie es sich vorgestellt hatte. Er verspottete sie nicht und sah nicht auf sie herab, weil sie ein Bauernmädchen war, sondern er blickte ihr offen in die Augen. Sie dachte, der Sohn eines Edelmannes sei zu stolz, um sie überhaupt zu bemerken, doch er hatte entspannt mit ihr gesprochen und mit angedeuteten Hieben eines unsichtbaren Schwertes erzählt, wie Hal den Sohn Morbaks in der Ödnis von Vaalaka getroffen und erschlagen hatte. Sie hatte Angst vor Hal gehabt.

Als sie durch die Menge auf dem Burghof geschoben wurden, hatte sie sich fest an ihre Mutter geklammert und zu verstehen versucht, was vor sich ging. Der junge Bruder des Barons hatte aufrecht in seinen Steigbügeln gestanden und wild gejohlt, und in ihren Ohren dröhnte der Donner des Jubels der Soldaten, die der sicheren Heimkehr ihres Herrn applaudierten.

»Master Hal« riefen sie ihn. Nur diesen großen, dunklen Baron auf seinem schwarzen Roß nannten die Männer aus der Garnison »Lord«. Mit einem Heben der Hand befahl er Ruhe, und tausend Augen sahen ihn an und warteten, lauschten auf jedes seiner Worte. Sie sah die Bewunderung und Treue in allen ihren Gesichtern und wußte, daß jeder einzelne Mann wie ihr Vater sein Leben für die Herren über die Baronie gelassen hätte.

Hinter ihrer Mutter hatte sie gestanden und zugesehen, als sich die Menge um den Baron versammelte. Von Zauberei war die Rede, von Teufelskunst und dem Einzig Wahren Gott. Der Kurat, der sie viermal im Jahr im Keilerwald besucht hatte, sagte einmal, sie würden in der Hölle brennen, falls sie der Göttin huldigten. Doch jemand hatte ihr erzählt, Kurat Dunnock sei tot, und nun schien sein hoher Herr zu sagen, daß sie die Mutter empfangen sollten. Selbst der kleine Priester, der in feierliches Schwarz gekleidet war, hatte blasphemische Dinge gesagt. Sie verstand das alles nicht.

»Ist es nicht wunderbar, May?« Die Augen ihrer Mutter hatten vor Freude geglänzt. »Wir können wieder auf die alte Frau hören, wie wir es in meiner Jugend getan haben.« Es war das erste Lächeln auf ihrem Gesicht, seit sie das von Pa erfahren mußte.

Der Baron befahl ihnen nicht, die Große Mutter zu verehren. Er sagte ihnen, er sei niemandes Gewissen – was Pip zu verstehen vorgab, aber sie wußte, daß es ihrem Bruder nicht mehr bedeutete als ihr. Lord Branwolf sagte, es stünde ihnen frei, zu wem sie beten wollten, doch wollte er selbst dem Glauben seiner Frau folgen und sich darum bemühen, die Trinität der Priesterinnen wiederherzustellen. Die Menge war verwirrt. Manche flüsterten etwas von Ketzerei, andere beteten für die Seele des Barons, doch viele jubelten, darunter auch ihre Mutter Elaine.

»Aber Ma«, hatte sie erschrocken gesagt, »deine Seele wird für alle Zeiten in der Hölle brennen.«

»Ach, mein Kind, du weißt ja nichts von den Freuden und dem Frieden der Großen Mutter. Sie zu verehren heißt, das Leben zu verstehen, den eigenen Sinn zu erkennen und mit der Welt in Harmonie und Einklang zu leben. Ihr zu folgen heißt, das Gleichgewicht wiederherzustellen.«

Die Ansprache des Barons hatte die Menge verblüfft. Doch als den Anwesenden die Tragweite bewußt wurde, war das Gemurmel zu einem aufkommenden Sturm angewachsen. Allein die gebildeten Schreibkundigen, die Offiziere von höherer Geburt und einige der jüngeren Soldaten hatten widerwillig geknurrt.

Augenblicklich hatte der Baron die Saat der Uneinigkeit erkannt und die jüngeren Männer beruhigt. »Ich bin der Lord von Torra Alta, und ihr, mein Volk, seid frei in eurem Denken. Nicht Sklaven der Doktrinen, solange ich noch Herr über diese Burg bin. Steht mir bei, steht fest und entschlossen, steht bis zum letzten, damit wir die Vaalaker und ihren grausamen Gott des Eises abwenden können, der droht, uns alle zu zermalmen. Mit Hilfe der Großen Mutter werden wir für alle Zeiten frei sein!«

Das sorgenvolle Murmeln der jüngeren Bogenschützen, die hilfesuchend nach dem Kaplan hinübersahen, erstickte im Jubel der älteren Soldaten und der Frauen. »Die Große Mutter! Mutter, beschütze uns und bewahre das kostbare Gleichgewicht des Lebens.« Viele, die voller Sorge etwas von Hexerei gemurmelt hatten, jubelten ebenso. »Lobet und preiset den Allmächtigen. Danket Gott für diese Freiheit. Wir wollen Euch folgen, Baron Branwolf. Seite an Seite wollen wir beten, wenn auch zu verschiedenen Göttern.«

May erinnerte sich, daß man sie zu einem dieser hoch aufragenden Türme geführt hatte. Sie war den rauschenden Röcken ihrer Mutter gefolgt, hatte gelauscht, wie sie schwer atmete, als sie im Kreis lief, immer rundherum, und die steinerne Wendeltreppe erklomm, die aufwärts ins Unbekannte führte. Die Dienerin, die ihnen vorausging, führte sie schließlich in eine runde Kammer, die mit weichen Möbeln luxuriösester Art ausgestattet war. May hatte die bestickten Kissen betastet, während sich Pip auf das weiche Sofa stürzte und sein Gesicht in die seidenen Vorhänge drückte. Es muß die Kammer einer Dame sein, hatte das Mädchen staunend gedacht, doch hatte der Raum etwas Muffiges an sich, als hätte hier schon lange niemand mehr gewohnt.

»Diese Räume wurden von Lady Keridwens Hofdamen genutzt. Sie sagen, ihr sei dieses hohe Turmzimmer das liebste von allen gewesen.« Die junge Dienerin hatte mit den Achseln gezuckt, als sie sich in der Kammer umsah. »Ich würde meinen, hier müßte etwas Staub gewischt werden, aber der Baron hat gesagt, Ihr solltet es Euch hier bequem machen.« Sie war gegangen und hatte die schwere Eichentür hinter sich ins Schloß gezogen.

Als sie allein waren, hatte Ma gerufen: »May, May, meine kleine May, Wystan ist nicht umsonst gestorben. Sein Tod hilft uns selbst jetzt, den Alten Glauben wiederherzustellen. Ist Lady Keridwen, die Mutter, erst gefunden, wird wieder Ordnung herrschen. Die Welt wird wieder ihren Frieden finden.«

»Es sind die Vaalaker, Ma, die alles stören«, hatte Pip eingeworfen. »Nicht der Einzig Wahre Gott.«

»Nein, Pip, nein. Belbidia mag jetzt ein reiches Land sein, doch dieser neue Gott hat raffgieriges Gefolge. Alles ist Politik und Zeremonie. Die Göttin aber liebt uns, wie wir sind, und fordert keine Bauten und Schätze, die das Land ein Vermögen kosten. Selbst ich, eine einfache Holzfällersfrau, kann sehen, wie der Zehnte uns alle erdrückt … sogar einen reichen Mann wie den Baron. Bald schon werden wir ein hungriges Land sein, selbst wenn wir die Vaalaker verjagen.

Diese neue Religion kann das empfindliche Gleichgewicht der Natur nicht verstehen, den Zyklus von Geburt, Tod und Wiedergeburt. Sie fällen die Bäume, sie töten die Wildschweine, sie überdüngen und überreizen den Boden, und alles produziert immer mehr und immer mehr, bis eines Tages … nichts mehr. Das Land ist vertrocknet und hat nichts mehr zu geben.«

»Aber Ma, Kurat Dunnock hat gesagt, daß Gott die Tiere und Pflanzen erschaffen hat, damit sie dem Menschen zu Diensten sind.«

May hatte gesehen, daß ihre Mutter tief und traurig Luft holte. »Ach, Pip, es ist so schwer zu erklären, weil ihr nicht mit dem richtigen Verständnis aufgewachsen seid. Ich weiß, daß der Priester gesagt hat, Gott stellt die Menschen über die Tiere, und daß es widerwärtig ist, sich als Teil der Natur zu sehen. Aber, Pip, wir sind auch nur Kreaturen dieser Erde, Teil der natürlichen Ordnung. Der Hirsch hat sein Geweih, der Wolf hat seine Zähne, der Fisch hat seine Flossen, wir alle besitzen eine Gabe, die uns unseren speziellen Platz in der Ordnung der Dinge zuweist. Und wir besitzen die Gabe der Vernunft. Wir dürfen sie nicht dafür benutzen, daß sie das Gleichgewicht zerstört. Jedes Jahr fällen wir die Bäume, ohne den Setzlingen Zeit zum Wachsen zu lassen. Bald schon wird alles tot sein.«

»Das ist es, worüber der Baron nachdenkt?« hatte Pip verblüfft gefragt.

Elaine schüttelte den Kopf. »Er versteht diese Dinge nicht wirklich. Der Alte Glaube war schon einige Jahre im Vergehen, als man ihn schließlich verbannte. Er will nur, daß die Große Mutter seine Frau, Keridwen, wiederbelebt und seine Burg rettet. Nein, er versteht es nicht. Es kommt von etwas, das sich nicht lehren läßt, sondern bereits in deiner Seele ist ... wie bei Keridwens Sohn.«

»Lord Caspar ... Master Spar?«

Sie hatte genickt und sich dem Fenster zugewandt, dann hatte sie sich in die Nische vorgebeugt, damit sie durch den schmalen Schlitz spähen konnte. »Von hier aus sieht man meilenweit, die ganze Schlucht hinauf.«

Zwei Tage lang hatten May und ihre Familie die runde Turmkammer kaum verlassen, bis zu dem Zeitpunkt, als sich Master Spar, Master Hal und die Hohepriesterin auf den Weg machten.

Finster und abweisend hatte May den braunhaarigen Jungen auf seinem hochtrabenden Roß betrachtet, das sich eine Gasse durch die Bogenschützen bahnte und rastlos an seiner Kandare kaute. Sie hatte an die umfassende, schützende Liebe ihres Vaters gedacht, und Abscheu sprach aus ihrem Blick. Eine Sekunde lang schien er verwirrt, fast verletzt von diesem Blick, und eilig hatte sie sich verneigt, war in den Schatten ihrer Mutter getreten. Als die drei Reiter die Straße hinuntergaloppierten, hatte die Menge nach vorn gedrängt, sich zum Jubeln über die Zinnen gebeugt, bis die drei nur noch kleine Punkte waren, die über den Grund des Tales krochen.

Endlich drängte die Morgendämmerung durch die Schießscharte und fiel über den Boden der Kammer. May stieg aus dem Bett.

Nun, da die beiden edlen Jungen und die Jungfrau die Burg verlassen hatten, wirkte es dort ruhiger. Schon exerzierten die Männer unten im Burghof, und ein Wachmann marschierte an den Zinnen entlang, gab mit scharfen Stößen aus seinem Horn Signal. Sie bewegten sich wachsam, achteten auf die sich sammelnde Bedrohung unten in der Schlucht. Über allem flatterte das Banner von Torra Alta, der goldene Drache auf strahlend blauem Untergrund.

Während sie vom Turm herabsah, dachte May, daß die Garnison bedrückt wirkte. Die Männer hielten die Köpfe gesenkt, zerrten riesige Maschinen über das Kopfsteinpflaster an die neuen strategischen Positionen. Der Gedanke an den bevorstehenden Angriff dämpfte ihre Stimmen zu feierlicher Erwartung. Ein explosives Krachen nach dem anderen durchbrach die drückende Stille. Sie haßte die gelben Blitze von den Brandsätzen, die über die Wehranlagen geschleudert wurden, um die Reichweite zu prüfen. Den ganzen Tag lang zuckte sie jedesmal zusammen, wenn das Krachen die Stille zerriß und von den Wänden der Schlucht widerhallte. Doch man hatte ihr den Sinn und Zweck erklärt, und sie verstand das.

Am dritten Tag war alles still.

Der Baron schlenderte über die Burghöfe und marschierte an den Zinnen entlang, murmelte hier und da ein Wort, ermutigte seine Männer. Nun waren sie bereit. Sie konnten nur noch warten. Die Spannung stieg mit der erwartungsvollen Stille. Auf Burgmauern und Turmzinnen reihten sich müßige Schützen aneinander, die immer wieder ihre Bogensehnen prüften und nervös am Gefieder ihrer Pfeile zupften.

May kroch in die schmale Fensternische und stierte nordwärts am Silberfluß entlang. Irgend etwas glitzerte am Rand des Wassers. Ein grauer Schatten lag über dem Land. Ihr Herz tat einen Ruck. Pip drückte sich neben sie und starrte wie sie hinunter, leckte seine Lippen langsam.

Das Alarmhorn stieß drei kurze, scharfe Töne vom Wachturm herab und wiederholte diese jede Minute. Elaine drückte beide Kinder an ihre Brust und hielt sie fest. Es gab keinen Grund, etwas zu sagen. Sie alle wußten, daß die vaalakische Streitmacht an der Schwelle Torra Altas stand.

Ein scharfes Klopfen an der Tür unterbrach die Umarmung.

Elaine lief zur Tür und zog an dem großen Eisenring. Auf der Schwelle stand die gebückte Gestalt der Greisin.

»Komm, Elaine.« Weiter sagte Morrigwen nichts, dann folgten sie ihr die Wendeltreppe hinab, durch dunkle Korridore und über einen Burghof, bis sie den Hauptturm erreichten. Keiner der Diener oder Soldaten sagte etwas, als sie an ihre Posten huschten. Zu hören war allein das Tappen lederbeschuhter Füße auf dem Kopfsteinpflaster und dazu die beharrliche Warnung aus dem Horn.

»Ihr müßt von nun an hier bleiben«, sagte Morrigwen leise, während sie sanft Mays Kopf streichelte. »Und du, Kleine, kannst alle mit deinem fröhlichen Lächeln erfreuen. Das können wir sicher brauchen.«

Argwöhnisch blickte May in die düstere Steinhalle. Der Boden war kalt und nackt, die Binsen zusammengefegt, aus Furcht vor einem Feuer. Der leere Saal hallte vom Klappern der Webstühle und dem stetigen, rhythmischen Rauschen eines Spinnrads wider. Die ängstlichen Mienen von Frauen und Kindern hoben sich und starrten die Neuankömmlinge an. Widerwillig legte May die Stirn in Falten und drückte sich an ihre Mutter. Nach einigen höflichen Vorstellungen drückte Elaine ihren Kindern geschnitztes Holzspielzeug in die Hände und schob sie in eine stille Ecke.

Pip war entgeistert. »Kann ich nicht auch ein Schwert haben, Ma, oder einen Bogen? Ich will auch meinen Beitrag leisten.«

»Keine Sorge, junger Mann«, sagte eine der Dienerinnen hilfreich. »Ganz sicher wird es für uns alle bald schon viel Arbeit geben. Und dann werden sie dich unten im Brunnenraum brauchen, denke ich, und es wird dir leid tun, daß du Hände hast, mit denen du arbeiten kannst.«

»Elaine.« Morrigwen trat hinter einem schweren Samtvorhang hervor, hinter dem sich eine Treppe verbarg, die von der unteren Halle her kam. »Ich brauche deine Hilfe. Bring deine Tochter mit.«

Die rothaarige Witwe sah ihren Sohn scharf an. »Nun, mein kleiner Kobold, ärgere die Soldaten nicht. Ich möchte nicht hören, daß du anderen Schwierigkeiten machst.« May folgte ihrer Mutter, wahrte eine feierliche Miene, um die Erwachsenen nachzuahmen. Die alte Priesterin sah schrecklich müde und zerbrechlich aus. Sie hatte so stark gewirkt, als sie mit den Männern geritten war, doch in den letzten Tagen schien sie gealtert zu sein.

Die alte Frau lächelte ihre Mutter an. »Meine Keridwen fehlt mir schon so lange ... so viele Jahre der Trauer, und jetzt ist Brid nach Farona gezogen. Es tut gut, euch beide hier zu haben, zwei Frauen aus dem Wald. Es hilft gegen die Leere.« Sie lächelte May an. »Du bist meiner geliebten Brid in mancher Hinsicht ähnlich, meine Kleine ... nur segensreicherweise nicht so starrsinnig, würde ich sagen. Nun, Elaine, verstehst du etwas von Kräutern?«

»Ein wenig.«

»Gut, aber du brauchst auch nicht allzuviel zu wissen, solange du tust, was ich dir sage. Nun seid ruhig, wir wollen ihn nicht stören.«

Sie waren zwei Treppen von der oberen Halle aus zu den kleineren Kammern darüber gestiegen. Die Greisin kletterte steifbeinig und blieb immer wieder stehen, um Luft zu holen. Sie stieß eine schwere Tür auf und führte sie in eine Kammer ganz oben im Turm. Ein Mann, der schwer keuchend atmete, lag auf einer Liege und stöhnte, als sie den Raum betraten. »Ich brauche jemanden, der bei ihm sitzt. Der Burgarzt kann nichts mehr für ihn tun, und es scheint, als würde er mich nicht mehr mögen. Ich denke, er gehört zu denen, die am Neuen Glauben festhalten. Gwion hat seine Sache sicher gut gemacht«, murmelte sie bitter. »Die Garnison braucht ihn, und Branwolf wünscht sich dringend, daß er überlebt. Ihr werdet bei ihm bleiben müssen.«

»Ich bin froh, wenn ich helfen kann«, sagte Elaine mit sanfter Stimme. Sie hatte kaum gesprochen, seit die traurige Nachricht vom Tode ihres Mannes sie erreicht hatte, und wenn sie nicht von der Großen Mutter sprach, zog sie sich meist in sich selbst zurück. Schweigend saß sie am Lager des Mannes.

»Wenn er sich rührt, ruft mich sofort. Mehr müßt ihr im Moment nicht tun.«

»Wie heißt er?« fragte Elaine.

»Catrik. Er hat sich unten im Brunnen verletzt und ist offenbar seit Wochen unverändert. Achtet darauf, daß er nicht im Schlaf spricht und sich zu sehr bewegt.«

May setzte sich zu ihrer Mutter. Es war langweilige, öde Arbeit, auf den alten Mann zu achten. Gelegentlich rührte er sich, und ein- oder zweimal blinzelte er mit den Augen und stierte Elaine verträumt ins Gesicht.

»Keridwen«, stöhnte er, dann sank er wieder in Schlaf.

»Du mußt ihr sehr ähnlich sehen. Das hat der Baron auch schon gesagt, als er im Delirium war«, flüsterte May.

»Schscht, Kind. Weck ihn nicht auf.«

Später kam Morrigwen mit Mörser und Stößel und ein paar Kräutern zurück.

»Hier, da habt ihr etwas zu tun. Könnt ihr sie zermahlen? Es könnte sein, daß wir sie in den nächsten Tagen brauchen.«

Lautlos schwebte die Greisin aus der Kammer, und als sie erst wenige Minuten fort war, hallten schwere Schritte die Treppe herauf. May sprang auf und drückte sich fest an ihre Mutter, als Branwolf in die Kammer trat. Er versuchte, leise aufzutreten, als er sich dem Kranken näherte, doch die Planken knarrten unter seinem Gewicht. Er nickte zum Gruß, und Elaine machte einen Hofknicks, hielt den Kopf höflich geneigt. May beobachtete ihre Mutter und ahmte dann deren Bewegungen nach.

»Hat er sich gerührt?« Branwolfs Stimme knurrte in seiner Kehle.

Elaine schüttelte den Kopf. »Fast gar nicht.«

Branwolfs Schultern sanken sichtlich herab, als er traurig neben dem Kopf des Mannes kniete und dessen feuchte Hand nahm.

»Hallo, alter Freund«, flüsterte er warmherzig. »Du schläfst schon so lange, doch die alte Frau wird dich nun heilen. Ich bin mir sicher, daß es dir bald bessergeht.« Er seufzte und schwieg einen Moment. »Sie sind da. Heute morgen sind sie am Eingang des Tales erschienen. Wir lassen die Soldaten jetzt deine feurigen, kleinen Sprengladungen basteln, aber du mußt aufwachen, Catrik. Komm schon, alter Mann, du schaffst es. Du kannst uns junge Springer nicht allen Ruhm für deine gute Arbeit einstreichen lassen. Du bist ein harter, alter Keiler. Du schaffst es.«

Catrik stöhnte. Kurz blinzelten seine Augen auf. »Seid Ihr das, Mylord?« Die Worte waren zwischen dem keuchenden Atem kaum zu hören. »Spar, Master Spar …?«

»Er ist in Sicherheit. Wir haben ihn zurückgeholt. Mach dir keine Sorgen. Er ist mit Hal unterwegs, um Hilfe aus Farona zu holen.«

Catrik schüttelte den Kopf. »Die Mondsteine … Expl… Explosion …« Wieder sank er in tiefer Erschöpfung zurück, stöhnend. Seine Lippen bebten, und seine Haut war wie fahle Asche, blau um Mund und Augen.

»Ruh dich nur aus, Catrik. Es hat alles seine Ordnung. Spar ist in Sicherheit. Und du mußt dir keine Sorgen darum machen, daß die Mondsteine in deinem Brunnenraum Schaden anrichten. Sie dürften durch die Explosion allesamt zerstört oder verloren sein. Der Hauptmann hat alles nach ihnen abgesucht, und er sagt, sie seien nicht mehr da.«

Branwolf erhob sich, wollte gehen und nickte Elaine zum Abschied zu. May war unbehaglich zumute. Es gefiel ihr nicht, wie der Blick des Barons nur einen Augenblick zu lang auf ihrer Mutter ruhte.

»Achte auf Catrik, May.« Elaine stand auf und trat verdrießlich an die Schießscharte, stellte sich auf die Zehenspitzen, um einen Blick in die Schlucht zu werfen, aber sie konnte von hier aus nur die Gipfel der Gelben Berge sehen.

May nahm ihre Verantwortung ernst, beobachtete selbst den Puls in einer Ader an der faltigen Schläfe des Mannes. Er murmelte zusammenhangslos im Schlaf. Beunruhigt strich sie über seine Stirn und flüsterte, wie ihre Mutter es getan hatte.

»Schscht, Catrik, schlaft. Alles wird gut.«

»Nein!« Er wandte seinen Kopf hin und her. »Es ist der Stein des Teufels. Er hat versucht, Spar damit zu töten. Ich weiß es genau.«

»Master Spar ist in Sicherheit. Lord Branwolf sagt, Spar sei in Sicherheit. Der Teufel wird ihm nichts tun.«

»Spar ist sicher.« Der alte Mann entspannte sich, murmelte die Worte immer wieder vor sich hin.

»Ja, Master Spar ist sicher.« Es war ihr unangenehm, auf derart vertraute Weise vom Sohn des Barons zu sprechen, doch nannten ihn alle auf der Burg Spar. Noch immer fuhr ihr bei dem Gedanken an ihn, wie er so unnahbar und überlegen auf seinem hohen Roß saß, ein Schauer über den Rücken.

Catrik hatte seit einer Stunde friedlich geschlafen, als sich der Kaplan leise in die Kammer schlich. Er war kleiner als die meisten Männer der Garnison, hatte gepflegte Hände und einen wachen Blick.

Er sah May an, bemerkte ihre Mutter nicht, doch als Elaine sich rührte, warf er ihr einen knappen, scharfen Blick zu, fast als wäre er erschrocken. Das verbarg er sofort. May kam es vor, als hätte er gemerkt, daß sie sich nach dem Alten Glauben sehnte, was ihm mißfiel. Der Kaplan strich mit seinen Händen über die langen, schwarzen Ärmel, die seine Arme verhüllten, und spannte die schmalen Lippen zu einem Lächeln. »Ach, ja, das ist Elaine, nicht wahr? Ja, nun, ich werde jetzt bei Catrik wachen. Ihr könnt euch ausruhen und wieder zu den anderen gehen.«

Pater Gwion kniete am Bett des Mannes. Sie hörten, wie er einen Psalm betete, während sie zur Tür hinausschlichen und sich die Treppe hinunter in die angespannte Atmosphäre des unteren Stockwerks im Hauptturm schlängelten. Einige Frauen arbeiteten noch immer sorgenvoll an ihren Webstühlen, während die anderen zu den Fenstern geklettert waren und von der Tatenlosigkeit der Außenwelt berichteten.

»Nichts, rein gar nichts. Sie hocken nur da oben am Paß.«

»Ich wünschte, sie würden sich beeilen und anfangen. Ich kann dieses Warten nicht mehr ertragen«, jammerte eine der jüngeren Frauen.

Eine dicke, alte Frau mit roten Wangen und roten Händen von ehrlicher, harter Arbeit seufzte leise, setzte eine neue Spule ein und blickte langsam auf. »Sag das nicht, Rosalind. Sei dankbar für jeden letzten gesunden Atemzug, den du nehmen kannst. Sicher kannst du nur sein, daß es, wenn es anfängt, weit schlimmer sein wird, als du es dir vorstellen kannst.«

»Heitere uns nur auf, Maud!« war eine scharfe Stimme hinter einem halbfertigen Wandteppich zu hören.

May betrachtete die Dienerinnen und kam zu dem Schluß, daß das Warten auf den vaalakischen Angriff an ihren Nerven zerrte. Alle Kriegsvorbereitungen waren getroffen, und sie waren wieder an ihre Handarbeit gegangen, um ihre trüben Gedanken abzulenken.

Pips Augen waren groß vor Aufregung.

Elaine warf ihm einen scharfen Blick zu. »Was führst du im Schilde?« schalt sie ihn.

»Nichts, gar nichts«, sagte er beiläufig und warf May einen kurzen, verstohlenen Blick zu, sah in eine stille Ecke des Raumes. Fügsam schwebte sie unauffällig durch die murmelnden Frauen in die abgeschiedene Ecke, die Pip als ihren geheimen Treffpunkt angedeutet hatte.

»Ich war überall in der Burg«, zischte er mit großen, aufgeregten Augen. »Ich habe mir alles angesehen ... die Waffenkammer, die Lager, den Brunnen, die Ställe ... alles.«

»Pip, man hat dir doch gesagt ...«

»Ich weiß, aber da gibt es eine verriegelte Kammer.«

»Und?«

Seine Augen leuchteten. »Ich habe durchs Schlüsselloch gesehen.«

KAPITEL 5

Das Licht des Morgengrauens schien dem Mann ins Gesicht, füllte die Konturen aus und machte seine Züge deutlicher. Erleichtert ließ Caspar die Waffe sinken und sackte auf seinem Sattel zusammen. Er stieß ein erschöpftes Seufzen aus, als die Spannung von ihm fiel, doch er erstarrte bald wieder, als die wütende Stimme des Ankömmlings durch den Nebel drang.

»Bei aller Liebe, Spar, geh mir zur Hand!«

Schließlich kam Caspar in Bewegung, sprang aus dem Sattel, schrie begeistert und erleichtert: »Hal! Hal! Ich komme. Was ist passiert?« Er rannte durch den Nebel seinem Onkel entgegen. »Brid!« rief er hilflos, als er die reglose Jungfrau in Hals Armen sah. »Brid! Was ist mit ihr geschehen?« Verzweifelt sah er das weiße Gesicht des Mädchens und das Blut, das durch ihre Jacke sickerte. Ihr Kopf baumelte im Rhythmus von Hals Schritten. Der ältere Junge tat noch ein paar tapfere, wenn auch erschöpfte Schritte, bis er ans moosbewachsene Ufer kam, welches aus dem wandernden Dunst aufstieg, der den Fluß verhüllte.

Fast herzlos ließ Hal seine Last aus den Armen gleiten, so daß sie mit einem schmerzhaft dumpfen Schlag zu einem Häuflein am Boden zusammensank. Dann fiel er auf die Knie und sank neben sie.

Caspar konnte es nicht ganz fassen. Schließlich brachte er die Frage zustande: »Ist sie tot?«

Hal vermied es, die Frage zu beantworten, sondern wandte sich ihm statt dessen wütend zu. »Die ganze Nacht habe ich sie getragen. Den ganzen Weg vom Rand des Waldes her. Wo zum Teufel warst du?«

Caspar war zu sehr auf Brid konzentriert, um dem Gedankenfluß seines Onkels folgen zu können. Er beugte sich über den Körper des Mädchens und schob seinen Umhang unter sie, hüllte sie vorsichtig in das schützende Tuch. Sanft legte er seinen Kopf an ihre Brust und lauschte aufmerksam nach dem rhythmischen Pumpen ihres Herzens. Er schreckte auf, dann nahm er sich zusammen, als er merkte, daß das Krächzen, das unter ihren Kleidern hervordrang, vom Salamander stammte. Er schob ihn beiseite, mied sorgsam die Berührung mit dem Mondstein und lauschte wieder dem Herzschlag der Jungfrau. Sein eigener Puls und kurzer, harter Atem dröhnten ihm in den Ohren, doch er konnte bei dem Mädchen kein Lebenszeichen ausmachen. »Ist sie tot?« fragte er noch einmal.

Hal seufzte. »Hoffentlich nicht. Ich habe sie meilenweit geschleppt – auf der Suche nach dir. Wenn ich gedacht hätte, daß sie tot wäre, hätte ich sie bei den Vaalakern gelassen …«

»Hal, wie könntest du?«

»Wenn sie tot gewesen wäre, hätte es kaum einen Unterschied gemacht, oder? Ich wußte, daß es mit ihr hoffnungslos wäre. Ein junges Mädchen. Es mußte so kommen. Soviel zu den Zauberrunen, was, Spar?«

»Soviel zu den Runen«, stimmte der Neffe ihm zu, als er sich über Brid beugte und vorsichtig nach Verletzungen suchte. Sein überlanges Haar fiel über seine Augen, und er wischte die Strähnen mit den Fingern beiseite, verschmierte die Flecken von Färberwaid, welche die Greisin an seine Stirn getupft hatte. Eine Kruste aus schwarzem Blut verfilzte das kupferbraune Haar des Mädchens in ihrem Nacken. Caspar kratzte das trockene Blut ab und legte eine rötliche Prellung und aufgeschürfte Haut frei. »Hol etwas Wasser, Hal. Wir müssen das hier auswaschen. Was ist passiert?«

»Alles«, erwiderte der dunkelhaarige Junge mit einer wegwerfenden Geste. Seine sonst bronzefarbene Haut war ausgelaugt und bleich vor Erschöpfung. Mit müdem Seufzen stieß er sich vom Boden ab, um den Wasserbehälter von Feuerschweifs Satteltasche zu lösen. Er reichte ihn Caspar und sank wieder zu Boden, massierte seine Schenkel.

Einen Moment lang widmete Caspar seine Aufmerksamkeit dem Onkel, betrachtete die trüben, olivfarbenen Augen tief unter dunklen Brauen, gekrönt von dichtem schwarzem Haar. Nie zuvor hatte er Hal derart abgekämpft gesehen. Er wandte sich wieder dem Mädchen zu, fragte sich, was sie tun konnten, um ihr zu helfen, und drängte Hal gleichzeitig nach weiteren Informationen. »Du mußt mir sagen, was passiert ist. Wo sind die Pferde?«

Hal stöhnte und legte sich ins Moos, warf die Arme über sein Gesicht, um die Augen in der Armbeuge zu verbergen. »Ich dachte, wir wären frei, deshalb habe ich dir zugerufen, daß du dir einen Weg bahnen solltest. Aber sie ist direkt mit einem Vaalaker zusammengestoßen, einem Koloß von einem Krieger. Er hat nach ihr ausgeholt, und wenigstens war sie schlau genug, ihm auszuweichen, aber dann schlug er wieder zu und traf ihr Pferd voll an die Brust, gleich unter dem Brustharnisch.«

»Oh«, bemerkte Caspar.

»Ich war gerade noch rechtzeitig neben ihr, um den Schlächter zu durchbohren, aber nicht mehr rechtzeitig, um Brid zu helfen«, seufzte Hal bedauernd. »Das Pferd stürzte und klemmte sie unter sich ein. Sie ist hart gefallen. Ich denke, sie hat sich den Kopf gestoßen.«

»Mhm … da ist noch eine Stelle an ihrer Schläfe.« Caspar riß einen Streifen von seinem Hemd, tauchte ihn in Wasser und legte ihn dem Mädchen auf die Stirn. Vielleicht würde der Kuß des Silberflusses sie zu neuem Leben erwecken. Er wußte nicht, ob es helfen würde, doch er wollte unbedingt etwas tun. Zweimal schon hatte sie ihm mit ihrer Kunst und ihrer Kenntnis der Heilkunde das Leben gerettet. Er durfte sie nun, da sie ihn brauchte, nicht enttäuschen. Hal schwieg, und Caspar drängte seinen Onkel weiter. »Was ist dann passiert?«

»Ich habe das arme Vieh von seinen Qualen befreit. Es trat um sich, und ich konnte das Mädchen darunter nicht befreien. Jedenfalls habe ich sie herausziehen und über meinen Sattel legen können. Wir waren ganz nah am Weg, doch im Kampf hatte mein Pferd einen Hieb ans Sprunggelenk bekommen. Anfangs habe ich es nicht bemerkt, aber sobald wir unterwegs waren, merkte ich, daß es hinkte. So konnte ich natürlich nicht schnell genug aus dem Wald entkommen. Ich hoffte, du wärest klug genug, in die offene Steppe zu reiten, und würdest nicht von Vaalakern niedergestreckt halbtot in diesem Gebüsch liegen.«

Caspar nickte und nahm die Sorge um seine Sicherheit zur Kenntnis.

»Weißt du, diese Spione müssen schon auf uns gewartet haben.« Plötzlich ließ Hal den Faden seiner Erzählung abreißen. »Woher, zum Teufel, wußten sie, daß wir nach Farona wollen? Ich bin mir sicher, daß es kein Zufall sein kann. Sie haben sich zielsicher auf Brid und den Mondstein gestürzt. Woher wußten sie davon?«

»Stimmt!« gab Caspar ihm recht. Er erinnerte sich an den Verräter Dunnock, der tot an jenem Steingrab am Rande der vaalakischen Tundra gelegen hatte. »Woher um alles in der Welt wußten sie davon?«

»Nun, als ich eben dachte, wir wären wirklich in Sicherheit, hat ein Vaalaker einen Glückstreffer landen können. Mein Pferd stolperte unter mir, mit einem Armbrustbolzen in der Flanke. Ich mußte auch ihm die Kehle durchschneiden. Unangenehme Sache.«

Der kleinere Junge erschauerte bei der Erwähnung der Armbrust, denn er dachte an die Qualen zurück, die ein feindlicher Bolzen, der in seinen Knöchel eingedrungen war, ihm verursacht hatte.

»Dann sah ich *ihn* mitten im Dickicht.« Hals Stimme wurde zu einem kalten Flüstern. »Ich bin mir sicher, daß er es wieder war.«

Fragend hob Caspar eine Augenbraue.

»*Er,* Scragg. Die hünenhafte vaalakische Bestie mit dem halben Ohr. Warum habe ich ihn in der Arena nicht erschlagen, als ich Gelegenheit dazu hatte? Ich hätte ihn mit seiner eigenen Axt töten sollen«, fügte er bitter hinzu.

»Dieser Scragg wird nie vergessen, daß du ihn vor seinen eigenen Männern erniedrigt hast.« Caspar versuchte, die unangenehme Erinnerung an ihre Gefangenschaft in den Händen von Morbaks grausamen Kriegern mit einem Achselzucken abzutun. Er nickte zur Schlucht hin. »Die Vaalaker werden sich heute abend am Pferdefleisch laben.«

»Mhm, aber sie werden sich auch an uns laben, wenn wir nicht weiterziehen.«

»In die Steppe können sie uns nicht folgen.« Caspar klang überzeugt, doch dann änderte sich seine Stimme. »Oder doch?«

»Natürlich kann keine Armee über den Paß ziehen, solange Torra Alta standhält, aber der eine oder andere Spion …? Sie könnten in Belbidia nicht lange überleben, aber dennoch habe ich dieses brennende Gefühl zwischen den Schulterblättern, seit wir außer Reichweite des Waldes sind.«

»Vielleicht war es die Wölfin.«

»Welche Wölfin?«

»Brids Wölfin. Sie war die ganze Nacht da.«

»Oh. Na, schade, daß du nicht so gut wie die Wölfin darin bist, Leute zu suchen. Was hast du eigentlich hier gemacht? Ich habe dir doch gesagt, daß du bei den Birken neben der Ochsenfurt warten sollst, wo der Silberfluß in die Steppe führt«, sagte Hal vorwurfsvoll.

»Hast du nicht!«

»Hab' ich doch! Stunden habe ich damit vergeudet, dich zu suchen. Ich dachte, du wärst tot oder so dumm, wieder umzukehren und mich im Wald zu suchen, wo diese Spione lauern.«

»Bilde dir nichts ein. Ich würde nicht umkehren, um dich zu suchen. Brid vielleicht, aber dich nicht. Jedenfalls hast du von den Buchen beim Ochsenjoch gesprochen«, protestierte Caspar.

»Du hast dich verhört ...«

Brids Stöhnen unterbrach augenblicklich ihren Zank.

»Wir müssen so schnell wie möglich Hilfe für sie finden.« Plötzlich wurde Hal entschlossen. »Das nächste Dorf, Weidenbrunn, wird uns nichts nützen. Da gibt es nur eine Schmiede und ein Gasthaus, wenn ich mich recht erinnere. Wir müssen zu Baron Bullback. Er hat einen großen Hofstaat. Sicher hat er so etwas wie einen Arzt.«

»Aber ob es gut ist, Brid zu bewegen?« Caspars Stimme war voll Sorge. »Ich könnte umkehren und Hilfe holen. Morrigwen ...«

»Und wie lange wird das dauern? Die vaalakische Armee stand fast am Fuß des Felsenturms, als wir ausgeritten sind. Die ganze Schlucht wird voll von ihnen sein, und wahrscheinlich schaffen wir es nicht zurück, ganz zu schweigen davon, daß wir die alte Frau hierherbekommen. Wir müssen sie nach Süden bringen.« Hals glühende Augen blickten finster in das zweifelnde Gesicht seines Neffen. »Nun, meinst du, wir hätten eine Wahl?« fragte sein Onkel, und Ärger sprach aus seinen Worten.

»Nein. Nein, wohl nicht.«

»Wir können das Mädchen nicht einfach über den Sattel werfen. Das wird ihren Verletzungen nicht guttun, also wird einer von uns reiten und einer sie stützen müssen.« Hal fuhr fort, ohne Luft zu holen. Die nötigen Entscheidungen hatten seine Kräfte wiederhergestellt. »Ich bin die ganze Nacht gelaufen, also werde ich reiten.«

Caspar haßte den arroganten Ton seines Gefährten und die Art und Weise, wie dieser automatisch die Entscheidung an sich riß, doch er wußte, daß Hal recht hatte, und deshalb stritt er nicht. Er hatte keine Kraft zu streiten. Er war viel zu sehr mit der Sorge um das schlanke Mädchen beschäftigt. Wenn sie stirbt, werden wir die Runen niemals finden, und dann finden wir das Druiden-Ei auch nie, und Torra Alta wird fallen. Und wir werden meine Mutter niemals befreien.

Er betrachtete die dunklen Flecken, welche die Haut um Brids Augen anschwellen ließen, und merkte, daß er betete, die Mutter Göttin möge in ihrer Liebe zur Hohepriesterin deren wunderschöne, leuchtendgrüne Augen wieder öffnen. »Laß uns nicht allein, Brid«, flehte er. »Wir brauchen dich.«

Feuerschweif trat aus, warf seine Mähne herum und scheute bei jedem verdrehten Zweig oder gebrochenen Ast, der am Rand der Großen Nord-Süd-Straße lauerte. Die Kinnkette, die kaum zügelnde Wirkung auf das Pferd zeigte, klirrte jedesmal, wenn der rote Hengst an seiner Kandare kaute. Hal schaukelte unbequem nach vorn, wobei seine Arme vom nimmermüden Tier am Ende der Zügel beinah aus ihren Gelenken gerissen wurden. Seine finstere Miene zeigte, daß die unruhige Gangart des Pferdes ihn offenbar verärgerte.

»Wieso um alles in der Welt hast du dir dieses Biest ausgesucht? Als Streitroß ist es ungeeignet. Es fügt sich kein bißchen. Ich sage ihm, daß es gehen soll, und es tanzt nur wie ein dummes Osterlamm.«

»Er ist der Schnellste. Kein Pferd ist schneller als Feuerschweif.« Caspar ging auf jedes Gespräch ein, das ihn von der kranken Jungfrau ablenkte.

»Das ist wahrscheinlich gut, wenn man auf dem Rückzug ist, aber beim Angriff nützt er einem nichts. Wenn du groß genug bist, eine Rüstung zu tragen, bricht dieses Pferd unter dir zusammen.«

Caspar rümpfte die Nase, überhörte die Beleidigung. Es hatte keinen Sinn, sich von Hal aufstacheln zu lassen, weil er den Streit am Ende immer gewann. »Wenn du dich etwas entspannst und deinen Rücken nicht so steif machst, würdest du bequemer reiten.«

»Versuch nicht, mir was von Pferden zu erzählen. Dieses Tier braucht eine feste Hand und jemanden, der ihm sagt, was es tun soll. Ich möchte einfach, daß es geht«, erklärte Hal zornig, als das Tier drei verschreckte Schritte zur Seite machte, um einem gebogenen Stock auszuweichen, der in der morgendlichen Brise schwankte.

»Feuerschweif zu sagen, daß er gehen soll, wäre genauso, als würdest du ihm sagen, er solle sich Flügel wachsen lassen und fliegen. Außerdem hast du alles falsch verstanden. Man sagt einem Hengst überhaupt nichts. Du kannst einem Wallach Befehle geben, du kannst eine Stute lenken, aber einen Hengst kann man nur bitten. Und diesen hier, na ja ...« Caspar streckte eine Hand aus und zog liebevoll an einem von Feuerschweifs weichen, spitzen Ohren, »den mußt du überreden.«

»Sei nicht albern. Es ist nur ein dummes Pferd.«

»Na, wenn das so ist, ärgere dich nicht, wenn du es nicht lenken kannst.«

»Ha!« Schmollend schwieg Hal, knurrte, als er Brids schlaffen Körper an seine andere Schulter anlehnte und seinen verkrampften Arm schwenkte, um den Blutkreislauf wiederherzustellen. Schweigend schritten sie voran, wobei Caspar hin und wieder rennen mußte, um mitzuhalten, und sich dabei gelegentlich an der Schabracke festhielt, um sich ziehen zu lassen.

Während es in den kargen Bergen fast Winter gewesen war, fanden sie noch immer herbstliche Temperaturen vor, als sie ins mildere Klima des Tieflands kamen. Noch waren sie viel zu weit im Norden für den Getreideanbau, aber schon roch der Boden anders: nach schwerer Lehmerde, die Fruchtbarkeit atmete und aus der das dichte, saftige Gras sproß, von welchem sich die Ochsen von Jotunn ernährten.

Als die Sonne ihrem Zenit entgegenstieg, kamen sie nach Weidenbrunn und wurden dort von einem kleinen Jungen im schmutzigen Kittel empfangen. Abrupt blieb er mit nackten Füßen stehen und glotzte sie an, wobei ihm der Stock, den er bei sich trug, aus der Hand fiel, als er hastig zu den Hütten lief, die sich schläfrig um die Schmiede sammelten. Das rhythmische Klirren eines Hammers auf dem Amboß klang über die Felder, wo ein Dutzend bucklige, schwarzgesichtige Rinder standen und zufrieden grasten. Bei der Flucht des Bauernjungen stoben die Hühner gackernd auseinander, und kleine Ferkel hasteten quiekend in den Schutz der Mutter.

Die wütende Warnung schreiender Gänse rief besorgte Einwohner nach draußen. Einige mutigere Hirten standen mit Mistgabeln bereit, während sie sich ein Bild von den nahenden Edelleuten zu machen versuchten. Keiner der Dorfbewohner sagte etwas, doch einer wich in die Schmiede zurück und holte den Besitzer, damit er sich die Torra Altaner sah.

Wenn es dem Schmied an Körpergröße mangelte, dann glich er das mit der Breite seiner Schultern aus. Die Ärmel seines rußverschmierten Hemds waren bis über die Ellbogen geschoben, und seine muskulösen Arme sahen aus, als wollten sie den Stoff zerreißen. Eine abgewetzte Lederschürze schützte ihn vor den Funken vom Amboß. Er ließ sich Zeit, als er die Jungen musterte, dann breitete sich ein Lächeln auf seinem geröteten Gesicht aus.

»Es gibt keinen Grund zur Sorge, Bill, mein Freund«, sagte er zu dem ängstlichen Jungen, der den Schaft seiner Mistgabel ganz fest hielt. »Das Wappen da auf der Pferdedecke ist ganz sicher aus Belbidia, und wenn ich mich nicht täusche, dann ist es das der nördlichen Baronie. Das müßte der Drache von Torra Alta sein. Aye, ihr Dörfler, das sind keine bösen Nordmänner. Hab' ich nicht recht, junger Herr?« Endlich blickte er auf und sprach zu Hal. »Ihr, Herr, und Euer Knappe seid von Torra Alta.« Er zupfte an seinem dünnen Haar, um ihrem Rang Respekt zu zollen.

Typisch, dachte Caspar. Jeder nimmt automatisch an, ich wäre Hals Untergebener. Dann dachte er, daß dieser Irrtum wohl nur natürlich war, da er lief und Hal auf diesem prächtigen Pferd saß.

»Einen guten Tag Euch, Schmied, das sind wir allerdings. Ich bin der Bruder Baron Branwolfs von Torra Alta«, antwortete Hal höflich. Seine Erklärung rief bei einigen der jüngeren Viehtreiber, die offenbar noch nicht sehr viel Kontakt zur Außenwelt gehabt hatten, Erstaunen hervor. »Wir brauchen Hilfe.« Er strich den Rand des Umhangs zurück, der Brid schützend umhüllte. Die Jungfrau rührte sich und stöhnte, doch schlug sie die Augen nicht auf. »Das Mädchen hier ist verletzt. Wir brauchen dringend Hilfe. Gibt es hier jemanden, der sich in Kräutern oder Heilkunde auskennt?«

»Nein, Herr, der nächste Arzt ist der Priester auf dem Gut – dem Gut des Barons – drei Wegstunden voraus«, teilte der Schmied ihnen mit und schwenkte einen seiner geschwärzten Arme gen Süden.

Drei Wegstunden noch, dachte Caspar bestürzt und warf einen Blick auf den schlaffen Leib der Jungfrau.

»Dank Euch und guten Tag«, antwortete Hal auf eine Art und Weise, die Caspar für etwas zu arrogant hielt. Der Edle mit dem schwarzen Haar riß etwas zu optimistisch an Feuerschweifs Zügeln, was den Hengst seitwärts schreiten ließ, wo er fast einen neugierigen kleinen Bengel umstieß, der zu nah herangekommen war.

»Verdammter Gaul«, murmelte Hal leise.

»Wartet, bitte, wartet, Mylord«, rief eine aufgeregte Stimme hinter dem schützenden Rücken des Schmieds hervor. Eine große, runde Frau mit riesigen Röcken und einem mächtigen Busen, der schwer auf ihrem Bauch ruhte, watschelte nach vorn. »Ich habe viele Kinder auf die Welt gebracht und sie alle behandelt, Gott segne sie, bei Schnitten und Schürfungen. Laßt mich einen Blick auf das Mädchen werfen und sehen, ob ich nicht etwas für sie tun kann.« Die Bäuerin lächelte warm, und ihre roten Wangen sahen aus wie runde Äpfel.

»Nun ...«, begann Hal, der offensichtlich unsicher war, was die Fähigkeiten der Frau anging. Dann hatte er sich jedoch entschieden. »Hier, Spar, faß mit an.« Caspar streckte sich, um nach Brid zu greifen, als Hal sie zu ihm herunterreichte. Glücklicherweise war sie leicht.

Mit mütterlicher Sorge legte die Frau den Saum des Umhangs zurück, um die Jungfrau zu untersuchen, und das Lächeln auf ihrem Gesicht erfror. Furchtsam trat sie zurück, wischte eifrig ihre Hände an der Schürze ab, als wollte sie sich vor einer Infizierung schützen.

»Was ist denn, Edith?« fragte der Schmied die Frau, als diese ihm ihre entsetzte Miene zuwandte. »Erkläre dich, Frau. Es ist doch nicht die Pest, oder, Edith, doch nicht die Pest?«

»Oh! Oh! Nein! Schlimmer. Es ist ... oh! ... Tritt zurück, faß sie nicht an. Bleib zurück«, schrie sie ihren Mann an, als dieser sich Brid zuwandte.

»Hör auf zu jammern, Frau, sag mir einfach ...« Seine Stimme versagte, als sein Blick auf das Gesicht des verletzten Mädchens fiel, und auch er trat gleich zurück. Er fuhr zu Hal und Caspar herum. »Wo auch immer Ihr sie gefunden haben mögt, bringt sie zurück. Und geht jetzt. Wir wollen hier keinen Ärger haben.«

»Seid nicht albern, Mann«, schnaubte Hal herablassend. »Das Mädchen ist verletzt, nicht ansteckend.«

»Das ist kein Mädchen. Es ist ein Wechselbalg. Ich weiß nicht, wo Ihr es gefunden habt, aber Ihr solltet es zurückbringen, bevor seine Eltern es suchen und Euch die Seelen nehmen.«

»Komm schon, Hal, verschwinden wir hier, diese Leute sind verrückt«, sagte Caspar verächtlich, als er Brids schlaffen Leib in Hals Arme gab.

»Wagt es nicht, dieses Ding zum Gut des Barons zu bringen«, kreischte die Frau. »Bringt es sofort zurück, sonst wird es unser aller Ende sein.«

»Es ist nur eine Prellung, die sie seltsam aussehen läßt«, beharrte Hal, der darum rang, Brid in eine komfortable Sitzposition zu bringen.

»Ist es nicht, Herr. Ihr habt den rechten Weg verlassen, wenn Ihr so denkt«, antwortete der Schmied voller Trotz. »Es hat die Züge eines fast ausgewachsenen Mädchens, nur ist es nicht größer als ein Kind. Die Haut ist unnatürlich bronzefarben, und es sieht aus wie eine Elfe – wie die Feen im Hirschwald.« Der Schmied trat auf die Straße hinaus. Mit dem Hammer in der Hand sammelte er ein Stück Kette auf, das an der Tür zur Schmiede hing. »Ich bin Leibeigener meines Lord Bullback und sein treuer Gefolgsmann. Walter! Bill!« rief er die Dörfler zur Hilfe. »Wir können Euch nicht passieren lassen, auf daß Ihr sein Haus und Hof bedroht.«

»Tritt beiseite, Flegel!« brüllte Hal.

»Ich werde dem Tun des Teufels niemals weichen, mögt Ihr nun der Bruder eines Barons oder der eines Königs sein.« Der Schmied stellte sich ihm trotzig, wobei er jedoch ängstliche Blicke auf das Heft des großen Runenschwertes warf. »Walter, bring deine Gabel und komm an meine Seite.«

»Ich bin mir nicht so sicher, Jack.« Der Bauer wirkte zögerlich und trat von einem Fuß auf den anderen. »Ich denke, unser Lord Bullback hat selbst ausreichend bewaffnete Männer, die sein Haus weit besser beschützen können als wir. Es steht mir nicht an, mich in die Angelegenheiten Adliger einzumischen.«

»Mir auch nicht«, erklärte der andere Bauer.

»Geh einfach aus dem Weg, Mann«, befahl Hal. »Ich habe nicht die Absicht, einen meiner Landsleute zu durchbohren, aber das Wohl Belbidias steht auf dem Spiel.« Drohend legte er seine Hand auf die geschmiedeten Drachen, deren verwobene Klauen den Griff an seinem Schwert bildeten.

»Oh, Jack, tu, was er sagt«, kreischte die Frau. »Laß sie gehen. Tritt zurück, Jack. Tritt zurück.«

»Ich bleibe stehen! Ich bin kein Feigling.« Das störrische Kinn des Schmieds war fest und hart.

»Ach, wenn es denn sein muß«, knurrte Hal vor sich hin und beugte sich dann zu seinem Neffen vor. »Mach dich bereit, Spar.«

Caspar drehte seine Hand durch das Leder des Steigbügels und hielt sich am Knauf des Sattels fest. Dann biß er die Zähne zusammen.

»Fertig!«

Feuerschweif explodierte förmlich vorwärts, und Caspar hob die Beine an, prallte während der wenigen Schritte, die nötig waren, auf gleiche Höhe mit dem Schmied zu kommen, an die Flanken des Pferdes. Hal brüllte auf. Sein Fuß auf der anderen Seite von Caspar trat mit dem Absatz nach dem Kinn des untersetzten Mannes. Der Schmied wich trotz seiner tapferen Worte seitlich aus und unternahm keinen Versuch, sie zu verfolgen, als sie hundert Schritte über die Dorfgrenze hinausritten und dort stehenblieben. Caspar entknotete seine Beine und streckte die Zehen, um festen Boden unter die Füße zu bekommen, dann machte er seine Hand vom Sattel frei. Aufgeregt scharrte das Pferd am Boden, schweißgebadet von dem kurzen Ausbruch und begierig darauf, weiterzugaloppieren.

Caspar drehte sich nach den Dörflern um. Offenbar war keiner von ihnen so dumm, ihnen zu folgen. Augenblicklich vergaß der Junge die Bedrohung durch den Schmied und wandte seine Aufmerksamkeit Brid zu.

»Wie geht es ihr? Ist es schlimmer geworden? Sieh nach ihr, Hal. Sieh nach ihr.«

»Ach, hör auf, mich zu nerven, Neffe. Ich kann auf diesem verrückten Hasen von einem Pferd nichts tun. Komm, wir tauschen. Laß uns nur außer Sichtweite dieser Dorftrottel kommen, dann ordnen wir uns neu.« Angewidert sah er sich nach den erschrockenen Dörflern um und seufzte bedauernd. »Branwolf sagt, seit dem Aufkommen des Neuen Glaubens sei das Landvolk mißtrauischer als je zuvor geworden.«

Sie schritten weiter voran, während Caspar mit fester Hand Feuerschweifs Kandare hielt. Die Straße schlängelte sich dahin und folgte dem Ufer des Silberflusses, der von hohem Gras gesäumt war, frisch und saftig nach dem langen, trockenen Sommer, der nun zum Herbst geworden war. Nun, im Monat der Jagd, hatte sich das pralle Gras bronzen verfärbt. Ein paar Trauerweiden tunkten ihre Äste anmutig in die frischen Fluten des Silberflusses, um das Wasser zu kosten, und die beiden Jungen beschlossen, daß die Weiden einen angemessenen Schutz vor den argwöhnischen Blicken des Schmieds boten. Sie machten halt und tauschten die Plätze, hielten die verletzte Jungfrau vorsichtig fest.

Caspar verknotete die Zügel und hakte sie an den Sattelknauf, damit er beide Hände frei hatte. Er setzte Brid so, daß sie seitlich auf dem Widerrist des Hengstes saß, legte ihr einen Arm um den Rücken und ließ ihren Kopf an seiner Schulter ruhen. Mit der anderen Hand schlug er den fellbesetzten Umhang beiseite und untersuchte ihr Gesicht. Ihre Augen waren dunkel und geschlossen, eine gelbliche Prellung breitete sich von einer Schläfe zum linken Auge hin aus, welches inzwischen dick geschwollen war. Ihr Atem ging flach, doch langsam und gleichmäßig. Er stieß einen Seufzer der Erleichterung aus. Zumindest schien es ihr nicht schlechter zu gehen.

»Wieso ist sie noch nicht zu sich gekommen? Hätte sie inzwischen nicht längst aufwachen sollen?« fragte er Hal und rieb seine Waden an den Seiten des Hengstes, um ihn zu einer ruhigen Gangart zu bewegen. Es rief ihm seine eigene Beinverletzung in Erinnerung, doch er setzte sich entschlossen darüber hinweg.

»Ich habe keine Ahnung«, erwiderte Hal, als weigerte er sich, über derart Trübsinniges nachzudenken. Er kam mit Feuerschweif auf eine Höhe. »Wie hältst du dieses Tier davon ab, herumzutänzeln?«

»Ach, Hal, ob sie wieder gesund wird? Einen ganzen Tag schon ist sie in diesem halbtoten Zustand. Werden wir es bis zu Bullbacks Gut schaffen? Sie braucht Hilfe.«

»Sie hätte von vornherein nicht mitkommen sollen. Was nützt einem ein Mädchen bei einer solchen Suche? Wir könnten den Kessel auch ohne sie finden. Man muß nur Faronas Ruinen richtig durchsuchen, und sie wird uns nur das Leben schwermachen. Schon jetzt hat sie mit ihrem Aussehen ein ganzes Dorf in Hysterie versetzt. Sie ist ketzerisch, eine Heidin, und ich bin nicht eben froh darüber, daß wir sie in eine Stadt des Neuen Glaubens führen. Zweifellos sind unsere Seelen schon jetzt in Gefahr, nach allem, was wir tun, um Torra Alta und diese Hexe Keridwen zu retten.«

»Wag es nicht, so über meine Mutter zu sprechen!« Caspar schäumte vor Wut. Insgeheim fürchtete er, Hal könne recht haben. Würden die Menschen von Belbidia ihn fürchten und hassen, wenn sie erfuhren, daß er der Sohn einer Hexe war? Sie alle konnten verstehen, wie sich ihr Vater in eine derart schöne Frau hatte verlieben können, aber das machte Branwolf nicht zum Hexer. Nein, aber vom Fleisch und Blut einer Hexe zu sein? Heidnisches Blut rann frisch und heiß durch seine Adern. Mußte er dafür in der Hölle brennen? Pater Gwion würde es ihm sagen. Er würde es besser verstehen als alle anderen.

Vorsichtig fuhr er mit der Hand über die Stirn der Jungfrau, strich eine Strähne ihres weichen, braunen Haars beiseite, das dem verfilzten Zopf entkommen war. Normalerweise war Brid so trotzig tatendurstig, so tatkräftig, stets von einem Ziel beseelt, das keinen Kompromiß duldete. Nun lag sie hilflos da, baute einzig auf die Hilfe der Jungen, und ihre zarte Gestalt lag in seinen schützenden Armen.

Sie war ganz sicher das schönste Geschöpf, das er jemals gesehen hatte. Trotz der gräßlichen Schwellungen und der ungesunden Farbe der Prellung, welche die rechte Seite ihres Gesichts verunstaltete, gingen ihm die feinen Züge und die vollen Lippen doch ans Herz. Sanft drückte er sie an sich, hoffte, Hal würde die leise Änderung in seiner Haltung nicht bemerken. Er fühlte, wie ihre Nähe durch seine jugendlichen Adern pulste. »Ach, Brid«, murmelte er errötend, verlegen angesichts seiner Gefühle. Er beschloß, daß es ehrenhafter wäre, sich auf die vor ihm liegende Straße zu konzentrieren.

Er war so sehr damit beschäftigt gewesen, wegen des hübschen Wesens in seinen Armen zu seufzen, daß er von der Umgebung kaum etwas wahrgenommen hatte. Die sich windende Straße hatte aus der unermeßlichen Steppe in den Schatten einer abgeschlossenen Weidenlichtung geführt. Als sie um die letzte Biegung kamen und einen großen Weidenast umritten, der am Ufer ruhte, führte sie der Weg ins Freie. Plötzlich standen sie den langen Hörnern eines Bullen von Jotunn gegenüber.

Der Anblick des massigen, weißen Tiers mit seinem schwarzen Kopf ließ Caspar seinen Hengst ruckartig anhalten. Das undurchdringliche Schwarz im Gesicht der höllischen Kreatur machte es fast unmöglich, ihre Augen zu erkennen. Argwöhnisch musterte er den riesigen Stier. Der fetthaltige Buckel am Halsansatz war hoch wie der Widerrist eines Ackergauls, nur war sein Rücken flacher, doppelt so breit und von gewaltigen Muskeln durchzogen, die sich hoben und senkten wie das Meer. Sein Gesicht war platt, an den Wangen breit, mit schweren Knochen zwischen den Augen, wenn man ihn mit dem Weibchen seiner Art verglich. Besonders fielen Caspar die gebogenen Hörner auf, die sich wie die Hauer irgendeines legendären Tiers zu zwei scharfen Spitzen nach oben bogen.

Die Hörner senkten sich zielstrebig, um die Reisenden herauszufordern.

»Hal«, flüsterte der Junge, wollte die Aufmerksamkeit des großen Bullen nicht noch weiter erregen. »Was machen wir jetzt?«

»Nun, wegen einer Kuh werde ich die Straße nicht verlassen.« Trotziger Starrsinn sprach aus der Stimme des jungen Mannes. »Wir verscheuchen sie einfach und …«

»Sei nicht dumm, Hal. Dieses Tier ist unermeßlich stark. Sieh dir an, wie es den Zaun durchbrochen hat. Du mußt an Brid denken. Ein Kampf mit einem Bullen wird ihr nicht eben mit ihren Wunden helfen.«

Zu ihrer Linken döste eine Herde Färsen in der nachmittäglichen Sonne, käute Gras wieder und ignorierte die Flucht des Bullen. Das Tier, dessen mächtige Schultern zu Mukelpaketen verspannt waren, tat einen drohenden Schritt vorwärts und scharrte mit seinem Spalthuf am Boden.

»Wir müssen etwas tun«, sagte Caspar.

»Gut, du reitest los und versteckst dich auf dem Feld, und ich werde dieses Tier aus dem Weg schaffen«, prahlte Hal, der sich von einem domestizierten Lastentier nicht einschüchtern lassen wollte. Er streckte eine Hand nach dem Runenschwert aus und zog es aus der Scheide.

»Sei nicht dumm, Hal. Dieses Vieh wird sich von dir nicht aufhalten lassen. Sieh es dir an.«

»Wenn du ein Feigling sein willst, kannst du dich hinter mir verstecken, Neffe.« Hals Kühnheit hatte die Oberhand gewonnen, und er stand mit dem Schwert da, machte sich für den Angriff des Bullen bereit.

»Im Namen der Ehre, Hal, ich denke an Brid. Wir weichen zurück und suchen uns einen anderen Weg.«

Eine Staubwolke stieg vor dem Bullen auf, wo sein schnaubender Atem den Boden berührte. Klugerweise drängte Caspar Feuerschweif, langsam rückwärts zu gehen, obwohl sich der Hengst – ganz wie der ältere belbidianische Junge – angesichts des gehörnten Urviechs keinerlei Angst anmerken ließ. Noch immer wich Hal nicht von der Stelle, schwenkte das Schwert wie einen Hirtenstab und versuchte, das übergroße Vieh wieder auf seine Weide zu treiben. Caspar steckte in einem Dilemma: Es wäre erheblich umsichtiger, einen sicheren Weg über die Felder zu suchen, fort von dem Bullen, nur wußte er, daß sein Onkel zu starrsinnig war, um den Rückzug anzutreten.

»Aus dem Weg, du häßliche Kuh!« Der schwarzhaarige Junge drehte die Klinge in der Luft, schwang sie über seinem Kopf, daß die Hiebe wie der Flügelschlag eines Adlers durch die Lüfte pfiffen.

Er hat geübt, dachte Caspar und wollte seinen Bogen vom Rücken nehmen, doch mit Brid in seinen Armen war es ihm unmöglich, einen Pfeil an die Sehne zu setzen.

Statt den Bullen dazu zu bewegen, daß er beiseite trat, schien das Schwert das Vieh nur weiter zu verärgern. Nun schwankte der große Stier von einem Bein aufs andere und begann, langsam mit gesenkten Hörnern ein paar Schritte zurück zu tun und seinen Angriff vorzubereiten.

»Hal, du hirnloser Dummkopf!« schrie der kleinere Junge verzweifelt. Nun war es für einen Rückzug zu spät.

Ein Brüllen des Bullen dröhnte ihnen entgegen, und Staub stieg hinter seinen gespaltenen Hufen auf, als er heranstürmte. Hal versteifte sich und trat einen Schritt zurück, erschrocken darüber, wie schnell der Bulle angriff, dann fand er seine Fassung wieder und machte sich mit seinem Schwert bereit. Schliddernd kam der Bulle zum Stehen, stemmte sich gegen seine vergleichsweise kurzen Vorderbeine, die weit einknickten, als sie den Druck des massigen Gewichts von Brust und Schultern auffingen. Wiederum wich der Bulle zurück, bereit für seinen nächsten Angriff, und die Jungen konnten nur raten, ob es eine volle Attacke oder eine weitere Finte werden würde, um sie zu vertreiben. Hal beantwortete das Gebrüll des Bullen mit seinem eigenen Kreischen und schlug mit dem Schwert aus, doch das Tier rührte sich nicht. Statt dessen drohte es mit schnaubenden Nüstern und scharrenden Hufen. Wie hypnotisiert war Caspar von den Spitzen der großen Hörner, die sich zu voller Armeslänge spreizten. Sie hatten nur wenig Vieh auf Torra Alta, und er wußte nicht viel darüber, nur daß Menschen von den Hörnern aufgespießt werden konnten.

Der nächste Angriff kam wütend und direkt. Das Tier war zehn Schritte vom tollkühnen Hal entfernt, als ein grauer Blitz aus dem Graben am Rande der Straße sprang und sich dem Stier um den Nacken schlang. Verdutzt schwenkte der Bulle nach rechts aus, warf seinen gigantischen Kopf und drehte ihn hin und her, um sich von den knirschenden Zähnen zu befreien, die an seiner Kehle rissen. Für den Bruchteil einer Sekunde dachte Caspar, es sei eine Bergkatze, denn deren Angriff wäre so schnell und wild gewesen, doch dann merkte er, daß es ein Wolf war.

Der Bulle riß seinen Kopf hoch, befreite sich schließlich von den Zähnen, die sich in seine Kehle bohrten, und die Wölfin wurde mit gespreizten Beinen durch die Luft geschleudert. Der Stier senkte seinen Kopf, und während die Wölfin segelte, riß er seine Hörner hoch und schleuderte das graue Tier über seinen breiten Rücken. Die Wölfin heulte vor Schmerz und landete bäuchlings auf der Straße, rappelte sich auf, mit einer roten Wunde an ihrer Flanke. Auf dem Bauch schob sie sich vorwärts, knurrte mit gefletschten Zähnen und zeigte eine Reihe dolchartiger Zähne. Blut rann ungehindert aus dem zerfetzten Fleisch am Hals des Bullen. Die beiden Tiere starrten einander an. Die Wölfin setzte sich auf, machte sich zum Sprung bereit.

Urplötzlich fuhr der große Stier herum und trabte unbeholfen zu seiner Weide hin. Offensichtlich hatte er beschlossen, daß diese Eindringlinge die Mühe nicht wert waren. Es stand bewegungslos in seinem Pferch, sah verdutzt aus, verwirrt von seinen Wunden. Lautlos verschwand die Wölfin.

»Du bist ein Idiot!« erklärte Caspar, als er die Atemluft aus seinem angespannten Körper ließ und Feuerschweif zum Laufen drängte. Der Hengst tänzelte, als er über den zerbrochenen Zaun sprang, und seine Sprunggelenke zuckten unter seinem Hinterteil. »Wo ist die Wölfin hin? Wahrscheinlich wird sie an ihren Wunden eingehen.«

»Aha!« erwiderte Hal ungehobelt, denn offenbar grübelte er über seine falsche Einschätzung des Bullen nach.

»Es ist Brids Wölfin.«

Schweigend schritt der größere Junge voran, schwenkte sein Schwert, übte seine Kampfkunst, um die belastende Stille auszufüllen, doch nach einer Meile wandte er sich mit feierlicher Miene seinem Neffen zu.

»Der Ochse sah so plump und langsam aus. Unter dem Joch sind sie immer so sanft. Ich hätte nicht gedacht …«

»Das war ein Stier und kein Ochse!« vermeldete Caspar. Der Baronensohn wußte, daß die Worte als Entschuldigung gemeint waren und daß Hal wütend auf sich selbst war. Auch Caspar war noch immer böse. »Brid wird wegen der Wölfin nicht gerade begeistert sein.«

»Falls Sie jemals wieder zu sich kommt und es herausfindet«, murmelte Hal herzlos.

»Sie wird wieder gesund, sobald wir Hilfe für sie finden. Sie muß einfach gesund werden«, antwortete Caspar und zog die Jungfrau fester an sich. »Sieh doch!«

Sie kamen an die Tore des Gutes, und Caspar blieb einen Moment stehen, um ihren Plan zu bedenken. »Der Schmied sagte, Bullbacks Arzt sei ein Geistlicher, weißt du noch? Wir sollten lieber dafür sorgen, daß sie keine heidnischen Gegenstände bei sich trägt, falls der Priester sie untersuchen will.«

»Sie hat immer diesen Lederbeutel voller Kräuter bei sich. Den solltest du besser nehmen und in dein Hemd stecken«, gab Hal ihm recht. »Und den Mondstein natürlich.«

Caspar löste die Bänder des Lederbeutels, der sich an Brids Busen schmiegte, und legte sie um seinen Hals. Das Leder war noch warm von ihrer Haut. Langsam hob er den milde leuchtenden Mondstein in seinem netzartigen Beutel hervor, dazu den Salamander, der sich fest an die Kugel klammerte.

»Wie kann sie nur herumlaufen, während ihr eine Echse über die Brust kriecht?« wunderte sich Hal.

»Wir brauchen den Salamander. Seine Hitze hält Keridwen, hält meine Mutter am Leben.« Caspar betrachtete die roten Schuppen, und es schien ihm, daß der Feuerdrache etwas verblaßte, als würde sein wildes Wesen aus ihm herausgesogen. Sorgsam vermied er es, den Kristall selbst zu berühren, da er fürchtete, irgendeine prophetische Kraft oder ferne Bilder wachzurufen, welche die Kugel in sein Denken zwingen konnte. Er wußte, wenn er sie berührte, würde er wieder das schreckliche Leid seiner Mutter am eigenen Leib erfahren, die dort in den Klauen des Gletschers gefangen war. Er schob den Mondstein in seine Satteltasche, und der Feuerdrache krabbelte hinterher und schmiegte sich schützend um den geheimnisvollen Glanz.

Ein kleiner Hain eleganter Buchen drängte sich um ein Paar mächtiger Holztore, die mit Kugeln aus stützendem Metall besetzt waren. Die offene Pforte brachte sie auf einen Weg, der sich durch die Wälder schlängelte. Sie scherten von der Hauptstraße aus, und die Bäume dünnten so weit aus, daß man umzäunte Felder voll grasendem Vieh erkennen konnte. Das weiche Laub, das die Einfahrt bedeckte, wurde zu hartgebackenem Lehm und schließlich zu weichen Kieseln, die ankündigten, daß man sich einem prächtigen Anwesen näherte. Caspar wurde nervös beim Anblick der riesigen, grasenden Herden, als er diese nach weiteren entlaufenen Bullen absuchte, doch schienen auf den Weiden nur Kühe zu grasen, dazu gelegentlich ein großes, fast ausgewachsenes Kalb. Schnell wurden die Schatten länger, und als sie um die letzte Biegung kamen, merkte der Junge, wie erschöpft er war. Er hatte seit zwei Nächten nicht geschlafen, und sein Arm war taub, weil er Brid so lange festgehalten hatte.

Als sie an dem breiten Graben anlangten, der das mächtige Herrenhaus umgab, dämmerte schon der Abend. Die Zugbrücke war unten, und dort standen keine Wachen, was die beiden Jungen überraschte. Sie waren auf einer Grenzburg geboren und aufgewachsen, und für sie war es ein gräßlicher Gedanke, daß ein Hauptzugang unbewacht sein sollte. Seit vierhundert Jahren herrschte Frieden in Belbidia, trotzdem erschrak Caspar über solche Selbstzufriedenheit in Jotunn. Schließlich waren sie nur zwei Tagesritte von der Nordgrenze und der Bedrohung durch Morbaks barbarische Horden entfernt.

Feuerschweifs Hufe klapperten über die Brücke, und sie kamen an zwei verschlafenen Vorbauten vorüber, ohne daß man sie aufzuhalten versuchte.

»Sollte nicht irgendein Soldat vortreten und fragen, ob wir Freund oder Feind sind?« meinte Hal stirnrunzelnd.

Laut klapperten sie auf den Hof vor dem Herrenhaus. Die Halle selbst lag bereits im Schatten der Dunkelheit, dort im Schutz der alten Burg Jotunn, welche Baron Bullbacks Vorfahren zugunsten des größeren Komforts im Herrenhaus verlassen hatten. Der jahrhundertelange Friede hatte an den Fundamenten der alten Burg genagt, und größtenteils war sie zu Schutt verfallen. Jedes Jahr waren mehr und mehr große Steine fortgekarrt worden, um Pferche und Ställe für die wertvollen Rinder zu bauen. Einladend leuchtender Feuerschein flackerte durch die Bogenfenster, und das Herrenhaus sah warm und gemütlich aus.

»Noch immer keine Wache«, murrte Hal mißbilligend. »Haben die hier noch nichts von den Vaalakern gehört?«

»Wahrscheinlich glauben sie fest an Torra Alta«, antwortete sein Gefährte müde. »Hier, faß mit an.« Langsam ließ er Brid in Hals ausgestreckte Arme herab und glitt dann vom Sattel, um an die großen Eichentüren zu treten. Sie waren schwarz vom Alter und füllten einen Türbogen aus, durch den man reiten konnte. Ein geschnitzter Türklopfer in der Form eines Bullenkopfes hing unter einem verschlossenen Guckloch. Er hob den Klopfer und schlug ihn fest gegen die Tür, so daß der Lärm drinnen durch die Halle klang. Er trat zurück, um die Wappen zu betrachten, die in den Stein über dem Türsturz gemeißelt waren. Der Schild trug den Kopf eines Bullen, zwischen dessen Hörnern ein Lachs sprang. Ungeduldig klopfte Caspar noch einmal an die Tür. »Macht auf! Wir brauchen dringend Hilfe!« Fast augenblicklich wurde die kleine Platte, die das Guckloch verdeckte, aufgerissen, und ein

Gesicht, in dem mehrere Zähne fehlten, tauchte in dem Loch auf.

»Wer klopft noch um diese Zeit?« wollte das Gesicht wissen, während es die Jungen musterte. »Ah, verstehe. Torra Altaner«, erklärte es ohne zu zögern, was Caspar keine Zeit für eine Antwort ließ. Das Gesicht verschwand, worauf ein Scharren der Eisenbolzen folgte, die zurückgeschoben wurden. Die großen Türen schwangen nach außen und ließen warmes Licht in die abendliche Dunkelheit hinaus. »Meine Herren. Seid willkommen und tretet ein. Ich werde einen Knecht für Euer Pferd rufen und Euch dem Baron melden.«

»Dank Euch«, erwiderte Hal höflich und trug Brid über die Schwelle in die Halle hinein. »Spar, bring mir mein Schwert. Ich möchte es nicht im Stall lassen.«

»Es würde dem Baron gefallen, wenn Ihr Euer Schwert im Waffenraum ließet, gleich links von der Halle.« Sorgenvoll betrachtete der Diener das mächtige Breitschwert.

»Natürlich«, versicherte ihm der Junge. »Nur holt schnell Hilfe.« Hal nickte zu dem Mädchen hin, welches er in seinen Armen hielt.

Da der größere Junge das verletzte Mädchen trug, nahm Caspar das Schwert und hängte es vorsichtig in einen Winkel im Waffenraum. Er betete darum, daß keine neugierige Hand das Schwert aus seiner Scheide zog, was die belastenden Runen zum Vorschein bringen würde, doch er kam zu dem Schluß, daß ihnen keine andere Wahl bliebe, als die Waffe hierzulassen. Er zitterte, als die grausame Energie des kalten, weißen Metalls durch seinen Körper pulste. Grausige Mordlust strahlte diese Zauberklinge aus, vergiftete ihn mit gräßlicher Zerstörungswut. Eilig konzentrierte er sich wieder auf seine Umgebung und versuchte, die finsteren Gefühle von sich zu weisen. Im Waffenraum waren nicht mehr als ein halbes Dutzend Bogen und zwei Langschwerter dekorativ an die Wand gehängt. Diese klägliche Ausrüstung enttäuschte ihn, nachdem er die Unmengen von Waffen der Garnison auf Torra Alta gewohnt war, doch beeindruckte ihn die Rüstung, die dort in der Ecke hing. Rüstungen waren in der rauhen Umgebung der Berge zu schwer und unpraktisch, und daher hatte der Junge erst selten welche gesehen.

Er kehrte zu seinem Onkel zurück und flüsterte leise, um im Hause Jotunn niemanden zu kränken: »Bullback mag ja eine echte Rüstung haben, aber sie ist ganz verrostet.«

Hal nickte, aber sein Blick bohrte sich noch immer ins Dunkel des Waffenraumes. »Ich hoffe, du hast es an einen sicheren Ort gebracht. Dieses Schwert ist unbezahlbar.«

»Wie könnte ich das vergessen?« gab Caspar zurück.

Der alte Diener schlurfte wieder ins Herrenhaus zurück, ließ die Torra Altaner im steinernen Eingang warten und verschwand hinter zwei weiteren Bogentüren. Der Duft von gebratenem Fleisch wehte verführerisch durch die äußere Halle.

»Es ist schon ein paar Jahre her, seit wir zuletzt zu Besuch waren«, sagte Hal leise. »Meinst du, er wird sich an uns erinnern?«

»Ich weiß es nicht, aber ich hoffe, es gibt hier jemanden, der Brid helfen kann. Warum dauert es so lange?«

Eine volle Stimme dröhnte von der inneren Halle her. »Von Torra Alta, sagst du. Nun, wer? Ist es Branwolf?« Plötzlich wurden die Türen aufgeworfen und gaben einen massigen Mann mit roten, runden Wangen und mächtigem Wanst preis. Noch mit einer Rinderhaxe in der Hand grüßte er sie mit einem warmen, zahnreichen Lächeln und fettigem Händedruck.

»Nun, Freunde, was führt euch an meine Tafel? Branwolf braucht meine Hilfe, was?« Er sah sie von oben bis unten an, und seine Stirn legte sich fragend in Falten, als er den leblosen

Körper in Caspars Umhang sah. »Was ist das? Habt ihr Probleme gehabt?«

»Wir brauchen Eure Hilfe. Es ist eine schlimme Kopfwunde …«

Caspar mußte nichts erklären. Der Baron handelte sofort, rief seinen Dienern zu, sie sollten augenblicklich Pater Rufus holen, seinen Priester.

»Er kennt sich mit allen Kräutern aus, und auch den Körpersäften oder wie man das sonst nennt. Nun bringt den armen Jungen hier entlang. Dort hindurch ist eine Kammer, wo man ihn behandeln kann.«

Dem Baron war der naheliegende Irrtum unterlaufen, davon auszugehen, daß ihr verletzter Gefährte ein Junge sei, doch Caspar war nicht in der Verfassung, das genauer zu erklären. Er folgte Hal in die Kammer, in der eine flache Liege aus Rindsleder an die Wand geschoben stand. Sanft rollte Hal Brid auf die Liege und legte ihre Gliedmaßen zurecht, bis es aussah, als läge sie bequem, während Bullback anordnete, daß Feuer entfacht wurde, und nach Krügen mit abgekochtem Wasser rief. Nur wenige Minuten später erschien Pater Rufus in der Tür.

Er war ein dünner Mann in einem ansonsten wohlgenährten Haus. Die scharfen Spitzen seiner Schultern ragten in das grobe, braune Habit, welches lose seinen Leib verhüllte. Unter der Kapuze war sein Haar weiß, und seine Augen sahen aus, als wären sie für sein verhungertes, eingefallenes Gesicht zu groß. Er trug eine große Ledertasche in der einen Hand und einen kleinen, irdenen Wasserkrug in der anderen. Sobald der Mann die Kammer betrat, stellten sich Caspar die Nackenhaare auf, und der Talisman, den er versteckt um seinen Hals trug, schien nun alt und schwer. Unruhig starrte er den Priester an, der sich vor ihm aufbaute.

»Ihr werdet beiseite treten müssen, junger Herr.« Wie sein

Körper war auch die Stimme des Priesters dünn und scharf. Widerwillig trat Caspar zur Seite, damit der Priester Brid untersuchen konnte. Dieser Priester wird ihr nicht gefallen, dachte der Junge und staunte über seine widersprüchlichen Empfindungen. Er wußte, daß weder er noch Hal ihr helfen konnten, aber es erschien ihm wie ein Verrat, wenn er die heidnische Priesterin von einem Priester des Neuen Glaubens behandeln ließ. Was dachte er sich dabei? Plötzlich erschrak Caspar über seine eigenen Gedanken. Er war darauf bedacht, eine Heidin vor der Berührung durch einen heiligen Mann zu schützen. Ein Schauer durchfuhr ihn, und innerlich murmelte er Gebete vor sich hin, da er fürchtete, der Teufel könne seine Seele schon besitzen.

Pater Rufus' schmale, weiße Hände schlugen den Umhang zurück, und er warf einen langen, harten Blick in das blutleere Gesicht des Mädchens. Seine Stirn legte sich in Falten, und eine Sekunde lang glaubte Caspar schon, er würde reagieren wie die Frau des Schmieds, doch er betrachtete nur die Wunden.

»Ein Mädchen«, rief Bullback erstaunt aus. »Ach du je, armes Ding, eine Jungfer wird nicht stark genug sein, eine solche Verletzung zu überleben.«

»Sie hat eine mächtige Schwellung unten am Schädel, aber es scheint, als würde diese abwärts, fort vom Gehirn, ablaufen. Ich hoffe, ihr habt sie so ruhig wie möglich gehalten.« Der Priester wartete nicht auf eine Antwort, doch Caspar merkte, wie die Schamesröte schuldbewußt seine Wangen färbte. »Hier, junger Freund«, und wieder schien der alte Arzt jeden Respekt vor Rang und Namen verloren zu haben, »hilf mir, sie auf die Seite zu rollen.«

Glücklicherweise machte Brids kleinwüchsige Erscheinung dies zu einer leichten Aufgabe. Der Priester löste den verfilzten Zopf an ihrem Hinterkopf und kämmte die Strähnen aus, um sich die Wunde anzusehen. Wieder schüttelte er den Kopf. »Das hätte schon einen Tag früher behandelt werden müssen. Sie ist hartgesotten, daß sie es überlebt hat, aber wenn sie so lange durchhalten konnte, dann wird sie es auch schaffen. Wenn ich sie jetzt zur Ader lasse, müßte der Blutdruck morgen nachgelassen haben.«

Er stellte den Krug auf den Kopf und schüttelte ihn heftig, bis ihm fünf schwarze Blutegel in die Hand fielen. Er stellte den Krug ab und klemmte einen Egel zwischen Daumen und Zeigefinger, setzte den schneckenartigen Parasiten an den Nacken des Mädchens, damit er dort Blut saugen konnte. Caspar wurde fast übel bei dem Anblick dieser formlosen, sich windenden Kreaturen. Es schien ihm so unnatürlich, das schöne, wehrlose Mädchen diesen ekelerregenden Blutsaugern auszusetzen.

»Sie braucht Ruhe und Frieden. Ich werde hier bei ihr wachen, aber alle anderen müssen gehen. Mylord«, sagte der Priester mit Respekt zu dem Baron, »wenn Lady Cybillia so freundlich wäre, um des Anstands willen bei mir zu sitzen, würde ich Euch rufen, wenn eine Veränderung eintritt.«

Hal blickte bei Cybillias Erwähnung scharf auf, und Caspar erinnerte sich vage an ein dürres, linkisches Mädchen mit gelbem Haar, das für eine Tochter Bullbacks überraschend schlank war.

»Nun, ich habe eine schöne Ochsenseite über dem Feuer, Hal, bist du bereit, dich mir mit deinem kleinen Bruder anzuschließen? Ich vermute, du hast die eine oder andere Geschichte zu erzählen.« Er warf einen Blick auf Brids bleiches Gesicht, als sie stöhnte, im Schlaf murmelte und nach Morrigwen rief. Sie hob eine Hand und versuchte, die Blutegel in ihrem Nacken fortzuwischen, doch sie sank auf die Liege zurück, als fehlte ihr die Kraft. »Ein Mädchen! Es scheint, als würdet ihr bereits vor den Vaalakern fliehen.«

Widerstrebend verließ Caspar die Kammer und folgte seinem Onkel und dem Nachbarn. Er machte sich so große Sorgen um Brid, daß die normalerweise ärgerliche Bemerkung, er wäre Hals kleiner Bruder, ihm gar nicht erst in den Sinn kam.

KAPITEL 6

Kleine Rauchwölkchen stiegen träge von der altmodischen, zentralen Feuerstelle am Boden auf und erfüllten die innere Halle mit blaugetöntem Qualm. Die Hitze erwärmte den Raum, und ein großer, aufgespießter Ochse wurde über knisternden Flammen mühsam gewendet. Der schwarze Metallspieß wurde von einer kleinen Tretmühle gedreht, die ein Hund antrieb, nimmermüde ob der Aussicht auf ein Stück Braten. Ein schwitzender, rotgesichtiger Küchenjunge begoß den tropfenden Ochsen mit einer geschnitzten Kelle. Seine Ärmel waren hochgerollt, und er drückte seine Stirn an die Schulter, um den tropfenden Schweiß abzuwischen. Die Dachsparren der Halle bildeten eine kegelförmige Spitze, in der ein Loch als Schornstein diente und den Rauch abziehen ließ. Die Wände waren mit farbenfrohen Teppichen behängt, die Jagdszenen zeigten, manche mit Bildern vom sprudelnden Silberfluß, auf denen der Frühlingslachs flußaufwärts sprang, doch die meisten zeigten die Ochsen von Jotunn, grasend oder unter dem Joch. Die gegenüberliegende Wand jedoch war nichts als nackter Stein, bis auf ein Schwert mit einfacher Klinge, welches an Keilen hing und mit einer einfachen, weißen Schärpe behängt war.

Die Waffe erregte sofort Caspars Aufmerksamkeit, und ohne sich seines Tuns bewußt zu sein, rieb er seinen Nacken. Es war ein schlichtes Schwert, das sich vom schützenden Heft zu einer gräßlich axtförmigen Klinge ausformte. Er erinnerte sich von früheren Besuchen an das Kreuzritterschwert. Es hatte manch grausame Geschichte vom Blutvergießen in fernen Landen zu erzählen, welche der Baron von Jotunn gern zum besten gab. Unter dem Schwert erstreckte sich ein schwarzer Eichentisch über die vornehme Weite der Halle und sonnte sich in der Hitze des Feuers.

»Erst muß ich wissen, ob ihr hier seid, weil Torra Alta gefallen ist«, erklärte der Baron und zog einen Stuhl mit geschnitzter Lehne von der Mitte des Tisches heran, »sonst kann ich nichts essen.«

»Nein, nein, als wir ausgeritten sind, standen die Vaalaker noch nicht am Fuß von Torra Alta, aber ...«

»Genug!« Bullback hob seine Hand, um Hal das Wort abzuschneiden. »Mehr muß ich nicht wissen. Ihr seid offensichtlich lange unterwegs, und da ich nun weiß, daß Torra Alta standfest ist, haben wir Zeit zum Essen, bevor ihr mir erzählt, was vorgefallen ist. Ohne gute Gastfreundschaft seid ihr zu hastig mit den Einzelheiten.« Der Baron deutete auf zwei Stühle ihm gegenüber und winkte den Jungen, sich zu setzen.

Essen, dachte Caspar dankbar, langte ohne Umschweife nach einer gebratenen Rinderhaxe und riß einen Riesenbissen mit den Zähnen heraus. Einige andere Plätze am Tisch waren gedeckt, doch die schmutzigen Teller, auf denen halb abgenagte Knochen und Brotrinden lagen, zeugten davon, daß mehrere Leute bereits gegessen hatten und gegangen waren. Die Diener hasteten herum, räumten eilig die Reste weg und warfen die Knochen drei glücklichen Hunden hin, die erwartungsvoll beim Feuer lagen. Bullback erklärte, er habe seine Familie fortgeschickt, damit sie die Situation Torra Altas und den Grund für ihr plötzliches Erscheinen ungestört besprechen konnten. »Meine Jungen sind natürlich noch unterwegs, organisieren die Viehtreiber. Für uns Rinderzüchter ist es die hektischste Zeit im Jahr. Aber wir wollen doch nicht, daß uns das Weibsvolk mit seinem Geschnatter stört, habe ich recht?«

Caspar war froh, daß Brid eine solche Bemerkung nicht hören konnte.

»Ihr werdet etwas Wein brauchen, um das Fleisch herunterzuspülen, Hal und kleiner …?«

»Spar … Caspar eigentlich.« Er rieb an seiner krummen Nase, um den Ärger darüber zu verbergen, daß er vergessen worden war, während man sich an Hal erinnerte.

»Hm, ja, Wein für euch beide?« fragte Bullback und schnippte mit den Fingern nach einem der Diener, die geduldig hinter ihm warteten. »Speisen sind gut und reichlich da, und der caldeanische Wein ist stark und reif«, prahlte der dickwanstige Lord. »Er wird eure Zungen lösen, und ich kann nicht mit leerem Magen lauschen.« Der Baron hob seinen Hornkelch, um sich caldeanischen Wein aus einem Lederschlauch einschenken zu lassen. Atemlos nahm er einen langen Zug, dann ließ er seinen Arm schwerfällig auf die Tafel sinken, so daß der blutrote Wein über den Rand schwappte. Er zeigte sein gastfreundliches Grinsen, das starke, weiße Zähne einrahmte.

Der Gedanke, daß man Zähne wie diese brauchte, um ein solches Festmahl zu vertilgen, kam Caspar in den Sinn, als er die Speisen vor sich sah. Auf dem Tisch drängte sich eine Auswahl Rindfleisch, einiges warm, anderes kalt, auf rechteckigen Holzbrettern. Zwischen diesen lagen geschnittene Rankenfrüchte, von denen Caspar manche gar nicht kannte, und er vermutete, sie müßten wohl aus südlicheren Gegenden eingeführt worden sein. Es gab keinerlei Gemüse, nur geflochtenes Brot und Schalen mit Nüssen. Gierig schlugen die beiden Jungen zu.

»Ihr seht beide aus, als hättet ihr seit einer Woche nichts gegessen. Wie ich sehe, habe ich endlich einmal gesunde Konkurrenz am Tisch«, lachte der Baron und lehnte sich vom Eichentisch zurück, um Platz für seinen ausufernden Bauch zu schaffen.

Hal hob dem Baron zur Antwort stumm seinen Kelch

entgegen, da sein Mund zu voll war, um deutlich sprechen zu können.

»Falls ihr genug von Rind und Rehfleisch habt, gibt es auch Wildschwein. Ich habe selbst schon davon gegessen«, verkündete Bullback zwischen langen Zügen aus seinem Hornkelch, »aber ich kann immer noch etwas Wildschwein unterbringen.«

Caspar folgte dem Blick des Edelmannes den Tisch entlang zum Kopf eines wilden Ebers, der mit einem Apfel zwischen den Hauern auf einer Zinnplatte lag. Das erinnerte ihn an das Schicksal der belbidianischen Frischlinge, die sie vor den vaalakischen Spionen durch den Keilerwald getrieben hatten, um eine Ablenkung zu schaffen.

»Mein Gott, du ißt ja gar nichts, Freund«, stichelte der Baron. »Ihr jungen Leute braucht alles Fleisch, das ihr bekommen könnt. Du willst doch so groß werden wie dein Bruder hier, oder nicht?«

»Er ist mein Onkel«, erwiderte Caspar förmlich und hoffte, daß sein Ärger nicht zu offensichtlich war. Und Hal wiederholte die oft geäußerte Erklärung, welche die beiden Jungen bei jeder Gelegenheit, an die sie sich erinnern konnten, gaben.

»Ach, ja, tatsächlich. Der alte Brungard hat wieder geheiratet, wie ich mich dunkel erinnere.« Die Neuigkeit schien keinen Einfluß auf die Meinung des Barons von Jotunn über seine Besucher zu haben, doch nutzte er sein neues Wissen als Gelegenheit, einen weiteren Trinkspruch von sich zu geben. »Auf eure Gesundheit, junge Ritter.« Er hob seinen Kelch, und höflich tat Caspar es ihm nach. Er nahm einen begeisterten Schluck, doch dann mußte er den keuchenden Husten unterdrücken, den der markige Geschmack des Weins hervorrief.

»Ganz ruhig, mein Freund. Bist das Zeug nicht gewöhnt, was? Iß lieber etwas Brot dazu. Ich für mein Teil finde das Zeug ziemlich gut … ein Spezialimport aus Caldea.« Langsam röteten sich die Wangen des Barons, und sein freundliches Grinsen verbreiterte sich in ähnlicher Geschwindigkeit.

»Ja, Sir«, würgte Caspar hervor und senkte den Kopf, um seine Verlegenheit zu verbergen. Zu Caspars Erstaunen hatte Hal seinen Kelch bereits halb geleert. Er fragte sich, wie er das geschafft hatte, bis er feststellte, daß die Flüssigkeit sich – wenn er trank und aß – direkt mit Fleisch und Brot vermischte und dann sanfter durch seine Kehle ging.

Die Hitze des Feuers und die Wärme des Weins röteten seine Wangen. Er fühlte sich schuldig, daß er eine derart kräftige Mahlzeit zu sich nahm, während Brid so krank darniederlag, doch andererseits würde es ihr nur wenig helfen, wenn sie hungerten.

»Bringt einen Krug mit Wein«, rief der Baron einem seiner Diener zu. »Stellt ihn besser noch zum Wärmen ans Feuer, und dann könnt ihr alle gehen. Wir müssen reden.« Die Diener schwangen den bratenden Ochsen vom Feuer und befreiten den Hund aus der Tretmühle.

»Ja«, stimmte Hal ihm feierlich mit einer Stimme zu, die sein Neffe als etwas fester und tiefer als üblich empfand. Er konnte nicht sagen, ob es die Wirkung des Weins war oder ob Hal versuchte, erwachsener zu klingen. »Wir müssen reden. Es gibt eine Menge zu besprechen.«

Der Baron schob seine Hände vor, wischte über das Holz und warf den Hunden ein Gelenkstück zu. »So.« Der Baron blickte zwischen den beiden Jungen hin und her, zufrieden, daß beide satt waren. »Was führt euch zwei Edelmänner und eine Jungfer in Zeiten wie diesen fort von Torra Alta? Die primitiven Barbaren können euch ja nicht schon jetzt aus eurer Festung vertrieben haben.« Er lachte über seinen Scherz, doch dieser kam bei den beiden Torra Altanern nicht an.

»Man sollte über die Vaalaker nicht spotten, Sir«, meinte Hal. »Wir sind in Wahrheit schwer bedroht, und die mörderischen Horden werden bald schon gegen die Wehranlagen unserer Heimat drängen. Die Festung wird standhalten, doch es sind zu viele Nordmänner abzuwehren, und wie lange die Garnison unter Belagerungsration überleben kann, ist schwer zu sagen. Wir reiten nach Farona, um Hilfe zu holen.«

Vor sprachlosem Erstaunen sank dem Baron das Kinn herab, und einiges von der Farbe wich aus den glühenden Wangen. »Bei allen Heiligen, beim Schwert, Torra Alta ist der Schild des Landes, es ist … es ist unangreifbar. Keine heruntergekommene Bande von Nordmännern kann es zerstören, bei Gott, Torra Alta ist … nun, Torra Alta ist Torra Alta!«

»Ihre Zahl ist unermeßlich.« Caspars Worte kamen etwas undeutlich, doch von der Bedrohung seiner Heimat zu sprechen kühlte seinen Kopf, als hätte man ihm einen Krug mit Eiswasser darüber gegossen. Er nahm das leere Horn vor sich, blickte in dessen Tiefen und rollte es zwischen seinen Händen hin und her, während er feierlich ihre Geschichte zum besten gab. Er berichtete von den Brunnen unter Torra Alta und den Höhlen. Er dachte daran, der Erzählung etwas Farbe zu verleihen, indem er die Geschichte vom Drachen erzählte, doch als er an diese Stelle kam, spitzte Hal die Lippen und schüttelte verstohlen mit mißbilligendem Stirnrunzeln den Kopf. Mit einem sorgenvollen Blick auf das Kreuzritterschwert gab er nur die wichtigen Teile der Geschichte preis, etwa wie die Vaalaker sie gefangengenommen hatten sowie ihre Reise auf dem Troll zum Lager. Er improvisierte etwas hinsichtlich ihrer Flucht, erwähnte Brid nicht, spürte, daß dieser Gastgeber Hexerei und Zauberkräfte nicht wohlwollend aufnehmen würde. »Wir wurden hinter einem Zaun eingesperrt, doch wir fanden einen scharfen Stein, mit dem wir unsere Fesseln ausfransen konnten. Ich tat, als wäre ich krank geworden, und stöhnte wie ein Bauer, der an der Pest stirbt.« Caspar hatte keine Ahnung, wie sich das anhören mochte, aber es diente seinem Zweck, und der Baron wirkte beeindruckt. »Als der Wächter kam und sich über mich beugte, hat Hal ihm den Stein an den Hinterkopf geschlagen und damit die Kehle von einem Ohr bis zum anderen aufgeschlitzt.« Hal grinste zufrieden über diesen ihm unbekannten Anteil an der Flucht. »Dann sind wir gerannt.«

»Hier sitzen wir und prassen mit Fleisch, das einem König zustünde, doch in wenigen Monaten schon werden alle Lebensmittelvorräte Torra Altas verbraucht sein, und sie stehen vor dem Hungertod«, führte Hal aus und stieß sein Messer in den Rehrücken, als wollte er seiner Aussage Nachdruck verleihen.

Drei Jahreszeiten von dem Moment an, in dem wir den Gletscher verlassen haben, dachte Caspar. Mehr bleibt uns nicht. Ein Schauer durchfuhr ihn, und er sah zu dem Kreuzritterschwert auf, das dort an der Wand hing. Sie mußten seine Mutter retten. Sie mußten sie aus dem Eis befreien. Sie mußten Torra Alta retten.

»Großer Gott, großer Gott!« stammelte der Baron, zu erschrocken, als daß er einen vernünftigen Satz zusammenbringen konnte. »Ich hatte ja keine Ahnung. Die Rinder ... wißt ihr, ich war so beschäftigt. Muß den zukünftigen Zuchtbullen aus den Kälbern wählen, damit die anderen beschnitten werden. Hab' immer auf Torra Alta als Schutz gebaut ... hätte ich nie gedacht. Wenn ich es recht bedenke, fand ich es seltsam, als keine Boten mehr kamen ... aber die Rinder, wißt ihr ... hab' einfach nicht weiter drüber nachgedacht.«

»Wir wurden in der Schlucht von feindlichen Spionen überfallen. Wir haben uns befreien können, aber das Pferd des Mädchens stürzte, und sie hat sich dabei verletzt. Mein Pferd wurde von einem Armbrustbolzen tödlich getroffen, als wir fast schon außer Reichweite waren«, fuhr Hal fort, und seine Worte kamen immer hastiger, als ihm einfiel, wie schnell alles gegangen war.

»Aber das Mädchen? Was hat sich Branwolf dabei gedacht, in Zeiten wie diesen ein Mädchen ohne angemessene Eskorte zu schicken? Eine Schwester?«

»Nun, tja, in gewisser Weise«, erwiderte Caspar vage, wie Branwolf es ihm geraten hatte.

»Ah, verstehe.« Die Hängebacken des Barons wackelten auf und ab, als er wissend zwinkerte. »Eine von Branwolfs Tändeleien hat Früchte getragen, hm?«

Caspar spielte den Verlegenen und wich dem Grinsen des Mannes aus.

»Also schickt Branwolf seine Jüngsten zu uns in Sicherheit«, formulierte der große Mann seine eigene Schlußfolgerung.

»Nein.« Hal war höflich indigniert. »Nur die junge Dame. Wir bringen sie zu meiner Mutter, Lady Elizabetta, südlich von Farona. Wir selbst dagegen reiten nach Süden, um uns mit dem König zu beraten und Hilfe für Torra Alta zu beschaffen.« Die simple Halbwahrheit schien die klügste Tarnung für ihre heimlichen Aktivitäten zu bieten.

»Mhm, ich verstehe«, sagte der Baron, wobei er keineswegs überzeugt klang und offenbar seine ursprüngliche Schlußfolgerung vorzog. »Im Moment scheint ihr beiden nach Farona zu laufen. Aber dafür will ich Sorge tragen. Sobald das Mädchen gesund ist, sorge ich dafür, daß ihr allesamt zu Pferde sitzt, und dann könnt ihr eure Reise zu Elizabettas Heim fortsetzen. Jetzt brauche ich mehr Wein.« Bullback stand vom Tisch auf, schob seinen Stuhl zurück und kippte ihn gegen die Wand. »Ich muß das alles ruhig durchdenken. Torra Alta … Es klingt unmöglich, bei Gott.« Er neigte einen halben Krug Wein, schenkte großzügig von dem caldeanischen Kleinod in seinen Hornkelch und setzte sich ans Feuer, starrte in die Glut. »Hier, bedient euch, Freunde.« Ziellos winkte seine Hand in Richtung Krug, und die beiden Jungen standen auf, um sich zu ihm zu gesellen.

Caspar merkte, wie er langsam Gefallen an dem erstickenden Geschmack fand, nachdem mehrere Kelche seinen Gaumen betäubt hatten. Er setzte sich auf die Bank, die vor dem Kamin stand, und bekam das unheimliche Gefühl, der Sitz unter ihm würde schwanken. Er hielt sich daran fest, um nicht zu kippen.

Während der Baron schweigend über den Neuigkeiten hinsichtlich der Vaalaker brütete, die auf ihn offensichtlich wie ein Schock wirkten, fiel Caspar mit schlechtem Gewissen ein, daß der schwere Wein seine Sorgen um Brid gemildert hatte. Plötzlich beschloß er, zu ihr zu gehen und nach ihr zu sehen. Er stand halb auf, und Hal hielt ihn am Arm fest. »Es wird ihr schon gutgehen«, zischte er. »Setz dich und hör auf, dich zum Narren zu machen.«

Nach mehreren Minuten brütenden Schweigens stand der Baron abrupt auf. »Selbstverständlich nehmt ihr Cybillia mit euch. Ich brauche meine Jungen hier ... wir werden die Rinder beschützen müssen ... aber ich möchte, daß sich meine Tochter so weit wie möglich abseits der Nordgrenze aufhält. Wenn Branwolf sein kleines Mädchen nach Farona schickt, so tue ich es ihm nach. Ihr werdet sie mitnehmen müssen.«

»Nein!« Hal stand auf und sah dem Baron offen ins Gesicht. »Das können wir nicht. Schickt sie mit Dienern, wenn Ihr müßt, aber wir können sie nicht mitnehmen. Brids Verletzungen haben uns schon zu lange aufgehalten.«

»Unsinn.« Der Baron von Jotunn war es offenbar gewohnt, seinen Willen zu bekommen. »In solchen Zeiten kann ich keine Männer entbehren. Ich brauche alle, um die Rinder zu beschützen. Ich möchte, daß Cybillia so schnell wie möglich in Sicherheit ist. Schließlich sind wir nur zwei Tagesritte von Torra Alta entfernt. Wenn ihr diesseits der Burg überfallen wurdet, kann ich kein Risiko eingehen. Ihr werdet sie mitnehmen müssen. Selbstverständlich stelle ich die

Pferde und den Proviant, an dem es euch offenbar zu mangeln scheint. Ihr dürft eurem Nachbarn diese Bitte nicht verwehren.«

Caspar sah ein, daß es tatsächlich stimmte, und nickte widerwillig.

»Und ich vermute, auch Helena sollte gehen, bei Gott.« Er erwähnte seine Frau nur nachträglich.

Hal setzte sich auf die Bank und sank nach vorn, hielt seinen Kopf in den Händen und stöhnte, als hätte er Schmerzen. Der Baron ignorierte ihn. »Ja, morgen früh werden einige Vorbereitungen zu treffen sein. Ich hoffe, daß die junge Frau dann gesund ist, denn wir wollen keine Verzögerungen. Die Diener zeigen euch eine Kammer. Ich gehe zu Bett.« Er wollte schon hinausgehen, als er auf dem Absatz kehrtmachte und auf einen Stuhl stieg, um nach dem Schwert mit der Axtklinge zu greifen. »Nordmänner. Tausende und Abertausende! Und dann ein Hinterhalt!« Er strich über die flache Seite des Schwertes und prüfte die Klinge, als wollte er sich ihrer vergewissern, und marschierte dann mit dem Schwert davon.

»Ich weiß, warum Branwolf ihn immer den ›Ochsen‹ nennt«, stöhnte Hal. »Nicht wegen seines Namens oder seiner Größe oder weil er Lord der Baronie von Jotunn ist, wo der große Ochse gezüchtet wird. Sondern weil er stur und starrköpfig wie dieses schwarzgesichtige Untier ist, dem wir auf der Straße begegnet sind. Komm schon.« Er zog seinen jungen Neffen auf die Beine und nahm ihn beim Arm, da Caspar anscheinend gefährlich schwankte, dann knurrte er, als er sich die Last des betrunkenen Neffen auf die Schulter wuchtete. »Du bist zu jung dafür, hab' ich recht? Komm schon, gehen wir. Ein Schritt nach dem anderen.« Caspar stöhnte nur protestierend. »Wir haben seit zwei Tagen nicht geschlafen. Suchen wir uns diese Kammer, Neffe.«

Caspar schlief unruhig, träumte immer wieder von weißhaarigen Männern mit Knüppeln und Äxten, die hinter schwarzgesichtigen Bullen hervorsprangen. Immer wieder änderte der Bulle seine Gestalt, bis die dicke Haut schließlich von ihm fiel und ein schreiendes Skelett freilegte. Der Schrei ging immer weiter, und ruckartig wachte Caspar auf, stellte fest, daß es Morgen war und der Schrei real. Hal war bereits wach und kämpfte mit seinen Hosen. Caspar tat es ihm nach, und gemeinsam hasteten sie in die Haupthalle, folgten dem gequälten Schrei bis zu seiner Quelle. Dann standen sie an der Tür zu der Kammer, in der sie Brid unter Pater Rufus' Fürsorge zurückgelassen hatten.

In der Kammer drängten sich die Menschen. Einen beklemmenden Augenblick lang dachte Caspar, Brid sei während der Nacht gestorben und jemand habe geschrien, als er ihre Leiche fand. Doch als das Geschrei von neuem begann, erkannte Caspar Brids Stimme, schrill und trotzig.

»Schafft das Vieh weg.« Sie stand auf dem Bett, mit dem Rücken zur Wand. Ihr Kleid war zerrissen und gab die sanften Rundungen ihres Körpers preis. Ihr halbnackter Zustand schien sie nicht zu interessieren, sondern sie beschimpfte den Priester, während sie an ihrem Hals herumriß, um den letzten Blutegel zu entfernen und ihn dem Priester direkt ins Gesicht zu werfen.

Der Mann betete, wie es schien, um die Rettung ihrer Seele. Die wilden Schreie einiger anderer Frauen trugen ihren Teil zum Aufruhr bei. Eine derb wirkende Dienerin stand inmitten der Scherben eines zerschlagenen Tonkruges, der ihr offenbar vor Entsetzen entglitten war. Eine andere, nicht mehr ganz junge Frau, die mit prächtigen, roten Roben bekleidet war und ihren erheblichen Umfang mit den stramm geflochtenen Senkeln eines Mieders zähmte, kreischte mit hoher Stimme. Die Dienerin schrie unzusammenhängend und deutete auf Brid.

»Zauberei! Hexerei und Zauberei! Sie ist wie das Feenvolk aus dem Wald. Ein Wechselbalg.«

Die Edelfrau, von der Caspar vermutete, daß es sich um Lady Helena handelte, schrie mit etwas mehr Verstand ihren Mann an. »Bullback, holt das Schwert, das Schwert, Bullback. Cybillia, geh hinaus, bevor du verzaubert wirst.«

Schluchzend hastete das hellhäutige Mädchen hinaus, bevor Caspar auch nur wahrgenommen hatte, daß sie da war.

»Ruhe!« dröhnte die Stimme des Barons. »Ruhe, seid ruhig!« Das Knallen einer Bullenpeitsche schnitt durch das Gekreisch, und endlich rang Bullbacks tiefe, kehlige Stimme den Aufstand nieder. Er sah sich um, auf der Suche nach einer Erklärung. »Helena?«

»Wo ist Euer Schwert? Diese Peitsche nützt uns nichts. Wo ist das Schwert, das gegen Heiden hilft?« Die Edelfrau war ihrem Gatten offenbar gewachsen und unbeeindruckt von seinem Zorn.

»Was redest du, Weib?« fragte der Mann und sah sie an, als wäre sie verrückt geworden.

Mit kaltem Blick deutete Lady Helena auf Brid. »Meine Magd hat es gleich erkannt. Sie ist ein Wechselbalg, und seht nur, wie sie sich Pater Rufus widersetzt.«

Der Baron runzelte die Stirn, offenbar verblüfft von dieser unerwarteten Enthüllung. Streng sah er in die Runde. »Rufus? Habt Ihr eine Erklärung?«

Sorgsam entfernte der Priester den Blutegel, der sich in seinem feinen Haar verfangen hatte, und im stillen bewunderte Caspar die Haltung des Mannes, während er darum betete, daß dieser nichts sagte, was Brid verdammen würde.

»Ich bin ein Mann der Kirche«, erklärte Pater Rufus feierlich, »und als solcher hätte es mir der liebe Gott sogleich gezeigt, wenn dieses Kind ein Werk des Teufels wäre.« Er machte eine Pause, um den Blutegel wieder in die Flasche zu bugsieren, und fuhr dann fort: »Ganz sicher wüßte ich es vor dieser Dienerin.« Einmal im Leben war Caspar erleichtert, daß die Priester des Neuen Glaubens allesamt stur und arrogant waren. »Meiner Ansicht nach wurde das Blut dieses Mädchens durch die Wunde, die ihr die heidnischen Nordmänner zugefügt haben, vergiftet. Und ganz sicher werden Läuterungen nötig sein, um sie zu heilen.«

»Da! Siehst du, Helena?« Dem Baron schien die Erklärung des Priesters vollkommen zu genügen. »Deine Magd hat zu viele Märchen gehört. Ihre Familie lebt zu nah am Hirschwald, wo ihnen die Köpfe mit abergläubischem Unsinn vollgestopft werden. Natürlich ist mit dem Mädchen alles in Ordnung. Sie stammt aus Branwolfs Brut auf Torra Alta, und der ist ein frommer Mann.«

»Und der Kaplan dort hat sich unermüdlich um den Bau der Kathedrale verdient gemacht«, fügte Pater Rufus ernst hinzu. »Nie würde er ein Nest von Heiden im Herzen Torra Altas zulassen. Nun, ich weiß, daß es hoch im Norden im Keilerwald Probleme gibt, aber das ist praktisch schon Vaalaka und weit von der Burg und deren Kaplan. Jeder Kirchenmann würde Zauberkräfte meilenweit im voraus wittern und die Inquisitoren rufen«, versicherte der Priester der Herrin des Hauses. »Seit Anbeginn der letzten Dekade ist es für Wesen aus den dunklen Welten nicht mehr möglich, sich in der Burg von Torra Alta herumzutreiben.«

Caspar vermutete, wenn Pater Rufus gewußt hätte, was in letzter Zeit auf Torra Alta vor sich ging, hätte er ganz sicher die Verse für den Exorzimus gewählt.

»Wir müssen stets wachsam auf das Werk des Teufels achten«, gab Lady Helena naserümpfend als Entschuldigung für ihren Ausbruch zurück und schwebte hinaus.

»Nun, Kind …« Rufus wandte sich Brid zu, die vor Zorn bebte, nach wie vor bereit, ihn zu beschimpfen.

Besorgt trat Caspar vor, hob den Umhang vom Boden auf und legte ihn um Brid. »Seht doch, sie ist nach ihren Verletzungen nur ängstlich und verwirrt. Ihr seid ihr fremd. Laßt sie bei mir und Hal, und vielleicht können wir sie beruhigen.«

Pater Rufus nickte zustimmend und trat beiseite, um dem Herrn des Hauses an der Tür den Vortritt zu lassen.

»Wie konntet ihr es wagen!« schnarrte Brid die beiden Jungen an, als die Tür ins Schloß gefallen war. »Wie konntet ihr zulassen, daß mich dieser Mann berührt! Ich bin entweiht.«

»Was hat er getan?« Caspar war schockiert. »Hat er dir weh getan? Ich werde ihn durchbohren!«

»Weh getan? Mir weh getan? Er ist ein Mann des Glaubens, der meine Mutter verbrannt hat, und ihr habt zugelassen, daß er mich pflegt! Meine Seele hat unwiderruflich Schaden genommen.« Wütend stieß sie den Umhang von sich, den ihr der verlegene Junge um die Schultern legen wollte. »Meine Seele ist so tief verletzt, daß sie niemals zum Annwyn kriechen wird und mein Geist für immer durch die Finsternis hinken muß.«

»Oh, Brid, hör auf, bitte«, flehte Caspar und gab sich alle Mühe, nicht ihre Brust anzustarren und die rosige Warze, die sich an das zerrissene Hemd drückte, während sie sich wütend die Haare raufte.

Hal zeigte nicht soviel Anstand. Unverhohlen betrachtete er sie mit amüsierter Miene und schüttelte über die hoffnungslosen Versuche seines Neffen, die Jungfrau zu beruhigen, den Kopf. »Hier, laß mich das machen.« Er schob Caspar aus dem Weg, packte Brid bei den Resten ihrer Kleider und riß sie an sich.

Er sah ihr offen in die Augen, dann schlug er ihr ins Gesicht, als sie eben den Mund aufmachen und wieder schreien wollte. Vor Überraschung blieb ihr Kinn gleich unten, dann wurde ihr Gesicht ganz schwarz vor Zorn. Sie holte aus und schlug zurück. Verdutzt blinzelte Hal einen Augenblick lang, dann lächelte er die widerborstige Priesterin an. Noch einmal schlug er zu, was diesmal rote Fingerspuren an ihrer Wange zurückließ.

»Hal!« rief der kleine Junge. »Sie ist verletzt.«

»Na, wenn sie in der Lage ist, derart wilden Lärm zu machen, geht es ihr offenbar schon besser. Stimmt doch, oder, Brid?«

Halb zu Caspars Erleichterung, halb zu seiner Enttäuschung begann Brid, das Kalbslederwams zurechtzurücken, um ihre nackte Haut zu verbergen, dann sank sie auf die Liege. Dort zog sie beleidigt eine Schnute. »Ich fühle mich scheußlich. Ich habe Kopfweh, und es pocht in meinen Schläfen.«

»Das überrascht mich nicht, nach dem Geschrei.« Hal zeigte kein Mitgefühl. »Bist du gesund genug zum Reiten? Nach diesem Aufstand können wir dich nicht länger hierbehalten.«

»Nein, bin ich nicht! Wo ist mein Kräuterbeutel? Dieser … dieser komische Priester wollte mich vergiften. Warum habt ihr mich hierhergebracht? Ohne Hilfe wäre ich schneller gesund geworden.« Sie fummelte zwischen den Falten ihres Umhangs herum und runzelte steif die Stirn.

»Ich habe ihn«, erklärte Caspar und suchte an seinem Hals nach den Bändern des Beutels.

Begierig nahmen Brids Hände ihr Handwerkszeug entgegen und suchten zwischen den knisternden Blättern getrockneter Kräuter und den Wurzeln und unterschiedlichsten Gewächsen herum. Sie wählte einen Streifen faltiger, graubrauner Weidenborke, und Caspar erkannte darin die Medizin, die sie ihm verabreicht hatte, nachdem er von dem vaalakischen Armbrustbolzen getroffen worden war. Sie kaute auf der Borke, zuckte zusammen, als die Bewegung ihres Unterkiefers auf ihre Schläfen drückte; dann entspannte sie sich allmählich und sank seufzend an der Wand zusammen.

»Ich nehme an, du hast auch das Druidenauge«, vermutete sie, während sie ihre übliche Haltung annahm.

Caspar nickte. Brid legte ihre Arme schützend um sich und warf argwöhnisch einen Blick in die Runde. »Ihr habt mich mit diesem Priester allein gelassen!« Sie hob einen Krug vom Boden an und schwenkte den Inhalt. »Er hat meinen Kopf mit Wasser gewaschen, stimmt's? Ihr habt mich allein gelassen und nichts dagegen unternommen, daß ein Priester des Neuen Glaubens mir den Kopf mit Wasser wäscht«, klagte sie.

»Du warst blutverschmiert.«

»Ja, nur könnte es heiliges Wasser gewesen sein. Er könnte mich getauft haben.« Bei diesem bestürzenden Gedanken wurde ihr Gesicht ganz lang. »Meine Mutter ist gestorben, um ihre Seele vor der Taufe zu retten. Ich habe gesehen, wie sie verbrannte.«

Hal blieb ruhig. »Brid, er ist überzeugt davon, daß du keine Heidin bist, also bin ich mir sicher, daß er nicht versucht hat, dich mit heiligem Wasser zu salben.«

»Es tut mir leid, Brid«, sagte Caspar, denn er fühlte sich schuldig, weil er sie mit dem Priester behelligt hatte. »Ich wußte, du würdest böse sein, aber du warst seit mehr als einem Tag nicht zu dir gekommen, und wir dachten, du könntest sterben.«

Sie zuckte mit den Achseln. »Ich glaube ja auch, daß nichts passiert ist, aber hättet ihr mich nicht irgendwo anders hinbringen können?« Brid zog den Umhang um ihre Schultern und zitterte. Sie sah schrecklich aus. Alles helle Strahlen, das normalerweise von ihrem Gesicht ausging, war verschwunden. Sie sah matt und müde aus, und die häßliche Prellung um ihr rechtes Auge entstellte ihre feinen Züge. Zwar hatte der Priester das verkrustete Blut von ihrer Haut gewaschen, doch ihr Haar war noch immer von Erde und geronnenem Blut verklebt. Caspar dachte, daß sie in etwa so aussah wie damals, als sie sich das erste Mal begegnet waren, verkleidet als grauenvoll entstellte Kreatur.

»Wir haben es im Dorf versucht.« Der Junge zog einen Stuhl heran und setzte sich, während er sich bemühte, das Vertrauen der Jungfrau zurückzugewinnen. »Aber dort hast du den gleichen Aufschrei bei einer Frau ausgelöst. Sie sagte, du seist ein Wechselbalg, was auch Lady Helenas Magd geschrien hat. Sie halten dich für ein Elfenkind.«

»Ist das nicht verdreht?« Wie Tauperlen bildeten sich Tränen in den Winkeln ihrer tannengrünen Augen. »Die Frauen, die der Großen Mutter einst am willigsten gefolgt sind, fürchten sich jetzt am meisten. Hat die neue Religion ihre Herzen erst vergiftet, folgen sie ihr wie eine häßliche, alte Magd, die zum ersten Mal einen Liebhaber gefunden hat. Aber noch immer haben sie ihre Intuition, noch immer verstehen sie mehr und sehen Dinge, die Männer nicht sehen können, besonders solche, die dem Land, der Natur, näher sind. Sie haben ein prickelndes Gefühl im Blut, aber der Neue Glaube verdreht und deformiert ihre Gedanken, und der Aberglaube frißt sie auf. Es ist so traurig, so schrecklich traurig. Wie kann ich die Liebe der Mutter je wieder in ihre verletzten Herzen tragen?«

Hal unterbrach sie ungeduldig. »Es ist nicht der rechte Ort für eine deiner Predigten, Brid.«

»Und du hast mich geschlagen!« Wieder lief das Mädchen rot an.

»Du hast geschrien, und ich werde dich wieder schlagen, wenn du wieder mit deinem Gejaule anfängst, und beim nächsten Mal schlage ich fester zu«, drohte Hal hinter seinem dreisten Grinsen hervor. »Ich bin erheblich größer als du, und es wird weh tun.«

Caspar konnte nicht recht sagen, ob sein Onkel scherzte oder nicht, aber er staunte, wie Brid, die doch für gewöhnlich so trotzig und unabhängig war, sich von Hals Worten einschüchtern ließ. Ein anderer Ausdruck machte sich auf ihrem Gesicht breit, fast so etwas wie Bewunderung, dachte er eifersüchtig.

Er war freundlich zu ihr gewesen, wohingegen Hal sie geschlagen hatte, und nun sah sie den älteren Jungen mit großen, weiten, staunenden Augen an.

»Du meine Güte, Brid, du siehst schrecklich aus. Wie ein alter Knochen siehst du aus«, rief er. Das Mädchen fuhr mit ihren Fingern durch ihr Haar und betrachtete es betrübt. »Jetzt hör zu. Du mußt dir auf die Zunge beißen und dich mit soviel Würde und Anstand benehmen, wie es dein wildes Temperament erlaubt. Wir brauchen Bullbacks Hilfe mit den Pferden, damit wir sicher nach Farona kommen, und wir wollen sein Mißtrauen nicht mehr als nötig wecken.«

»Er ist zu beschäftigt mit seinen kostbaren Ochsen, als daß er viel merken würde«, warf Caspar ein.

»Nein, Hal hat recht«, gab Brid zu. »Ich habe es nicht richtig gemacht. Ich war ganz verwirrt, als ich diesen Priester mit seinen Blutegeln und diese Vettel gesehen habe, die mich als Wechselbalg beschimpft hat. Ich dachte, man hätte mich gefangengenommen oder irgend so was. Ich erinnere mich nur noch daran, wie wir durch die Schlucht gejagt sind, und dann plötzlich war ich von Gekreische und Geschrei umgeben. Was sollte ich denken?« Sie holte lange und tief Luft, um ruhiger zu werden. »Es hat mich überrascht. Morrigwen hat mir gesagt, ich solle wachsam sein, aber darauf war ich nicht vorbereitet.«

»Tut mir leid, Brid«, entschuldigte sich Caspar erneut.

»Das sollte es auch. Ihr hättet mich nicht allein lassen dürfen«, schäumte sie wieder auf, war offenbar bereit, auf Hal zu hören, blieb Caspar jedoch böse. »Du wenigstens hättest es besser wissen müssen.«

»Pater Rufus will dir läuternde Kräuter verabreichen, um das Gift aus deinem Blut zu waschen«, erklärte Hal. »Wenn du ihm nicht gesund erscheinst, werden wir es ihm nicht ausreden können.«

»Nein! Ihr werdet ihn nicht an mich heranlassen.« Brid

sprach mit ruhiger Stimme. »Ich will reuig und still und dumm sein, wie man es von einer belbidianischen Edelfrau erwartet. Aber diese Behandlung mit Blutegeln wird mehr schaden als nützen und unser Weiterkommen nur behindern. Ich möchte meine eigenen Kräuter verwenden, vielen Dank.«

»Nun, dann reiß dich zusammen, wasch dich und gib vor, gesund genug zu sein, daß du mit uns frühstücken kannst. Bist du dem gewachsen?« fragte Hal und übernahm das Kommando.

»Ich bin allem gewachsen«, gab sie trotzig zurück. Sie wühlte in dem Lederbeutel herum, der ihre kostbaren Kräuter enthielt. »Da die Blutung nachgelassen hat, brauche ich etwas Ovissianischen Honigklee, um die Ader zu öffnen und geronnenes, klumpiges Blut zu entfernen.« Sie nahm das Kraut, welches für Caspars Augen wie ein langstieliges Kleeblatt aussah. »Es läßt mich außerdem schlafen, also laßt mir noch ein paar Stunden, und es wird mir schon weit bessergehen.« Sie hob das Kraut wie zu einem Trinkspruch. »Laßt mich ruhen und haltet diesen Priester von mir fern. Sagt, ich möchte, daß mir dieses Mädchen, wer sie auch sein mag, mit meinem Kleid hilft, oder sonstwas. Das sollte mir den Blutegler vom Leib halten.«

»Sie kommen mit uns nach Farona.« Caspar fand, er konnte der heidnischen Priesterin die Nachricht ebensogut jetzt gleich mitteilen. »Cybillia und Lady Helena.«

»Nun, solange sie uns nicht aufhalten.« Vorsichtig drückte sie an ihren Schläfen herum und zuckte zusammen vor Schmerz. »Ich kann noch immer nicht geradeaus denken.« Nachdem sie einen Augenblick lang nachgedacht hatte, murmelte sie: »Cybillia«, und dann wiederholte sie das Wort, als hätte sie über diesen Namen nachgedacht. »Es ist ein gutes Omen, und die Mutter lächelt freundlich, wenn drei Frauen beisammen sind.«

»Und vielleicht erleben wir weniger Ausbrüche von den Bauern auf dem Weg, wenn du dich zwischen ihnen verstecken kannst.« Etwas mißbilligend hob Hal die Augenbrauen in Richtung der jungen Priesterin. »Komm, Spar, wir überlassen sie ihren Arzneien und geben ihr Zeit, damit sie wieder … nun ja, normaler aussieht. Aber«, seine Stimme wurde heller, und er zeigte sein charmantestes Lächeln, »ich freue mich, daß es dir wieder bessergeht.«

»Huh!« Brid klang verächtlich, als sie die alte Tür hinter sich zuzogen. Hal und Caspar gingen den Korridor hinunter zur Haupthalle, wo Pater Rufus und der Baron sie erwarteten.

»Was macht meine Patientin?« wollte der Priester wissen.

»Ihr habt sie nur erschreckt, mehr nicht. Sie wünscht sich, daß Lady Cybillia ihr helfen möge«, fuhr Hal mit seiner freundlichsten Stimme fort. »Sie sagt, sie fühlt sich sehr viel besser und wird keine weiteren Arzneien mehr benötigen. Sie bat mich, besonders Euch, guter Pater, eine Entschuldigung für ihren Wutanfall auszusprechen«, improvisierte der Junge, und Caspar hoffte, daß Brid seinen Onkel nicht durch die Tür hören konnte.

»Nun, das ist schön«, erwiderte Pater Rufus aufgeregt, »doch ich sollte nach ihr sehen, um sicher zu sein.«

»Nein, nein. Nicht nötig. Sie hat mich gebeten, ihr ausschließlich weibliche Gesellschaft zu schicken. Sie ist etwas mitgenommen, und der Trost einer Frau …«

»Die Kirche bietet allen Trost, den sie brauchen sollte«, verkündete Pater Rufus empört. »Sie sollte mich als Stimme Gottes sehen, nicht als Menschen.«

Die Arroganz dieses selbstgerechten Mannes schmerzte Caspar in den Ohren, und er war höchst erleichtert, als Baron Bullback, ein zutiefst praktischer Mann, den Priester mit sich zog. »Hat keinen Sinn, mit Weibsvolk zu streiten, Pater, überhaupt keinen Sinn. Ihr habt Eure Arbeit über Nacht sehr gut gemacht, und wir alle sind dafür sehr dankbar. Ich werde Cybillia holen. Gilt es nicht, eine Morgenandacht oder ähnliches zu halten?« sagte er, was dem Mann eine gewisse Eile ins ausgemergelte Gesicht trieb, und schon hastete er ohne weitere Gegenrede davon. »Manchmal ist er etwas übereifrig«, erklärte Bullback im Flüsterton. »Kommt, es ist volle acht Stunden her, seit ich zuletzt gegessen habe. Mit leerem Magen kann ich unmöglich denken.«

In der Halle herrschte geschäftiges Treiben. Vier junge Männer mit derselben kräftigen, untersetzten Erscheinung wie der Baron, wenn auch ohne seinen Wanst, lauschten mit zornigen Gesichtern einem Hirten an der Tür.

»Ja, Herr. Ein Wolf. Der Preisbulle bei den Sieben Buchen. Der Pferch war aufgebrochen. Schwer zu sagen, ob es Viehdiebe waren oder der Bulle selbst, Herr, aber der Bulle ist noch immer außer sich. Er hat Bißwunden am ganzen Hals. Er wird wieder gesund, aber … ein Wolf, Mylord, ein Wolf.«

Caspar spürte, wie sein Hals ganz rot wurde, und nervös drückte er an seiner Nase herum, um seine Miene zu verbergen.

Als er die Neuigkeit hörte, trat Bullback zielstrebig auf seine vier Söhne und den Hirten zu. »Stellt eine Jagdgesellschaft zusammen, Männer, auf der Stelle. Sucht die Weiden ab, durchkämmt die Wälder. Ich will diesen Wolf.«

Brid sollten wir besser nichts davon erzählen, beschloß Caspar. Falls die Vaalaker je nach Belbidia durchbrechen sollten, würden sie es nie durch die Baronie von Jotunn schaffen. Bullback würde sie allein aufhalten, um seine Rinder zu verteidigen.

Eilig marschierten die Söhne des Barons zur Tür hinaus, ließen die Torra Altaner mit Bullback und Lady Helena allein, die sich bereits über Lachs und Leckereien hermachte.

Die Dame des Hauses hieß die Jungen an ihrem Tisch

willkommen. »Meine Lieben, Baron Branwolfs Sprößlinge, Hal und … und …?«

Caspar verneigte sich höflich vor der Dame des Hauses. »Caspar, Madame. Ich bin Baron Branwolfs Sohn, und das ist Hal, mein Onkel.« Er betonte das Wort ›Onkel‹.

»Ja, mein Lieber, ja, ich erinnere mich an dich. Noch bin ich keine alte Frau. Mein Gatte sagt, es drohe Gefahr von den Nordmännern und ihr hättet eingewilligt, mich und meine Cybillia in den Schutz des Königshofes zu geleiten. Das ist ein sehr freundliches Angebot, nur sagt mir: Ist die Lage tatsächlich so ernst?«

Während er sich eifrig beim gedünsteten Lachs bediente, erzählte Caspar die Geschichte erneut. Lady Helena bestand darauf, daß die beiden Jungen ihr die Einzelheiten berichteten, welche ihr Gatte ihr nicht hatte erzählen wollen.

»Ich fürchte, mein besorgter Gatte hat sich undeutlich ausgedrückt. Seiner Ansicht nach sind Frauen zu sensibel, als daß man ihnen Staatsaffären näherbringen sollte.« Mit kaltem Lächeln sah sie den Baron an, der von seinem Teller nicht aufblickte. »Cybillia muß umgehend fort, aber selbstverständlich kann ich meine Söhne nicht allein lassen.«

»Was?« Offenbar war der Baron doch nicht so taub für die Worte seiner Gattin, wie er vorgab. »Was! Meine Cybillia soll allein mit diesen Burschen reisen! Adlig oder nicht, sie sind doch Jungen.«

»Nein, Lieber, natürlich nicht«, erwiderte Helena geduldig. »Aber ihre Magd kann mit ihr reisen. Das wäre mir Anstand genug.«

»Nein! Helena, nein!«

»Oh, doch! Ja, ich weiß, wie unendlich kostbar Cybillia ist, aber das sind auch meine Söhne, und ich gehe nicht mit.«

»Du wirst dich fügen, Weib«, donnerte der Baron in dem Versuch, seine Autorität wiederherzustellen. Vor wenigen Monaten noch wäre Caspar höchst schockiert gewesen, von solcherart häuslicher Mißstimmung zu hören. Eine Lady, die sich ihrem Lord widersetzte, schien unvorstellbar, doch seit er die beiden heidnischen Priesterinnen kannte, glaubte er nun, daß Frauen zu fast allem in der Lage waren.

»Ich bleibe«, erwiderte Lady Helena schlicht und ohne Zorn. »Mein letztes Wort. Die Dienerin, Hetta, kann mitgehen.«

»Diese Frau bringt mich zur Raserei«, murmelte Bullback, dann schlug er seinen leeren Humpen auf den Tisch. Der kleine Küchenjunge, der am Abend zuvor den Spießbraten beträufelt hatte, eilte heran und neigte einen Bierkrug, bis die goldene Flüssigkeit in den Becher lief. Der Baron grunzte ein Wort des Dankes und wandte sich seinen Besuchern zu. »Nun, Hal, Spar, sagt mir, was ihr braucht, und wir kümmern uns darum. Was glaubt ihr, wann eure Schwester reisen kann?«

Es dauerte eine Weile, bis sie von der Auswahl der Pferde für Hal und Brid zurück waren und Cybillias Reittier begutachteten. Caspar war mit Cybillias cremefarbenem Wallach unzufrieden gewesen. Er klagte, der Brustkorb des Tieres sei flach und die Fesseln stünden allzu aufrecht und daher würde das Pferd Schwierigkeiten haben, Schritt zu halten, und auf harten, trockenen Straßen schnell lahmen. Bullbacks Meinung war nicht zu ändern; er sagte, das Pferd sei sicher und ohne Makel und er wolle nicht, daß seine Tochter auf einem Tier säße, das ihr angst mache. Caspar besaß einen natürlichen Pferdeinstinkt; als Kompromiß wählte er einen grobknochigen Lastenesel für das Gepäck, denn er dachte sich, wenn das Pferd des Mädchens lahmen sollte, könnte sie zumindest mit dem schwerfälligen Wesen der stämmigen Bergrasse zu Rande kommen. Sie suchten eine kastanienbraune Stute für Brid, mit kräftigen, sauberen Beinen für die Hirschjagd, und ohne zu zögern wählte Hal eine gescheckte Stute von über siebzehn

Handlängen Höhe. Er sah seinen Neffen an, um dessen Zustimmung zu finden, und der nickte nur. »Etwas langsam für meinen Geschmack, aber der Körperbau ist gut.«

»Sie würde einen Ritter in voller Rüstung so leicht tragen wie ein kleines Kind, hab' ich recht, altes Mädchen?« Bullback streckte eine Hand aus und klopfte der Stute auf den schwarzweißen Hals. »Ihr Name ist eigentlich Schlachtenkönigin, aber wir nennen sie Elster. Hab' sie früher selbst gern geritten, aber für meine alten Knochen ist das eine schwere Kletterei.« Er lachte, rieb seinen Bauch und deutete an, daß es eher sein übermäßiges Gewicht und nicht so sehr sein Alter sei, welches ihm das hohe Roß so schwer machte. »Sie ist in jeder Hinsicht ruhig und kraftvoll, aber besonders gut ist sie bei den Rindern. Wertvolles Tier, aber wenn sie euch hilft, meine kleine Cybillia zu beschützen, will ich sie euch gern ausleihen.«

Sie diskutierten noch über die Pferde, als sie wieder zum Gutshaus kamen. Noch immer protestierte Caspar lauthals gegen die Wahl des cremefarbenen Reittiers für Cybillia, trotz aller strafenden Blicke von Hal, der ihn warnte, daß er sich am Rande der Unfreundlichkeit bewege. Erst der Anblick Brids und Cybillias, die in der großen Halle auf sie warteten, ließ ihn verstummen.

»Brid! Wie geht es dir?« fragte Caspar sorgenvoll und vergaß seine Manieren, als sich Hal an ihm vorüberschob, um sich ausgiebig und galant zu verbeugen.

»Es ist mir eine große Ehre, schönes Fräulein, Euch hier zu begegnen.« Dieser gewisse Tonfall hatte sich in Hals Stimme geschlichen. Mild und einfühlsam, ein Tonfall, den der dunkelhaarige Junge immer benutzte, wenn er mit Mädchen sprach.

Caspar verkrampfte sich, als Hals geschwollene Worte sein Ohr beleidigten. Außerdem fiel ihm quälend schmerzlich auf, daß Brid seine besorgte Frage überhaupt nicht beachtete, sondern nur argwöhnisch eine Schnute zog, als sie Hals Avancen Cybillia gegenüber wahrnahm.

Cybillia erhob sich elegant, war fast so groß wie Hal. Ihre gertenschlanke, zerbrechliche Erscheinung wurde durch ihr leichtes Kleid noch hervorgehoben, ebenso durch das lange, offene Haar, welches glatt und rotblond bis zu ihrer Taille fiel. Schüchtern zog sie einen Seidenschal um ihre Schultern und widmete Hal einen spröden Hofknicks.

»Euer Haar ist wie Sonnenschein«, begann Hal.

»Du meine Güte«, murmelte Caspar leise, und der Baron warf Hal einen vernichtenden Blick des Unmuts zu.

»Vergiß dich nicht, junger Freund. Cybillia ist eine Dame.«

Die porzellanweißen Wangen des Mädchens röteten sich zu weiblichem Rosa, und sie kicherte nervös. Sie setzte sich wieder neben Brid: Die beiden waren verschieden wie Tag und Nacht. Cybillia war weich und feminin, mit zarten Bewegungen und spröder Haltung. Bewußt strahlte sie hilflose Verwundbarkeit aus und war so der Inbegriff höfischer Anmut. Caspar fragte sich, wie zwei derart ochsengleiche Menschen wie Bullback und seine Frau es geschafft hatten, ein derart zartes Lamm zu zeugen.

Brid dagegen war mit ihren Rindslederhosen grob gekleidet. Ihr Haar, das sie gewaschen hatte, war neben dem goldenen Glanz von Cybillias Locken von bloßer Bronze, und ihre sonnengebräunte Haut und die groben Hände verrieten ihre bäuerliche Herkunft. Für Caspar jedoch besaß sie Feuer und Schwung, die Liebe zum Leben und Freude an der Natur, was dem anderen Mädchen rundum fehlte. Trotz der entstellenden Prellung, der jungenhaften Kleider und des Umstands, daß sie einen ihrer Stiefel ausgezogen hatte und im Schneidersitz auf der Bank kauerte, war sie für Caspars junges Herz dennoch entschieden ansprechender.

Seine Gedanken wurden von einer Störung in der äußeren

Halle unterbrochen. Bullbacks vier Söhne platzten herein, ließen ihre Saufedern und Jagdbögen zu Boden klappern. Der älteste eilte voran, und mit flacher Hand knallte er etwas auf den Tisch. »Hier, Vater, was sagt Ihr dazu?«

KAPITEL 7

Wir sollten das nicht tun«, protestierte May, als sie sich hinter den schweren Samtvorhang schob, der die Treppe verbarg.

»Niemand wird uns vermissen, also können wir auch keinen Ärger kriegen«, erklärte Pip, als sie von der unteren Halle aus die Hintertreppe hochschlichen. »Ma ist viel zu beschäftigt.«

Er führte sie durch die düsteren Gänge, bis sie auf einen niedrigen Bogen in der Wand des Korridors stießen. Hinter diesem folgten feuchte, kalte Stufen, die ins Dunkle führten.

»Da gehe ich nicht runter«, protestierte May und rümpfte ihre Nase in der muffigen Luft, erschauerte bei dem Gedanken an die Dunkelheit.

»Du mußt. Nur so können wir zum Westturm kommen, ohne auf dem Haupthof gesehen zu werden. Es ist nur ein kurzes Stück dunkel«, versicherte er ihr. »Es gibt da unten ein ganzes Netz von Kellern und Tunneln. Ich hab' noch nicht mal die Hälfte davon erkundet, aber ich habe Gänge gefunden, die sowohl zum Nordturm als auch zu den Stallungen am Westhof führen. Wenn wir den nehmen, können wir uns zum Westhof schleichen, ohne daß uns jemand sieht, und dann kann ich dir den Turm zeigen. Komm schon.« Pip drehte sich um und sprang die Stufen hinunter, bevor May noch etwas einwenden konnte. Sie warf einen Blick auf die kalten, kahlen Wände und stürzte ihrem verantwortungslosen Bruder nach. In dieser menschenleeren Unterwelt wollte sie nicht gern allein sein.

Sie konnte das leise Tappen seiner nackten Füße hören, als sie sich an den kühlen Mauern entlangtastete, aber einen Moment lang konnte sie rein gar nichts sehen. Sie versuchte, ihren rasenden Puls zu ignorieren, sagte sich, es sei kindisch, sich vor der Dunkelheit zu fürchten. Nichtsdestoweniger schob sie ihre Hände zögerlich voran, ständig darauf vorbereitet, daß sie gleich in ein Spinnennetz greifen würde. Schließlich fiel ein Strahl grauen Lichts durch ein Gitter in der Decke, und sie konnte die dunklen Umrisse ihrer Umgebung erkennen. Sie biß sich auf die Lippe, als sie eine Ratte hörte, die irgendwo zu ihrer Rechten scharrte, und warf die Hände vors Gesicht, als sie sich durch einen Vorhang von Spinnweben schob. Seltsamerweise fürchtete sie sich jetzt nicht mehr davor, einer Spinne zu begegnen, nachdem sie nun sehen konnte. Sie fürchtete sich vor ihnen nur, wenn sie sie im Dunkeln überraschten.

Verschmitzt und aufgeregt winkte Pip sie heran. Sie seufzte resignierend. Die angespannte Tatenlosigkeit der letzten Tage hatte den spitzbübischen Wunsch ihres Bruders nach Erkundungen geweckt. Er war nun unverbesserlich und suchte nach Abenteuern, als Ausgleich für die öden Stunden der Gefangenschaft im unteren Turm, wo er gezwungen war, zuzusehen, wie die Frauen auf ihren Webstühlen herumklapperten.

In den letzten paar Tagen waren die Vaalaker untätig gewesen wie ein grübelndes Monstrum. Sie lagerten außerhalb der Reichweite der Burggeschütze, sammelten ihre Massen und ruhten sich nach dem langen Marsch aus. Bei Tage erstreckten sie sich bis zum nördlichen Horizont, breiteten sich wie schwelender Nebel über den Grund der Schlucht aus. Bei Nacht erleuchteten ihre flackernden Lagerfeuer den schwarzen Himmel mit unnatürlich rotem Glanz, als sei die Erdkruste aufgebrochen und die Flammen der Hölle schlügen aus dem Höllenpfuhl hervor. Die hungrige Menge der Barbaren schien ihnen selbst die Luft wegzuatmen. Die Burgbevölkerung wurde griesgrämig vor lauter Wachsamkeit, fürchtete den Augenblick des Angriffs und betete doch fast, daß er bald kommen möge, damit zumindest das Warten ein Ende hätte.

Vor ihnen teilte sich der Tunnel. Pip blieb stehen, murmelte einen Moment unsicher vor sich hin und suchte dann die nackten Wände mit der Handfläche ab.

»Haben wir uns verirrt?« fragte May ärgerlich. »Ich wußte, daß wir uns verirren würden.«

Pip grinste sie nur an; seine Zähne blitzten im trüben Licht grellweiß. »Würde ich zulassen, daß wir uns verirren, May?«

»Ha!«

»Na, diesmal jedenfalls nicht. Sieh doch, der Gang ist markiert. Da ist ein seltsames Zeichen in die Wand gemeißelt.«

Trotz ihrer Sorgen konnte sich May ihrer Neugier nicht erwehren, als sie die Markierungen betastete. Sie fürchtete nur, daß sie sich in ihrer neuen Heimat Schande machten, wenn sie den strikten Anweisungen des Barons zuwiderhandelten. Zwar fehlte ihr der Keilerwald, doch sie hatte sich fast schon an die schwindelerregenden Höhen Torra Altas gewöhnt und war angenehm überrascht, was die Freundlichkeit der Burgbewohner anging. Wann immer sie einem Bogenmacher oder selbst dem am ungeschlachtesten wirkenden Soldaten begegneten, hatten diese für gewöhnlich Zeit, Pip das zottige Haar zu raufen oder ihr freundlich zuzuzwinkern. Die Burgfrauen mochten zwar generell zurückhaltender als die Männer sein, aber auch sie hatten stets ein Lächeln oder ein Nicken für ihre Mutter übrig.

Sie hatte erwartet, daß die Bewohner dieser kargen Festung glaubten, sie stünden über dem gemeinen Volk, hatte sich vorgestellt, daß sich selbst die Diener und Handlanger des Barons den Waldbewohnern, Schafhirten, Fallenstellern und Wildschweinjägern überlegen fühlen würden. Aber sie waren nicht anders. Selbst der Baron nahm sie wahr. Seine Miene mochte vor Sorgen starr sein, wenn er zielstrebig über die Burghöfe oder Wehranlagen marschierte, doch er hatte für jeden von ihnen ein freundliches Wort, wenn er den Turm besuchte … besonders für ihre Mutter.

Der Tunnel führte zielstrebig aufwärts zu einer Treppe, wo frische Luft hereindrang und strahlendes Sonnenlicht den Weg beleuchtete. May konnte den gesunden Duft der Pferde im Stall mit dem frischen Stroh riechen. Pip ging voran, sah sich verstohlen um, als sie auf den westlichen Burghof hinaustraten. Sie duckten sich, schlichen heimlich durch das Dunkel an der Rückseite der Stallungen und Falkenkäfige entlang, bis sie an die steil aufragende Außenmauer am Westrand der Festung gelangten. Sie drückten sich unter den Wehranlagen entlang, bis sie zu einem steinernen Durchgang zu dem klösterlich abgeschiedenen Flügel kamen, der sich an den leerstehenden Westturm fügte.

Der Korridor war dunkel, gesäumt von kleinen Eichentüren, die man mit Leinöl geschwärzt hatte. Zwischen dem rußigen Schwarz an den Wänden verriet gelegentlich hellerer Stein, wo vermutlich viele Jahre lang ein großer Wandteppich gehangen hatte, der inzwischen entfernt worden war. Der Westflügel war absolut unbewohnt. Die Türen waren nicht höher als fünf Fuß, als sei dieser Teil der Burg für eine kleinwüchsigere Menschenrasse errichtet worden. Mehrere Durchgänge führten vom Hauptkorridor ab, und als sie diesen halb hinter sich hatten, sah sich Pip unsicher nach links und rechts um.

»Ich glaube, es geht hier entlang«, verkündete er. »Ja, bestimmt. Hier ist es.« Er hastete zu einer Wendeltreppe, die unten an einer mächtigen, gebogenen Mauer endete. »Das muß das Fundament des Turms sein. Weißt du, May, diese Burg ist *gewaltig.*« Er zog das Wort lang, um einen Eindruck der Größe zu vermitteln, und breitete die Arme aus. *»Geeewaltig!«*

»Es ist ebenso viel in den Felsenturm hineingebaut wie die Türme darüber«, bemerkte May. »Wir könnten uns hier für immer und ewig verirren.«

»Nein, sieh doch. Ich habe dir doch gesagt, daß sie hier sind«, sagte er und deutete auf die schmale Öffnung einer

Treppe. »Die führen endlos weit hinauf. Ich schätze, sie reichen bis zur Spitze des Turms, und er ist der höchste der ganzen Burg.«

Damit hatte Pip sicherlich recht, dachte May, als sie einen Moment stehenblieb, um Luft zu holen. Ihre Beine schmerzten, und ihr wurde schwindlig, je weiter sie im Kreis liefen und der Wendeltreppe aufwärts folgten. Mit der Zeit wurde Pip langsamer, und sie lehnte sich an die Außenmauer der Treppe, um Luft zu holen, rieb ihre Schenkel, um den Schmerz zu lindern. Die Steine waren in der Mitte eingekerbt, abgewetzt von der endlosen Folge von Füßen. Ein dunkler Strich zog sich auf Höhe ihrer Hand entlang, wo zahllose Hände wie die ihren über den Stein gestrichen hatten, doch schien der Turm nun menschenleer.

Pip sprang vor sie, und da sie entschlossen war, bei ihrem mißratenen Bruder zu bleiben, brachte sie sich wieder dazu, den endlosen Aufstieg fortzusetzen. Die Stufen der Wendeltreppe wurden immer steiler und schmaler, so daß sie müde stolperte und sich an die Mauern drückte, als der Schwindel ihren Kopf zum Kreiseln brachte. Sie fragte sich, wie tief sie wohl fallen würde, falls sie stolpern sollte. Selbst die Schießscharten, die den Weg mit schmalen Lichtstrahlen erhellten, wurden immer seltener und die Luft dicker.

»Wir sind fast da«, keuchte Pip aufgeregt. »Nur noch ein paar Stufen.«

Nur noch ein paar, stöhnte May innerlich und zwang ihre Beine, sie die endlosen Stufen hinaufzutragen. Schließlich führte diese Treppe sie in einen weiteren niedrigen Korridor, und erschöpft stolperte May voran. Schweigend trat Pip ans Ende des Ganges und blieb an der siebten Tür dort stehen. Sie besaß einen Spitzbogen und war kleiner als die anderen, nicht höher als May selbst. Instinktiv wich das Mädchen davor zurück.

Pip rüttelte am Griff. »Sie ist verriegelt.« Enttäuschung verdunkelte seine Miene.

»Nun, vielleicht sind sie alle verriegelt«, meinte May atemlos. »Vielleicht soll es bedeuten, daß wir hier nicht sein dürften.«

»Na, sie war aber offen. Alle waren offen.« Er versuchte es an einer anderen Tür, und diese schwang auf und gab eine schlichte Kammer preis, in der nichts als Staub und Spinnweben waren. »Sie sind alle leer. Offensichtlich haben weit mehr Menschen auf der Burg gelebt, und alle hatten mit ihren Familien eine Kammer für sich.«

»Ach ja? Und woher willst du das wissen?« fragte May ungläubig. Sie kam zu dem Schluß, daß ihr Bruder sich das alles ausdachte.

»Ich habe einen der Wächter gefragt. Außerdem kannst du selbst eine Kammer probieren. Irgendeine. In diesem Turm sind alle leer.« Verwundert betrachtete er die kleine, verriegelte Tür. »Aber die hier war beim letzten Mal noch offen, und sie führte zu einem Korridor und Stufen und noch einer Tür – und diese Tür *war* verriegelt – und ich habe etwas gesehen: ein magisches *Leuchten* durchs Schlüsselloch.«

Sie zog ihren Bruder am Arm. »Was für ein Leuchten? Komm, mir gefällt es hier nicht. Laß es bleiben. Wir sollten zurück sein, bevor man uns vermißt.« Ungeduldig zog das weichherzige Mädchen an der kleinen Hand ihres Bruders. »Pip, laß es. Wir gehen wieder zu Ma. Wahrscheinlich verwahren sie hier den Sprengstoff oder Ölfässer oder was sie sonst noch brauchen, um diese Burg zu verteidigen.«

Pip schüttelte den Kopf. »Wieso hier oben so abseits? Sei nicht dumm. Mädchen! Nein, die Lagerräume sind unten am Haupthof. Der Mann da hat mir den Berg von Pfeilspitzen gezeigt. Er sagte, alles müsse vom Turm aus leicht zu erreichen sein.« Er nickte kompetent, als er diese Information preisgab.

»Wir sind meilenweit durch Gänge gelaufen, um hierherzukommen. Sieh dir den Staub an, überall, nur nicht an dieser Tür. Sie wird benutzt, und hier oben muß es was Besonderes geben.«

Pip hatte wohl recht, dachte sie, aber wenn es etwas Besonderes war, dann sollten sie ganz sicher nicht hier sein. Er rüttelte am Riegel herum, und May drehte sich unruhig zum Korridor um.

»Was ist, wenn wir erwischt werden?«

»Dann sagen wir, wir haben uns verlaufen.« Plötzlich erstarrte er. »Hör doch!« sagte er und legte ein Ohr an die Tür.

Als sie ihren Kopf fest an die dunklen Holzplanken drückte, versuchte May ruhiger zu atmen. Sie war sicher, daß sie ein Scharren hörte, ein Schniefen, wenn auch gedämpft und leise.

»Ich weiß, daß da drinnen etwas lebt.« Der kleine, wuschelhaarige Junge durchsuchte seine Taschen nach einem Messer und begann, am Schloß herumzubohren, wobei er die Klinge hin und her drehte.

»Nicht«, flehte May, die kaum noch denken konnte. Er drehte sich nur um und grinste sie an, als ein Klicken vom Schloß zu hören war. Lautlos glitt die Tür auf. Sie führte nicht in eine Kammer, sondern in einen weiteren Korridor, dessen Decke auf ihre Köpfe drückte, so daß ein Erwachsener sich würde bücken müssen, wenn er hindurchgehen wollte. Am Ende des Korridors wand sich eine weitere Treppe in die Tiefe. Dumpfe Laute wehten von unten herauf.

Pip ging zuerst, seine nackten Füße tappten lautlos auf dem abgewetzten Stein. Als sie die Stufen hinaufschlichen, wurde das Scharren und Grunzen lauter. Sie kletterten weiter, während die Mauern um sie herum immer enger wurden und die Stufen schmal und trügerisch. Oben standen sie vor der nächsten halbhohen Tür.

May fühlte, wie das Blut aus ihren Wangen und den

Fingerspitzen wich, als ein erstickter Schrei durch das Schlüsselloch zu hören war. Sie drückte sich an die Mauer, doch Pip war neugierig wie eh und je, beugte sich vor und lugte durch den schmalen Spalt. Mindestens eine Minute lang spähte er aufmerksam, dann winkte er seiner Schwester aufgeregt, sie solle selbst sehen.

Sie schüttelte den Kopf, doch er machte nur eine ungeduldige Handbewegung und sah sie finster und eindringlich an. Widerstrebend drückte sie ein Auge an das Schlüsselloch und sah nichts als einen schwarzen Vorhang, der gleich vor der Tür wehte.

Sie konnte den Mann nicht sehen, nur die Stimme hören, dünn und böse, kalt vor Haß und Bitterkeit. »Man muß sie aufhalten. Wie konnte dieser Dummkopf von einem Nordmann sie entwischen lassen? Aber ein Brief an den König wird sie bremsen. Wir müssen ihm sagen, was das Mädchen wirklich ist. Eine kurze, anonyme Nachricht wird seinen Argwohn wecken.«

»Ja, Meister, ja.« Diese zweite Stimme klang eifrig, wenn auch undeutlich, und die Worte kamen genuschelt, wenn der Mann beim Sprechen sabberte.

»Wir dürfen aber nicht zu direkt sein. Man darf es nicht bis zu mir zurückverfolgen können. *Du* wirst gehen müssen, nachdem Dunnock, der Idiot, versagt hat. Gerade als ich jemanden brauchte, dem am Neuen Glauben mehr gelegen ist als an seinem eigenen Land, läßt sich der Schwachkopf umbringen.«

»Dummkopf«, lachte die zweite, tiefere Stimme. Sein Kichern riß mit dem Klatschen einer scharfen Ohrfeige abrupt ab.

Obwohl May instinktiv die Bosheit in den Worten spürte, konnte sie deren Sinn doch nicht begreifen. Sie schluckte trocken, sah mit starrem Entsetzen, wie der schwarze Vorhang beiseite geschoben wurde und das geheimnisvolle Leuchten preisgab, welches Pip beschrieben hatte. Sie konnte dieses weiß schimmernde Licht nur anstarren, das von vier Glaskugeln auf einem Steintisch zu stammen schien. Anfangs dachte sie, es handele sich um Kerzen in Glaskugeln, doch das Licht verblüffte sie. Nicht nur gab es kein Flackern, sondern die Kugeln sonderten einen gespenstisch weißen Schein ab, keine warme, gelbe Flamme wie bei Kerzen. Eine Hand und ein Ärmel kamen ins Blickfeld und strichen über eine der Kugeln.

»Aah, ich kann sie sehen«, seufzte der Mann triumphierend, aber seine dünne Stimme wurde vor Enttäuschung gleich wieder ganz tief. »Aber diese idiotischen Nordmänner haben sie wieder entkommen lassen. Sie sind in irgendeiner Halle, in einem großen Herrenhaus mit vielen Dienern. Wie will dieser dämliche Schamane an sie herankommen, wenn sie schon so weit in Belbidia sind? Jemand muß sie aufhalten. Ich werde verbreiten, daß das Mädchen eine Hexe ist, und dann wird Rewik uns die Arbeit abnehmen. Die Inquisitoren von Farona werden sie bald aufspüren. Den vaalakischen Dummköpfen mögen sie entwischt sein, aber die Inquisitoren versagen nie.«

»Ja, Meister. So klug, so wirklich klug.« Die Stimme war tief, wenn auch ausdruckslos, als verstünde der Mann nicht recht, was um ihn herum geschah.

»Du wirst deine Belohnung bekommen, Ulf. Du wirst Macht wie ich besitzen, wenn wir erfolgreich sind.«

»Ja, Meister, ja.« Die Stimme gurgelte vor Speichel.

»Jetzt müssen wir noch einmal um Erleuchtung ersuchen.« Ein Gackern und Flattern war zu hören, das zweifellos von einem Huhn stammte. May schluckte, als sie spürte, wie das Böse aus dem Raum atmete. Sie konnte das Gesicht des Mannes nicht erkennen. Nur seine langfingrigen Hände und ein Stück von seinem Rücken war zu sehen, dessen Umrisse wegen seines schwarzen Umhangs undeutlich waren. Erschrocken sah sie, wie er den schreienden Vogel am Tisch befestigte. In Panik schlug das Federvieh mit den Flügeln, um sich zu befreien. May zuckte zusammen, als es ein letztes, entsetztes Quieken ausstieß und sich dann kalte Stille im Raum ausbreitete, die nur vom zufriedenen Atmen der beiden Männer durchdrungen war.

»Stehen die Zeichen günstig, Meister?« fragte die dumpfe Stimme eifrig.

»Es gibt manche Kraft, die gegen uns arbeitet, Ulf. Sieh dir die verdrehten Innereien und die geschwollene Leber an. Ich muß mich doch der anderen annehmen: Ihre Gegenwart in dieser Burg ist stark. Ich habe bereits versucht, ihre Kraft zu dämpfen, doch ich muß noch mehr tun. Sie muß vom Spielfeld verschwinden.«

Der Mann mit dem Umhang trat ein Stück nach rechts, und May drehte sich fast der Magen um, als sie sah, wie er im Gedärm des geschlachteten Huhnes rührte. Pip stieß sie an, während er wiederum versuchte, durch das Schlüsselloch zu spähen.

»Was war das?« knurrte die Stimme aus dem Inneren der Turmkammer.

Sie wichen vor der Tür zurück, drückten sich an die kalte Steinmauer. Gefangen in den Klauen der Stille, standen sie zitternd da, konnten weder atmen noch sich rühren. Knarrend ging die Tür auf. May biß auf ihre Zunge, betete darum, daß ihr pochendes Herz sie nicht verriet. Die Tür schwang weit auf, so daß ein Nagel im Holz gegen ihre Wange drückte, als sie ihren Kopf zur Seite drehte und leise einatmete, wobei sie versuchte, sich so dünn wie möglich zu machen. Sie konnte den fleischigen Atem des Mannes riechen. Sie schloß die Augen, hielt die Luft an und betete.

»Nichts, Meister. Muß eine Ratte gewesen sein.« Mit einem dumpfen Schlag fiel die Tür ins Schloß.

Sie warteten nicht, ob sie noch mehr zu sehen bekämen. Heimlich zogen sie sich zurück, schlichen ängstlich Schritt für Schritt die Treppe hinab. Es schien eine Ewigkeit zu dauern, bis sie an den niedrigen Durchgang und die endlose Spirale der Haupttreppe kamen. Sie stürmten die Stufen hinab, und da sie sich zu sehr fürchteten, um über den abgelegenen Westflügel und hinter den Stallungen entlangzuschleichen, platzten sie auf dem westlichen Burghof direkt ins Freie.

»He! Was macht ihr da?« Die Luft war vom Duft süßen Strohs und dem zufriedenen Kauen der Pferde im Stall erfüllt. »Ihr könnt nicht einfach so in den Stall rennen. Ihr werdet die Pferde noch in Panik versetzen. Und jetzt verschwindet hier.«

Mit klopfenden Herzen flohen sie direkt über den inneren Hof, während erschrockene Soldaten ihnen ungläubig nachblickten. May fürchtete sich zu sehr, um die Finsternis der Tunnel noch einmal ertragen zu wollen, die sich unter den Burghöfen schlängelten, und zog lieber den Zorn der Erwachsenen auf sich, falls man sie ohne Erlaubnis außerhalb des Hauptturms erwischte. Atemlos stürmten sie in den unteren Turm, und schluchzend warf sich May ihrer Mutter in die Arme.

»Ma, Ma!« heulte Pip und klammerte sich fest an Elaines Röcke.

»Pschscht, Kinder! Was ist denn los?« Sie streichelte ihnen die Köpfe.

»Ma, wir haben gesehen, wie ein Mann ein Huhn ermordet und seine Innereien rausgezogen hat.«

Entsetzt sah Elaine sie an, doch sie entspannte sich gleich wieder. »Nein, das habt ihr nicht. Ihr zwei seht immer seltsame Dinge. Schlangen entpuppen sich als Zweige, und Ungeheuer entpuppen sich als Felsbrocken in der Dunkelheit. Ich weiß, es ist furchtbar, daß euer Vater fort ist, aber ihr dürft nicht zulassen, daß euer Verstand verrückt spielt. Ihr habt euch im

Keller erschreckt. Maud hatte schon vermutet, daß ihr dort wäret. Sie sagt, sie hat gesehen, wie ihr hinter dem Vorhang hervorgeschlichen seid. Ich habe mir schreckliche Sorgen um euch gemacht. Tut das nie wieder.«

»Aber, Ma«, hielt Pip dagegen.

»Komm mir nicht mit ›aber, Ma‹. Stundenlang habe ich mir furchtbare Sorgen um euch gemacht. Und der Hauptmann hat schon nach dir gesucht, Pip. Er sagt, er könnte deine Hilfe im Brunnenraum brauchen.«

»Oh!« Seine Augen leuchteten vor Aufregung, und seine Ängste waren schnell verflogen. »Sie wollen, daß ich ihnen helfe?«

»Ich zeige dir den Weg.«

»Das mußt du nicht«, rief Pip über seine Schulter, als er durch die Halle rannte, ein Spinnrad umwarf und das Garn zehn Schritte mit sich über den Boden zog.

Die Witwe mit dem Flammenschopf wandte sich ihrer Tochter zu. »Wie konntet ihr nur so davonlaufen? Wir leben in schweren Zeiten. Du darfst dich nicht wie ein kleines Kind benehmen, May.«

May verfluchte ihren Bruder dafür, daß er sie dazu verführt hatte, sich so unverantwortlich zu verhalten. Langsam schien es ihr, als hätte sie sich alles nur eingebildet und nur ihre Angst vor Spinnen hätte die seltsamen Bilder erzeugt. Die sanfte Stimme ihrer Mutter gab ihr das sichere Gefühl, daß es eine plausible Erklärung für das, was sie gesehen hatte, geben mußte. Typisch nur, daß Pip schon weggelaufen war. Immer floh er vor jeder Strafe und ließ sie unter den kühlen Blicken der Erwachsenen zurück. Ihr Vater fehlte ihr. Der hatte nie mit ihr geschimpft.

Das Eintreffen der Greisin, die in die Halle hinkte, rettete sie vor weiterem Tadel. In ihren blauen Augen glitzerten jene geheimnisvollen, weißen Flecken, und eilig betrachteten sie die Frauen im unteren Turm, bis sie an der rothaarigen Witwe hängenblieben. Ungeduldig winkte die alte Frau sie heran. »Du hast sie also gefunden.«

Elaine sah ihre Tochter böse an. »Ja, endlich.«

»Gut, dann komm. Ihr müßt wieder bei dem alten Brunnenmeister wachen. Er ist zu krank, um allein gelassen zu werden. Ihr müßt nur bei ihm bleiben, um zu sehen, ob sich etwas verändert, damit ich wieder an meine Arbeit gehen kann. Wir werden im Laufe der Wochen viele Kräuter und Arzneien brauchen.«

May fragte sich, welche Art der Arbeit die Priesterin meinte, und stellte sich Kessel voller Wassermolche und Schafsaugen vor.

Dem alten Mann ging es nicht besser, wenn überhaupt, dann eher schlechter.

Morrigwen sah ihn stirnrunzelnd an, dann murmelte sie vor sich hin: »Ich verstehe es nicht. Er müßte eigentlich gesunden.« Müde stand sie auf. »Fast ist es, als wäre sein Geist zerbrochen. Es scheint ihm am Willen zu mangeln, gesund zu werden.« Abrupt schwieg sie und stand auf, legte zitternd eine Hand an ihre Stirn. Dann stand sie gefährlich schwankend auf den Beinen.

Elaine lief zu ihr, um sie zu stützen, als sie sich plötzlich krümmte und krampfartig hustete. »May, hol Wasser. Hier, setz dich hin«, tadelte die rothaarige Witwe, »du hast dich zu hart angetrieben.«

Die Greisin schüttelte den Kopf. »Ich bin einfach zu alt, viel, viel zu alt, aber ich kann nicht sterben, ich kann nicht sterben, bis der Glaube an die Mutter wiederhergestellt und Brid alt genug ist, eine neue Jungfrau auszuwählen, die an ihre Stelle tritt. Ich darf noch nicht sterben, auch wenn sich meine Knochen danach sehnen, in die Wiege der Mutter heimzukehren. Wenn ich jetzt sterbe, ist die Trinität für alle Zeit verloren.«

Sie nahm den Becher von May entgegen und hielt sich an dem Mädchen fest, um sich zu stützen, als ein Hustenanfall ihre knochigen Schultern erschütterte. Ihre Kleider hingen an ihr, als wäre sie nur noch ein Bündel Zweige, das von Garn zusammengehalten wurde.

Sie trank vom Wasser und holte gleichmäßig und tief Luft. »Schon besser, schon viel besser.«

»Es ging dir gut, als wir aus dem Keilerwald geritten sind«, flüsterte May, »und ich bin sicher, daß es dir bald wieder bessergeht. Vielleicht liegt es an dieser zugigen, alten Burg.«

»Nein, ich bin nur wieder einen Tag älter«, seufzte Morrigwen.

KAPITEL 8

Falten der Beklommenheit zogen sich über Bullbacks Gesicht. Er betrachtete den Metallstab in seiner Hand und sah seine vier Söhne mit besorgtem Blick an, die sich um ihn drängten.

»Wo habt ihr das gefunden?« wollte er wissen.

»An der großen Weide abseits der Straße bei den Sieben Buchen. Wir haben noch ein Dutzend mehr davon.« Der Sohn hielt dem Baron eine Faust voller Bolzen unter die Nase. »Alles lag voll davon. Wir haben Wolfsspuren gefunden. Sie führen zum Wald. Nach den Abdrücken zu urteilen, schleppte er ein Bein nach, aber wir haben die Spur im Wald verloren.«

Besorgt warf Caspar einen Blick auf die junge Priesterin. Ihre Augen waren groß, die Pupillen färbten sich einen Moment lang zu schwarzen Teichen, als von der Wölfin die Rede war, doch sie beruhigte sich bald und spielte eine desinteressierte Miene vor. Nur ihre Augen verrieten, was sie dachte.

Bullbacks Sohn fuhr fort: »Die Spuren verliefen sich, und dann haben wir das hier gefunden.« Er zeigte seinem Vater einen geschnitzten Holzschaft von etwa zwei Fuß Länge. »Woher kann das kommen, Vater? Da draußen treibt ein merkwürdiger Viehdieb sein Unwesen.«

»Das ist der Griff einer Streitaxt. Wir haben Ärger in unserer Baronie. Ruft die Bauern zusammen.« Er drehte einen der Bolzen, betrachtete ihn näher, dann fuhr er fort: »Und die hier ... das sind Armbrustbolzen, ohnehin eine ungewöhnliche Waffe in Belbidia, aber diese hier ... die sind ganz sicher nicht von uns. Hier, Hal, sieh mal. Was hältst du davon?«

Die beiden Belbidianer quetschten sich zwischen den runden, rempelnden Schultern von Bullbacks Sprößlingen hindurch. Caspar warf nur einen Blick auf die zerbrochene Axt und die Armbrustbolzen, und das Herz schlug ihm bis zum Hals. Trotz aller Entschlossenheit, sich keine Spur von Feigheit vor den Nachbarn anmerken zu lassen, spürte er doch, wie seine Haut feucht und bleich wurde. »Vaalaker.«

»Vaalakische Spione«, korrigierte Hal. »Diese Armbrust tragen ihre Kundschafter und Spione, nicht so sehr die regulären Truppen. Sie sind uns auf den Fersen. Brid, bist du bereit zu reiten? Wir müssen fort. Bullback, Ihr müßt Eure Männer aussenden, damit sie die Barbaren finden, und es tut mir leid, daß wir Eure Tochter nicht eskortieren können. Es ist zu gefährlich auf der Straße.«

»Falls irgendwelche Vaalaker so weit nach Süden vorgedrungen sind, möchte ich, daß Cybillia auf der Stelle in Sicherheit gebracht wird. Ich gebe euch eine Eskorte mit, die euch bis an die Grenzen meines Landes bringt, dann kommt ihr sicher ins Kernland. Cybillia, meine Süße, mach dich bereit. Du reist sofort mit ab.« Trotzig sah der Baron Hal mit finsterer Miene an, und der Junge zuckte mit den Achseln, als er merkte, daß es sinnlos war, sich solcher Entschlossenheit entgegenzustellen.

Brid war aufgestanden, wirkte noch immer bleich und zerbrechlich, aber sie biß die Zähne zusammen und nickte. »Ich bin bereit. Cybillia?« Fragend sah sie das flachsblonde Mädchen an.

»Ach du je, nein! Oh, mein Gott, so bald schon. Ich habe noch soviel zu packen.«

»Nein, hast du nicht«, erwiderte Brid schlicht. »Zieh dir ein paar warme Sachen und vernünftige Stiefel an. Mehr brauchst du nicht.«

»Aber ohne meine Garderobe komme ich doch nicht zurecht«, weinte sie. »Besonders nicht, wenn ich in die Hauptstadt fahre. Vater, bitte, ich möchte nicht weg.«

»Es ist zu deiner eigenen Sicherheit, mein Kind. Ich will nicht, daß die Ungläubigen auch nur in die Nähe der schönsten Maid Belbidias kommen. Nun beeile dich, mein Kind.« Die Stimme des Barons klang nachsichtig, ein Ton, den er offenbar seiner einzigen Tochter vorbehalten hatte.

Noch in derselben Stunde versammelten sich die drei Torra Altaner, Lady Cybillia und ihre Magd Hetta draußen auf dem Hof vor dem Gutshaus. Ein Stallbursche wurde von Feuerschweif im Kreis herumgedreht, während er versuchte, den Hengst zu bändigen. Selbst zwei weitere Knechte konnten das Tier nicht beruhigen. Caspar schlenderte hinüber und befreite sie von den Zügeln des Hengstes.

»Lieber Ihr als ich, Herr.« Der Knecht rieb seine Hände, wo ihm das Leder in die Haut geschnitten hatte. »Das ist vielleicht ein Tier.«

Mühelos schwang sich Caspar in den Sattel. Gewissenhaft prüfte er sowohl den Sattelgurt als auch die Leinen, mit denen sein Köcher und anderes Gepäck hinten am Sattel verzurrt waren. Die Schabracke war zu einer ordentlichen Rolle gefaltet und am Hinterzwiesel befestigt, da Feuerschweif für gewöhnlich sanfter war, wenn das Tuch nicht störend in seine Beine hing. Als er zufrieden feststellte, daß alles an seinem Platz war, blickte er sich um, ob auch seine Gefährten bereit waren.

Brid, die bereits auf ihrem kastanienbraunen Jagdpferd saß, zog sich die Kapuze ihres Umhangs um die Ohren und hielt sich am hohen Knauf des Sattels fest. Sie sah ganz und gar nicht gesund aus.

»Wirst du es schaffen, Brid?« fragte der Junge.

»Natürlich schaffe ich es«, gab sie zurück. »Um die beiden da mußt du dir Sorgen machen.« Brids freundliche Haltung Cybillia gegenüber schien sich gewandelt zu haben, seit sie Zeugin von Hals enthusiastischer Begrüßung des Edelfräuleins geworden war. »Wir müssen schnell vorankommen, aber mit diesen beiden da …« Abwertend deutete sie auf die Dienerin und Lady Cybillia und brauchte weiter nichts zu sagen.

»Halt ihn ruhig, Junge, halt ihn ruhig«, tadelte Bullbacks Tochter den Stallburschen. »Vater, mach, daß dieser Junge Diamant ruhig hält. Ich kann nicht aufsteigen, wenn er ihn so tanzen läßt.«

Caspar zog ein langes Gesicht, als er den friedfertigen Wallach mit seinem hängenden Kopf sah, und verzweifelte schier, als er den Sattel sah.

»Hal«, flüsterte er, »wie um alles in der Welt will sie auf so einem Sattel vorwärts kommen?«

»Sei nicht albern.« Hochnäsig sah Hal von Elsters hohem Rücken herab. »Sie ist eine Dame. Alle Damen reiten im Damensattel.«

»Das ist, als würde man sich die Beine zusammenbinden und dann weglaufen wollen«, erwiderte Caspar.

Cybillia, die ein prallrotes Reitkleid mit Goldbesatz, Spitzenkragen und Halskrause trug, jammerte noch immer, weil ihr Pferd nicht gehorchte. Verärgert bemerkte Caspar, daß sich das sanftmütige Tier nur bewegte, wenn das Mädchen hart an den Zügeln riß, um sich an ihnen abzustützen.

»Er läuft jedesmal weg, wenn ich ihm nahe komme. Vater, tu etwas.«

Armes Vieh, dachte der Junge bei sich, es hat ein Maul hart wie Granit. Zwei Stalljungen hielten den cremefarbenen Wallach inzwischen, während Bullback seine Tochter persönlich in den Sattel hob. »So, mein Rosenblatt, es ist ja nur zu deinem Besten.« Der Baron gab tröstende Worte von sich. Lady Helena hielt sich bedeckt, blieb etwas abseits der Abschiedszeremonie. Niemand schenkte der armen Hetta weitere Aufmerksamkeit, die in den Sattel gesetzt worden war und sich mit beiden Händen festhielt, wobei sie sehr verunsichert und nervös aussah.

Der Baron strich seiner Tochter übers Haar und kniff sie in die blassen Wangen. »Oh, mein Kind, dein blondes Haar ist mehr wert als aller Weizen in Belbidia, und dein hübsches Gesicht wird dir dein Leben lang überall das Lächeln anderer einbringen. Du wirst alle Schönheit am Königshof überstrahlen.« Er küßte sie zärtlich auf die Stirn, dann fügte er schließlich mit belegter Stimme hinzu: »Und nun paß auf dich auf.« Er klopfte dem Pferd auf den Rumpf, so daß dieses langsam mit den anderen antrabte, und wischte sich eilig die Augen.

Fünf bewaffnete Gefolgsleute eskortierten die jungen Edelleute, als sie sich auf den Weg machten, der sie bis in den Süden von Farona führen sollte. Es ist eine Woche harter Ritt zur Hauptstadt, selbst auf der glatten und festen Großen Nord-Süd-Straße, dachte Caspar bestürzt. Mit diesen beiden Frauen wird es mehr als zwei Wochen dauern. Warum können nicht alle Frauen wie Brid sein? Die weiß wenigstens, was sie tut.

Brid sah jedoch auch nicht sehr gut aus, als sie ihre braune Stute anspornte und schweigend der Gruppe folgte. Hal war viel zu sehr damit beschäftigt, neben Cybillia zu reiten, um an Kleinigkeiten wie das Lastenpony zu denken. Widerwillig nahm Caspar dessen Zügel und hoffte, Feuerschweif würde nicht nach einem fremden Tier austreten, das so nah hinter ihm lief. Die zwei Satteltaschen an den Flanken des Ponys wirkten klein, wenn man sie mit den verschiedenen Bündeln verglich, die auf seinem Rücken übereinander gestapelt waren, vollgestopft mit Cybillias höfischen Kleidern, Reifröcken, Kopfschmuck und Schleiern. Der ganze Packen schwankte hin und her, als das Pony langsam in Bewegung kam. Trotz Brids Protesten hatte die junge Dame darauf bestanden, sie müsse ihre besten Kleider und den dazugehörigen Kopfschmuck mitnehmen. Caspar konnte nicht verstehen, wieso Adelsfrauen so viele verschiedene Kleider brauchten. Brid hatte schließlich auch nur ein Kleid eingepackt. Am Südende der Buchenallee bogen sie nach Süden ab und kamen auf die Straße, und das scharfe Klacken der Hufe wurde auf der erdigeren Oberfläche zu dumpfem, friedlichem Getrappel.

Schweigend ritten sie voran. Bullbacks Männer bildeten die Nachhut, nachdem Hal nun seine gescheckte Stute nach vorn geschoben und die Führung übernommen hatte. Der Junge zog sein grandioses Schwert, übte seine Hiebe mit kunstvoller Anmut. Zumindest war er klug genug, sich von den Männern aus Jotunn abzusetzen, damit sie die Runen auf dem Schwert nicht sehen konnten. Beharrlich versuchte Hal, mit Cybillia ins Gespräch zu kommen, doch da sie sich nach wie vor über das unruhige Wesen ihres Pferdes aufregte, erwies sich dieses Vorhaben als undurchführbar. Und nun, so vermutete Caspar, sollten die Kampfübungen die gertenschlanke Jungfer beeindrucken. Brid sah unter der Kapuze ihres Umhangs hervor und betrachtete Hal, wie er von einem Stoß zum ausgeglichenen Schwung überging. Er könnte Cybillia vielleicht nicht beeindrucken, aber sicher beeindruckte er Brid, dachte Caspar schmollend. Da er aus der Gesellschaft der Priesterin nicht ausgeschlossen sein wollte, lenkte er Feuerschweif voran, doch sein Arm wurde zurückgerissen, als das Lastenpony störrisch an seinen Zügeln zog.

Als er sich mit Brid auf einer Höhe befand, war sie bereits nach vorn neben Hal geritten, und er mußte sich neben beide in die Reihe einfügen, nachdem er seine Chance, mit ihr allein zu sprechen, vertan hatte. Das Mädchen beklagte sich über die Frauen aus Jotunn. »Unsere Aufgabe ist lebensnotwendig für Torra Alta. Ihr hättet euch weigern sollen, sie mitzunehmen.«

»Du warst doch ganz glücklich mit ihnen. Irgendwas von der Göttin, die drei Frauen segnet, wenn sie beisammen sind«, rief Hal ihr in Erinnerung, denn ihr Groll machte ihm keine Sorge.

»Das war, bevor mir klar wurde, daß sie zu Pferd die reinen Nichtsnutze und bloß eine Last sind«, fuhr das Mädchen fort und hob ihre Nase trotzig in die Luft.

»Wenn ich mich recht erinnere, warst du schwer wie ein Sack, als ich dich vom Rande Torra Altas bis in die Steppe getragen habe. Die ganze Nacht warst du mir eine Last, und nur deinetwegen mußten wir überhaupt haltmachen.«

»Du kannst nichts von allem, was wir wollen, ohne meine Hilfe schaffen«, gab sie zurück. »Du würdest eine Rune nicht mal erkennen, wenn der alte Druide sie dir in die Nase gemeißelt hätte, also solltest du mich lieber nicht als Last bezeichnen.«

Unsicher warf Hal einen Blick über seine Schulter zu den Mädchen aus Jotunn. »Schscht! Sprich in ihrer Gegenwart nicht so laut von den Runen«, warnte er.

Arrogant warf das Mädchen den Kopf herum und schaute sich die beiden anderen an. »Sieh dir an, was es aus ihnen gemacht hat, einem männlichen Gott zu folgen. Nicht mal mehr halbe Frauen sind sie, und ich bezweifle ohnehin, daß sie irgend etwas von dem verstehen, was wir hier reden.«

Hal lachte. »In meinen Augen sieht Cybillia wie eine richtige Frau aus!«

»Nun, für dich ist sie zuviel Frau.« Brids kurze Bemerkung veranlaßte den Jungen zu einem angewiderten Knurren. Hal wandte sich um und inspizierte das weiße Metall seines Schwertes. Er prüfte die Schärfe der Klinge, indem er mit dem Fingernagel über die Schneide fuhr. Sie war zu scharf, um sie an der Haut zu prüfen.

Im Laufe der Meilen bekam Caspar das unangenehme Gefühl, beobachtet zu werden. Ein Bussard kreiste über ihnen, und er hoffte, es wäre nur dessen bohrender Blick, den er in seinem Rückgrat spürte. Er machte sich Gedanken um die feindlichen Armbrustbolzen. Wie konnten Vaalaker sie bis nach Belbidia hinein verfolgen? Sie mußten gut getarnt sein: Nordbelbidianer waren Fremden gegenüber stets mißtrauisch und hatten Reichtum, Besitz und Vorräte gegen Viehdiebe zu verteidigen.

»Wären wir abseits der Straße nicht sicherer?« schlug Caspar vor. »Der Feind könnte uns nicht so einfach folgen.«

»Daran habe ich schon gedacht«, Hal folgte dem Gedankengang seines Neffen sofort, »nur wären wir abseits der belebten Straße gefährdeter. Und selbst wenn Bullback sie nicht schon gefaßt hat, können es nicht viele sein, sonst hätten sie längst versucht, uns zu überfallen. Und wir wissen doch nicht mit Bestimmtheit, daß sie uns folgen, oder?«

Brid schüttelte den Kopf. »Es ist ein zu großer Zufall.« Sie sprach so leise, daß die anderen sie nicht hören konnten. »Sie hatten es auf das Druidenauge abgesehen, da bin ich mir sicher. Sie wollten uns nicht töten, sie wollten uns lebendig, damit wir unsere Geheimnisse preisgeben konnten. Sie haben sich zielstrebig über mich hergemacht, als wüßten sie, was ich bei mir trage. Sie wollen Keridwens Tod, damit wir sie nicht mehr retten können. Dafür allerdings müssen sie sie aus dem Gletscher befreien. Und daher brauchen sie das Druiden-Ei genausosehr wie wir.«

»Aber woher wissen sie von dem Ei?«

»Woher wußten sie, daß wir Torra Alta verlassen und gen Süden ziehen?« gab Hal zur Antwort. »Irgend jemand könnte uns belauscht haben, aber warum sollte ein Torra Altaner den Vaalakern helfen wollen? Es ist schrecklich.«

»Warum ist sie noch am Leben?« fragte Caspar und preßte die Lippen zusammen, damit sie nicht so zitterten. »Falls die Vaalaker Keridwen den Tod wünschen, hätte Vaal-Peor sie doch sicher in seinem Eis zerquetscht, oder?«

»Darauf weiß ich die Antwort«, antwortete Brid sanft. »Wer immer sie ins Eis gebracht hat, hat für sich eine schlechte Wahl getroffen und eine gute für uns. Die Große Mutter muß sich viel Mühe gegeben haben, ihre Hohepriesterin zu schützen. Als man sie ins eiskalte Wasser gezerrt hat, konnten sie nicht wissen, daß sich nahebei ein bedeutsamer Kraftpunkt auf der Kruste der Großen Mutter Erde befand.«

»Das Steingrab?«

Sie nickte, warf verstohlene Blicke auf die Gefolgsleute in ihrem Rücken. »Es markiert eine Stelle, an der Energielinien durch die Knochen der Mutter fließen und sich konzentrieren. Deshalb ist Vaal-Peor gar nicht dazu in der Lage, sie vollkommen zu vernichten.«

»Also brauchen sie uns und den Mondstein immer noch«, schloß Caspar und blickte ins Dunkel hinter sich. »Deshalb lauerten Kullak und Scragg im Hinterhalt.«

»Bullback wird sie schnappen«, sagte Hal mit fester, beruhigender Stimme. »Und ein riesiger vaalakischer Krieger mit blondem Haar und nicht eben unauffälliger Kleidung wird in Belbidia nicht weit kommen.«

Es war bereits ihr fünfter Reisetag, als sie in der Abenddämmerung das geschäftige Gasthaus zum Halben Weg erreichten. Das Gasthaus stellte die Südgrenze der Baronie von Jotunn dar, auf halbem Weg zwischen Torra Alta und der Hauptstadt, und alle waren froh darum. Es hatte keine Anzeichen verdächtiger Bewegungen entlang der Straße gegeben, und der Gedanke an einen vaalakischen Hinterhalt wurde immer abwegiger, während sie weiter in die bevölkerte Tiefebene Belbidias vordrangen. Bei den Leuten des Barons jedoch machte sich die vaalakische Bedrohung immer mehr in ihren unruhigen Herzen breit, wie Kälte, die im tiefsten Winter durch ein unverriegeltes Fenster dringt. Sie kannten es kaum erwarten, wieder nach Norden zu ziehen. Nachdem sie nun ihre Pflicht getan und die Tochter des Barons sicher ins Kernland geleitet hatten, wollten sie dringend in ihre Dörfer heimkehren und ihre eigenen Familien beschützen. Die Gruppe aus fünf Gefolgsleuten beschloß, den Heimweg eher noch bei Nacht anzutreten, als bis zum Morgen zu warten.

»Wir bleiben nicht über Nacht, Herr«, erklärte der älteste Gefolgsmann. »Ohne die jungen Damen schaffen wir drei Wegstunden in Richtung Heimat, bevor es wirklich Nacht wird, und die beiden sind bei Euch nun sicher. Es ist ein großes Gasthaus, und der Baron sagte, bis hierher sollten wir Euch bringen.«

Fuhrmänner und Eseltreiber verstauten ihre Waren sorgsam in den Ställen des Gasthauses, bevor sie sich in das fröhliche Stimmengewirr der Taverne stürzten, wo ein wärmendes Feuer und der satte Duft eines Ochsenbratens lockten. Im Gasthaus wimmelte es vor Menschen. Ein paar wandernde Händler und Kaufleute hatten sich am einen Ende des Raumes versammelt, von den Einheimischen durch ein offenes Feuer getrennt, welches sich in der Mitte der Halle befand. Auf der anderen Seite, durch den wabernden Rauch vom Feuer geschützt, saßen einige Hirten und Viehtreiber dichtgedrängt beieinander und tauschten über die schaumigen Bierkrüge hinweg fröhlich Geschichten aus. Leben und Frohsinn bestimmten die Atmosphäre. Der Anblick der jungen Edelmänner mit ihren beeindruckenden Waffen und den verhüllten Frauen ließ augenblicklich Stille einkehren. Eine Bedienstete mit drallen Brüsten glotzte leeren Blickes über ein Tablett mit heißen Suppen und Bier hinweg, das sie zum nächstgelegenen Tisch trug. Der Gastwirt schob sie beiseite und trat vor.

»Willkommen, Mylords.« Augenblicklich bemerkte er ihre adlige Haltung und den ausgeprägten Kontrast zum Benehmen der Landbevölkerung und Reisenden, die sein Haus für gewöhnlich besuchten. »Ich werde Euch und Euren Damen eine stille Ecke suchen. Ihr werdet essen wollen, natürlich das Beste, was wir haben, und Wein. Wollt Ihr gern Wein?« Offenbar war der Gastwirt von den unerwarteten Gästen etwas überrascht. »Wenn der Baron sonst durchreist, schickt er meist Boten voraus …«

Hal hob seine Hand, um den Redefluß des Gastwirts zu stoppen. »Ich komme von Torra Alta. Wir halten es mit den Förmlichkeiten nicht wie die Flachländer. Bier ist gut genug, und für die Damen etwas Feineres.«

»Ich wähle selbst«, verkündete Brid steif, was am Nebentisch einige Augenbrauen in die Höhe trieb. Sie folgten dem Gastwirt an einen verschwiegenen Tisch im hinteren Teil der Halle, abgesperrt durch ein Gitterwerk von Streben, aus denen das Gerüst des Gasthofs zum Teil bestand. Als sie allein waren, sprach Hetta zum ersten Mal seit mehreren Stunden, wandte sich leise an Cybillia. »Mylady, wenn Ihr mich entschuldigen würdet. Ich bin nicht hungrig. Ich werde in der Kammer auf Euch warten, aber …«

»Ja, Hetta.« Cybillia winkte ohne nachzudenken ab. Caspar fand es seltsam, daß das Mädchen mit ihren Dienerinnen so lässig und dann so spröde unter Edelleuten sein konnte. Er schob es auf ihre Erziehung. Die vier setzten sich um einen Eichentisch, wobei Cybillia genauestens ihren Stuhl abwischte, bevor sie sich dazu herabließ, sich zu setzen. Mit steifem Rücken saß sie da und knabberte verächtlich an den vor ihr liegenden Schinkenscheiben herum.

Brid schob ihren Teller von sich und legte den Kopf auf ihre Hand, stützte die dreckigen Ellbogen ihrer Kalbfelljacke auf den Tisch.

»Du mußt essen, Brid. Ich weiß, daß es dir noch immer nicht gutgeht, aber du mußt essen«, beschwatzte Caspar sie und erwartete schon eine schroffe Bemerkung, weil er wußte, daß Brid sich nichts sagen ließ.

Zu seiner Überraschung nickte sie ihn an. »Ich weiß. Du hast recht. Ich werde gleich etwas essen. Draußen in der frischen

Luft ging es mir besser, aber in der Wärme hier wird mir ganz schwindlig.« Sie nahm den Kräuterbeutel, der um ihren Hals hing, und wühlte darin herum, suchte noch etwas schmerzlindernde Weidenborke. »Morgen früh wird es mir bessergehen. Ich muß nur mal eine Nacht richtig schlafen.«

Cybillias staubigblaue Augen fixierten den Lederbeutel, und auf ihrer glatten Stirn erschienen ein paar Falten. Sie machte sich wieder an ihre Mahlzeit, ohne etwas anzumerken, und Brid warf einen abschätzigen Blick auf die Lady von Jotunn. Caspar war natürlich klar, daß Cybillias Anwesenheit Brid in ihrer Ausdrucksmöglichkeit erheblich einschränkte. Es überraschte ihn nicht, daß die heidnische Jungfrau ihren Teller nahm und sich allein ans Feuer setzte, wo sie den Umhang fest um ihre Schultern zog. Das kupferbraune Haar fiel offen über ihren Rücken, und im Schein der Glut wellten sich darin goldene Strähnen. Caspars Herz sehnte sich danach, ihr den Schmerz abzunehmen.

»Habe ich etwas Kränkendes zu ihr gesagt?« fragte Cybillia kleinlaut.

»Ich werde mit ihr reden«, bot Caspar an, der froh um diese Möglichkeit war. »Die Anspannung scheint zuviel für sie zu sein«, entschuldigte er sich bei Cybillia für das ungesellige Verhalten des jungen Mädchens. »Sie ist nicht mehr sie selbst.«

Die Hitze vom Feuer schlug Caspar ins Gesicht, und er rieb seine krumme Nase, versuchte, den Knorpel wieder gerade zu rücken. Die unbewußte Geste half ihm, seine Gedanken zu ordnen. Es war schrecklich heiß am Feuer, und er hätte die Bank gern ein Stück zurückgeschoben, aber gleichzeitig wollte er die grübelnde Priesterin nicht verärgern. Er überlegte, wie er am besten ein Gespräch beginnen konnte, doch ihm wollten keine brillanten Ideen kommen. Sie sah nicht auf, als er sich neben sie setzte, sondern starrte weiterhin nur in die Flammen.

Das Feuer war dem in der großen Halle des Herrenhauses

von Jotunn sehr ähnlich. Es befand sich mitten im Raum, ohne einen Kamin, so daß der Rauch langsam zwischen die Dachsparren stieg und dann durch einen Abzug oben zwischen den Balken trieb. Ein kreisrundes Muster aus Pflastersteinen umgab den rußschwarzen Stein des Kamins, und Caspar vermutete, daß dies wohl genügte, um die Kammern zu heizen.

»Überrascht dich das Feuer nicht?« fragte er Brid. Er hielt das für eine harmlose Frage, mit der er sie aus ihren Gedanken holen konnte.

»Ich dachte, Feuer wären um diese Jahreszeit ziemlich verbreitet«, gab sie sarkastisch zurück.

»Du weißt genau, was ich meine: diese runde Feuerstelle in der Mitte. Ich habe sie sonst nur in Bauernhütten und ähnlichem gesehen«, erklärte Caspar.

Endlich wandte sich das Mädchen ihm zu und schenkte ihm ein halbherziges Lächeln. »Ja, ich weiß, was du meinst. Tut mir leid, Spar, ich weiß, daß du es gut meinst, aber wenn ich meinen Glauben verbergen muß ... es tut mir so weh. Mein Leben lang habe ich darum gekämpft, das aufrechtzuerhalten, wofür meine Mutter gestorben ist, und es kommt mir wie ein Verrat vor.«

»Aber wir alle müssen das um Torra Altas willen durchmachen, und damit wir meine Mutter finden und ihr die Macht der Großen Göttin beschwören könnt. Wir brauchen Ihren Schutz, und Sie wird ein paar kleine Lügen verstehen, wenn deine Motive rechtens sind.«

»Du verstehst zwar nichts davon, aber ich hoffe, du hast recht«, seufzte sie, nahm schließlich doch einen Schinkenstreifen von dem Bratenstück auf ihrem Teller und aß gedankenverloren. »Aber mit dem Feuer hast du recht. Es zeigt, wie sich alte Traditionen an den seltsamsten Orten bewahren.«

»Was meinst du damit?«

»Oh, du hast keine Ahnung, stimmt's?« lachte sie neckend,

und zum ersten Mal seit Tagen fühlte Caspar, wie ihm leicht ums Herz wurde, als ihr melodiöses Lachen die Luft erfüllte. Mehrere Köpfe drehten sich zu dem bezaubernden Klang herum. »All diese frommen Anhänger des Neuen Glaubens, die wissen es auch nicht.«

»Wissen was nicht?«

»Von der Feuerstelle«, kicherte sie, als lachte sie über einen vertraulichen Scherz. »Und wenn ich daran denke, daß der fette Lord von Jotunn mit seinem großartigen Kreuzritterschwert und diesem selbstgerechten Skelett von einem Priester fröhlich jeden Tag daran sitzt. Weißt du, es ist seltsam: Torra Alta hat sich dem Neuen Glauben vor vielen Generationen unterworfen, nachdem der geistlose Einfluß des südländischen Mann-Gottes durch ganz Belbidia hinaufgekrochen war, und doch bestehen dieses alten Riten nach wie vor mitten im Leben der Menschen. Die Göttin ist immer noch bei ihnen, auch wenn sie es nicht mal wissen.« Sie lächelte ihren Gefährten mit neu entfachter Leidenschaft an. »Es macht einem Hoffnung, nicht? Es macht einem Hoffnung.«

»Du hast mir das mit dem Feuer noch nicht erklärt«, lockte Caspar.

»O ja, das Feuer. Wenn man die heiße Asche von dem alten Kamin wischt, findet man dort Inschriften, die der Erbauer des Hauses hinterlassen hat. Sie befinden sich in einem Stein, der matt und von derselben Farbe wie der restliche Kamin ist. Wenn er jedoch heiß wird, glüht er und gibt die eingearbeiteten Inschriften preis. Bei Nacht wird ihr Gebet zur Göttin mit dem Rauch hinaufgetragen und berührt den Mond.«

»Dann kann man sie niemals lesen, weil das Feuer sie verdeckt. Woher weißt du, daß sie da sind?« wandte der Junge ein. Seine Augen brannten vom stieren Blick ins Feuer.

»Man kann sie in der Glut sehen, aber wenn man Runen nicht kennt, sehen sie wie Kratzer oder zufällige Narben im

Stein aus. Aber es sind Baumrunen, die noch weniger wie Schrift aussehen als die Zauberrunen, und wenn man also nicht weiß, wonach man sucht, fällt es schwer, sie im Feuer zu erkennen. Da, siehst du?« Sie nahm das Ende eines verkohlten Astes, um das Feuer von einem Stein in der Mitte zu wischen, auf dem ein Muster glühender Narben zu erkennen war. »Es könnten nur glühende Zweige sein. Sie sind im Feuer schwer zu sehen, und deshalb wissen Narren wie der Baron von Jotunn nicht einmal, daß sie da sind.«

»Was bedeuten sie? Ich kann nur Striche mit unterschiedlich vielen Balken sehen, die sie durchkreuzen.« Caspar war von der Vorstellung einer Geheimschrift fasziniert.

»Ich kann sie nicht lesen, ohne alle zu sehen, und ich glaube, wir würden zuviel Aufmerksamkeit erregen, wenn ich das ganze Feuer beiseite schieben würde. Aber diese Zeichen sind zwei Baumrunen, Phagos, die Buche, für alte Weisheit, und Uilleand, das Geißblatt, für verborgene Geheimnisse. Vielleicht wußten die Leute, die diese Feuerstelle gebaut haben, daß der Neue Glaube kommen würde, und haben ihr ganzes Wissen und ihre Gebete in den Baumrunen versteckt, hier im Feuer, das sie bewahrt.«

»Was genau sind Baumrunen?« Verzaubert vom Gespräch über Magie, verlor sich Caspar in Brids Worten und dem süßen, einlullenden Duft von Haselnußholz.

»Jeder Baum hat eine Eigenschaft, ein ureigenes Merkmal, und die Bäume mit Kraft besitzen ein Zeichen, das eine symbolische Bedeutung dieser Kraft darstellt. Weißt du zum Beispiel, welches Holz hier brennt?«

»Ja, natürlich. Es ist Haselnuß.«

»Mhm, hauptsächlich Haselnuß, aber da ist auch Vogelbeere drin. Ich kann sie nicht sehen, aber ich kann sie im Rauch riechen. Ich kann ihre Kraft spüren.«

»Was meinst du damit?« fragte Caspar neugierig,

»Coll, die Haselnuß, verstärkt die Kraft der Intuition, hilft, die Inspiration zu wecken, und Luis, die Vogelbeere, bringt Schutz gegen bösen Zauber. Es sind beides weibliche Bäume, aber heute abend sollten wir Tinne und Duir verbrennen, Stechpalme und Eiche.«

»Warum?«

»Eiche steht für festen Schutz, wie eine große Tür, die den Feind aus unserem Haus aussperrt, und Stechpalme steht für die Kraft im Kampf. Hier sind Feinde unter uns. Kannst du sie nicht spüren?«

Unruhig sah sich Caspar im Raum um, erblickte die leuchtenden Gesichter der einheimischen Hirten und Ochsentreiber, die sich fröhlich mit Geschichten oder Brettspielen vergnügten. Hinter ihnen saßen Händler und Kaufleute, die nach Norden reisten, um das begehrte Vieh von Jotunn zu kaufen. Die Reisenden saßen getrennt voneinander, brüteten schweigend über ihrer Mahlzeit, ohne sich viel zu unterhalten. Einige beobachteten Hal und Cybillia, die inzwischen selbst tief ins Gespräch verwickelt waren, doch Caspar spürte keine bösen Absichten, nur einsames Interesse der Fremden.

»Mir scheinen sie allesamt harmlos«, antwortete er und tastete in seinem Hemd nach dem geschnitzten Talisman, den ihm die Greisin gegeben hatte. Er fühlte sich warm und tröstend an, was er als Zeichen dafür sah, daß keine Gefahr drohte.

»Ich kann etwas spüren«, erwiderte Brid. »Da ist eine böse, übelwollende Seele, die uns schaden kann.«

Sie folgte Caspars suchendem Blick durch den Raum, bis er an Hal und Cybillia hängenblieb, die sich einander zuneigten. Hal bot der jungen Dame eine Scheibe Rehfleisch an, die er zwischen seinen Fingern hielt. Er schob ihr den Bissen fast in den Mund, doch sie wandte sich kokett ab und errötete, was vorzüglich zu ihrem roten Kleid paßte.

»So spröde, so süß.« Brid spuckte die Worte verächtlich aus. »Sie ist eine solche Dame, so voller Anmut und Charme. Schleifchen und Hofknicks als Muskel und Knochen, Kichern und Quieken als Hirn. Wie kann er nur?«

Im stillen war Caspar froh, daß Hal seine Zuneigung auf Cybillia konzentrierte. Es bedeutete, daß sein Onkel nicht mehr den alleinigen Anspruch auf Brids Gesellschaft erhob, und das wiederum gab Caspar eine leise Chance, Brids Gunst für sich zu gewinnen. Allerdings bezweifelte er, daß Hals jüngste Vernarrtheit von langer Dauer sein würde. Das waren sie nie. »Bist du sicher, daß deine böse Ahnung nicht nur … na ja, du weißt schon, wegen Lady Cybillia und Hal?« Er nickte zu dem Paar hinüber, das sich da näherkam. Er versuchte, sich so zartfühlend wie möglich auszudrücken, weil er glaubte, daß Brids Urteil durch einen gewissen Neid vernebelt wurde. Doch er war offenbar nicht ganz so taktvoll gewesen, wie er dachte. Augenblicklich bereute er seine Worte.

»Eifersucht?« Sie sprach das Wort sanft und ohne eine Spur von trotzigem Zorn oder Leugnung aus, und fast verbarg ihre Haltung die wahren Gefühle. »Ich habe in meinem Leben keine Zeit für Eifersucht. Ich habe weit Wichtigeres zu tun, als mich um Hal und dieses spindeldürre Mädchen zu kümmern.«

Caspar tadelte sich für seine Gefühllosigkeit und nahm sich vor, in Zukunft solch taktlose Gedanken für sich zu behalten. Diese Bemerkungen würden seinem Stand bei Brid keineswegs nützen. Schweigend saßen sie Seite an Seite, der unerfahrene Junge, der sich sein Hirn zermarterte, um einen Ansatz für ein Gespräch zu finden, während sich die Jungfrau wieder grübelnd in ihr Schneckenhaus zurückzog.

»Ich … mhm …?« Nein, es machte keinen Sinn. Alles, was er sagte, schien ihm so gestelzt, daß er es am Ende aufgab und sich damit zufriedengeben mußte, einfach nur bei ihr zu sein.

Dann war es Brid, die das Schweigen mit unerwartet offenen

Worten brach. »Ich weiß, daß er mich nie mochte, aber wenigstens hat er mich mit Interesse betrachtet, du weißt schon, mit diesem Blick.«

Lust – das war der einzige Blick, den Hal für Frauen hatte. Er sah Mädchen aus keinem anderen Interesse an, und er hielt sie in jeder anderen Beziehung für ein Ärgernis, das sich der Jagd und dem Fischen in den Weg stellte. Caspar glaubte nicht, daß ein solcher Kommentar höflich wäre, also verkniff er ihn sich. »Man kann Hal nicht ernst nehmen«, sagte er barsch auf der Suche nach etwas Unverfänglichem, das er sagen konnte.

Stirnrunzelnd sah Brid ihn an, als versuchte sie, die Bedeutung auszuloten, was ihr nicht gelang. »Ich weiß, daß ich an nichts anderes als die Mutter und das Schicksal Torra Altas denken sollte, und ich habe wirklich keinen Gedanken an Hal verschwendet, bis dieses Mädchen aufgetaucht ist, aber jetzt …«

Sie ließ den Satz unvollendet. Caspar betrachtete den verstohlenen Blick, den sie dem Pärchen in der Ecke zuwarf, und dachte: Nur wird sie jetzt jedesmal krank, sobald mein lieber Onkel Cybillia anhimmelt. »Aber du bist eine Hohepriesterin«, brach es aus ihm heraus, wenn auch mit leisem Flüstern, damit ihn niemand hören konnte. Er konnte nicht glauben, daß jemand, der sich seiner Religion verschrieben hatte, sich solch menschlichen Gefühlen unterwerfen konnte. »Du darfst jetzt nicht denken …« Er schluckte seine Worte herunter, als ihn die Jungfrau finster und überheblich ansah.

»Du meinst, weil ich Priesterin bin, darf ich mich nicht wie ein Mädchen benehmen.« Plötzlich entspannte sich ihre steife Schroffheit, und sie winkte ab, als verscheuchte sie ihren Ärger. »Ich schätze, es ist wohl nicht deine Schuld, daß du im Neuen Glauben aufgezogen wurdest, und deshalb kannst du es nicht verstehen. Sie glauben, das Zölibat sei heilig. Wir glauben, daß die Liebe zwischen Mann und Frau das größte

Mysterium der Natur ist, und in dem Moment der Vereinigung liegt viel Kraft, viel Zauber. Denk schließlich an Keridwen und ihre Zuneigung zu Branwolf, deinem Vater.« Sie lächelte über Caspars verlegenen Blick und die großen Augen, doch dann sanken ihre Mundwinkel herab, und sie seufzte. »Aber es wäre nicht schlecht, wenn Hal mich nicht so verächtlich ansehen würde.«

»Wahrscheinlich nur wegen der Prellung in deinem Gesicht.« Es war die einzig mitfühlende Bemerkung, die Caspar einfallen wollte. Es war ihm unverständlich, wieso Brid irgend etwas für seinen Onkel empfinden konnte, der ihr gegenüber doch immer so herzlos war. »Hal ist von so etwas leicht zu beeinflussen.«

Sanft drückte Brid an der Schwellung unter ihren Augen herum und verzog das Gesicht. »Ich habe keinen Ysop, mit dem ich die Schwellung abklingen lassen könnte.« Bedauernd warf sie einen heimlichen Blick auf Hal. »Er hat sein Leben riskiert, um mich zu retten, und hat mich den ganzen Weg getragen. Ich muß ihm doch etwas bedeutet haben.«

»Hal ist sehr edel und tapfer«, vertraute Caspar ihr an, doch innerlich betete er darum, daß Brid aufhören würde, sich nach seinem Onkel zu verzehren, und statt dessen ihn beachtete.

»Ja, er ist edel und tapfer … und wankelmütig. Im selben Augenblick, als er diese Kreatur da erblickt hat, hat er mich total vergessen. Und wag es nicht zu sagen. Wag nicht zu sagen, er wäre der Bruder eines Barons und sie eine edle Dame von hoher Geburt, ich aber nicht.«

Der Junge glaubte nicht, daß Cybillias Geburtsrecht bei Hal einen Unterschied machte. Wie sein Stiefbruder Branwolf war auch er eher von weiblichen Kurven als von Titeln fasziniert, und insgeheim schien es Caspar, als erfreute sich die Kellnerin mit ihrem tief ausgeschnittenen Kleid und dem koketten

Wesen, mit dem sie ihre Hüften durch den Raum schwang, ebensosehr Hals Aufmerksamkeit wie Cybillia.

»Es ist spät«, rief Hal dem Paar beim Feuer zu. »Wir sollten uns etwas ausruhen.«

Der Wirt führte sie auf ihre Zimmer, entschuldigte sich für den mangelnden Platz und die magere Möblierung, doch Caspar versicherte ihm, daß alles zur Zufriedenheit sei. Aufgeregt stand Hetta an der Tür, hatte ihrer Herrin schon eine Kammer eingerichtet. Hal verbeugte sich überschwenglich, küßte dem Edelfräulein zart die Hand, dann zog er sich in die Kammer zurück, welche die Frau des Wirts ihm und Caspar eingerichtet hatte. Eben wollten sie in ihre Betten steigen, als draußen vor der Tür ein Heulen und Schluchzen zu vernehmen war.

»Nicht schon wieder. Ich schwöre, diese dummen, albernen Weiber sind noch mal der Untergang Belbidias«, verkündete Hal zornig. Sie machten die Tür auf und fanden Hetta, die hinter ihrer Herrin kauerte und ihr unter Krämpfen begreiflich machen wollte, daß sie nicht im selben Zimmer wie Brid schlafen könne.

»Und warum denn nicht, Hetta? Brid ist eine sanftmütige Dame von hoher Geburt. Du kannst doch schließlich nicht von ihr erwarten, daß sie in derselben Kammer wie die hohen Herren hier nächtigt, oder? Du kommst auf der Stelle wieder hier herein.«

»Ich kann nicht, ich kann nicht, edle Cybillia, ich kann es nicht. Egal, was Bruder Rufus sagt, sie hat diesen Blick in den Augen. Meine Seele fühlt sich in ihrer Nähe nicht sicher.«

Caspar merkte, woher Brids dunkles Gefühl kam. Der Wunsch des Barons, daß seine Tochter um des Anstands willen weibliche Begleitung bekommen sollte, wurde zum Problem.

»Pater Rufus täuscht sich nie, Hetta. Jetzt reiß dich zusammen.«

»Ich will es nicht an Respekt mangeln lassen, Herrin, aber sie wurde von Elfen berührt. Das ist nicht zu übersehen.«

An dieser Stelle spürte Caspar, daß Brids Geduld zu Ende ging, als er ein böses Blinken in ihren Augen sah. Sanft nahm Hal ihre Hand und zog sie an sich. »Ich glaube, es wäre in Ordnung, wenn unsere kleine Verwandte in unserer Kammer schliefe. Da Eure Magd von Hexen und Teufelszeug besessen ist, würde ich es vorziehen, wenn meine unschuldige Nichte nicht neben ihr schläft. Was meinst du, Spar?«

Bereitwillig stimmte Caspar zu, daß sie alle eine friedlichere Nacht verleben würden, wenn Brid in ihrer Obhut bliebe. Die Priesterin hob ihre hübsche, kleine Nase in die Luft und blickte hochherrschaftlich auf die Magd und ihre Herrin herab, als sie wortlos in die Kammer auf der anderen Seite des Flurs schritt.

Caspar spürte Brids Anspannung in der Luft, als sie ihren Zorn im Zaum zu halten versuchte. Er war besorgt darum, daß die Wut aus ihr hervorbrechen würde, wenn sie diese Heuchelei noch länger aufrechterhalten müßte. Bitte, Brid, um unser aller willen mußt du die Ruhe bewahren, betete er im stillen vor sich hin.

Wütend riß sie das Bettzeug von Hals Liege und bereitete eilig einen weichen Deckenhaufen für sich selbst, damit sie in der Ecke schlafen konnte. Sie hielt ihren Kopf nach vorn geneigt, so daß ihr Haar wie ein Vorhang über ihr Gesicht fiel und ihre Empfindungen verbarg. »Du wirst dir das Bett mit Caspar teilen müssen«, sagte sie nur.

Es war schwierig, Schlaf zu finden. Das Gasthaus war voll seltsamer Geräusche, und Hals Ellbogen bohrte sich in Caspars Schulter. Die Decken waren nicht groß genug, und jedesmal, wenn sich Hal bewegte, zog er die Hälfte davon an sich. Caspar riß sie zurück.

»Hör auf damit!« schimpfte Hal.

»Ich dachte, du schläfst.«

»Nein, tu' ich nicht.«

»Woran denkst du?« flüsterte Caspar nach längerer Stille.

»Torra Alta, die Vaalaker, Branwolf«, seufzte er gequält. »Selbst wenn die Burgmauern drei Jahreszeiten halten, dürften die Vorräte bis dahin längst erschöpft sein. Es wird hart werden. Wir müssen diesen Kessel bald finden, damit wir wieder zurückkönnen.« Hal schwieg einen Moment lang, und dann fügte er fröhlicher hinzu: »Und Cybillia, findest du sie nicht einmalig?«

»Nein. Sie ist verwöhnt.«

»Du hängst noch immer an diesem Hexenmädchen, das ist alles«, gab Hal zurück und verteidigte seinen neuesten Schwarm. »Wie sie aussieht, wenn sie wie ein Junge gekleidet ist. Und ihre Prellungen!«

»Ich glaube kaum, daß die einmalige Cybillia noch so fein aussähe, wenn sie tapfer aus einem vaalakischen Hinterhalt geflohen wäre.«

»Wie schade, daß deine kleine Hexe nicht ganz so an dir hängt, was?« Hals Worte schnitten tief in seine Seele, und der feinfühlige Junge drehte sich um und beanspruchte mehr als seinen gerechten Anteil an der Bettstatt.

»Wir müssen sie dazu bringen, daß sie sich wie eine zivilisierte, gottesfürchtige belbidianische Dame aufführt. Rewik wird sie sonst wittern und verbrennen lassen, wenn sie noch weiter die Bediensteten in Hysterie versetzt. Man nennt ihn nicht umsonst den Bekehrer, Spar. Ich denke, daß sie unbedingt ihr Kleid anziehen sollte. Das macht einen großen Unterschied.«

»Man kann in einem Kleid nicht richtig reiten, wenn all die Schleifchen und Rüschen an den Pferdebeinen Fäden ziehen«, hielt Caspar dagegen und wiederholte damit Brids Worte.

»Cybillia kann es.«

Es hatte keinen Sinn, mit Hal zu streiten. Er würde stets das letzte Wort behalten. Schweigend stierte Caspar in die Schwärze der Kammer, lauschte dem Lärm, der aus dem Schankraum kam. Eine Gruppe später Zecher war zu hören, die fröhlich sang. Bodenplanken knarrten, als jemand endlich den Weg hinauf ins Bett fand. Eine Eule schrie, doch allmählich wurden die Geräusche weniger, und er nahm nur noch Hals gleichmäßiges Atmen wahr.

Caspar erinnerte sich nicht daran, eingeschlafen zu sein, doch plötzlich wurde er grob an der Schulter gerüttelt, und jemand rief seinen Namen.

»Geh weg!« knurrte er im Halbschlaf, weil er dachte, es sei seine alte Amme, die ihn zum Kirchgang wecken wollte, doch plötzlich fiel ihm ein, wo er war, und ruckartig setzte er sich auf, blinzelte im Zwielicht der Morgendämmerung. Brid war voll angezogen, und Verzweiflung sprach aus ihren Augen.

»Spar, wach auf. Ich habe gehört, wie die Wölfin eine Warnung geheult hat. Irgend etwas stimmt hier nicht.«

Noch immer war Caspar unsicher, was vor sich ging, aber er sah sich um. Er konnte nichts hören, bis ihm ein Schauer der Länge nach über die Wirbelsäule lief und das unheimliche Heulen eines Wolfes die Stille der Dämmerung zerriß.

»Das ist deine Wölfin. Sie lebt.«

»Ich weiß, daß sie lebt, Spar. Sie warnt uns, daß etwas nicht stimmt.« Ein Hauch von Enttäuschung sprach aus der Stimme des Mädchens.

»Was ist los?« Endlich war auch Hal wach, und ohne einen Gedanken an Brids Zartgefühl zu verschwenden, warf er die Bettdecke zurück und langte nach seinen Hosen. »Wer ist da draußen, Brid?«

»Ich weiß nicht.« Sie stand am Fenster und spähte in den trüben, grauen Dunst des frühen Morgens hinaus.

»Vaalaker?« Caspar tastete nach seinem Talisman. Das Haselnußholz war schmerzhaft kalt, und Caspar dachte unwillkürlich an den Eisgott Vaal-Peor. »Aber es kann nicht sein. Sie können es nicht durch Jotunn geschafft haben. Sie können Bullback und seine Männer nicht passiert haben.«

Eilig drehte Brid ihr Haar zu einem Zopf. »Ich weiß es nicht. Ich weiß nur, daß die Wölfin heult, um mich zu warnen, daß ich bald weiterziehen soll. Vielleicht sagt uns das Druidenauge mehr.« Sie griff in ihr Wams und unter ihr handgesponnenes Hemd, um den Mondstein hervorzunehmen. Der Feuerdrache klammerte sich an das Netz, doch sie löste die Klauen und schlug der Echse auf die Nase. Die stachelige Halskrause stellte sich bedrohlich auf, aber schließlich gab sich der Salamander geschlagen, zog sich in die Falten ihres Kragens zurück und fauchte zornig in Hals Richtung.

»Mein Gott, Brid, mußtest du dieses Vieh mitbringen? Es erregt nur Aufmerksamkeit.«

»Ja, mußte ich«, zischte sie. »Es gibt seine Wärme an Keridwen weiter. Jetzt halt den Mund. Vielleicht zeigt mir der Mondstein etwas. Nur faß du ihn nicht an, Spar. Du würdest nur deine Mutter verraten, wegen der starken Bindung zwischen euch. Ich muß mich konzentrieren.«

Als ihre schlanken Finger über die glatte, leuchtende Oberfläche der Kugel strichen, wich Energie in schimmernden Figuren vor ihrer Berührung aus, als hätte sie ein Steinchen in einen Teich geworfen. Dunkle Wolken fegten über die Oberfläche, dann wirbelten sie zu einer nach innen führenden Spirale, welche den Blick in das dunkle Zentrum hinabzog. Caspar fühlte, wie sein ganzes Denken in die Tiefen des Kristalls gesogen wurde.

»Torra Alta«, murmelte Hal, als sie in der Ferne die Türme oben auf der Felsennadel sitzen sahen. Ein Schauer aus Pfeilen regnete aus den Schießscharten in eine Leichengrube von Vaalakern, die um den Fuß des Felsenturms ausschwärmten.

Die Schlucht erstickte an den Berserkern aus Morbaks mächtiger Armee.

»Vater«, murmelte Caspar nervös, »Vater.«

Das Bild wechselte zum Rücken einer silberhaarigen Frau, die tief gebückt stand und über die Zinnen blickte. Plötzlich machte sie auf dem Absatz kehrt und blickte auf, wobei ihre fleckigblauen Augen direkt aus dem Herzen des Mondsteins starrten. Ihre Lippen bewegten sich, als sie Brids Namen aussprach, doch es war nichts zu hören. Das Auge des Mondsteins schoß in den Himmel, fort von der Burg, schwebte über Jotunn und den dunkelgrünen Weiden mit ihren grasenden Herden. Allmählich trübte sich das Bild ein.

»Du verlierst es, Brid«, fuhr Hal sie ärgerlich an. »Es zeigt uns überhaupt nichts.«

Ihre Finger verkrallten sich, als sie ihre Hände anspannte und die Zähne vor Konzentration zusammenbiß. Das Bild wurde schwarz, als widersetzte es sich ihrem Willen. Ihre Augen funkelten vor Zorn, als sie sich tief ins Herz des Kristalls bohrten, und dann erschienen vier trübe Lichtpunkte. Sie flackerten nicht wie eine Kerze, sondern gaben ein gleichmäßiges, weiches Leuchten von sich. Ein Kalbskopf, aus dessen Nüstern Blut trat, starrte sie an. Eine Hand streckte sich ihnen entgegen, und unwillkürlich wichen sie allesamt zurück. Der Arm war von schwarzen Narben übersät, wo man ihn wiederholt mit einem Opfermesser blutig geschnitten hatte. Ein vaalakischer Axtgriff lag zwischen den Lichtpunkten, und um den Hals des Mannes hing eine Kette aus Steinbockschädeln. Die Augen des Kalbskopfes waren herausgeschnitten, trotzdem starrten sie aus den blutigen Höhlen zwei blaßblaue Augen an – Menschenaugen.

Brid riß ihre Hand vom Mondstein zurück. Sie zitterte leicht. »Ich hätte es nicht tun sollen«, murmelte sie bedauernd. »Wer es auch gewesen sein mag: Er hat uns gesehen.«

»Wer hat uns gesehen?« wollte Caspar wissen.

»Ich weiß nicht«, gab sie verzweifelt zurück, »aber er hat es getan, und er besitzt vier Steine mit Seherkräften. Er benutzt sie dafür, das Druidenauge aufzuspüren.«

»Also weiß er, wo wir sind?« Hal konnte es nicht glauben. »Wie sind die Vaalaker an diese Mondsteine gelangt?«

»Dunnock?« schlug Caspar vor. »Der Hauptmann sagte, sie hätten die Mondsteine unten im Brunnen nicht finden können. Vielleicht hat er sie genommen, als er Sturmwind gestohlen hat.«

»Daran hatte ich nicht gedacht. Vielleicht hast du recht. Jedenfalls wissen sie offensichtlich, wohin wir wollen. Deshalb konnten sie den Hinterhalt legen.«

»Wir müssen uns vor ihnen verstecken«, sagte Brid drängend. »Wohin wir auch reiten, sie werden uns finden, wenn wir uns nicht verstecken können.«

Wieder heulte die Wölfin.

»Na, und was schlägst du vor, wie das gehen soll?« sagte Hal skeptisch, als er sich auf die Bettkante setzte, um seine Stiefel anzuziehen.

»Wir müssen ein Ritual ausführen. Wenn wir mit Cybillia und ihrer dämlichen Magd weiterreiten wollen, müssen wir sie mit einbeziehen. Wir müssen uns verbergen, und außerdem das Auge«, sagte Brid, als wäre es etwas, das man jeden Tag tat.

»Kannst du deinen Spruch nicht aufsagen, ohne daß sie es merken, und dann können wir weiterziehen?« Unruhig untersuchte Caspar sein Schwert und betastete die Klinge nach Kerben, die geschliffen werden mußten.

»Du verstehst es wirklich nicht, was?« Die Jungfrau hatte sich von dem fügsamen Mädchen des vorangegangenen Abends wieder in eine zielstrebige Priesterin verwandelt. »Wenn wir um den Schutz der Göttin bitten müssen, so ist das keine so schlichte und selbstverständliche Sache wie das Satteln eines Pferdes. Es ist ein schwieriges Ritual, und Cybillia wird Bescheid wissen. Ich denke, wir sollten sie zurücklassen.«

»Nein«, riefen beide Jungen im Einklang.

Hals Motive waren offensichtlich, doch Caspar mußte sich erklären. »Das können wir nicht tun. Erstens: Wenn sie uns hier gefunden haben, wie Brid sagt, wissen sie auch, daß Cybillia und Hetta bei uns sind. Sobald die beiden einen Schritt vor das Gasthaus tun, werden die wahrscheinlich versuchen, sie gefangenzunehmen, um weitere Informationen über uns zu bekommen. Sie muß nur auf die Straße treten, und schon gehört sie ihnen. Zweitens: Sie ist eine Lady von Belbidia, die Tochter meines Nachbarn. Ich werde niemanden aus Belbidia einem solchen Schicksal überlassen.«

»Ich sage immer noch, wir lassen Cybillia und Hetta zurück«, entschied Brid kaltherzig. »Unsere Chancen, uns herauszuschleichen, stehen ohne sie weit besser, und unsere Mission ist wichtiger als sie.«

»Nein.« Hal war fest entschlossen.

»Wieso nicht? Es ist die einzige Chance, die wir haben.«

»Wir sind immer noch in Jotunn. Wenn wir Cybillia zurücklassen, will Bullback unser Blut sehen. Er weiß, daß wir nach Farona wollen, und er wird alles stehen- und liegenlassen, um dorthin zu gelangen. Er wird dafür sorgen, daß wir alle hängen … oder wahrscheinlicher noch: verbrannt werden. Wir können sie nicht zurücklassen. Damit machen wir uns in den Augen aller Edelleute Belbidias schuldig.«

»Du hast recht«, räumte Brid ein, »aber trotzdem müssen sie dann bei uns sein, wenn ich das Ritual ausführe.«

»Was … hier … jetzt? Sie werden schreckliche Angst bekommen. Hexerei ist ihr schlimmster Alptraum«, wandte Hal ein.

»Nun, du wirst sie überreden müssen. Ich bin mir sicher, daß du einigen Einfluß auf die liebreizende Lady Cybillia hast, oder?« Brids Worte kamen scharf und spitz. »Ach, sieh mich nicht so an: Es war nicht mein Ernst. Wir werden ihnen ein Mittel geben müssen, damit sie fest schlafen. Sie müssen bei dem Ritual nur anwesend sein, aber nicht im wachen Zustand.« Brid langte in ihren Beutel und legte die Faust um einen Kräuterzweig, dessen haarige Blätter und gelbe Blüten von roten Streifen durchzogen waren. »Faronisches Bilsenkraut«, zwinkerte sie ihnen zu, »und eine Winzigkeit Eisenhut, damit es schneller wirkt.«

In Lady Cybillias Kammer war es dunkel. Die Fensterläden hielten die Lichtfinger draußen, welche die Dämmerung als Fühler in das Land der Nacht entsandte. Auf Zehenspitzen lief Brid zum Bett des Edelfräuleins hin, während die beiden Jungen hinter ihr blieben und sich ruhig verhielten. Eine Bodenplanke knarrte, und die Magd rührte sich im Schlaf.

»Ich habe doch gesagt, ihr solltet sie nicht aufwecken«, flüsterte Brid aufgebracht. »Jetzt wird es sehr viel schwieriger.«

»Wer ist da?« Cybillias dünne Stimme flüsterte ängstlich im trüben Licht. »Wer ist da?«

Brid sprang vor und hielt dem Mädchen den Mund zu. Cybillia trat aus und wehrte sich, während die Priesterin ihr den Atem nahm und die starken Kräuter zwischen ihre zusammengebissenen Zähne zwang. Caspar fürchtete, daß die ganze Aufregung erneut einen Schreikrampf der Magd auslösen würde. Er stolperte in der Dunkelheit, doch als seine Hände seinen Sturz auf dem kleinen Bett in der Ecke der Kammer abfingen, sanken sie auf leere Laken.

Kurz bevor das Faronische Bilsenkraut Wirkung auf Cybillia zeigte, konnte das Mädchen einmal zuschlagen und traf die Priesterin mit den Fingernägeln an der Wange. Sie krümmte sich und würgte anfangs, doch schließlich lag sie friedlich da und atmete tief und gleichmäßig. Ihr Herz schien kaum zu schlagen. Er betete darum, daß Brid wußte, was sie tat.

»Die Magd ist fort«, teilte Caspar den anderen aufgeregt mit. Er trat ans Fenster hinüber und drückte langsam die Läden auf. Graues Licht fiel über die Betten. Lady Cybillia lag mit offenem Mund da, und ein schmales Rinnsal aus rotem Saft lief ihr an den Mundwinkeln herab. Hetta war tatsächlich fort. Ihre Kleider und die ganze Habe waren verschwunden.

Brid seufzte. »Nun, dann müssen wir uns um eine weniger sorgen.«

»Wir werden sie suchen müssen.« Hals Miene war starr. »Sie werden sie kriegen, oder?«

»Das können wir nicht.« Brid war unerbittlich. »Wir kommen zu spät. Ich kann nur hoffen, daß sie zu dumm ist, um ihnen hilfreiche Einzelheiten mitzuteilen. Wahrscheinlicher ist, daß sie merken, wie unbedeutend sie ist, und deshalb nicht das Risiko eingehen, mitten in feindlichem Territorium Aufmerksamkeit auf sich zu lenken, wenn es doch gilt, eine größere Beute zu verfolgen.«

Es schien brutal und kaltschnäuzig, aber wenn er in das kühle Licht des Morgens schaute und den glitzernden Tau sah, der magische Schönheit über sein geliebtes Land brachte, stimmte Caspar ihr zu. Natürlich hoffte er, daß Hetta die Gefolgsleute des Barons eingeholt hatte, aber wenn nicht … es herrschte Krieg, und sie hatten Wichtigeres zu bedenken. Sie mußten den Kessel mit seiner Geschichte vom Druiden-Ei finden, sonst wäre das ganze schöne Land verloren.

»Hört zu, kann mir einer von euch helfen?« fragte Brid, während sie versuchte, Cybillias Arm in einen gerüschten Ärmel zu stopfen. »Wozu hat sie diese ganzen lächerlichen Kinkerlitzchen? Wenn ihr ihre Sachen schnürt, ziehe ich sie an. Wir dürfen nichts von ihrem Gepäck zurücklassen. Man würde nur einen Suchtrupp zusammenstellen, und der würde sicher nur die Vaalaker auf unsere Fährte bringen.« Angewidert warf Brid verschiedene Rüschenkleider und Spitzenhemdchen beiseite und zwang Cybillias baumelnden Kopf durch den roten Stoff ihres Reitkleides. Caspar wickelte die verschiedenen Stoffe und zahlreichen Schichten von Unterröcken und Reifen zu einer festen Kugel und zog das Bündel mit einem der Bänder fest.

»Ich hoffe, daß dieser Salisische Eisenhut ihr nicht schadet.« Unsicher betrachtete Hal Cybillias ohnmächtige Miene.

»Sie wird nur etwas benommen sein«, versicherte ihm Brid, ohne den Kopf zu heben, um dem vorwurfsvollen Blick des Jungen nicht zu begegnen. »Du solltest sie lieber schnell zum Feuer hinuntertragen, bevor der Wirt aufsteht.«

Sie schlichen die Treppe hinab, und Hal hatte mit der ohnmächtigen Cybillia etwas mehr zu kämpfen als vor kurzem noch mit der zarten Gestalt der jungen Priesterin. Die Bodenplanken knarrten und stöhnten grauenvoll, doch keiner der späten Zecher rührte sich, um ihnen entgegenzutreten; ansonsten war im Gasthaus alles still. Flachländer waren nicht eben dafür bekannt, Frühaufsteher zu sein. Zu Caspars Erleichterung gab es auch keine Anzeichen für frühmorgendliche Aktivitäten in der Küche, als sie auf dem Weg zum Schankraum daran vorüberschlichen. Das Feuer in der Mitte des Raumes war so weit abgebrannt, daß nur noch ein paar Kringel von verkohltem Holz ganz hinten im Kamin dunkelrot glühten.

»Vogelbeere«, seufzte Brid zufrieden, als sie tief durch die Nase einatmete. »Ich hatte gestern abend unrecht. Wir brauchen die Vogelbeere.« Sie hastete zum Holzstapel, der ordentlich am Durchgang zu den Küchen aufgestapelt war. »Aber das ist alles nur Haselnuß«, sagte sie. »Nein, warte, dahinten.« Sie riß mehrere gehackte Scheite aus dem hinteren Teil des Stapels hervor und legte sie auf das Feuer. Mit ihrem Messer schnitt sie eine Ringellocke von ihrem Kopf, dann nahm sie eine Locke von Caspar und eine von Hal. »Facht das Feuer an«, sagte sie. »Macht schnell etwas Rauch. Wir wollen es hinter uns bringen und hier raus sein, bevor uns jemand hört. Nun, mal sehen, eine Locke vom goldenen Haar unserer Lady.« Ihre Stimme war wie warme, gezuckerte Milch, als sie eine Strähne ganz vorn aus Cybillias blondem Schopf schnitt, wo man es sicher sehen würde. »Besser zuviel als zuwenig.« Das Feuer flackerte auf, und sie sah es sich zufrieden an. »Gut, jetzt sind wir soweit.«

Nachdem Hal Cybillia vorsichtig auf die Bank gelegt hatte, die Brid so stellte, daß sie direkt nach Osten blickte, wies die Priesterin die beiden Jungen an, jeweils nördlich und südlich des Feuers zu stehen, während sie sich auf die westliche Seite stellte.

Sie flocht die einzelnen Locken zu Zöpfen und warf sie nacheinander ins Feuer. Caspars Herz wollte stehenbleiben, als er merkte, daß sie Hals Haar mit dem ihren zu einem Zopf aus Schwarz und Braun verwoben hatte. Die roten und blonden Locken von seinem und Cybillias Haar lagen getrennt. Das Haar fing Feuer, wurde blitzend lebendig und schrumpfte augenblicklich, als es zu Rauch versengte, grellweiße Funken in die roten Flammen sprühte und die Halle mit beißendem Gestank erfüllte.

»Beeil dich doch«, trieb Hal sie an. »Der ganze Gasthof wird bald wach sein.«

Brid ignorierte den aufgeregten Jungen und atmete tief ein, inhalierte den Rauch. Er wehte aus ihrem Mund wie der Atem eines Drachen, als sie ihren Singsang anstimmte: »Schütze uns, Mutter, umhülle uns mit Vogelbeerenrauch und schließe die Augen des Druidensteins. Schütze uns vor Vaal-Peors kaltem Blick. Mutter, bewahre uns vor den Vaalakern.«

Der Rauch schien über dem Feuer zu schweben, trieb nicht mehr aufwärts, wurde dichter und drückender um sie. Brid streckte die Arme aus, mit den Handflächen nach unten, als hielten sie den Rauch am Boden. Langsam begann sie, ihre Hände zu drehen, und der Rauch bewegte sich, wirbelte im Kreis, als umströmte sie ein Strudel. Caspar spürte, wie die Rußpartikel seine Lungen füllten, als dichter, brauner Nebel ihn innerlich und äußerlich umfing. Er konnte nur kreiselnde Schwaden sehen, und seine drei Gefährten erschienen ihm nicht mehr als Menschen, sondern als Lichtpunkte.

Die Priesterin sprach schlichte, einfache Worte, ohne gereimte Feinheiten, und instinktiv spürte Caspar, daß ihre Ehrlichkeit und der Mangel an Rhetorik ihre Kraft verstärkten. Als Brid ihre Arme hob, trieb die dicke Wolke, die das Feuer umnebelte, aufwärts, suchte begierig nach dem Loch im Dach, bevor sie sich in der Atmosphäre verteilte. Plötzlich merkte Caspar, daß er sich kraftlos fühlte, als hätte ihm eine große Macht die Energie genommen. Auch Brid sah angegriffen aus, doch sie schenkte ihm ein zufriedenes Lächeln.

»So. Das war's. Achte nur darauf, daß du das Auge nicht berührst. Solange wir nicht versuchen, in sein Herz zu greifen, hat es den anderen, kleineren Steinen nur den trüben Anblick von Vogelbeerenrauch zu bieten. Der Verhüllungszauber hält so lange, wie wir nicht in den Stein sehen.«

Noch immer schimmerte der Mondstein mit hellem, silbrigem Glühen, aber Caspar fielen die feinen Unterschiede in den Mustern auf, wo die dünnen Spuren grauer Wölkchen die rein weiße Oberfläche wie Marmor erscheinen ließen.

»Wir sollten besser gehen, bevor sich das Haus rührt und wir eine Hexenverbrennung auslösen«, rief Hal ihnen in Erinnerung. »Es ist schlimm genug, wenn wir Vaalaker auf den Fersen haben, aber die ganze Baronie Jotunn …« Er langte in seinem Hemd nach einem kleinen Beutel, der klimperte, als er ihn hervorzog, und ließ dem Wirt großzügigerweise vier Silbermünzen da. Brid und Caspar teilten sich das Gepäck, während Hal seine Arme um Cybillia schlang. Zwei Schritte weit trug er sie vor sich her, so daß es aussah, als hätte sie es bequem, doch dann murrte er. »Das ist zu schwierig.« Er hob sie an, so daß sie sich um seine Schulter legte und ihre Arme herunterhingen.

»Schnell«, flüsterte Caspar, »es kommt jemand.« Sie schlichen zu den Ställen hinaus und stellten fest, daß einer der Stallburschen bereits wach war. Er schien überrascht, sie zu sehen, und starrte die leblose Cybillia an, die wenig elegant auf Hals Schulter ruhte. Er schien sich auf die Zunge zu beißen, als hielte er etwas zurück, dann sagte er entschlossen: »'n Morgen, Mylords, Mylady«, als sei er zu dem Schluß gekommen, daß es unschicklich sei, Edelleute zu deren Angelegenheiten zu befragen, so seltsam ihm diese auch erscheinen mochten. Er machte einen kurzen Diener, verbarg aber seine Miene eilig und machte sich an den Pferden zu schaffen. »Ich habe den Rauch gesehen und dachte mir, es wäre etwas früh für das Völkchen in dieser Gegend. Hauptsächlich Zugochsen und Rindfleisch, müßt Ihr wissen. Fragt sie hier nicht nach Milch. Das Gras ist dafür nicht gut genug, wie man hört. Pferde scheinen sich wohl zu fühlen, also ich auch. Na, aber ich vergesse meine Pflichten. Ihr wollt jetzt sicher Eure Pferde.« Er warf den Striegel in einen Holzeimer voller Werkzeug und sah sie dann an. Er konnte nicht länger an sich halten. »Geht es der jungen Dame gut? Steht mir nicht an, zu fragen, aber ...«

»Mhm, es geht ihr gut. Schläft noch. Ist das gute Bier des Wirtsherrn nicht gewohnt«, wiegelte Brid ab. Cybillia kam langsam zu sich, und ihr klägliches Stöhnen paßte gut zu dieser Lüge.

Der Bursche warf ihr einen Seitenblick zu.

»Na ja, wie gesagt, steht mir nicht an, zu fragen.« Er wandte sich von Brid ab und grinste Caspar an. Das redselige Wesen des Mannes lenkte ihn offenbar von seinem Argwohn ab. »Ich hatte einen Höllenspaß mit Eurem Oriaxianischen Jungtier,

Herr. Es hat ein Brett aus der Box getreten. Mein ganzes Leben habe ich mit Pferden zu tun, das sind sechzig Jahre, wie ich Euch ohne Scheu verraten will, aber so etwas habe ich noch nie gesehen. Wie der liebe Gott einem Pferd einen solchen Geist eingeben kann, weiß ich nicht zu sagen. Es ist eher eine Katze, eine Bergkatze, als ein Pferd. Hat gestern abend sogar versucht, meine kalte Fleischpastete zu fressen, ob Ihr es glaubt oder nicht.«

Caspar glaubte es nur allzugern.

Cybillia war nicht in der Lage zu reiten, also hielt Hal sie in den Armen, als er hoch über den anderen auf seiner gescheckten Stute ritt. Sie ließen Hettas Pferd zurück und banden das Lastenpony und Cybillias Reittier an Brids Sattel, da Feuerschweif an diesem Morgen nicht sonderlich entgegenkommend war. Hal gab dem dankbaren Stallburschen eine Handvoll Kupfermünzen, und dann wandten sie sich auf der Straße nach Süden. Sie hielten die Augen nach Spuren der Vaalaker offen und nach einem Pfad, der sie von der Hauptstraße führen würde.

KAPITEL 9

Der Sturm brach los, Donner kündigte einen heftigen Regen an. Er würde die stille, drückende Schwüle der Luft lindern.

In den letzten Tagen hatte May aufgrund der Anspannung kaum atmen können. Die Vorbereitungen waren abgeschlossen, die Männer standen auf ihren Posten, warteten endlos und sahen, wie Morbaks Armee unter ihnen wuchs. Wie das Gewitter, das sich am Horizont zusammenbraute, hielten die Vaalaker alle in Schach. Doch nun war die Spannung vorüber.

Wie erwartet griffen sie im Morgengrauen an.

Während Regen an die Festungsmauern schlug, wandte sich der erste, wütende Angriff gegen die äußeren Wehranlagen am Fuß des Felsenturms. Mit barbarischem Zorn warfen sich die Krieger gegen die unteren Schanzwerke und den Baumverhau aus angespitzten Pfählen, die das Fundament des aufragenden Felsens umgaben. Der belbidianische Gegenangriff aus zischenden Fackeln kam von den Türmen der Festung herab und regnete auf die ungeschützten Köpfe der Feinde. Stechender Schwefelrauch und wütende, heisere Blitze von den Sprengsätzen erfüllten die Schlucht und hielten die Nordmänner auf.

Mächtiges Siegesgebrüll kam von den Männern der Garnison auf Torra Alta. Branwolf schritt die Zinnen ab, mit dem Banner Torra Altas in der einen Hand und seinem Schwert in der anderen, was den Männern Mut machte, als sie ihre Geschosse auf den Feind weit unter ihnen warfen.

May wagte nicht, durch die Schießscharte zu sehen, anders als ihr Bruder, der seinen Hals reckte, um aufmerksam durch den schmalen Spalt zu spähen. Er beschrieb den donnernden

Silberfluß, der am östlichen Fuß des Felsenturms brodelte und sie auf dieser Seite vor einem Angriff schützte. In erschreckenden Details berichtete er über das, was im Norden und Westen vor sich ging, wo sich die Straße um die Felsennadel wand. Hier wüteten die Vaalaker wie ein tosender Sturm.

Als der Schlachtenlärm begann, hatte sich May ein Kissen um die Ohren gelegt und ihren Kopf unter der Decke vergraben, doch obwohl sie das heulende Kampfgeschrei nun nicht mehr hören konnte, spürte sie doch immer noch, wie der Stein der mächtigen Burg unter dem Druck der Feinde erbebte, als diese den Fuß des Felsenturms rammten.

»Hab' ihn! Hab' ihn!« Pip zog einen imaginären Bogen und juchzte vor Freude, als sich ein barbrüstiger Nordmann an die Brust faßte und zu Boden ging; ein Pfeil hatte seine Brust durchbohrt. Stetig spien die Bogenschützen Torra Altas Pfeile in die Menge, und wenn auch zahllose Massen am Fuß des Felsenturms drängten, schaffte es kein einziger Vaalaker über die ersten Schanzen hinaus, aus denen am Fuß der Geröllhalden Unmengen von Pfählen ragten.

May konnte Morrigwens Stimme durch das wilde, mordlüsterne Geschrei, das vom Grund der Schlucht heraufdrang, nicht wirklich hören, doch sie wußte irgendwie, daß die Greisin sie brauchte. Die Unsicherheit bedrückte sie, und sie lief die Treppe zu Catriks Krankenkammer hinauf, wo sie die Hohepriesterin vorzufinden hoffte. Mit einer bösen Ahnung merkte sie sofort, daß sie sich nicht täuschte. Morrigwen stand an ein Fenster gelehnt und sah noch zerbrechlicher aus als sonst, als der heftige Husten ihre ausgezehrte Gestalt erschütterte.

»Hol deine Mutter«, keuchte sie. »Hol Elaine.«

Augenblicklich spürte sie die Dringlichkeit in der Stimme der alten Frau, und May stürmte die dunkle Treppe hinab, um ihre Mutter zu holen. Als die rothaarige Witwe Morrigwens pfeifenden Atem hörte und einen Blick in das aschfahle Gesicht warf, sandte sie ihre Tochter sofort aus, dem Baron zu berichten, daß sich Morrigwens Zustand verschlechterte.

»Aber, Ma! Ich kann nicht. Der Baron will in einem solchen Moment bestimmt nicht gestört werden.«

»Das soll er selbst entscheiden«, erklärte Elaine mit fester Stimme. »Es ist unsere Pflicht, es ihm zu sagen. Nun geh.«

Der Regen brannte in ihren Augen, als sie auf dem Burghof stand und die Zinnen nach der mächtigen Gestalt des Barons absuchte.

»Geh weg hier, Kind«, befahl ihr ein Soldat wütend und mit ausgebreiteten Armen, die sie wieder in den Turm treiben sollten.

»Aber, Herr, es ist dringend. Ich muß den Baron sprechen.« Sie duckte sich unter seinen Armen durch und rannte auf den offenen Burghof. Sie hielt sich die Ohren zu und kauerte am Boden, als ein blendender gelber Blitz, gefolgt von einer Explosion, die Burg erbeben ließ. Als sie wieder aufblickte, sah sie das tropfnasse Blau und Gold des Drachenbanners im Regen. Sie wich den Männern aus, huschte zwischen ihren Beinen hindurch und sah in Branwolfs ungläubige Augen auf.

»Es ist Morrigwen«, rief sie, bevor der Baron sie wütend fortschicken konnte. »Sie ist sehr krank. Und es tut mir leid, ich sollte hier nicht sein, aber …«

»Du hast recht daran getan, herzukommen.« Das regennasse Gesicht des Barons legte sich in harte Sorgenfalten. Er warf das Banner einem Soldaten in die Hand, als er von der Brüstung sprang, nahm May in seine nassen Arme und rannte über den Burghof zum Turm.

Elaine ließ die alte Frau gerade auf die Liege in der Ecke der Turmkammer herab, als er die Tür aufriß und hereinstürmte. May löste sich aus seinen Armen und klammerte sich an den Rock ihrer Mutter. Er nahm Morrigwens Hand und tastete am knochigen Handgelenk nach ihrem Puls. May blickte hinter ihrer Mutter hervor und starrte ängstlich in das blasse Gesicht der Greisin. Sie sah in diese dunklen, tiefliegenden Augen, um die herum sich die Haut wie uraltes Pergament spannte.

»Morrigwen«, flüsterte der Baron, fast als flehte er.

»Ich weiß, mein Junge, ich darf nicht sterben. Wenn ich sterbe, stirbt die Trinität und Keridwen mit ihr. Glaub mir, den Gedanken werde ich nie los. Ich bin schwach. Brid sucht nicht mehr nach mir, weil sie fürchtet, das Auge zu benutzen. Ich bin schwach ohne meine Brid.«

»Schscht, sprich nicht. Du mußt essen. Elaine wird bei dir bleiben.« Er sah zu dem kleinen Mädchen, das noch ganz naß vom Regen war. »May, geh in die Küche und hol einen Becher Brühe und eingeweichtes Brot. Dann füttere sie.« Sanft drückte er Morrigwens Hand. »Ich muß gehen. Es gibt da draußen ein paar Vaalaker, um die ich mich kümmern muß.«

May floh über den Burghof, platschte durch die Pfützen und rutschte über das abgewetzte Pflaster, als sie zur Burgküche lief. Sie lag auf der anderen Seite des Hofs, in einem flachen Steingebäude, das sich an den Ostturm lehnte. Die alten Küchen waren ursprünglich im Hauptturm gewesen, doch die Jahre des Friedens hatten es möglich gemacht, daß sie in einem praktischeren Gebäude untergebracht werden konnten.

Sie schreckte vor dem Knall der Bogensehnen und dem ständigen Pfeifen der Pfeile in der Luft zurück, doch ihre Sorge um Morrigwens Wohlergehen überwältigte ihre Angst vor dem entsetzlichen Lärm, der vom Grund der Schlucht heraufdrang. Sie wich dem Rückschlag eines Katapultes aus, das plötzlich rückwärts gegen seine Halteseile schlug, und blieb mit dem Zeh am Rand des großen, mit Runen versehenen Herzsteins hängen. Als sie ihr Gleichgewicht wiederfand, verwirrte sie das eindringliche Geschrei, das sich zu einem bedeutungslosen Sperrfeuer aus Lärm vermischte. Als sie den Männern plötzlich so nah war, konnte sie einen bestimmten Schrei im allgemeinen Chaos heraushören.

»Haltet euch zurück, Männer.« Der Hauptmann schritt die Reihen der Bogenschützen ab und wiederholte die Befehle des Barons. »Wir müssen sie zurückwerfen. Wir müssen sie aufhalten, aber wir dürfen keine Pfeile vergeuden. Zielt auf euren Mann, bevor ihr einen Pfeil losschickt. Die Bogenmacher haben viel zu tun, bis das hier vorbei ist.«

May war froh, daß sie nicht über die Mauern schauen konnte. Sie hörte nur das entschlossene Geheul der Belagerer und mußte den wilden Ausdruck in deren Augen gar nicht erst sehen. Immer wieder löste eine neuerliche Attacke einen Warnstoß vom Burgtrompeter aus, und in wilder Aktivität ließen die Schützen einen ganzen Hagel von Pfeilen los. Auf jede Welle folgte drückende Stille. Die Torra Altaner vergeudeten ihre Energien nicht mehr jedesmal mit Jubel, wenn sie einem Ansturm standgehalten hatten, sondern starrten nur erwartungsvoll hinunter, warteten auf den nächsten Angriff. Die Nerven lagen blank.

Sie zuckte zurück, als die Seile und Winden unter dem Druck stöhnten und knarrten, wenn die großen Wurfmaschinen in Position gebracht und mit Geschossen beladen wurden. Sie duckte sich, wenn die riesigen Holzhebel an die Querbalken schlugen und ihre todbringenden Steine über den Grund der Schlucht verteilten. Die Schreie von unten waren grauenvoll. Und doch, wie alle wußten, tötete eine ganze Tonne Stein nur eine Handvoll Männer, und viele tausend Nordmänner drängten vorwärts, um an deren Stelle zu treten.

Mit großer Erleichterung bog sie in den Gang ein, der zu den Küchen führte, und zog die schwere Tür hinter sich zu. Sie fand sich in einer gewölbten Halle voll köstlicher, dampfender Düfte und geschäftigen Treibens der Küche wieder. Lange Tische drängten sich an den Außenmauern, hingen vom Gewicht von Töpfen, Gemüse und in Stoff gewickeltem Pökelfleisch durch. Zu ihrer Linken konnte sie einen dunklen, kühlen Lagerraum erkennen, dessen Regale mit Honig, getrockneten Kräutern und kostbaren Salzfäßchen gefüllt waren. In einer weiteren Seitenkammer befand sich reihenweise Talg, der zu Kerzen geformt werden sollte, und ein Kessel voller Schweineschmalz, das mit Soda aufgekocht wurde, um Blockseife herzustellen. Der Raum gab einen seltsam ranzigen Geruch von sich, wie überreifes Fleisch, verglichen mit den frischeren Aromen der Kräuter. Diener schrubbten an Töpfen und Pfannen herum, tauchten sie in Wasserfässer. Ihre Haut war rot von der Arbeit, auch wenn sie freundlich schwatzten. Tatsächlich herrschte dort ein solcher Lärm von klappernden Pfannen, blubbernden Kesseln, brodelnder Brühe und lauten Stimmen, daß die Gewalttätigkeiten der Außenwelt die Küchenmauern nicht durchdrangen.

Auf der anderen Seite des Raumes kämpften zwei kleine Jungen mit dem steifen Kadaver einer Hirschkuh, den sie zur Schneidebank der Köchin schleppten, und erst beim vierten Versuch schafften sie es, ihn auf die geschrubbte Platte zu heben. Eine stämmige Frau schlug mit einem schweren Hackbeil darauf ein und zerteilte das Tier für einen Wildeintopf.

»Wo ist dieser Bengel?« Das Beil spaltete den Knochen mühelos, als die Köchin ihre Wut am Fleisch ausließ. Sie sprach eine schlanke, junge Frau an, die Klöße formte, welche in den Eintopf gehörten. »Ich muß eine Armee so gut ich kann mit so wenig wie möglich füttern. Der gute Baron verlangt Wunder von mir. ›Streck die Vorräte‹, sagt er zu mir. Mit alledem muß ich fertig werden, was ich verdammt gut mache, hab' ich nicht recht, Rosalind?«

Die jüngere Frau nickte eilig, ohne von ihrer Arbeit aufzusehen. »O ja, Köchin, verdammt gut.«

»Mmhm.« Die Köchin strich eine graue Haarsträhne aus

ihrem Gesicht, dann riß sie ein Gelenk auseinander, gab sich mit der beschwichtigenden Antwort der Frau anscheinend zufrieden. »Jetzt sieh dir meine Küche an. Was der gute Meister Catrik dazu sagen würde, wenn er hier wäre, weiß ich nicht. Wir sind mit dem Putzen im Rückstand, und wir werden die halbe Nacht wach sein, bis alles seine Ordnung hat. Das ist harte Arbeit. Die großen Pfannen und Kessel müssen bewegt werden, und wenn einer von den Töpfen halb voll ist, kann ich es dir nicht verdenken, wenn du sagst, den krieg' ich allein nicht hoch, oder?«

»O nein, Köchin, ein ausgewachsener Mann wäre nötig, um ihn anzuheben.«

»Meine Rede. Voll und ganz meine Rede.«

May blieb scheu an der Tür stehen, wagte nicht, die Frau zu unterbrechen, da sie so gefährlich wütend wirkte. Argwöhnisch betrachtete sie das Schlachterbeil.

»Also, normalerweise haben wir den jungen Ulf, aber wo ist der Knabe jetzt? Für nichts auf dieser Welt war er von Nutzen, abgesehen von der schweren Arbeit in meiner Küche. Jetzt habe ich nur noch diese beiden Würmchen, und – gesegnet seien sie – die mühen sich mit all der Last, aber die ist für sie zu schwer.«

»Das stimmt, Köchin.« Mitfühlend sah Rosalind zu den beiden Jungen hinüber, die jetzt unter schweren Mehlsäcken ächzten.

»Und wo ist er? Das will ich nur wissen. *Ihn* hat der Hauptmann doch wohl nicht auf die Zinnen gestellt, oder?«

»Nein, das kann er nicht getan haben«, sagte die Jüngere. »Es ist doch nicht seine Schuld, daß er zu diesen Anfällen neigt und nicht ganz bei uns ist, oder, Köchin? Auch wenn wir nicht schlecht von den Leidenden sprechen sollen. Er redet mit sich selbst und sieht einen so komisch an.«

Die Köchin nickte. »Er kennt seine Arbeit hier in der Küche, aber da draußen bei den Bogenschützen würde er nur alles durcheinanderbringen. Er würde die Männer beunruhigen. Könnte sein, daß er seinen Bogen in die falsche Richtung hält.«

Rosalind lachte bei dem Gedanken.

Ärgerlich runzelte die Köchin ihre Stirn. »Nun, ich finde das nicht komisch. Es ist unverschämt von ihm, daß er nicht da ist, wenn es soviel zu tun gibt.«

Die schlanke Küchenhelferin arrangierte ihre Miene sogleich zu einem Ausdruck feierlicher Mißbilligung um. »Wahrscheinlich staunt er von irgendeinem der oberen Fenster den Feind an. Krank wie er ist. Neulich habe ich ihn dabei erwischt, wie er versucht hat, ein Lammherz zu essen. Das war verständlich, bei dem bißchen Essen durch die Belagerungsrationen, aber es war roh und tropfte vor Blut, sag' ich Euch. Dieser Ulf, der ist nicht ganz richtig.«

»Richtig oder nicht, ich brauche ihn hier.« Die Köchin nickte zu den beiden Jungen hin, als diese gemeinsam einen Sack über den Steinboden schleppten und vor Mühe grunzten. »Ulf könnte den mit einer Hand tragen. Wenn ich ihn in die Finger kriege, wird er es erfahren.« Sie schlug das Beil ins Holzbrett, dann sammelte sie das gehackte Fleisch ein und stapelte es auf einem Teller, der für den Eintopf bereitstand. »Gestern abend wurde Ulf zuletzt gesehen. Ich kann mir nicht vorstellen, wo er sich verstecken könnte.«

May spürte, wie ihr Gesicht bei der Erwähnung dieses Namens kalt und feucht wurde. Seit ihre Mutter sie bezichtigt hatte, sich Geschichten auszudenken, hatte sie nicht mehr gewagt, diese ekelerregende Szene zu erwähnen, die Pip und sie durch das Schlüsselloch der Turmkammer beobachtet hatten. Außerdem war sie selbst inzwischen fast sicher, daß ihre Phantasie ihr einen Streich gespielt hatte. Vielleicht waren sie Zeugen eines der schrecklichen Anfälle dieses Ulf gewesen. Augenblicklich verbannte sie jeden Gedanken an diesen Mann, als die Köchin sich plötzlich umwandte und sie finster ansah, wie sie dort an der Tür stand.

May grauste es, als sich die Stirn der Frau in Falten legte. »Wer bist du, Kind? Ach, ja, die Tochter der Witwe. Nun, bist du hier, um uns zu helfen? Meine Güte, du siehst wie eine ersoffene Ratte aus.«

Betreten sah May die Pfütze um ihre Füße an. Unruhig schüttelte sie den Kopf. »Nein, Köchin, der Baron hat mich geschickt, weil …«

»Der Baron, ja?« Die Köchin hob die Augenbrauen. »Eine ganze Woche ist sie hier, und kein Wort an mich oder die Küchenmädchen, aber mit dem Baron auf du und du.«

»Aber, aber …«, stammelte May.

»Ach, ärgert sie nicht, Köchin. Seht Ihr nicht, daß sie sich vor Euch fürchtet?« lachte Rosalind. »Achte nicht auf die Köchin, sie tut nur so, als wäre sie ein großer, mürrischer Bär, weil sie meint, nur so würde hier auch gearbeitet. Also, was wolltest du, Liebes?«

»Die Priesterin, Morrigwen, ist sehr krank, und der Baron hat mich geschickt, damit ich etwas von Eurer Brühe und Brot zum Tunken hole.«

»Die alte Frau ist krank!« Die Miene der Köchin wandelte sich augenblicklich zu ernster Sorge. »Ich hoffe, es gibt jemanden, der sich richtig um sie kümmern kann. Oh, segensreiche Mutter, bewahre sie. Wir sind doch auf sie angewiesen.«

Rosalind warf ihrer Vorgesetzten einen besorgten Seitenblick zu.

Wütend sah die Köchin sie an. »Ich glaube, du warst zu jung, um dich an die Freude zu erinnern, die wir gemeinsam hatten, als wir die Große Mutter verehrt haben. Sie hat uns einen Sinn und ein Gefühl von Zugehörigkeit in dieser Welt gegeben. Nun ist Morrigwen zu uns zurückgekehrt. Wir dürfen sie jetzt nicht verlieren. Hier, Kind, nimm das.« Sie tauchte einen Becher in einen brodelnden Topf mit Brühe. Sie wischte ihn mit einem Tuch ab und bedeckte ihn mit einer umgedrehten Schale, dann schnitt sie mehrere dünne Scheiben von einem frischgebackenen Brot. »Sag ihr, daß wir alle für sie beten.«

May holte tief Luft und riß sich zusammen, machte sich bereit, erneut über den Burghof zu rennen. Regen und Sturmwolken verwandelten die Welt in ein bedrohliches Grau, das nur kurz von den höllischen Flammen des Schwefelbrands erhellt wurde, wenn die ohrenbetäubenden Explosionen die Stille durchbrachen. Sie war froh, als sie wieder bei ihrer Mutter war. Elaine saß an Morrigwens Bett und tätschelte ihre Hand. Sie hatte die alte Frau in dicke Decken gewickelt und das Feuer geschürt, um die feuchte Kälte zu vertreiben, die den schwachen Körper der Greisin aufzehrte.

»Jetzt mußt du essen!« befahl Elaine in einem Ton, mit dem sie für gewöhnlich ihre Kinder tadelte.

»Ja, das mußt du.« May versuchte, ermutigend zu klingen. »Die Köchin wünscht dir alles Gute. Sie sagt, wir seien alle auf dich angewiesen.«

Morrigwen lächelte schwach. »Hat sie, ja?« Unter Schmerzen setzte sie sich auf, um einen Schluck von der abkühlenden Brühe zu nehmen, doch sie mußte würgen. »Ich bin so alt und schwach«, stöhnte sie. »Schon lange fühle ich mich alt, aber so schwach noch nie.«

»Du wirst dich nach etwas Brühe besser fühlen. Jetzt versuch es noch einmal.« Elaine hob den Kopf der alten Frau, während May vorsichtig kleine Löffel mit Suppe in den zitternden Mund der Frau gab. Schließlich lag die Greisin in die Kissen gelehnt und schloß erschöpft die Augen. »Sagt mir«, krächzte sie, »sagt mir, was man vom Fenster aus sehen kann.«

May nahm einen Hocker und kletterte in die schmale Nische. Von hier aus konnte sie auf die Zinnen und bis ins Tal hinunter blicken. Sie schluckte bei dem Anblick.

»Nun, unsere Männer stehen auf den Mauern«, erklärte sie leise und versuchte, jeden Hauch von Sorge aus ihrer Stimme zu verbannen. »Sie schießen mit Pfeilen und bedienen diese großen Maschinen, aber die Vaalaker, die meisten jedenfalls, scheinen sich nicht weiterzubewegen. Manche sehen aus, als bauten sie etwas, aber das ist schwer zu sagen. Von hier oben sehen sie wie Ameisen aus. Und es regnet heftig.« Sie erwähnte nicht, daß der gesamte nördliche Eingang zur Schlucht vor Feinden erstickte. Sie breiteten sich am Boden derart aus, daß ihre Zelte und die weißblonden Köpfe aussahen wie eine dichte Schneedecke. Das gigantische geometrische Muster des Kathedralenfundaments war gänzlich unter der riesigen Menge vaalakischer Krieger begraben. Kein Daumenbreit nackter Erde war zu sehen. »Bauen sie so etwas wie einen Kriegsturm?« fragte sie ängstlich.

Morrigwen schniefte höhnisch. »Mach dir keine Sorgen, May, jetzt jedenfalls noch nicht. Bald ist Spar wieder da, und dann werden wir sie vertreiben. Die Runen des Krieges werden uns noch viele Monate beschützen.«

Noch immer stierte May zum Fenster hinaus, beobachtete die Bewegungen der Torra Altaner. Sie waren müde. Sie sah es an der Art und Weise, wie sie an den Zinnen lehnten und ihre Bögen hoben, doch in ihren tapferen Gesichtern war davon bisher nichts zu sehen. Sie teilte Morrigwens blindes Vertrauen in die Mutter nicht. Und was war, wenn die alte Frau starb? Ängstlich betrachtete sie die hohlen Wangen. Sie verstand die klugen Worte von Magie und Trinität nicht, doch sie sah ein, wie unerläßlich es war, daß die Frau lebte. Soviel hatte sie heute allein aus der sorgenvollen Miene des Barons gelernt.

Während die langen Stunden des ersten Tages der Belagerung verstrichen, nahm die Häufigkeit der Angriffe ab, und die schrecklichen Schreie, die von einer weiteren wilden Attacke des Feindes kündeten, wurden seltener. Lange Stunden der Stille zehrten an ihren Nerven. Während ihre Mutter noch bei der schlafenden Priesterin saß, starrte May aus dem Fenster, wie hypnotisiert von der Form des Herzsteins dort im prasselnden Regen. Angesichts der zahllosen Feinde, die sich um den Fuß des Felsenturms versammelten, sah sie nun, daß die Kampfmoral der Garnison nachließ.

Es war der große Hauptmann der Garnison, der als erster zu singen begann. Er hatte eine melodische Stimme, sein Rhythmus war fest und solide, und er machte ihnen Mut. Sie lächelte, als sie spürte, wie die Nerven sich beruhigten, als wäre das Burgvolk durch ein und dasselbe Gefühl vereint. Einer nach dem anderen nahmen die Männer den Refrain auf, übertönten die Stimme des Hauptmanns mit einer dunklen Melodie, die zu den Fenstern der Turmkammer heraufwehte.

Die mitreißenden Stimmen holten die Priesterin aus dem Schlaf, und sie stöhnte und blinzelte im weichen Licht des Feuers. Sorgsam legte Elaine ein Tuch um ihre mageren Schultern, während Morrigwen verträumt ins Leere starrte. Bedrückt sah May in ihre trüben Augen, die nun matt und leblos waren. Traurig erinnerte sie sich an die einst außergewöhnliche Farbe, das lebendige Blau, mit Weiß gefleckt, als leuchtete der Mond aus ihrer Seele.

»Sie singen, Silbermond«, krächzte sie aus ihrer alten Kehle. »Hör doch, wie sie singen.« May sah den Schmerz in den Augen der alten Frau. »Setz dich zu mir, Silbermond, und sing auch du.«

»Ich kenne die Worte nicht«, flüsterte sie mit einem Blick in das Gesicht der alten Frau. Ihre Farbe schien nach dem Schlaf nun etwas gesünder. »Aber woher weißt du meinen richtigen Namen?« fragte sie neugierig. Seit Jahren hatte niemand sie mehr mit diesem Namen gerufen, nicht mehr, seit der Kurat Dunnock seiner Mißbilligung Ausdruck verliehen und darauf bestanden hatte, daß ihre Familie sie bei ihrem neuen, kürzeren Namen May rief.

»Ich weiß alles über dich, mein Kind. Du mußt die Lieder Torra Altas lernen. Hier ist jetzt deine Heimat. Torra Alta ist dein Schicksal.«

Morrigwens Bewegungen waren langsam und unbeholfen, als sie ihre zitternde Hand hob, um das Mädchen beim Arm zu nehmen. May spürte den Schmerz förmlich, als die Frau ihre geschwollenen Gelenke bog. Plötzlich konzentrierten sich die matten Augen der alten Frau, und sie fühlte, wie sich diese mit klarer, wilder Entschlossenheit in ihre Seele bohren wollten.

»Versprich mir, Silbermond, daß du mich nicht sterben läßt. Du mußt bei mir schlafen und darauf achten, daß ich des Nachts nicht sterbe.«

Draußen wurde der gnadenlose Regen zu einer wahren Wasserwand.

KAPITEL 10

Sie ritten schweigend, hörten nur das stete Klappern der Pferdehufe auf der Pflasterstraße. Die Stille des frühen Morgens wurde von einem aufgeschreckten Rebhuhn gestört, das aus dem hohen Gras am Straßenrand aufflog. Das Morgenlicht erwärmte die Luft, und Nebel stieg aus dem Fluß, bedeckte die feuchten Weiden und verhüllte die grasenden Rinder, so daß ihr körperloses Murren von grollenden Geistern zu stammen schien. Schließlich stimmten die ersten schrillen Töne einer Amsel in den Chor der Morgendämmerung ein, und plötzlich war die Luft von Gesang erfüllt.

»Ich denke, wir sollten den Fluß überqueren«, meinte Brid. »Ich möchte von der Straße weg und in den Hirschwald. Auf der Straße finden sie uns.«

Der Silberfluß umspülte die Flanken der Pferde, und Cybillias Reittier stolperte auf den Steinen, die unter der Strömung rollten. Sie hatten ohne Schwierigkeiten eine Furt gefunden, indem sie den Ochsenspuren im aufgewühlten Morast dorthin folgten, wo sie auf den Weg durch den Fluß stießen. Die Paarhufe der Rinder hatten tiefe Löcher gegraben, wenn sie bis zu den Sprunggelenken im Morast versanken. Abseits der schlammigen Ufer stand das Wasser hoch, mit einer schnellen Strömung, die an den Fesseln der Pferde riß.

»In den Bergen scheint es zu regnen«, murmelte Caspar mit einem Blick auf den schäumenden Fluß. Feuerschweif tänzelte, wobei er einmal alle vier Hufe aus der Strömung hob, das Wasser hoch aufspritzte und alle anderen duschte.

Der Lärm und die frischen Tropfen in ihrem Gesicht hatten Cybillia wohl aus dem Schlaf geschreckt, denn plötzlich war sie wach und wimmerte.

»Was geschieht hier? Oh, ich kann nicht schwimmen. Das Wasser! Hetta, hilf!« Sie schwieg einen Moment und heulte dann: »Wo ist Hetta?« Sie klammerte sich fest an Hal, schlang ihre Arme um seinen Hals, was es ihm schwermachte, den Weg zu erkennen und sein Pferd zu lenken. Doch Elster watete stoisch durchs Wasser voran, folgte Feuerschweif, bis sie ans andere Ufer kamen.

»Hetta ist mit den Gefolgsmännern umgekehrt«, antwortete Brid kühl, als die Pferde die Böschung erklommen. Sie stapften durch den Morast auf einem Streifen aus Feuchtwiesen, die den Fluß vom goldenen Rand des Eichenwalds dahinter trennten. »Erinnerst du dich nicht?«

»Ich erinnere mich nur noch an gestern nachmittag.« Das Mädchen war grün im Gesicht.

»Es muß am Wein und dem ganzen Bier gelegen haben.« Ein Hauch von Genugtuung lag in Brids Stimme, als sie den Faden ihres Märchens spann. »Wahrscheinlich tut dir deshalb der Kopf so weh.«

»Aber Vater erlaubt mir nicht zu trinken!«

Hal warf der Priesterin einen bösen Blick zu, dann widmete er sich dem verdutzten Mädchen in seinen Armen. »Jetzt müßt Ihr tapfer sein, Cybillia. Wir haben den Fluß durchquert, weil wir glauben, daß uns vaalakische Spione folgen, und wir wollen sie abhängen. Sie werden nicht erwarten, daß wir die Große Nord-Süd-Straße verlassen.«

»Aber ist es denn nicht gefährlich, die Straße zu verlassen?«

»Hört zu, ich weiß, was ich tue, und Ihr solltet auf mein Urteil bauen«, antwortete Hal bestimmend. Caspar fand es ganz gut, daß das junge Mädchen nicht den unabhängigen Geist ihrer Mutter geerbt hatte.

Die blonde Jungfer schien Hals Worte lammfromm und fügsam hinzunehmen und bedrängte ihn nicht weiter mit schwierigen Fragen. Ihr Gesicht war jetzt nicht mehr grün, sondern kreideweiß, und sie klammerte sich nur noch fester an den jungen Krieger. »Oh, Hal, werde ich bei Euch sicher sein?«

»Keine Sorge, liebreizende Lady, ich werde Euch vor allen Feinden schützen«, versicherte er ihr großspurig.

»Mir wird gleich übel«, murmelte Brid und zerrte ärgerlich an dem Seil, das die beiden reiterlosen Pferde mit ihrem Sattel verband. »Hier«, rief das Mädchen mit dem kupferbraunen Haar Cybillia zu, »nachdem du nun wach bist, kannst du mir deinen Klepper abnehmen.«

»Aber ich muß doch bei Hal bleiben.«

Hal strahlte von einem Ohr zum anderen und blickte liebevoll in die blaßblauen Augen des Edelfräuleins. »So gern ich Euch in meinen Armen halten würde, ist es doch nicht praktisch, Cybillia. Wir kommen besser voran, wenn Ihr Euer eigenes Pferd reitet«, erklärte er und hob das Mädchen auf ihr Roß.

Sie stapften durch den Schlamm und strichen durch das hohe Gras, das den Eichenwald umgab. Das grasende Vieh wurde aufgeschreckt und trabte davon, als sie näher kamen. Jedes der schwarzgesichtigen Tiere hatte ein Symbol in seine Flanke gebrannt, und Caspar überlegte einen Moment lang, bis er die Umrisse zweier Eimer unter einem seltsamen Schnörkel identifizierte. Er kannte dieses Symbol aus seinem Unterricht über die politische Aufteilung Belbidias. Es sollte ein Milchjoch darstellen. Sie hatten eben Jotunns benachbarte und rivalisierende Baronie von Nattarda betreten.

»Viehdiebe«, verkündete Cybillia und zeigte unerwartete Anzeichen von Wagemut in ihrer Stimme. »Das sind Ochsen aus Jotunn, und die Nattardianer haben sie gestohlen!«

»Woher wollt Ihr das wissen? Sie sehen alle genau gleich aus. Sie haben alle die gleiche Zeichnung – weißer Leib und schwarzes Gesicht –, und das ist definitiv die Rasse von Nattarda.«

»Er stiehlt sein ganzes Vieh von uns. Seht sie Euch an: Sie haben gute Knochen und schwere Muskeln, was bedeutet, daß sie als Zugtiere und nicht zum Schlachten gezüchtet wurden. Jeder weiß, daß die besten Zugochsen die aus Jotunn sind – meine Ochsen.« Das Mädchen war sichtlich empört und offenkundig der Meinung, Hal solle das gestohlene Vieh augenblicklich zurücktreiben. Dem Jungen lag das Hornvieh jedoch keineswegs am Herzen.

»Nun, vielleicht hat Euer Vater sie ihm verkauft. Schließlich verkauft er seine Rinder im ganzen Königreich und darüber hinaus«, meinte Hal.

»Nein, nicht an Wiglaf! Niemals!«

»Wir können jetzt nichts dagegen unternehmen, Cybillia.« Hal holte tief Luft und fuhr mit seiner vernünftigsten und gebieterischsten Stimme fort: »Wir müssen in diesem Eichenwald dort untertauchen, bis wir sicher sind, daß uns die Vaalaker nicht mehr folgen können.«

»Ich glaube nicht, daß hier Vaalaker sind. Niemand würde je versuchen, in Belbidia einzumarschieren. Wir sind zu reich und viel zu mächtig.«

»Überreif und bereit, gepflückt zu werden, meinst du. Hör zu, Cybillia«, warnte Brid, »du bist nicht mehr im Haus deines Vaters, und ein paar Ochsen sind von keinerlei Bedeutung, verglichen mit der Sicherheit des Reiches. Konzentriere dich einfach darauf, dein Pferd in Trab zu halten. Um anderes mußt du dir keine Sorgen machen.«

»Hal, Ihr könnt nicht zulassen, daß sie so mit mir spricht«, schmollte Cybillia.

Entschuldigend blickte der Junge in das verzweifelte Gesicht der jungen Dame. »Es tut mir leid, Cybillia, aber Brid hat recht. Ich werde Euch sicher nach Farona bringen, und es wäre für Euch leichter, wenn Ihr Euch nicht weiter mit Sorgen belasten würdet.«

Die Tochter des Barons sank in beleidigtes Schweigen und blieb auf ihrem Pferd zurück, murmelte etwas von ihren Rindern, dem schlammbespritzten Kleid und von Kopfschmerzen, während sie in das knisternde Herbstlaub der Eichen traten.

Als sie dem Pfad weiter in den Hirschwald folgten, raschelte das Dach aus goldenen Blättern über ihren Köpfen, als flüsterten die Bäume einander etwas zu. Eichhörnchen huschten hin und her, stöberten nach Eicheln, und Feuerschweif scheute bei den ruckartigen Bewegungen der kleinen Sammler. Allmählich schlossen sich die Eichenäste immer dichter um ihre Köpfe, blieben manchmal am vorderen Reiter hängen und peitschten auf die hinteren ein.

»Kannst du das Vieh denn nicht beruhigen, Spar? Es hetzt die anderen auf«, klagte Hal.

Der Pfad schlängelte sich dahin, führte sie immer tiefer in den Wald, wo er sich gabelte und verzweigte. An jedem Kreuzweg machten sie halt und stritten, wohin sie reiten sollten.

»Der Weg führt uns wieder nach Westen. Beim letzten Mal sind wir schon nach Westen gezogen: Wir müssen wieder nach Süden«, protestierte Caspar.

»Wenn überhaupt, dann ist das Norden, nicht Westen. Aber in jedem Fall ist es der rechte Weg«, hielt Hal dagegen.

»Wir haben uns verirrt. Ich wußte es. Wir haben uns verirrt«, jammerte Cybillia und klammerte sich fest an ihren Sattelknauf. »Ich will nach Hause. Ich will zu meinem Vater.«

Die engverwobenen Äste zerstreuten das Sonnenlicht, machten die Entscheidung schwer, in welche Richtung die Schatten fielen. Selbst Brid war unsicher, wendete ihre Stute im Kreis, versuchte sich zu orientieren. »An diesem Baum sind wir schon einmal vorbeigekommen. Da wohnt ein Dachs zwischen den Wurzeln. Ihr beide hättet nicht vorausreiten dürfen. Wir biegen nach rechts ab. Und, Hal, es ist Westen, genau wie Spar sagt. Du solltest manchmal auf ihn hören, weißt du.«

»Ha! Wenn wir darauf warten würden, bis Spar seine Entscheidungen fällt, stünden wir noch immer da und würden uns zu entscheiden versuchen, ob wir den Fluß überqueren wollen oder nicht.« Die Beleidigung war von Hals charmantestem Lächeln begleitet, was es Caspar unmöglich machte, die Bemerkung ernst zu nehmen. Und doch lachte Brid auf und erfüllte den Wald mit ihrem fröhlichen Lachen. Es hallte zu ihnen zurück, wurde von einem Baum zum nächsten geworfen, und augenblicklich beendeten sie ihren Streit und schwiegen.

»Die Bäume lachen uns aus«, flüsterte Caspar und wandte seinen Kopf von einer Seite zur anderen, fürchtete, die Bäume könnten näher kommen.

»Halt den Mund, Spar, du ängstigst Cybillia«, warnte Hal. Dabei sah er selbst nicht aus, als fühlte er sich allzu wohl.

»Laß mich durch, Spar«, forderte Brid, »wenn du das Lastenpony nimmst, reite ich voraus, und wir kommen schneller aus dem tiefsten Wald heraus. Hier reist es sich nicht gut, und dieser Ort ist zweifelsohne voller Dryaden. Ich habe das Gefühl, wir stören.« Sie löste das Pony von ihrem Sattel und reichte die Leine an Caspar weiter. »Also, beim letzten Mal sind wir links abgebogen. Ich erinnere mich an den Stamm von diesem Baum, also reiten wir nach rechts.«

Feuerschweif bestand darauf, den schmalen Pfad seitwärts entlangzulaufen, und bald schmerzte Caspars Arm, weil er durch die Leine langgezogen wurde. Das Lastenpony war stur und langsam, widersetzte sich allen Versuchen des Jungen, sich etwas zu beeilen. Als die Äste immer dichter wurden und der Raum zwischen Waldboden und Laubdach immer enger, mußte sich Hal flach an Elsters Rücken drücken. Ihre Größe machte es ihm schwer, unter überhängenden Ästen hindurchzukommen. Brid quetschte ihr Pferd an einem Brombeerstrauch vorbei, und die dornigen Peitschen der Zweige schlugen nach Feuerschweif, der böse jaulte und bockte, wobei er mit den Hinterbeinen nach dem Pony ausschlug. Caspar bemühte sich, die Leine fest im Griff zu behalten, da das Pony seinen Kopf hin und her riß und versuchte, den Hufen des Hengstes zu entgehen. Je mehr Caspar sich anstrengte, desto heftiger wehrte sich das Packtier. Der natürliche Instinkt des Pferdes, jeder Bedrohung auszuweichen, machte seine ganze Ausbildung zunichte. Wieder stürzte Feuerschweif voran und schlug wütend mit den Hinterläufen aus.

»Ruhig. Ganz ruhig!« flehte Caspar, wenn auch vergeblich.

»Kannst du nichts tun? Oh, bitte, Diamant ist so unruhig. Er fühlt sich an, als würde er gleich losrennen«, trug Cybillias wehleidige Stimme ihren Teil zum Durcheinander bei.

»Nein, kann ich nicht«, rief Caspar böse zurück und biß die Zähne zusammen. »Hal, halte ihr Pferd fest, bevor wir echte Schwierigkeiten bekommen.«

Elster blieb verläßlich und ruhig, ignorierte allen Aufruhr, den Feuerschweif anzettelte, und trabte zu Cybillias Pferd hinüber, ohne irgendein Anzeichen von Aufregung zu zeigen. »Das, Caspar, nennt man ein echtes Streitroß, nicht so ein launenhaftes, wildes Biest wie deins«, erklärte Hal, als er Diamants Zügel fest in seine Hand nahm. »Jetzt habe ich ihn, Cybillia, keine Sorge. Spar, tu was gegen dieses wilde Tier, bevor du in zwei Teile gerissen wirst. Du siehst wirklich albern aus.«

Es war zu spät: Feuerschweifs scharfer Huf traf das kleine braune Pony hart an der Brust, und schließlich schaffte es das Tier, seine Leine aus Caspars Hand zu reißen. Schreiend brach das Pony durch die trockenen unteren Äste eines alten Holunderstrauchs und trampelte dann durch die Brombeeren zwischen den mächtigen Eichenstämmen. Gleich darauf war das Tier verschwunden.

Trotz aller Aufregung machte Diamant noch immer nicht den Eindruck, als wollte er durchgehen, sondern stand ganz still, und nur seine Augen kündeten von der Angst.

»Oh, Mutter!« fluchte Brid, was auf der Miene des anderen Mädchens ein verdutztes Stirnrunzeln hervorrief. »Man sollte glauben, es wäre ein leichtes, durch einen Wald zu reiten. Ich dachte, du könntest mit Pferden umgehen.« Wütend sah sie Caspar an, der eifrig damit beschäftigt war, seinen Hengst vergeblich im engen Kreis zu wenden, um das Tier zu beruhigen.

»Nun, ich habe gesagt, daß Feuerschweif das fremde Pony nicht mochte.«

»Hast du nicht. Komm schon«, seufzte das Mädchen und trat ihr Pferd ärgerlich an. »Wir beide sollten es lieber holen. Hal kann bei dem Mädchen bleiben.«

Als sie nun zielstrebig unterwegs waren, wurden Feuerschweifs Schritte zu einem flüssigen Trab. Sie folgten dem Pfad aus abgebrochenen Ästen und niedergetrampeltem Unterholz in den Wald hinein. Wegen des dichten Dickichts war es unmöglich, noch schneller zu reiten, und Caspar gab sich alle Mühe, den Zweigen und Ästen zu entgehen. Ohne nachdenken zu müssen, lenkte er Feuerschweif mit sanftem Wadendruck, um das Pferd um die Äste einer Eiche zu bringen.

»Es kann nicht weit weg sein«, sagte Caspar optimistisch, doch nach einigen Minuten schwieriger Arbeit kamen ihm die ersten Zweifel. Brids kastanienbraunes Jagdpferd hatte sich die Flanke aufgerissen, und kleine Blutperlen traten hervor, wo die krallengleichen Stacheln eines Schwarzdorns es verletzt hatten.

»Wir werden Schwierigkeiten bekommen, den Rückweg zu

finden.« Besorgt sah Brid sich um, merkte sich im stillen jeden Baum, an dem sie vorüberkam.

»Keine Sorge, Brid. Wir haben einen breiten Pfad zurückgelassen.«

»Hm.« Sie klang nicht so sicher. »Darum mache ich mir keine Gedanken. Aber dieser Wald hat etwas Seltsames an sich. Er ist so alt.«

Ein Schauer lief Caspar über den Rücken, und wieder war ihm, als beobachteten ihn die Bäume mit warzenbesetzten Augen.

Sie drängten weiter. Je dichter der Wald wurde, desto deutlicher spürte Caspar, daß der Boden unter ihnen langsam abschüssig wurde. Die Luft war schwer und drückend geworden, als hätte sie sich seit tausend Jahren nicht bewegt. Eine unangenehme Unruhe kroch dem Jungen in die Knochen, als er an Cailleachs Wald und die schlangengleichen Hände dachte, die ihn in ihr Nest gezerrt hatten. Der Schauer lief an seinem Rückgrat hoch, und er rieb sich den Nacken. Tote Zweige schienen sich am Waldboden zu winden und zu strecken, was seine übermäßige Phantasie beflügelte. Schlangen. Er fragte sich, wie er auf Schlangen kam. Es ist nur ein Wald, sagte er sich, und ich suche nur nach dem Pony. Und trotzdem blieb das unangenehme Gefühl, daß er hier falsch war.

»Es ist merkwürdig hier«, flüsterte er.

Brid wandte ihm ihr verletztes Gesicht zu. Trotz der häßlichen Prellungen strahlte aus ihr ein Leuchten, als sei ein Kern von Glückseligkeit in ihrem Innersten entflammt. »Es ist wunderbar, meinst du.«

Caspar fragte sich, ob irgendein Baumzauber ihr Hirn verwirrt hatte. »Hier singt kein Vogel, alles ist still. Ich glaube nicht, daß wir noch weiterziehen sollten. Wir kommen auch ohne das Pony aus. Komm schon, Brid, reiten wir zurück.«

»Wovor fürchtest du dich?« seufzte sie mit verträumter

Stimme. »Es ist schön. Der Wald ist so alt. Die Bäume stammen aus Urzeiten. Hier scheint die Zeit unter ihren Ästen stillgestanden zu sein und die Essenz des Lebens bewahrt zu haben, bevor der Mensch die Mutter bekämpfte. Es gibt nichts, wovor du dich fürchten müßtest. Sieh dir die Bäume an. Es sind alles alte Bäume, die uralten Bäume der Weisheit und der Zauberei. Ihre Wurzeln reichen tief in die Erde zum Herzen der Mutter und bringen ihre Liebe und ihre reichen Gaben zu ihren Kindern herauf. Dies ist ein alter Ort der Liebe. Die Angst vernebelt deine Instinkte, Spar. Hör auf, dich zu fürchten.«

»Ich fürchte mich nicht!« Beherzt versteifte er die Schultern. »Ich habe keine Angst. Aber warum singt hier kein Vogel? Sag mir das. Es ist nicht natürlich. Hier ist es wie in diesem Wald, in dem der grüne Dämon wohnte.«

»Hier singt kein Vogel, weil sie uns belauschen. Seit Tausenden von Jahren war hier niemand mehr. Es ist ein ungestörter Ort, ein stiller Ort, unverdorben vom Tun des Menschen.«

Als sie tiefer in den Wald ritten, strahlte aus Brid eine tiefe, erfüllende Freude. Sanft strich sie über die gefurchte Rinde eines Kastanienbaums, dann über das weiche, grünliche Moos, das in einer dünnen Schicht die helle Borke einer Buche umgab. »Phagos, Baum der Wahrheit. Nie habe ich einen gesehen, der so alt und weise war wie du«, murmelte sie ehrfurchtsvoll. »Es ist lange her, seit die Dryaden auf Menschen gestoßen sind«, seufzte sie.

»Du täuschst dich!« sagte Caspar und kam abrupt zum Stehen. »Hör doch!«

»Was? Das ist nur wieder deine ängstliche Phantasie.«

»Nein, hör doch: Es ist Gelächter.«

»Wahrscheinlich nur ein Bach«, meinte sie und spielte an den harzenden Ranken einer Weißbirke herum. Der Rand des Waldes hatte hauptsächlich aus Eichen bestanden, doch nun scharrte eine wachsende Menge unterschiedlicher Arten ihre unteren Äste den beiden Reitern über den Rücken, als diese weiter in die Tiefe des Waldes vordrangen.

»Brid, hör doch«, flüsterte er harsch und packte ihren schlanken Arm mit fester Hand. »Hör auf, mit den Bäumen zu reden, und lausche.«

Hochmütig wischte sie seine Hand beiseite und sah ihn fragend an, doch dann zuckte ihr Blick zu einem leisen Geräusch, welches in kurzen Schüben durch die Bäume drang. Es war wie ein Murmeln, das durch stürmischen Wind entstand, jedoch war die Luft vollkommen ruhig. Brid stand in ihren Steigbügeln auf, beugte sich vor, gab sich alle Mühe, die Ursache dieses Geräusches zu identifizieren. Caspar machte den Mund auf, um etwas zu sagen, doch sie winkte ihm, er solle leise sein.

Da! Da war es wieder, gellend und fröhlich, sorgenfreies Lachen. Aber hier kann niemand leben, dachte Caspar bei sich. Dann stockte ihm das Blut in den Adern, als er sich die Elfen und Kobolde vorstellte, von denen die Leute in Weidenbrunn ängstlich berichtet hatten. Vielleicht waren es Wesen aus der Märchenwelt. Brid drängte ihre braune Stute voran, doch Caspar war von abergläubischer Angst gepackt.

»Brid, nein, es könnten Elfen oder so etwas sein.«

»Manchmal bist du wirklich tumb, Spar«, tadelte sie ihn. »Elfen! Woher hast du nur solche Ideen? So etwas gibt es nicht.«

»Du klingst wie Hal«, beklagte sich der Junge. »Wenn es Drachen und Trolle und grüne Ungeheuer mit sechs Armen gibt und all diese Dinge, von denen die Flachländer sagen, sie existierten nicht, nur weil sie sie noch nie gesehen haben, wieso kann es dann keine Elfen geben?«

»Elfen«, lachte sie und warf ihren schweren Haarzopf zurück, der sich wie ein Schal um ihren Hals gewickelt hatte.

»Elfen! So etwas gibt es nicht, weil sie nicht im *Buch der Namen* stehen.«

»Es gibt keinen Rauch ohne Feuer«, gab der Junge zurück.

»Ha! Elfen. Das ist doch nur Gerede von abergläubischen Narren. Du weißt doch, was Elfen in Wahrheit sind, oder?«

Caspar schüttelte den Kopf.

»Sie sind das alte Volk. Du kennst die alten Stämme von Belbidia, das Volk, von dem ich abstamme … und du zum Teil auch. Deshalb sind wir kleiner als die anderen. Als die Handelswege eingerichtet wurden, lange vor den Drachenkriegen, kam eine größere Rasse von Osten her und war dem alten Volk bald zahlenmäßig überlegen. Doch es gab zwischen ihnen nur selten Streit, da sich die alten Stämme an die wilderen, rauheren oder abgelegeneren Orte zurückzogen. Häufig wurden sie verachtet, weil ihre Sitten und Gebräuche anders waren. Seit der Mensch die Krume dieser Erde mit seinem Pflug beackert, mißtraute er dem alten Volk, das nichts anbaut, sondern nur die natürlichen Früchte der Erde sammelt und überschüssiges Wild und Wildschweine erlegt. Doch seit der Neue Glaube unser Land besudelt, ist das alte Volk zur Zielscheibe von Angst und Haß geworden.« Ihre Stimme schwoll an vor Leidenschaft. »Die Dörfler denken, wir huldigten dem Teufel, aber das tun wir nicht. Wir glauben nicht mal an ihn. Eine derart monströse Vorstellung kann nur eine Erfindung dieses neuen, männlich geprägten Glaubens sein.«

Ihre Augen leuchteten, und abrupt hielt sie einen Finger an ihre Lippen, als das Gelächter durch die stille Luft wallte. »Ich dachte nicht, daß noch welche übrig wären, nicht im Herzen von Belbidia, aber der Wald ist groß … Die alten Stämme«, flüsterte sie ehrfurchtsvoll, »ihr Blut fließt in meinen Adern und in den Adern deiner Mutter, Spar.«

»Wir sollten sie nicht stören«, warnte Caspar und war von Brids Erklärung noch immer nicht überzeugt. Er war ganz und gar nicht sicher, daß dieses Gelächter nicht ein Trick von einem bösen Baumgeist war. Noch immer konnte er nicht verstehen, wie die heidnische Priesterin an Geister, aber nicht an Elfen glauben konnte. Selbst seine alte Amme hatte ihn vor Elfen gewarnt. Brid jedoch ritt weiter, beachtete seine Proteste nicht, und er konnte doch ein junges Mädchen unmöglich allein und schutzlos in die Gefahr reiten lassen. Er schlang Feuerschweifs Zügel um seinen Knauf und langte nach seinem Köcher voller Pfeile und dem Bogen aus Elfenbein.

Das Lachen wurde lauter, und Caspar legte einen der Pfeile an die Sehne. Nach wie vor ritten sie sanft abwärts, doch die Bäume standen jetzt nicht mehr so dicht, und zwischen den verschlungenen Zweigen einer alten, blattlosen Buche sah Caspar eine Lichtung. Er trieb Feuerschweif einen Schritt voran und erstarrte, als ein Huf einen trockenen Zweig knacken ließ. Im stillen Wald war das Geräusch so laut wie eine von Catriks Schwefelbomben, und das fröhliche Lachen erstarb sofort.

Es herrschte tödliches Schweigen.

»Wir sollten uns lieber zeigen«, beschloß Brid. »Erschreck sie nicht, und – bei aller Liebe der Mutter – steck deinen Bogen weg.«

Caspar hingegen fand es besser, bewaffnet zu bleiben. Er zog seine Schulter an, um überhängenden Ästen auszuweichen, und folgte Brid auf die Lichtung. Als die Pferde auf das Gras hinaustraten, war das Quieken eines kleinen, nackten Kindes zu hören, das von Kopf bis Fuß schwarz vom Morast war. Das Kind lief weg und versteckte sich hinter einer Phalanx von sechs Männern, allesamt mit Bögen bewaffnet, welche sie unruhig auf die Eindringlinge richteten. Caspar riß seinen elfenbeinernen Jagdbogen hin und her und versuchte, sich zu entschließen, welchen er zuerst erschießen sollte, falls sie angriffen. Die Waldbewohner riefen über die Schultern hinweg um Hilfe. Brid hab ihre Hand weit in die Höhe zu einer universellen Geste des Friedens und Willkommens. Die kleinen, dunklen Menschen wirkten unsicher und riefen weiterhin um Hilfe.

»Leg deinen Bogen weg, Spar«, zischte sie. »Du brauchst ihn nicht, und außerdem hättest du nicht mal eine Chance, wenn es nur einer wäre.« Caspars männlicher Stolz war gekränkt. Auf Torra Alta hielt man ihn für sehr geschickt mit seinem Bogen, und die Burggarnison hatte den Ruf, die besten Bogenschützen ganz Belbidias zu beherbergen. Was wußten diese halbnackten, kleinen Männer schon von Waffenkunde? Nichtsdestoweniger ließ er den Bogen sinken und sah die Waldmenschen finster an. Sie waren mit Hirschfellen bekleidet, doch oberhalb der Hüfte meist nur nackt. Sie alle waren von kleiner und schlanker Statur, aber voller Grimmigkeit bewachten sie die Ansammlung geflochtener und lehmverschmierter Hütten. Immer wieder warfen die Bogenschützen unruhige Blicke auf die mittlere Hütte, und selbst Caspar war erleichtert, als endlich die Gestalt einer alten, grauhaarigen Frau am Eingang erschien und auf die Lichtung humpelte.

Auch sie war klein, doch wurde ihre Erscheinung durch ihren Kopfschmuck erheblich eindrucksvoller. Ihr silbernes Haar war vom Kopf, dem Geweih und einem kompletten Fell eines weißen Hirsches gekrönt. Die gespaltenen Vorderhufe des Tieres baumelten von ihren Schultern, verdeckten ihre faltigen, hängenden Brüste nur zum Teil. Um ihre Hüften trug sie einen Gürtel mit Hasenfüßen und Adlerkrallen, und unter den finsteren Verzierungen bildete bloße Hirschhaut einen schlichten Rock, der bis an ihre Waden reichte. Ihre Füße waren nackt.

Die Waldmenschen schienen ihrem Rat zu folgen und fügten sich ihr umgehend, als sie die Männer beiseite winkte und anwies, die Waffen sinken zu lassen. Ihre Augen waren voller Überraschung, als sie zu Brid auf ihrem Pferd aufsah, und ohne ein Wort sank die alte Frau in staunender Verehrung zu Boden.

Brid glitt von ihrem Sattel und lief zu der Schamanin, nahm ihre Hände und zog sie auf die Beine. In den Augen der Alten standen die Tränen, und ihr Mund bewegte sich, als wollte sie etwas sagen, doch es kam kein Wort heraus. Statt dessen hob sie eine Hand an ihre Brust gleich über dem Herzen, dann streckte sie die Arme über ihren Kopf, hielt die Finger aneinander, um mit Zeigefingern und Daumen einen Kreis zu formen. Brid erwiderte das Zeichen.

»Ich bin es, die geehrt ist.« Die Stimme der Jungfrau klang weich und anmutig. »Ich wußte nicht, daß es noch alte Stämme gibt. Ich hätte mir nicht einmal träumen lassen, daß es noch solche gibt, die nach den alten Sitten in heiligen Hainen leben.« Tränen, halb vor Freude und halb vor Trauer, rollten still und leise über die verletzten Wangen des Mädchens. »Daß es noch ganze Stämme der Alten gibt …«

Die alte Schamanin machte den Mund auf und befeuchtete ihre Lippen. »So lange lebe ich nun schon inmitten der Bäume«, sagte sie mit gebrochener Stimme. »Viele Generationen ist es nun schon her, daß wir zuletzt offen über freies Land geschritten sind. Die Knochen derer, die zuletzt frei durch die Täler des Landes streifen konnten, sind schon trocken und nichts als Staub. Wir verstecken uns vor den großen Menschen. Wir bleiben im Wald. Doch nun bist du zu uns gekommen. Die Jungfrau. Die Jungfrau ist gekommen, um den Boden und die Früchte zu segnen und neue Fruchtbarkeit in unser Haus zu bringen. Nun kann ich in Frieden sterben. Wir wollen Feuer entfachen und feiern.«

»Komm«, sagte Brid nur und nahm die Hand der Schamanin. »Wir müssen reden.« Sie führte die Frau hinter einen sorgsam gestapelten Haufen trockener Äste und Zweige, die bereits für ein Freudenfeuer bereitlagen. Feierlich nahm die alte Frau ein

Stückchen Glut aus einem immerwährenden Feuer, welches in einem Topf, der in ihrem Türrahmen hing, gehütet wurde. Sie trieb die Glut tief ins Herz des knisternden Zündholzbündels. Als die trockenen Zweige Feuer fingen und knisternd zu brennen begannen, hockten die beiden Frauen sich auf den Boden, kauerten, ins Gespräch vertieft, nah beieinander. Die alte Frau hob ihre faltige Hand, um zärtlich die Prellung im Gesicht der Priesterin zu berühren.

Trotz der tiefen Kluft zwischen Brids jugendlicher Kraft und den welken Jahren der Greisin gab es doch deutliche Ähnlichkeiten zwischen beiden. Brid hatte die gleichen großen Augen, die kleine, feine Nase und den Mund und auch das unverwechselbare herzförmige Gesicht. Besonders die Augen fand Caspar auffällig, als er in die Gesichter der Waldbewohner blickte, die ihn musterten. Sie alle leuchteten und strahlten entweder grün oder blau. Es gab weder Braun noch Grau. Brid hatte diese grünen Augen, und er wußte, daß er die lebhaft blauen Augen seiner Mutter besaß; es war deutlich, daß sie von den gleichen Vorfahren abstammten. Von seinem Vater hatte er etwas von der Statur geerbt, doch er fürchtete, daß er nie so groß wie Hal werden würde. Brid dagegen war ganz deutlich eine der Ihren. Wenn sie andere Kleider anlegte oder die Hälfte davon wegließe – eine Vorstellung, bei der Caspar beschämt verweilte –, konnte sie zwischen diesen Menschen stehen und würde nicht auffallen.

Brid war derart von dem Wunder entzückt, den verlorenen Stamm gefunden zu haben, daß sie sich um Caspar nicht kümmerte, der schweigend auf seinem Pferd saß und von den sechs Bogenschützen angestarrt wurde. Er grinste sie verlegen an, aber sie beobachteten ihn weiter mit eisigen Blicken. Feuerschweif spürte, daß die Spannung verflogen war, und schnaubte, warf seinen Kopf, so daß seine Kandarenketten klimperten. Er stampfte auf, da er sich bewegen wollte.

Endlich sprach einer von ihnen. »Hast du das Pferd geschickt?«

Caspar war so erstaunt über diese plötzliche Frage, daß er sich nicht vorstellen konnte, wovon sie redeten.

»Das Pferd«, fügte ein anderer mit Nachdruck hinzu und deutete auf das schwerbeladene Lastenpony, das selig im Schatten am Rande der Lichtung graste. Die Begegnung mit diesem seltsam primitiven Volk hatte den jungen Edelmann gänzlich vergessen lassen, weshalb Brid und er in diesen verschollenen Teil des Königreichs gekommen waren.

»Oh, das Pony«, sagte er wie benebelt.

»Ja, das Pony. Hast du es geschickt?« beharrte der Schütze. Noch immer war Caspar nicht sicher, was er mit »geschickt« meinte, doch er nickte zustimmend, um dem Gespräch auf die Sprünge zu helfen.

Die Bogenschützen grinsten, dann ließen sie die Bögen sinken und luden Caspar freundlich ein, auf ihre Lichtung hinauszureiten und sich ihren Festivitäten am Feuer anzuschließen. Er warf beide Füße hinten über den Sattel, sprang mit einer einzigen athletischen Bewegung ab und band Feuerschweif an den Ast einer Eiche. Caspar ließ sich auf einem aufgestellten Holzstück nieder und sah sich um, betrachtete die Lage des versteckten Dorfes mitten im Wald. Einer nach dem anderen kamen die Kinder und die Frauen aus ihren Hütten, um die Fremdlinge zu mustern und sich ums Feuer zu versammeln. Er fragte sich, wie lange Brid in das Gespräch mit der Schamanin verwickelt sein würde. Er war sicher, daß sich Hal inzwischen Gedanken darum machte, warum sie so lange fort waren.

Die Kinder waren von ihm fasziniert, kletterten auf seinen Schoß, zupften an seinem braunen Haar und inspizierten sein gewebtes Wollhemd. Der schlichte Stoff an sich war uninteressant, doch waren die Kinder von den goldenen und blauen

Mustern an Joch und Kragen fasziniert. Mit den gestickten Keilern, Hirschen, Jagdbogen und vor allem dem Wappendrachen war der Junge augenblicklich als Angehöriger einer mächtigen und reichen Familie zu erkennen.

Sooft er sie auch von sich hob und neben sich setzte, kamen sie doch immer wieder und klebten an ihm wie die Fliegen. Je verrückter es ihn machte, desto lauter lachten die Männer über ihn. Stück für Stück verflog die Schüchternheit des Jungen, und er lachte fröhlich mit.

Schließlich blickte Brid von ihrem Gespräch mit der alten Frau auf und breitete ihre Arme für die Kinder aus, die sich noch immer über Caspar hermachten. Sie liefen zu ihr, zwitscherten vor Aufregung, zogen an ihrem dicken Zopf und lösten die Strähnen, damit sie sich in ihr Haar einwickeln konnten. Brids unbeschwertes Lachen mischte sich mit dem der Kinder.

»Brid, wir müssen das Pony nehmen und zu den anderen zurück. Sie werden sich Sorgen machen«, versuchte Caspar, sie zu unterbrechen.

»Ach, nein, die können warten. Ich muß diesen Menschen meinen Segen geben.« Einer nach dem anderen kamen die Dorfbewohner zu ihr, um mit ihr zu reden und den Segen der Jungfrau zu empfangen, des jüngsten Teils der Trinität. Als die sechs Bogenschützen, die sich ihnen anfangs entgegengestellt hatten, schüchtern kamen, um mit ihr zu sprechen, kicherte sie und wandte sich Caspar zu. »Sie danken mir für das Lastenpony. Offenbar hast du es ihnen geschenkt.«

»Hab' ich nicht!« Doch dann wurde ihm klar, daß er die Waldmänner mißverstanden haben mußte, und er wurde ganz verlegen.

»Sie wollen sich bedanken. Ich finde, du warst sehr großzügig.« Sie grinste über seine hilflose Miene.

»Oh, Brid, kannst du ihnen nicht erklären, daß ich einen

Fehler gemacht habe?« Die Gesichter der Schützen wurden vor Enttäuschung lang, und Caspar wußte im selben Augenblick, daß er nicht den Mut hätte, das Geschenk zurückzufordern.

Brid lächelte böse. »Und natürlich die Bündel. Wir können herausnehmen, was für Farona nötig ist. Cybillias Kleider werden eine praktische Gabe für die Frauen sein. Sie können sie zerschneiden und allerlei Tücher, Bettzeug und Taschen daraus nähen.«

»Brid, das kannst du nicht machen.«

»Kann ich doch. Cybillia braucht sie nicht.«

Caspar schien es, als hätte diese Geste eher mit der Gehässigkeit gegen Cybillia zu tun als mit der Großzügigkeit dem alten Stamm gegenüber, doch er wollte mit der Jungfrau nicht streiten.

»Die Männer haben auch für dich ein Geschenk«, teilte sie ihm mit, und höflich stand Caspar auf, um die Gabe in Empfang zu nehmen. Sie hielten ihm einen schlichten Bogen hin. Verglichen mit seiner eigenen, mit reichen Schnitzereien und Arbeiten aus Elfenbein verzierten Waffe sah er einfach und wertlos aus. Dennoch nahm er ihn freundlich an und dankte ihnen höflich, fand jedoch, daß der Tausch gegen das stämmige Lastenpony nicht ganz fair war. Als sich seine Hand jedoch um den Schaft des Bogens schloß, staunte er, wie bequem und natürlich er in seiner Hand lag. Daraufhin betrachtete er ihn näher. Was anfangs wie ein einzelner fester Holzbogen ausgesehen hatte, entpuppte sich bei näherer Betrachtung als Schichtung verschiedener Materialien, die fest geklebt und verbunden waren.

»Der Kern besteht aus vielen dünnen Streifen Stechpalme, die mit Sehnen zusammengebunden sind.« Der älteste Bogenschütze sprach mit Stolz von seinem Handwerk. »Dann umwickeln wir das Holz mit Hirschknochen, binden sie mit Darm und nehmen schließlich den Klebstoff von den Hufen des

Hirsches, um es zu versiegeln. Wir formen den Bogen zuerst als Sichel wie der abnehmende Mond, aber wenn wir ihn bespannen, biegen wir den Bogen gegen seine natürliche Form und bilden einen zunehmenden Mond. Du wirst sehen, daß er stark ist, stark wie eine Stechpalme, aber dennoch leicht und schnell wie ein Hirsch, der das fliehende Rudel durch den Wald lenkt.«

Caspar war beeindruckt. Er strich über das Holz und zupfte an der strammen Sehne. Wiederum dankte er ihnen, diesmal mit tiefempfundener Aufrichtigkeit.

Brid nickte zufrieden, als sie die Waffe bewunderte. »Die Stechpalme besitzt den Segen der Kraft im Kampf. Sie braucht keine Runen, um ihre Kraft zu steigern, denn der Zauber wohnt den Materialien inne.«

Ein alter Mann, der Feuerschweif aus der Mitte der Jüngeren seines Stammes geführt hatte, kam herübergeschlendert und ließ sich steif auf dem Holzblock neben Brid und der Schamanin nieder. Er lächelte sie wortlos an und beugte sich vor, um einen Zweig aufzuheben, den er in zwei Teile brach, von denen er die eine Hälfte ins Feuer warf und nachdenklich betrachtete, wie sie brannte. Als sie zu glühender Kohle verbrannt war, drehte er die andere Hälfte, die er noch in der Hand hielt, um und kratzte damit Zeichen in die Erde zu seinen Füßen. Sein Tun wirkte fast, als dächte er nicht nach, bis er die alte Schamanin anstieß und auf die Muster am Boden deutete. Fragend blickte sie ihn an, doch als er auf Feuerschweif zeigte, stand sie auf und humpelte mit ihm zu dem Rotschimmel hinüber.

Caspar sprang auf und eilte hinüber, um dem Pferd den Kopf zu halten und sicherzugehen, daß sein temperamentvolles Roß keinen Ärger machte.

Die alte Frau betrachtete den Brustschild, der Feuerschweif schützte. Caspar verstand nicht, was am Harnisch eines Pferdes so interessant sein sollte. Der Brustschild war nur eine geschmiedete Metallplatte mit dem Wappen von Torra Alta darauf. Das Emblem zeigte einen sich aufbäumenden Drachen, dessen Schädel von einer langen Lanze durchbohrt war, doch war der Schmied nicht eben sorgfältig gewesen, als er das Metall bearbeitet hatte, und so war das Muster undeutlich und zerkratzt.

»Er ist ein Suchender«, erklärte der alte Mann. »Sieh doch, hier steht es am Pferd. Ich kann die Runen lesen«, sagte er stolz, wollte offensichtlich sein Wissen kundtun. »Er ist ein Suchender.«

»Seit Menschengedenken hat es keine Suchenden mehr gegeben, noch bevor die großen Menschen kamen«, sagte die alte Frau und widersprach dem Mann.

Er blähte seine eingefallene Brust auf. »Aber ich kann die Runen lesen«, beharrte er. Er strich mit dem Finger über die Sichel, zeichnete die Linien nach. »Es ist das Zeichen des Suchenden.«

Brids Miene war vor Konzentration und Staunen ganz gespannt, doch dann wurden ihre Augen groß. »Mutter! Es ist mir nie aufgefallen. Spar, sieh dir das Muster an.« Sie zeichnete die Rune mit dem Finger nach. »Die Rune ›Rad‹, die eine lange Reise zu Pferd bedeutet. Es ist die Rune, welche die Suchenden angenommen haben. Der alte Mann hat recht. Ich glaube es nicht.«

»Was ist ein Suchender?« fragte Caspar, der nicht verstand, was der ganze Aufstand sollte.

»Vor den Drachenkriegen, als die alten Stämme frei im ganzen Land lebten, gab es viele Druiden. Unter diesen gelehrten Männern wurden einige auserwählt, eine Sekte zu bilden, die man die Suchenden nannte. Sie widmeten ihr Leben dem Studium der Runen und bereisten die bekannte Welt, um uns Erleuchtung zu bringen. Du bist ein Runensuchender.«

Der Junge betrachtete den Panzer und mußte zugeben, daß die deutlicheren Linien ein Muster bildeten, doch die Runen bedeuteten ihm noch immer nichts.

»Welche Runen suchst du, mein Kind?« fragte die Schamanin.

»Die Runen, die uns zu dem Druiden-Ei führen.«

»Sprich nicht so grob von einem solchen Ding.« Die Greisin packte seine Hand, und Tränen traten in ihre Augen. »Wer weiß, welche Mächte lauschen, welche Geister in den Bäumen lauern? Nur ein Suchender kann das Ei der Macht finden, doch viele begehren es, und wenn sie erfahren, daß du ein Suchender bist, werden sie dich jagen, bis du sie dorthin führst.«

»Aber da ist doch niemand, der mich hören könnte«, protestierte Caspar.

»Ich sagte nicht *jemand*. Es könnte *alles* sein ... also schscht! Wenn du das Druiden-Ei findest, wird sich der Lauf der Welt verändern. Wir werden frei sein, die alten Sitten und Gebräuche kehren zurück, und das Land wird wieder unser sein. Aber«, und sie ließ den Kopf hängen und blickte traurig zu Boden, »es ist seit langem schon verloren. Dort draußen in der freien Welt gibt es einen neuen Gott, und der hat die Runen, die vom Druiden-Ei künden, versteckt. Die Runen sind verloren.«

»Wir werden sie finden. Wir müssen sie finden. Die Göttin selbst hat uns auf diese Suche geschickt. Ein schlimmeres Übel droht, weit schlimmer als die großen Menschen oder auch ihr neuer Gott. Es gibt einen grausamen, kalten Gott, Vaal-Peor, der sein Volk aus den Nordlanden treibt, und sie kommen zu Tausenden, zu Hundertausenden, und sie kennen nur den grausamen Tod. Wir müssen sie aufhalten, da sie sonst den Schnee mitbringen. Wir werden das Druiden-Ei finden«, fügte Brid nachdrücklich hinzu. »Wir müssen.«

»Ihr wollt in der großen Siedlung suchen? Ich habe von der

großen Siedlung gehört. Einige der Jüngeren schleichen hinaus, um die Außenwelt zu erkunden, während der Dunkelheit, um von den großen Menschen nicht erwischt zu werden. Manche kehren zurück und erzählen ihre Geschichte. Andere sehen wir nie wieder«, sagte die alte Frau tieftraurig. »Nach allem, was ich höre, ist die große Siedlung ein übler Ort«, warnte sie. »Wo einst Täler und hohe, edle Bäume waren, ragen nun die geborstenen Knochen der Mutter hoch in die Lüfte und können nie mehr heilen.«

Caspar hörte freundlich zu, aber er verstand nicht so recht, wovon die Schamanin redete.

»Ich hätte wissen müssen, daß ihr die Runen sucht. Es hat Omen gegeben, Boten des Wandels. Am Abend der Wintersonnenwende wurde kein Zaunkönig gefangen, der Weißdorn hat nicht geblüht, das Untier ist frei, und wilde Männer verstecken sich im Dunkel. Beim Anzeichen solchen Übels seid ihr wiederauferstanden, um uns alle zu beschützen, die alten Stämme wie auch die großen Menschen. Wir müssen uns allesamt erheben und zusammenstehen.« Theatralisch breitete sie die Arme aus. »Ihr müßt vorsichtig sein und euch sputen.«

Brid gab ihr recht. Sie hatten sich schon zu lange in der Tiefe des Waldes aufgehalten. Sie küßte die alte Frau auf die Stirn und drückte viele der Kinder fest an sich, bis sie dann auf ihr Pferd stieg und wieder im Gold und Kupfer des Herbstwaldes verschwand.

»Wovon hat sie da geredet, welches Untier und welche Männer?« fragte Caspar, der sich mit den heidnischen Ritualen unwohl fühlte. Ihm wurde klar, daß seine Mutter wohl an dieselben Dinge glaubte.

»Sie muß gemeint haben, daß wir uns vor Vaal-Peor und den Vaalakern vorsehen sollen«, sagte Brid gedankenverloren. »Wir haben uns zu lange Zeit gelassen. Komm, beeil dich.«

Ich kann nichts dafür, daß wir so lange gebraucht haben,

dachte Caspar ärgerlich, doch er beeilte sich dennoch. Er duckte sich und zuckte zusammen, als ihm der Ast einer Stechpalme über das Gesicht kratzte. »Und was hat sie mit den geborstenen Knochen der Mutter gemeint?« fragte er.

»Was?« Brid war offenbar noch immer in Gedanken und brütete über dem Wunder, einen ganzen Stamm des alten Volkes gefunden zu haben. »Oh, die geborstenen Knochen der Mutter. Die Steinbauten natürlich. Die Materialien werden aus der Erde gegraben und hoch aufeinander gestapelt. Als das alte Volk Häuser baute, haben sie nur Material benutzt, das über der Erde wächst und eines Tages verrottet und wieder zu Staub wird. Weder stören sie den Boden, noch fügen sie ihm sonstwie Schaden zu, der das Antlitz der Erde für immer verändern könnte. Die Steine sind die Knochen der Mutter Erde. Die alten Stämme wollen ihr nicht schaden, sie nicht verändern. Sie lieben sie einfach.«

Vogelstimmen kehrten in den Wald zurück, und Caspar schien die Welt unter den Bäumen tatsächlich ein ruhiger und sorgenfreier Ort zu sein. Der Friede wärmte ihn. Doch dann klang der warnende Ruf einer Elster durch die Bäume. Er hatte das unheimliche Gefühl, daß ihnen etwas Merkwürdiges folgte, ihnen etwas Körperloses auf den Fersen war, sich im Dunkel hielt und hinter den dicken Eichenästen verbarg. Einen Moment lang schreckte selbst Brid zurück, doch dann glättete sich ihre faltige Stirn.

»Wahrscheinlich nur eine Dryade«, sagte sie beruhigend.

Noch immer versuchte Caspar, das unheimliche Gefühl abzuschütteln, doch dann verdrängte seine Sorge um Hal die abergläubischen Befürchtungen aus seinen Gedanken. Er fürchtete, daß sein Onkel vor Sorge schon ganz außer sich war. Er wußte nicht genau, wie lange sie in den Tiefen des Waldes gewesen waren, da man die Sonne durch die verwobenen Finger der Äste über ihnen nicht deutlich hatte sehen können, aber er schätzte, daß es mindestens eine Stunde gedauert hatte. Er fragte sich, ob es bloßer Zufall gewesen war, daß das Pony in einen heiligen Hain geplatzt war, oder ob die Mutter das Tier dorthin gelenkt hatte. Er betastete die Sehne seiner neuen Waffe, die neben dem verzierten Jagdbogen um seinen Rücken hing. Es war ein wertvolles Geschenk, und er konnte es kaum erwarten, es zu probieren und Hal zu zeigen.

»Ich kann den Pfad sehen«, rief Brid freudig, als sie ihr Pferd an einem Holunder vorbeidrückte, so daß die geschmeidigen Zweige Caspar ins Gesicht peitschten. Feuerschweif schnaubte und schob sich um einen Ast herum, strich an den Zweigen entlang, bis auch der Junge die grob gehauene Lichtung und den blättrigen Pfad erkennen konnte.

»Hal!« rief er eifrig, um seinem Onkel zu verkünden, daß er kam. »Wir sind wieder da, wir sind hier. Hal!«

Es kam keine Antwort.

»Hal! Hal!«

Der Junge schützte sein Gesicht in seiner Armbeuge, während Feuerschweif sich durch die Äste einer Stechpalme zwängte, und endlich waren sie wieder auf dem freien Pfad. Unruhig suchte Caspar den Weg nach Spuren ihrer Gefährten ab, doch es waren keine zu sehen. Vielleicht hatten sie die Spuren des durchgegangenen Ponys mißdeutet und waren versehentlich einer gänzlich anderen Route gefolgt. Vielleicht hatten sie sich verirrt. Vielleicht hatte Hal vom Warten genug und war weitergeritten, oder vielleicht …

Seine Gedanken wurden von Brid unterbrochen, die ihrem Pferd plötzlich die Sporen gab, so daß es zu galoppieren begann und wild den Pfad entlanglief. Feuerschweif spurtete ihr hinterher, ließ kein Rennen aus. Hundert Schritte liefen sie, bis Brid ihr Pferd schlitternd direkt vor dem Hengst zum Stehen brachte und Feuerschweif fast in sie hineinlief. Brid war bereits abgestiegen und ließ ihre braune Stute laufen.

Endlich wurde Caspar klar, was Brid gesehen hatte, als sie einen Fetzen Stoff von einem gegabelten Ast nahm. Der Stoff war dunkelrot, mit einer Verzierung aus goldenem Faden am Rand. Es konnte kein Zweifel daran bestehen, daß der Fetzen von Cybillias Kleid stammte. Eine kalte Vorahnung ließ Caspars Herz fast stocken.

Brid hielt ihm den Stoff hin. Ihr Gesicht wurde ganz blaß. »Sie sind weg. Man hat sie gefangengenommen …«

KAPITEL 11

Spuren eines Kampfes waren am Boden zu erkennen. Halbmondförmige Klumpen, die aus dem harten Boden des Pfades geschlagen waren, zeigten, wo sich wirbelnde Hufe im Tanz gedreht hatten. Caspar stieg ab, zog Feuerschweif an den Zügeln hinter sich her, als er sich bückte, um die Spuren zu lesen. Er folgte den Hufabdrücken den Pfad entlang und fand dort weitere Kleiderfetzen und abgebrochene Äste, wo die Bäume zu beiden Seiten von den streitenden Pferden eingedrückt worden waren. Helles Blut war an der Borke einer Weißbirke auszumachen, und deren Wurzeln tranken von einer dunklen Flüssigkeit, die den Waldboden benetzte. Caspar betete, daß es sich nicht um Hals Blut handeln möge, und genau der gleiche Gedanke bewegte anscheinend auch Brid.

»Hal«, murmelte sie und faßte sich an die Brust. »Hal …« Ihre Worte gingen verloren, als der erste Regen seit Wochen durch die trockenen Äste auf den staubig-harten Pfad prasselte.

»Vaalaker.« Caspar sprach den Namen ihrer Feinde aus wie eine Gotteslästerung.

»Aber sie können uns hier nicht aufgespürt haben, so tief im Wald. Das können sie nicht, nicht mehr, nachdem wir unser Abbild im Auge mit Vogelbeerenrauch verschleiert haben«, wandte Brid ein.

Caspar schob die Augenbrauen hoch, dachte, sie hätte sich vielleicht nicht ausreichend konzentriert, als sie den Zauber sprach. Vielleicht war sie allzusehr mit dem Gedanken an Hal beschäftigt gewesen. Allerdings traute er sich nicht, Brid eine solche Bemerkung offen ins Gesicht zu sagen. »Es müssen Vaalaker sein. Niemand sonst würde uns in unserem eigenen

Land angreifen. Vielleicht folgen sie uns nicht mit Hilfe der Magie. Vielleicht benutzen sie einfach ihre Augen und Ohren.« Seine Stimme wurde schrill und panisch, als er daran dachte, daß der Feind vielleicht so nah war. »Wir müssen sie finden.«

Er schwang sich auf Feuerschweifs Rücken und trabte an, hing weit vom Pferd herab, um den Boden nach Spuren abzusuchen. Er war nicht mehr als fünfzig Schritte weit gekommen, als er etwas im Augenwinkel bemerkte und Feuerschweif zum Stehen brachte. Er sprang zu Boden, um etwas zu untersuchen, das in smaragdgrünes Tuch gewickelt war und knapp außer Armeslänge unter den Dornen eines Brombeerstrauches lag. Er fand einen Zweig und begann, damit unter dem Busch herumzuscharren, zog das Ding über den Boden zu sich hin.

»Was ist es?« fragte Brid, als sie neben ihm kniete.

»Weiß nicht«, knurrte der Junge, als es ihm gelang, das Ding zu verhaken und herauszuziehen. Angewidert trat er zurück und ließ den Ast fallen, doch Brid trat vor und hob es ohne Hemmungen auf. »Nicht anfassen!« warnte er sie.

»Nun, sie kann mir nichts mehr tun, Spar. Sie ist tot.«

»Aber es ist eine Hand! Eine abgeschlagene Hand.«

Sie warf ihm einen kalten Blick zu, gab ihm das Gefühl, als wäre seine Reaktion auf das gräßliche Körperteil kindisch und schwach. Er schüttelte sich und trat ein Stück weit vor, um es sich genauer anzusehen. Die Hand war groß und grob, mit dunkler, rauher Haut und kurzen, stummeligen Nägeln, die von einem harten Leben kündeten. Nun, zumindest war es nicht Hals … und auch nicht Cybillias.

Brid warf die Hand wieder in die Brombeeren. Schweigend stiegen sie auf und trieben ihre Pferde an.

Wie lange waren sie fort gewesen? War Hal tot oder lebend gefangen worden? Wohin wurden sie gebracht? Caspars sorgenvolle Gedanken stürmten durch seinen Kopf. Je mehr Sorgen er sich machte, desto schneller trieb er Feuerschweif an, und das eifrige Tier streckte sich zu einem unklugen Galopp. Die rote Mähne schlug Caspar ins Gesicht, als er sich weit über den Hals des jungen Hengstes beugte, um sich den ungeschützten Schädel nicht an den vorüberfliegenden Ästen einzuhauen. Ein- oder zweimal schlug ein Ast an seinen Oberschenkel und riß ein Loch ins Hirschleder, doch er merkte es nicht. Adrenalin schäumte in seinem Blut, sperrte allen Schmerz aus. Er konzentrierte sich auf einen einzigen Gedanken: Hal zu retten.

Der Weg schien Meilen lang zu sein, aber Feuerschweif wurde nicht müde, als Caspar ihn drängte, den gnadenlosen Schritt beizubehalten, während seine Gedanken die verschiedenen Unbilden durchspielten, die seinen Onkel heimgesucht haben könnten. Selbst wenn sie mehrere Stunden fort gewesen waren, könnten die Angreifer Hal eben erst überfallen haben und waren vielleicht nicht weit voraus. Caspar rief sich in Erinnerung, daß er nicht leichtsinnig in ihre Mitte stürmen durfte, so daß man auch ihn gefangennahm. Er hoffte, Brid wäre weit genug zurück, damit nicht auch sie in Gefahr geriet.

Tageslicht voraus warnte ihn, daß sie sich einer Lichtung näherten. Er riß an den Zügeln, bremste Feuerschweif, der nun dampfte und von schaumigem Schweiß überzogen war.

»Ruhig, Junge«, murmelte er. »Ganz ruhig.« Er versuchte, den Hengst langsam voranschreiten zu lassen, doch Feuerschweif war nach dem Galopp zu aufgebracht und zappelte mit nervösen Schritten seitwärts. Der Junge machte halt und band das Tier an einen Baum, damit er sich unbemerkt anschleichen konnte, um die Lichtung voraus in Augenschein zu nehmen und zu vermeiden, daß er einfach so ins Freie platzte.

Die hohen Schreie eines Mädchens machten deutlich, daß er Cybillia und seinen Onkel endlich eingeholt hatte. Je näher er schlich, desto lauter und ängstlicher wurden die Schreie.

»Nimm deine schmierigen Finger von mir, du ... du Tier! Nimm deine Finger von mir, sonst wird mein Vater jeden einzelnen von euch jagen und hängen und rädern und vierteilen lassen.«

Das schrille weibliche Geschrei rief nur häßliches, dunkles Gelächter hervor.

»Dann holt uns der Baron, müßt ihr wissen. Der große, mächtige Baron. Ich fürchte mich schon jetzt«, höhnte eine quiekende Stimme.

Caspars einzige Erleichterung war, daß die spöttischen Scherze in einem fremden Akzent gesprochen wurden, der definitiv nicht vaalakisch war.

»Dann wird sie ein hübsches Lösegeld einbringen«, sagte eine andere Stimme ganz ruhig. Es war eine rauhe, harte Stimme, die in der Kehle knurrte, wie bei jemandem, der sein Leben lang zuviel Bier getrunken hatte. »Mmhm, einen hübschen Preis. Also nimm deine dreckigen Pfoten von ihr, Squit. Sie ist mehr wert, wenn du sie nicht begrabscht hast.«

Caspar lauschte ihren Stimmen und kam zu dem Schluß, daß sie zwar allesamt untereinander Belbidianisch als gemeinsame Sprache benutzten, doch aus verschiedenen Ländern kamen. In allen Ländern am Caballischen Meer war es üblich, sich auf Belbidianisch zu unterhalten, da das Land weiter als jedes andere Handel trieb, und die praktische Sprache wurde überall gut verstanden.

Ein mitleiderregendes Wimmern um Gnade kam von dem Mädchen aus Jotunn, gefolgt von einem männlichen Geheul knurrender Qual, das mit einem dumpfen Schlag beendet wurde. Es folgte eine Sekunde der Stille, bis Hals bittere Stimme durch die Luft schnitt. »Ich töte dich. Ich schwöre, ich töte dich, wenn du sie noch einmal anrührst.«

Hal, du lebst, dachte Caspar dankbar, während er sein Hirn nach einem Plan durchforstete.

»Du siehst wirklich gefährlich aus, gefesselt wie ein Eselhase, der gebraten werden soll«, höhnte Squit erneut. »Du bist nicht in der Lage, mir zu drohen. Du bist nicht *mein* Lord.«

»Ich sagte, ich werde dich töten.« Hals Stimme war kaum mehr als ein Zischen. »Und das werde ich.«

»Squit! Komm hier rüber. Bolga, paß auf den Winzling auf.«

Caspar kroch durch das dichte Unterholz und schlich an den Rand der Lichtung, um besser sehen zu können. Er schob sich unter den niedrigen Ästen durch und spähte durch die verblühten Zweige eines Adlerfarns.

Ein großer, verwahrloster Grobian mit schieferschwarzer Haut hatte seine Faust grob um den Hals eines kleinen Soldaten gelegt und gab ihm eins über die Ohren. Ein erstickter Schmerzensschrei war zu hören. »Wenn der Chef dir sagt, du sollst die Ware nicht anrühren, Squit, rührst du sie nicht an. Kapiert?«

Caspar schätzte, daß mindestens ein Dutzend Männer um Hal und Cybillia versammelt waren. Die meisten der Söldner waren offensichtlich Fremde, und nach den verschiedenen Akzenten zu urteilen, den verschiedenen Hautfarben und der unterschiedlichen Kleidung, stammten sie aus fernen Ländern. Manche waren pechschwarz, andere bronzefarben, und manche hatten die rötlichbraune Farbe von Haut, die unter der Sonne des Südens verbrannt war. Das Edelfräulein aus Jotunn war mit den Händen hinter dem Rücken gefesselt. Hal war von Kopf bis Fuß mit mehreren Stricken fest verzurrt und zappelte, um sich freizukämpfen. Du mußt ihnen das Leben wirklich schwergemacht haben, Hal. Caspar grinste vor sich hin. Einige Männer stöhnten leise am Rande der Lichtung, und zwei weitere hoben eine große, rechteckige Grube aus. »Wie groß soll ich das Loch für Ostro und Troas machen?«

»Mach es lieber so groß, daß es für drei reicht. Xavios sieht ohne seinen Arm auch nicht sonderlich gesund aus«, bemerkte ein anderer herzlos. »Wer hätte gedacht, daß ein einziger

Mann, noch dazu einer, der nicht mal ausgewachsen ist, drei niederstrecken kann. Und erfahrene Männer noch dazu.«

Ein nicht mehr ganz junger Soldat schwang Hals Runenschwert und schritt dabei auf und ab. Er hatte einen kahlen Schädel und eine alte Narbe quer durchs Gesicht, die seinen Mund ständig häßlich grinsen ließ. »Der Baron von Jotunn, ja? Nun, *davon* haben die Barbaren mir nichts gesagt, oder? Ändert alles, stimmt doch, oder? Ändert wirklich alles.«

»Laß sie einfach laufen, Gatto.« Ein junger, selbstsicherer Mann stand auf. Er hatte einen deutlich belbidianischen Akzent, obwohl seine Haut fast so dunkel wie die des Fremden war. »Deine Entscheidungen waren in letzter Zeit nicht so glücklich. Wir wollten eigentlich an die Nordgrenze ziehen, um unsere Dienste Belbidia anzubieten, wie du versprochen hattest, und nun das. Laß die Kinder laufen. Versuchen wir wenigstens, ein ehrliches Leben als Krieger zu führen.«

»Das können wir immer noch. Es spricht nichts dagegen, unterwegs etwas zu verdienen. Ich kann das Geld von den Nordmännern nehmen und sie dann töten.«

»Aber das hier sind Belbidianer, und belbidianische Edle dazu. Du hast uns gesagt, daß die Vaalaker hinter Reisenden her sind, die sich mit Magie umgeben. Belbidianern will ich keinen Schaden zufügen.«

»Du nimmst den Mund etwas zu voll, was?« Der alte Anführer schlenderte zu seinem Herausforderer und starrte den jüngeren Mann an, bis dieser sich abwandte. »Ohne mich wärst du ein Nichts. Daß du mir das nicht vergißt. Einmal Söldner, immer Söldner. Du hast deine Rechte als Belbidianer in dem Moment verloren, als du dich mir angeschlossen hast.« Er stieß den großen, aufrührerischen Mann von sich. »Hört zu, Männer, der Baron von Jotunn ist ein reicher Mann. Die Nordmänner haben uns fünfhundert Goldkronen geboten, aber das galt für alle, für alle fünf. Wir haben aber nur zwei.«

Hetta ist entkommen, dachte Caspar erleichtert.

»Nun, dann sind es eben zweihundert Kronen«, rechnete einer der Leichengräber.

»Ja, oder gar nichts, außer eingeschlagene Schädel, was wahrscheinlicher ist«, fügte der kleine, giftige Söldner markig hinzu.

»Hört auf unseren kleinen Squit hier«, fuhr Gatto fort. »Wir wissen nicht viel über diese großen Männer mit ihren Äxten, oder? Wir wissen nicht mal, ob sie das Geld überhaupt haben. Aber ich weiß, daß der alte Bulle von Jotunn stinkreich ist. Er gibt uns zehnmal soviel, allein für seine Tochter.«

Eine leichte Berührung in Caspars Nacken ließ den Jungen aufschrecken, und er fuhr herum, bereit, zuzuschlagen.

»Oh, Brid«, hauchte er, »du bist es. Was sollen wir tun?«

»Was geht hier vor sich?« Sie robbte neben ihn und schob den Farn ein Stück beiseite, um einen besseren Blick auf die Lichtung zu bekommen.

»Söldner«, flüsterte Caspar. »Da ist ein Belbidianer unter ihnen. Die Vaalaker haben sie bezahlt, damit sie uns fangen. Schscht! Hör zu.«

Der trotzige Söldner richtete sich zu seiner vollen Größe auf und meldete sich erneut zu Wort. »Ich bin nicht glücklich damit. Wir sind in den Norden gezogen, weil wir gehört haben, daß sich hier ein Krieg zusammenbraut und Belbidia für unsere Dienste zahlen wollte. Nur war nicht abgesprochen, daß ich gegen meine eigenen Landsleute kämpfen soll.«

»Macht es einen Unterschied, solange wir bezahlt werden?« knurrte Gatto mit seiner tiefen Reibeisenstimme. »Du kannst gehen, wenn du nicht glücklich bist.«

»Wir sind Landsknechte, keine Banditen. Wir werden nicht dafür bezahlt, hilflose Damen zu entführen.« Der belbidianische Söldner hatte dunkelbraunes Haar, aus dem blonde Strähnen fielen, wo die Sonne es ausgebleicht hatte. Eng zusammenstehende Augen unter geraden Augenbrauen funkelten seinen Anführer trotzig an.

»Oh! Plötzlich haben wir Moral, was?« spottete Gatto.

Caspar streckte sich seitwärts zu Brids Ohr hin. »Wir brauchen einen Plan, Brid. Wie kriegen wir sie da raus?«

»Ich weiß es nicht.« Ein Anflug von Sorge lag in ihrer ansonsten ruhigen Stimme. »Ich denke nach. Es sind viele.«

Plötzlich schnitt Feuerschweifs unverkennbares, heiseres Wiehern durch die Luft.

»Sie haben Feuerschweif. Ich bring' sie um! Wenn sie meinem Pferd was tun, bring' ich sie um.«

Die Unruhe auf der Lichtung wuchs, als einer der Männer vom Pfad her um Hilfe rief. »Hier sind irgendwo noch mehr. Seht, was ich gefunden habe! Noch zwei Pferde.«

»Los, sucht sie. Es sind nur Kinder. Lauft und bringt sie mir. Ich will meine fünfhundert Kronen«, brüllte der kahle Anführer, und seine narbige Miene wurde schwarz vor Zorn.

»Dieser Junge da hat drei von uns erwischt, obwohl wir sie überrascht haben«, merkte einer der Soldaten an, während er sich besorgt auf der Lichtung umsah. »Falls da noch mehr mit solchen Schwertern sind, fehlen bald noch ein paar Körperteile.«

Brid zog Caspar am Kragen. »Komm mit, mir nach.« Sie schoben sich rückwärts durch den Farn, bis sie auf gleiche Höhe mit einer Stechpalme kamen. »Mach eine Räuberleiter.«

Caspar legte die Hände ineinander und bildete einen Steigbügel, damit Brid in seine Hände treten konnte, und er hievte sie hoch, so daß sie an die unteren Äste heranreichen konnte. Von dort aus schwang sie ihre Beine hoch, hakte sie über einen Ast und verschwand dann im Dickicht der spitzen Blätter. Ihr Arm fiel herab, um Caspar im Gegenzug die Hand zu reichen. Seit der Junge gesehen hatte, wie sie im Keilerwald mühelos in die luftigen Äste einer Silbertanne geklettert war, konnte es ihn nicht mehr überraschen, wie schnell das Mädchen Bäume erklomm. Doch die Kraft in ihren kleinen Händen verblüffte ihn immer noch.

»Hier oben finden sie uns nicht«, versicherte sie ihm.

Die Spitzen der Palmenblätter stachen in Caspars Haut und kratzten über sein Gesicht, doch der Baum bot mit seinem dichten, immergrünen Laub einen weit besseren Schutz als alle hübschen Buchen oder Eichen. Er hob seine Beine an, damit sie nicht aus dem Schutz der Äste hingen, und drehte sich um, wobei er versuchte, so leise wie möglich zu atmen. Er hätte sich nicht darum sorgen müssen, daß man ihn hören würde, da Feuerschweifs Wiehern alle anderen Geräusche im Wald erstickte.

»Ich brauche Hilfe mit diesem Pferd. Geh mir doch einer zur Hand! Ich wette, dieses Tier ist wertvoller als alle Perlen in Belbidia. Um Himmels willen! Ich kann es nicht halten.« Feuerschweif wich auf die Lichtung zurück, zerrte einen vierschrötigen, stämmig gebauten Mann mit sich. Verzweifelt versuchte der Söldner, die Zügel zu halten und das Tier mit dem wilden Blick zu bändigen, aber Feuerschweif war zu kräftig, warf ihn um und zog ihn durch den Schlamm.

Der alte Anführer mit dem kahlen Kopf trat vor. »Schimpfst dich einen Soldaten und kannst nicht mal mit einem blöden Pferd umgehen?« Entschlossen trat er vor und hob das Schwert, als wollte er mit der flachen Seite der Klinge nach dem Pferd schlagen.

»O nein«, murmelte Brid.

»Keine Sorge.« Caspar war überraschend ruhig. »Feuerschweif ist ein Streitroß. Er kennt sich im Kampf aus.«

Das Schwert pfiff durch die Luft, dem muskelbepackten Rumpf des Rotschimmels entgegen, doch Feuerschweif warf mit angelegten Ohren die Beine in die Luft und schlug wütend aus. Das Eisen an seinen Hufen rammte den Unterarm des

Mannes und warf ihn zurück. Das Schwert fiel dem Söldner aus der Hand und wirbelte durch die Luft, fiel Hal vor die Füße. Gatto heulte vor Schmerz und hielt sein Handgelenk.

»Hol sie dir, Feuerschweif«, drängte Caspar. Der heißblütige Hengst drehte sich wild um sich selbst, trat nach jedem, der in Reichweite kam. »Das ist unsere Chance«, flüsterte er Brid zu. »In dem Durcheinander kann ich sie treffen.« Caspar hob seinen Bogen und zielte direkt auf das Gesicht des Anführers. Er kniff die Augen zusammen, bis er nur noch die häßliche Narbe an der Wange des Mannes und die tiefen Falten um die Augen sah. Plötzlich zuckte sein Blick nach rechts, als Brid ihm hart an die Schulter schlug.

»Sei kein Esel, Caspar. Du kannst mit einem Schuß nicht den ganzen Haufen treffen, und sie kriegen uns, bevor du noch einen zweiten Pfeil loslassen kannst.«

»Ich will dieses Pferd.« Der Anführer war rot vor Zorn. »Für so ein Pferd bekomme ich einen guten Preis. Werft ihm eine Leine um den Hals. Und holt euch auch das andere.«

Brids kastanienbraune Stute mochte zwar frommer als Feuerschweif sein, doch auch sie bockte und wehrte sich gegen die Männer, während ein kleinerer Söldner an ihrem Zaumzeug hing. In dem Gewirr löste sich das Bündel mit Brids Kleid von den Riemen, die es am Sattel hielten. Es schlug an den Bauch des Pferdes, dann wurde es von trampelnden Hufen in den Dreck getreten.

Nun war Feuerschweif frei und von einem Kreis aus Männern umgeben, die immer näher kamen. Ihre Kettenhemden glitzerten unter dem weiten Stoff schwarzer Wappenröcke, die ihren Status als Söldner dokumentierten, keinem Herrn untertan. Ein schwerer, langsamer Mann näherte sich furchtlos von vorn, trat entschlossen vor, um das Pferd an die Kandare zu nehmen. Als seine Hand das Zaumzeug berührte, bäumte sich der rote Hengst auf und scharrte mit den Vorderbeinen durch die Luft. Die Hufe schlugen dem Mann an den Schädel, und ohne einen Laut brach er am Boden zusammen. Die anderen Söldner wurden still und wichen langsam zurück. Einer von ihnen langte nach seinem Bogen.

»Ich sorge dafür, daß das Vieh langsamer wird«, knurrte er und legte einen Pfeil auf die Sehne.

Caspar beeilte sich. Niemand würde seinem Pferd etwas zuleide tun. Er schwang seinen neuen Bogen nach vorn, zielte direkt auf den Kopf des Mannes, und ohne nachzudenken ließ er den Pfeil fliegen. Er traf den Mann in die Augenhöhle und bohrte sich durch seinen Schädel, so daß er aus seinem Hinterkopf austrat. Sein Mund ging auf, als wollte er schreien, aber er fiel nur lautlos um. Eine Sekunde lang starrten die Söldner ungläubig das Blut an, welches aus dem durchbohrten Auge strömte. Dann griffen sie mit der Reaktion geübter Krieger eilig nach ihren Waffen.

»Der Baum! Da oben im Baum!« Einer von ihnen deutete ziemlich genau in Caspars Richtung. Brid schwang sich bereits herunter.

»Schnell, Spar, bevor sie uns entdecken.«

Die Männer brachen durch das Unterholz, und Caspar ließ noch einen Pfeil auf den großen, ungeschlachten Mann los, der ihm am schnellsten entgegenkam. Der Junge staunte über die Kraft des kleinen Bogens. Der Pfeil traf den Mann in der Brust, durchbohrte mühelos das gegerbte Leder seines Schutzmantels und drang ins weiche Gewebe am Bauch. Der Söldner fiel rückwärts, packte den Schaft des Pfeils und sah entsetzt, wie dickes, helles Blut zwischen seinen Fingern hervortrat und in sein gefüttertes Wams sickerte.

Es blieb keine Zeit, einen weiteren Schuß abzugeben. Caspar sprang vom Baum und drehte sich auf der Suche nach Brid um. Wie ein Waldgeist war sie laut- und spurlos verschwunden. Panik ergriff ihn. Er spürte, wie die Söldner näher kamen, und er konnte sich nicht entschließen, in welche Richtung er fliehen sollte. Hal! Er mußte Hal retten. Wütend bahnte er sich einen Weg ins tiefere Dickicht und umrundete die Lichtung, versuchte, einen Weg auf die gegenüberliegende Seite zu finden, um die Söldner abzuschütteln.

Abgesehen von Hal, Cybillia und den Toten und Verwundeten war die Lichtung menschenleer, doch er konnte hören, wie die Banditen durchs Unterholz brachen und versuchten, ihn zu schnappen. Ein Brombeerstrauch wickelte sich ihm ums Bein und grub Dornen in seine Kleider. Mit einem Messer hieb er auf die langen Zweige ein und schob sich rückwärts durch den Rest des Busches. Endlich war er an dem Rand der Lichtung, der Hal am nächsten lag. Feuerschweif graste mit angelegten Ohren, lauschte der Gefahr. Brid war bereits da.

Die Priesterin hatte das große Runenschwert schon an sich genommen und war dabei, das Seil zu zerschneiden, mit dem Hal gefesselt war. Im selben Augenblick, als der Junge mit dem schwarzen Haar frei war, riß er der Jungfrau das Heft des Schwertes aus der Hand und hastete hinüber, um Cybillia zu befreien. Zum Glück schrie das Mädchen nicht. Caspar brauchte einen Moment, um die Szenerie zu überblicken, dann rannte er dorthin, wo die Pferde standen. Er machte Elster los, dann Brids Stute, und nahm einen Rotbraunen, der schnell aussah, nicht Cybillias träges Pferd. Brid war an seiner Seite und zog Elster und ihre Stute auf die Lichtung hinaus, während Caspar den Rotbraunen hielt und Feuerschweif einfing.

Hal warf das zarte Mädchen ungehobelt in den Sattel, und Sekunden später waren sie allesamt zu Pferd. Mit angstweißen Händen griff Cybillia die Zügel und drehte ihr Handgelenk lange durch das dunkle Haar der Pferdemähne, bis sie etwas hatte, an dem sie sich ordentlich festhalten konnte. Caspar nahm das Zaumzeug des Rotbraunen in die Hand, da er nicht sicher war, ob das Mädchen das Tier beherrschen würde, während Hal die Leinen der Söldnerpferde durchtrennte. Mit harten Schlägen mit der flachen Seite seiner Klinge schickte er die Tiere auf dem Waldweg voraus.

Es hatte nur eine wilde Minute gedauert, Hal und das Mädchen zu befreien und die Pferde zu holen, doch das war eine Minute zu lange. Die wiehernden Tiere und die Schreie von einem der Verwundeten alarmierten die Söldner, und schon brachen die Männer wieder aus dem Unterholz hervor.

»Los!«

Hal führte den wilden Ritt von der Lichtung an; der große Bolga und der rattengleiche Squit traten ihm entgegen. Sie versperrten den Weg mit kampfbereiten Schwertern. Es dauerte eine Sekunde, bis Caspar nach seinem neuen Bogen greifen konnte, der sich an den zarten Verzierungen seines alten Jagdbogens verhakte. Wütend rang er darum, sie voneinander zu trennen, während er hilflos den gräßlichen Mann anstarrte, der sich Hal in den Weg stellte.

Sein Onkel hatte den Vorteil, zu Pferd zu sein, doch Elster reagierte auf seine Kommandos nur langsam. Er hatte Schwierigkeiten, sie in Stellung zu bringen, und konnte seinen rechten Arm nicht so plazieren, daß er auf den mondgesichtigen Kerl einschlagen konnte. Endlich bekam Caspar den Bogen frei und riß einen Pfeil aus seinem Köcher, eine Bewegung, die so natürlich und gut geübt war, daß er im Bruchteil einer Sekunde bereit war zu schießen. Doch da stand ihm Hal im Weg.

Lautes Klirren von Metall auf Metall war zu hören, als die Schwerter sich kreuzten und das große Runenschwert seinen warnenden Glockenton läuten ließ und der Welt sein Todeslied sang. Staunend wich der Söldner zurück, als der scharfe, gehärtete Stahl, der sein Schwert ummantelte, zu einem Dutzend gezackter Scherben zerbarst und nur noch eine biegsame Eisenstange im Kern der Klinge übrigließ, die nutzlos aus dem

Heft in seiner Hand aufragte. Verblüfft und wehrlos stand er vor dem reitenden Krieger und seinem mächtigen Schwert.

Geschickt schwang Hal die Waffe, und Caspar dachte an die ständigen Übungen seines Onkels mit imaginären Gegnern, als sie über die friedlichen Straßen Belbidias geritten waren. Die ganze Zeit über hatte Caspar gedacht, Hal gäbe nur an, doch es entpuppte sich nun als unbezahlbare Übung.

Dann sammelten sich sechs weitere Söldner um sie, und einer davon drückte dem großen Mann das Heft eines Schwertes in den Rücken. Der ungeschlachte Bolga streckte seine Hand nach hinten, um das Schwert von seinem Kameraden anzunehmen, während Hal Elster für den nächsten Angriff wendete. Plötzlich hatte Caspar freie Schußbahn. Die Kraft seines neuen Bogens war atemberaubend: Der Pfeil durchschlug den Hals des Mannes, so daß Blut aus der Wunde schoß. Doch er tötete den taumelnden Söldner nicht sofort. Er ging zu Boden, gab erstickte Laute von sich, und seine Augen quollen vor Schmerz hervor.

Schon waren sie von einem Dutzend Bewaffneter umgeben. Caspar ließ noch drei Pfeile fliegen, und Hal hatte sich zweier weiterer Söldner entledigt, als Cybillia einen qualvollen Schrei ausstieß. Squit hatte sie aus dem Sattel gerissen und hielt sie nun mit einem Dolch an ihrem Hals im Würgegriff. Hal ließ das Schwert augenblicklich sinken und gab sich geschlagen, da er nicht bereit war, das Leben des Mädchens zu riskieren.

»Hal, hilf mir, rette mich«, jammerte die schrille Stimme des Mädchens. »Hal!«

Verzweifelt sah er sie an, während die Männer näher kamen. Niemand trat an Caspar heran, da sie sich noch immer vor den Hufen des Rotschimmels und der treffsicheren Kraft des Bogens fürchteten, doch wie sein Onkel unterwarf auch er sich. Nur Brid kämpfte weiter. Sie trat um sich, aber die Reichweite ihres Messers genügte nicht, um echten Schaden anzurichten.

»Jetzt haben wir vier von ihnen … und weniger Männer, mit denen wir die Beute teilen müssen«, donnerte Gatto. »Holt Stricke.«

»Nein!«

Kühn trat der große belbidianische Söldner vor. »Das lasse ich nicht zu. Es sind Belbidianer und Kinder von Edelleuten. Ich werde bezahlt, um Fremde zu bekämpfen und unser Land vor einer Invasion zu schützen, nicht dafür, wie ein Dieb herumzuschleichen und die grünschnäbeligen Erben meines eigenen Landes zu entführen.«

»Warum plötzlich auf dem hohen Roß, Ceowulf? Ein Mann, der stets bereit war, für den besten Preis zu töten«, höhnte Squit.

»Nicht meine eigenen Landsleute«, zischte er, »und ganz sicher keine wehrlosen Mädchen.«

Alle Blicke waren auf den abtrünnigen Soldaten gerichtet, als er Squit mit wütender Entschlossenheit entgegentrat.

»Bleib zurück, sonst werde ich sie töten«, drohte Squit. Ein dünnes Rinnsal Blut lief von der Spitze seiner Klinge, als er sie etwas zu fest an Cybillias weißen Hals drückte. Sie war starr vor Entsetzen.

Langsam und unmerklich drehte sich Caspar um, hob sachte den Bogen, in der Hoffnung, daß aller Aufmerksamkeit auf Squit und den Abtrünnigen gerichtet bleiben würde, dessen Schwert nun zum Angriff erhoben war. Cybillia kreischte hysterisch auf, als die Klinge etwas tiefer in ihre Haut schnitt.

Das ist meine Chance, dachte Caspar. Ich muß präzise sein. Squits Kopf ragte nur eine Handbreit höher als Cybillias auf, und falls sie sich plötzlich bewegten … doch er mußte die Chance nutzen. Er riß den Bogen hoch, und mit einer fließenden Bewegung waren die Sehne stramm und die Federn auf gleicher Höhe mit seinem Kinn. Squits Kopf füllte sein Blickfeld aus, und er konzentrierte sich auf die Stelle zwischen den schrägstehenden Augen des Mannes. Was folgte, war ein gräßliches Knirschen, als der Pfeil Squits Schädel spaltete; ein makelloser Kreis aus Blut umgab den Schaft, wo er sich in die Stirn gebohrt hatte. Cybillia schwankte und fiel in Ohnmacht, brach über der Leiche ihres Peinigers zusammen.

»*Ich* wollte ihn töten!« schrie Hal und schlug mit seinem Schwert zu, als ein weiterer Soldat zum Angriff vortrat.

Es war der große Söldner, der Cybillia aufhob, während Caspar mit seinem Bogen auf ihn zielte. Der dunkle, sonnenversengte Soldat warf Cybillia über den Rotbraunen und sprang hinterher, schwenkte sein Schwert wütend nach seinen früheren Verbündeten. Zwei weitere Hiebe von Hals Runenschwert schlugen eine Lücke in die Söldnerlinien, und die neue Gemeinschaft aus Belbidianern gab ihren Pferden die Sporen und stürmte dem freien Pfad entgegen.

Fast eine Wegstunde ritten sie im scharfen Galopp, Caspar weit voraus, der Feuerschweif dennoch zurückhielt, damit er in Sichtweite der anderen blieb. Hal bildete die Nachhut und blickte stetig über seine Schulter, um nach Anzeichen für eine Verfolgung zu suchen.

Cybillias Glieder schlugen an die Flanken des Rotbraunen, und der dunkle Krieger hielt sie fest an ihrem Kleid, damit sie nicht abrutschte. Er hatte mit den wehenden Röcken zu kämpfen, die ihm ins Gesicht schlugen. Brid stand hoch in ihren Steigbügeln; ihr Umhang flatterte wie ein Banner hinter ihr, während sie ihr Pferd voranpeitschte. Wiederholt sah Caspar sich um, weil er sichergehen wollte, daß sie noch da war, und erst als er bemerkte, daß die anderen Pferde müde wurden, ließ er etwas nach und wartete, bis sie ihn eingeholt hatten.

»Folgen sie uns?«

»Nichts zu sehen. Es sollte eine Weile dauern, bis sie ihre Pferde eingefangen haben«, antwortete Hal atemlos. Caspar fiel Blut an Hal auf. Sein Onkel schien beim Kampf verwundet worden zu sein.

Cybillia kam zu sich und heulte herzerweichend. »Hilfe, Hilfe! Laßt mich herunter.« In Panik trat sie wild um sich, und der Rotbraune bockte verdrießlich.

»Wir dürfen noch nicht langsamer werden«, warnte der Fremde und hielt Cybillia fester. »Wir müssen auf die sichere Straße. He, junge Dame, halt still«, fuhr er sie ärgerlich an. »Wir müssen weiter.« Sie fielen in einen stetigen Galopp. Cybillia stöhnte, die Fäuste weiß vor Anspannung, wenn sie sich an den Sattel krallte.

Schließlich dünnte der Wald aus, und der Pfad verbreiterte sich zu einem Weg, welcher durch Felder und Wiesen führte. Eine Reihe von Weiden zur Rechten zeigte den Verlauf des Silberflusses, und nach dem trüben Schatten blinzelten sie ins grelle Sonnenlicht.

Caspar machte halt, um sich zu orientieren. Die Reiter entspannten sich einen Moment, betrachteten das Land und überlegten, ob sie den Fluß durchqueren konnten.

»Bitte«, murmelte Cybillia mitleiderregend. »Bitte, laßt mich herunter.«

Hal warf die Beine hinten über seinen Sattel, landete ziemlich schwer und legte einen Moment lang eine Hand an seine Schläfe. Er betrachtete das warme Blut, als er sie zurückzog.

»Geht es dir gut?« fragte Brid besorgt.

Er winkte ab. »Mmhm, nur eine Schürfung«, sagte er und eilte hinüber, um Cybillia von dem Rotbraunen zu helfen. Der große Fremde packte sie unter den Achseln, während Hal nach oben griff und sie um die Hüften nahm und sanft auf dem Boden absetzte. Sie schluchzte. Schlamm und Schweiß vom Pferd waren in ihrem zarten, tränenfeuchten Gesicht verschmiert.

»Warum hast du nicht angehalten? Ich hätte verletzt sein können.«

Hal legte seine Arme um das Mädchen, und sie hielt sich an ihm fest, wenn sie ihn auch weiter tadelte.

»Alles ist wieder gut, Cybillia, sie sind fort.« Hal versuchte, sie zu beruhigen, während sie ihr schmutziges Gesicht in seiner Schulter vergrub und vom Schluchzen bebte. Sanft strich er über ihr honigblondes Haar. »Du bist in Sicherheit. Komm, reite mit mir. Wir müssen zur Straße.«

»Er wollte mir die Kehle durchschneiden. Er wollte mich töten«, fing sie wieder an.

»Armes Ding«, seufzte Brid.

Caspar betrachtete das hübsche Gesicht der Priesterin, das ihre widerstreitenden Gefühle zeigte. Ihr Unterkiefer spannte sich, und ihre Wangenmuskeln zuckten bei Hals Anblick, als er das verängstigte Mädchen umarmte, doch es lag auch Sorge in ihrem Blick. Schließlich behielt ihr mitfühlendes Wesen die Oberhand.

»Dir geht es doch besser, nicht? Laß mich einen Blick auf deinen Hals werfen.« Mit einem Satz sprang Brid von ihrem Pferd, um den Schnitt zu untersuchen. Cybillias bebender Körper beruhigte sich unter ihrer Berührung, und Caspar staunte über die Kraft ihres Trostes, wenn sie sich entschloß, diesen zu geben. »Er geht nicht tief. Es wird keine Narbe bleiben. Nun steig auf Elster, und dann durchqueren wir schnell den Fluß.«

Dankbar lächelte Hal die Jungfrau an, die mit ihren Prellungen im Gesicht aussah, als sei sie an Gelbsucht erkrankt. »Du hast also nicht vergessen, daß nicht jede Jungfer in Belbidia so hartgesotten ist wie du?« Er wandte sich ab und betrachtete mit liebevollem Blick das blonde Mädchen, das sich an ihn klammerte. »Jetzt komm, schaffen wir dich auf Elsters Rücken.«

Zweifelnd sah sie an dem hohen, gescheckten Pferd auf. »Ich glaube nicht, daß ich es kann.«

»Natürlich kannst du es«, sagte Brid wie eine Mutter, die ihr kleines Kind ermutigt. »Wenn Hal zuerst aufsteigt, helfe ich dir hinauf.«

Die blonde junge Edelfrau sah, wie Hal auf Elsters Rücken stieg, und schüttelte unsicher den Kopf.

Brid wandte sich ab, sah zuerst Caspar an, dann entnervt den Himmel und sagte lautlos: »Bei aller Liebe unserer Mutter!« Dann fuhr sie fort, Cybillia hinaufzulocken. »Hör doch, Elster ist ganz sanft und sicher. Los jetzt: Eins, zwei, drei.« Sie kniete nieder, verschränkte die Hände zu einer Räuberleiter für das Mädchen und hob sie zu Hal hinauf. Cybillia sah hinunter, und noch immer stand ihr die Angst ins Gesicht geschrieben.

Ohne sich um die Steigbügel zu kümmern, schwang sich Brid auf den Rücken ihrer Stute, fast als wollte sie ihre Überlegenheit vorführen.

Der Fremde war nervös. »Kommt. Wegen des Lösegeldes wollen sie euch lebend, aber wenn sie mich fangen, bin ich tot. Eine Meile noch, dort gibt es eine Brücke, die zur Hauptstraße hinüberführt.«

Die Brücke war ein solider Steinbau, der sich über die stillen Fluten des Silberflusses spannte. Hier gab es keine Stromschnellen und Wasserfälle, und der Fluß rauschte sanft durch die Ebenen Belbidias. Die ruhige, glatte Oberfläche der dunklen Fluten täuschte jedoch über die schnelle Strömung hinweg. Mit harscher Gangart erreichten sie die Brücke. Als sie auf das Kopfsteinpflaster kamen, verwandelte sich der Donner der Hufe in ein Klappern. Unruhig blickte der Fremde über seine Schulter, doch als sie das breite Band der Großen Nord-Süd-Straße erreichten, entspannte er sich und machte halt, damit sein Pferd zu Atem kommen konnte. Ein Stück voraus wurde eine gemächliche Rinderherde von ehrlich wirkenden Hirten getrieben. »Niemand wird uns überfallen, solange wir auf der Straße zu sehen sind«, seufzte der Söldner erleichtert. »Es gäbe zu viele Zeugen.«

Argwöhnisch sah Caspar ihn an. Sie hatten keine Zeit gehabt, den Fremden zu befragen, und er hegte natürliches Mißtrauen gegen jemanden, der sich als Soldat anheuern ließ. Für ihn besaßen Männer, die für Geld kämpften, keine Ehre. Die Kriegskunst war ein Handwerk, eine endgültige Prüfung von Fähigkeit und Tapferkeit. Krieger zu sein war eine glorreiche Ehre ... das zumindest hatte er stets gedacht, wenn sich seine Phantasie in den alten Legenden und Geschichten der Drachenkriege verloren hatte. Doch nun hatte er den bitteren, grausamen Schmerz des Krieges im weichen Fleisch Belbidias gespürt, und seine Illusionen und Phantasien wandelten sich. Für sein Land zu kämpfen, es zu verteidigen, seine Frauen und Kinder zu schützen – er warf Brid einen sehnsuchtsvollen Blick zu – war die größte Ehre. Doch sich am Krieg zu bereichern war eine ganz andere Sache.

Vom Rücken des hohen Schecken konnte Hal auf den gutgebauten Fremden herabsehen; Caspar sah die angewiderte Miene seines Onkels. Der Söldner hatte dunkles Haar und dunkle Haut, als hätte er viele Jahre in der Hitze fremder Länder zugebracht. Die Haut war dick und ledrig, und in seinem Haar befanden sich goldene Strähnen, wo sengende Sonne es gebleicht hatte. Unter seinem Wappenrock trug er eine Halsberge, die klirrte, wenn das schwere Streitroß tänzelte. Der Rotbraune hatte einen gewölbten Hals und trug den edlen Kopf hoch unter den aufgestellten Ohren, zeigte seine Rasse und das ausgeprägte Wesen eines Streitrosses. Caspar fragte sich, ob sie nicht, ohne es zu wissen, das Pferd des Söldnerführers gestohlen hatten. Ein seidener Rock aus schwarzem Tuch verdeckte das Kettenhemd des Mannes, doch er trug weder Wappen noch Emblem, nur die schwarze Farbe eines

Söldners. Der einsame Ritter machte sich nicht die Mühe, mit ihnen zu reden, und wich Hals finsteren Blicken aus, indem er seine kalten Augen starr nach vorn richtete.

»Ich weiß nicht, wer du bist«, erklärte Hal urplötzlich, »aber wir wollen deine Hilfe nicht, und wir brauchen sie auch nicht. Ich denke, sobald du erklärt hast, wieso du und die anderen Banditen uns überfallen haben, solltest du deiner Wege ziehen.«

Anfangs reagierte der Krieger nicht, sondern wandte sich nur um und musterte Hal, ließ seinen selbstsicheren Blick an dem Jungen auf und ab wandern, als schätzte er ihn langsam und sorgfältig ein. Der sonnenverbrannte Ritter betrachtete die blutbefleckten Hosen, die verklebte, feuchte Wunde unter dem dunklen Haar und den arroganten Zug ums Kinn des Jungen. Er sah die wilde Entschlossenheit in Hals olivgrünen Augen und ließ seinen Blick über die strammen, drahtigen Muskeln des Jungen schweifen, die frische Haut und die unvollständige Rüstung. Als der Blick des Söldners auf das Runenschwert in seiner Scheide fiel, hoben sich seine Augenbrauen leicht und gaben einen allerersten Anflug von Gefühlen preis.

»Ziemlich viel Schwert für einen kleinen Jungen«, sagte er.

»Wie kannst du es wagen! Wenn du dich und deine Taten nicht erklärst, sehe ich mich gezwungen, es gegen dich zu ziehen, Fremder.« Hal schäumte vor Entrüstung.

Caspar schien es, als bräuchte sein Onkel etwas Unterstützung, und zückte seinen Bogen. »Du bist sehr nah, und ich schieße nie daneben. Nun beantworte unsere Fragen, Verräter.«

Der Soldat sprach leise, aber mit Nachdruck. »Ich bin kein Verräter.«

»Du bist Belbidianer, oder nicht? Ein Belbidianer, der bereit ist, Geld von den Vaalakern anzunehmen. Das macht dich in jedermanns Augen zum Verräter.«

Der Söldner seufzte, blieb von den Anschuldigungen anscheinend unberührt. »Hört mir gut zu, junge Ritter. Gatto hat den Handel allein abgeschlossen. Ich habe die Vaalaker nicht befragt. Ich habe mich nicht einmal mit ihnen getroffen. Gatto hat uns in dem Glauben gewiegt, ihr wäret reisende Zigeuner, die ihren Handel mit Magie treiben, also dachte ich natürlich, ihr könntet unmöglich Belbidianer sein. Hexerei und Belbidia widersprechen einander. Zweifellos gibt es weniger belbidianische Heiden als Krüppel, die am Schrein der heiligen Anne in Ildros geheilt wurden.« Fast beiläufig warf er einen Blick auf Brid, als zuckte ein Gedanke durch seinen Kopf, und dann wandte er seine Aufmerksamkeit wieder Hal zu. »In dem Augenblick, als ich gemerkt habe, wer ihr seid, hat sich alles geändert.«

Hal knurrte, als sei er damit nicht zufrieden. »Was hast du überhaupt bei denen gemacht? Keiner der anderen war Belbidianer. Wieso warst du bei ihnen?« wollte er wissen.

»Das ist eine lange Geschichte«, begann der Soldat. »Eine lange Geschichte.« Als Caspar dem Bericht des Soldaten lauschte, entspannte er sich, und sein Vertrauen in den Mann wuchs. Langsam erleichterte ihn die Gewißheit, einen älteren, erfahreneren Mann bei sich zu haben. Er staunte über seine Geschichten aus fernen, südlichen Ländern, die noch von Drachen und anderen Untieren geplagt wurden. Doch schließlich begann der Krieger, von sich zu erzählen. »Ich komme aus Caldea. Zumindest kam ich aus Caldea. Ich bin der jüngste Sohn von Baron Cadros.«

Caspar war nie weiter südlich als Farona gewesen, und das auch nur einmal auf Staatsbesuch beim König, aber natürlich wußte er manches über Caldea. Es war die südlichste Baronie Belbidias, vom Rest des Landes im Osten durch die Bucht von Caldea und im Westen durch die Mündung des Flusses Dors getrennt. Da Caldea nur durch eine schmale Landenge mit dem Festland verbunden war, war es einst ein eigenständiges Land gewesen, bis ein alter König von Belbidia es erobert hatte. Caspar konnte sich nicht an das genaue Datum erinnern, doch der König hieß Peppin, was er für einen höchst unwürdigen Namen für einen Monarchen hielt.

Der Fremde fuhr fort: »Mein Vater hat mich ins Kloster des Heiligen Wulfstan in Tartra geschickt, damit ich dort die Schriften lerne. Ihr müßt wissen, daß für mich auf der Burg kein Platz war. Mein Bruder sollte, wenn es an der Zeit war, Baron werden, aber ich war der überzählige Sohn, und es gab keine Ländereien für mich. Mein Vater wollte, daß ich allen weltlichen Gütern abschwöre und Priester werde. Ich aber wollte in die Welt hinaus und ein Mann sein. Ich war nicht viel älter als du, wie ich vermute, als ich endlich den Mut fand zu gehen, von den Geschichten über Ritter auf goldenem Sand angelockt. Es ging das Gerücht, man suche Männer, die eine Echsenplage bekämpfen sollten, die aus der Wüste herankroch. Ich mußte weg. Ich mußte den alten Steingewölben und den engen Zellen des Klosters entfliehen. Ich kenne sie alle, die Worte des Einzig Wahren Gottes, aber inzwischen habe ich zu viele jener Männer gesehen, die sich Gott zuwenden. Ich bin kein Mann für Gottesdienste.«

Brids harter, kalter Blick wurde sanft wie Tautropfen auf grünen Frühlingsknospen, und zustimmend lächelte sie den Fremden an. »Dein Name, Sohn des Cadros? Wie sollen wir dich nennen?« Sie sprach mit dem Singsang des Bergvolkes, der gleich verriet, wo sie herkam, während die Adligen sich mit ihrer geschmeidigen, scharfen Sprache wohl überall gleich anhörten.

Wieder sah der Fremde sie mit diesem fragenden, neugierigen Blick an.

Caspar schätzte, daß Brid in ihrer Gesellschaft tatsächlich etwas fehl am Platz wirkte. Ihr Gesicht war schwer geprellt, doch die blaugelben Flecken glätteten sich langsam. Sie bewegte ihr Pferd wie ein Junge, präzise und selbstbewußt. Sie war winzig, mit hübschen, zarten Zügen, und auf den ersten Blick konnte man sie fälschlicherweise für ein Kind halten, doch ihre kühle, selbstsichere Art entsprach den strammen Rundungen ihres knospenden Körpers, und die vollen Lippen verrieten ein Mädchen, das kurz davorstand, zur Frau zu erblühen. In seinen wunderlichsten Stimmungen verglich Caspar sie mit einer reifenden Frucht, kurz bevor diese ihre volle, honigsüße Üppigkeit erreichte und geerntet werden konnte.

»Ich bin ein Niemand. Ein jüngster Sohn hat kein Recht auf einen Namen«, sagte er auf eine Art und Weise, die jede Unze seiner Bitterkeit offenbarte, »aber man kennt mich als Ceowulf.« Dann fügte er mit höhnischem Lachen hinzu: »Ceowulf der Tapfere, für meine neueren Bekanntschaften, aber ich finde das einen Hauch zu extravagant. Und Ihr, junge Dame?« Er verneigte sich auf höfische Art. »Wollt Ihr mir die Ehre erweisen, Euren Namen zu erfahren?«

Brid hob stolz ihr Kinn und füllte ihre Lungen, um ihre heilige Abstammung zu verkünden. »Ich bin Brid, eine von …«

»Uns. Eine aus dem Hause Branwolfs, des Barons von Torra Alta«, ging Hal eilig dazwischen.

»Genau das wollte ich sagen«, wisperte Brid Caspar so leise zu, daß Ceowulf es nicht hören konnte. »Schließlich bin ich keine vollkommene Idiotin.«

»Er macht sich nur Sorgen, nach allem, wie du dich in Jotunn aufgeführt hast«, entschuldigte Caspar seinen Onkel. Auch er hatte befürchtet, die Jungfrau würde sich verraten. Sie hatte einen langen Titel: Brid, die Jungfrau, Tochter des Mondes und Ergebene Dienerin. Doch das Herzland Belbidias war nicht der rechte Ort, darauf zu beharren. Er wußte, daß Brid ihr Leben lang für ihren Glauben gekämpft hatte und es als Sünde ansah, die Mutter zu verleugnen. Dieses Verstellen lastete schwer auf ihrer Seele. Ihre Mutter war auf dem

Scheiterhaufen verbrannt, weil sie sich weigerte, sich taufen zu lassen und den Neuen Glauben anzunehmen, und Brid dachte sicher, sie verriete nicht allein die Göttin, sondern auch noch ihre eigene Mutter.

»Wie dem auch sei«, sagte Hal gerade, »erzähl mir mehr von den Kriegen und den fremden Waffen und Armeen.« Offenbar hatte der Junge allen Argwohn Ceowulfs Motiven gegenüber abgeschüttelt und bewunderte den Mann nun offen. Caspar fand, daß sein Onkel und der caldeanische Söldner viel gemeinsam hatten: Auch Hal würde kein Land erben, und zwischen den beiden schien so etwas wie ein natürliches Einverständnis zu bestehen.

Der sonnengebräunte Fremde erzählte ihnen von den Wüsten und Sandstürmen, die ganze Dörfer schluckten, von den Nomaden in Zelten aus Kamelhaut und den brutalen Scharmützeln und Grenzgefechten. Er erzählte von den Königreichen im tiefen Süden, wo geflügelte Drachen ausschwärmten, ganze Ziegenherden verschlangen und eine besondere Vorliebe für junge Mädchen zeigten. Cybillia stöhnte auf und klammerte sich fester an Hal. Caspar spürte, wie seine Augen groß wurden, und er staunte über die wundersamen Einzelheiten dieser Welten jenseits seiner Vorstellungskraft. Ceowulf war ein echter Abenteurer.

»Dort habe ich Gatto kennengelernt. Er stammt aus Camaalia. Es heißt, er sei Hauptmann der Königsgarde gewesen, und ein sehr angesehener dazu. Er hat die Ritter des Königs persönlich an Lanze und Schwert ausgebildet, bis er sich in Prinzessin Delfina verliebte und sich so um die Gunst des Königs brachte. Man sagt, Camaalia habe die besten Ritter aus allen Ländern am Caballischen Meer, trotzdem bewunderte er meine Künste mit der Lanze. Er hat mich weiter ausgebildet und dann in den Süden in den Dschungel von Lonis mitgenommen, um dort die Nomaden von Cagog zu bekämpfen, weil sie die Stämme von Tantony niedermetzelten. Im Laufe vieler Jahre und hauptsächlich aufgrund Gattos unvergleichlicher Handelskünste machten wir ein großes Vermögen, ein Vermögen, das wir auf dem Weg hierher in den Stürmen vor dem Kap verloren haben. Und als es uns an die Küste Ceolothias, gegenüber von Belbidia, spülte, hörten wir Gerüchte darüber, daß sich im Norden ein Krieg zusammenbraue. Ich hatte heimkehren wollen, als genügend Reichtum angehäuft war, um meine eigenen Ländereien zu erwerben, aber mein Stolz war zu groß, um mich wieder in die Abhängigkeit von meiner Familie zu begeben. In Kriegen kann man immer Geld machen, und das war die ideale Gelegenheit. Wir waren auf dem Weg nach Norden, um unsere Dienste Torra Alta anzubieten, als sich Gatto auf den Handel mit den Nordmännern einließ.«

Ceowulf lächelte über Caspars kindliches Staunen.

»Ich war auch einmal so unerfahren und leicht zu beeindrucken, wie du es jetzt bist«, lachte der kräftige Mann. »Geschichten klingen immer so aufregend und heldenhaft, aber wenn man wirklich im blutigen Schlamm und mitten im Gemetzel einer Schlacht steht …«

»Erzähl uns«, Brid nahm ihn beim Arm, »erzähl uns von den Vaalakern.«

»Ich habe sie nicht gesehen. Gatto hat mit ihnen gesprochen. Einen Handel hat er immer allein abgeschlossen, wahrscheinlich um einen besseren Anteil für sich selbst herauszuschlagen. Jedenfalls sagte er, es seien drei, die vermummt und im verborgenen reisten. Er beschrieb sie als große Männer mit breiter Brust und dicken Unterarmen wie Holzfäller. Er sagte, sie reisten auf der Großen Nord-Süd-Straße in einem Wagen, der Rinderhörner südwärts zum Markt bringt, und sie gingen ohne weiteres als Kuhtreiber durch, die bei ihrer Arbeit groß und stramm geworden seien. Gatto sagte, er hätte sie nicht als Nordmänner erkannt, weil ihr Haar dunkelbraun war, weshalb ich vermute, daß sie es mit Wurzeln oder so etwas gefärbt haben.«

»Schwarzwurzel«, meinte Brid.

»Jedenfalls hat Gatto irgendwann gerochen, daß sie nicht waren, was sie zu sein vorgaben, als sie mit einem Angebot an ihn herantraten. Ihm fiel auf, daß ihre Augen graublau waren, blaß und leblos wie die eines Wolfes, und das paßte nicht zu ihrem Haar. Als Söldner lernt man, auf solche Dinge zu achten. Immer gibt es finstere Gestalten, die am Rande der Kriege nach Brauchbarem suchen. Vor denen muß man sich in acht nehmen. Jedenfalls haben sie ihm Geld geboten, und wenn Gatto erst Geld wittert, stellt er nicht allzu viele Fragen. Er sagt, das senkt den Preis.«

»Wie habt ihr uns gefunden?« fragte Caspar, dem plötzlich klar wurde, daß sowohl Gatto als auch die Vaalaker nach wie vor nach ihnen suchten.

»Nun, Gatto sagte, die Nordmänner hätten eure Spur nach dem Gasthaus zum Halben Weg verloren, als ihr die Straße verlassen habt. Sie haben westlich des Silberflusses und der Straße gesucht, und die Vaalaker wollten, daß wir die Waldgegend durchkämmen, denn als Leute mit magischem Einfluß würden euch solche Orte anlocken. Anscheinend hatte er recht. Gatto vereinbarte ein Treffen mit den Vaalakern in zwei Tagen am Kreuzweg nördlich des Gasthauses, falls unsere Suche erfolgreich wäre. Sie haben ihm sogar eine hübsche Summe Geldes im voraus gegeben, um sicherzustellen, daß wir auch kommen.«

»Das läßt uns wenigstens einen ordentlichen Vorsprung vor den Vaalakern«, schloß Hal erleichtert. »Tut mir leid, Cybillia, daß du in die Sache mit hineingezogen wirst.«

»Warum suchen sie uns so dringend?« fragte Cybillia mit bleichem Gesicht. Vorsichtig drückte sie an dem dünnen Schnitt unten am Hals herum.

Hal zuckte mit den Achseln. »Lösegeld, oder vielleicht weil Spar und ich Einzelheiten über Torra Alta wissen, die für einen vaalakischen Angriff wichtig werden könnten. Was weiß ich? Vielleicht glauben sie, wir wüßten um Torra Altas Schwächen.«

»Torra Alta hat keine Schwächen«, lachte Ceowulf.

»Nur eine«, erwiderte Hal ernst. »Wir können keinen Proviant hineinbringen. Sie werden verhungern, wenn wir die Vaalaker nicht zurücktreiben können.«

»Wir können sie wahrscheinlich aufhalten, aber es sind zu viele, um sie zurückzutreiben«, fügte Caspar hinzu.

»Also«, schloß Ceowulf, »lauft ihr entweder vor der drohenden Belagerung samt Hungertod davon, oder ihr reitet nach Süden, um Hilfe vom König zu erbitten. Nach der wütenden Tapferkeit im Kampf, denke ich, kann ich ersteres wohl ausschließen.«

Hal nickte. Caspar war froh, daß Ceowulf nicht allzu viele Fragen stellte.

»Nun denn, ich sollte euch besser sicher in den nächsten Ort geleiten und den Vogt alarmieren, damit er euch eine Eskorte gibt. Ihr braucht eine Nachhut. Gatto wird sein Geld wollen.«

»Nein.« Hal sprach mit leiser Stimme.

»Wieso nicht?« wollte Cybillia wissen.

Ceowulf betrachtete sie alle neugierig.

»Nun, das ist nichts, mit dem sich eine junge Dame belasten sollte«, meinte Hal, während er Caspar und Ceowulf zunickte, sie sollten sich ein Stück von ihm und dem Edelfräulein aus Jotunn absetzen.

Caspar trabte voraus und wartete, bis der große, dunkle Mann mit ihm auf einer Höhe war.

»Ich vermute da eine wilde Geschichte, stimmt's?« Ceowulf zog seine Mundwinkel in die Höhe, als fände er es amüsant zu sehen, wie diese jungen Edelleute sich derart ernst nahmen.

»Wir führen geheime Dokumente mit uns, und die sind

allein für den König bestimmt«, dachte sich Caspar spontan aus. Ganz sicher wollte er keinen Landvogt auf ihr Vorhaben aufmerksam machen. So jemand stellte Fragen, die sie möglicherweise nicht würden beantworten können. Die Vaalaker würden es nicht riskieren, ihnen bis nach Belbidia zu folgen, und er wollte keine Aufmerksamkeit auf Brid lenken. Selbst dieser Söldner vermutete offenbar etwas. »Wir wollen nicht, daß sich jemand einmischt.«

Ceowulf nickte und warf ihm einen Seitenblick zu. »Kann nicht eben behaupten, daß ich sonderlich scharf darauf wäre, mich den hiesigen Dorfbewohnern zu erklären. Zweifellos habt ihr gute Gründe, und es steht mir nicht an, ein Urteil zu fällen, aber ihr seid hier draußen allein nicht sicher. Die Vaalaker wußten, daß ihr nach Farona wollt, und Gatto wird nicht lange brauchen, die Pferde einzufangen und seine Wunden zu lecken. Er wird euch problemlos finden, wenn ihr immer weiter geradeaus auf der Großen Nord-Süd-Straße reitet. Früher oder später finden sie eine Gelegenheit, wenn keine Hirten in der Nähe sind. Wir müssen nach Westen ziehen und uns Farona von unerwarteter Seite her nähern. Auf diese Weise verlieren sie unsere Spur.«

»*Unsere* Spur?«

Es folgte ein langes Schweigen, während der selbstbewußte Ritter die dicke Mähne am Widerrist seines Pferdes betrachtete. Dann hob er den Kopf und nickte. »Ich habe keine Heimat und kein Ziel: Ihr braucht Hilfe und Schutz gegen Gatto. Ich bin euch zumindest schuldig, mit nach Farona zu reiten. Vielleicht kann ich den König dort um eine Stellung in seiner Armee bitten. Im Augenblick kann ich für Belbidia nur soviel tun, euch meine Hilfe anzubieten.«

Caspar nickte dankbar und bot ihm seine Hand zur Freundschaft.

KAPITEL 12

Das Wasser roch vertraut: kühl und frisch, und das Geräusch war beruhigend. Doch die Hitze war wieder in der Luft. Muß warten. Es brennt … brennt …

Wo sind die Diebe? Sie haben das Leuchten gestohlen. Ich erinnere mich an das Leuchten, aber es ist fort. Ich kann die Hitze spüren – böse, sengende Hitze. Mir fehlen die kühlen, feuchten Felsen meiner Heimat.

In den Bergen war er sicher. Die Luft war frisch und schneidend, und irgendwo in der Leere weit über ihm schrien die Adler. Es mußte in den Bergen eine Höhle geben, etwas, wo er sich vor dem Brennen am Himmel verbergen konnte. Er haßte den Gestank und den Lärm, das ständige Kreischen und Zwitschern der Vögel. Zuviel Lärm um ihn herum.

Er nagte an seiner Klaue. Seinen Schwanz schleppte er schlaff hinter sich her, und der Schmerz in seinem Kopf … er rollte seinen langen Hals ein und schob die Schnauze unter eine Vorderpfote. Der Schmerz … Doch war das alles nichts dagegen, das Leuchten zu verlieren. Nichts war so schlimm wie das. Es war so schön gewesen, als sein Nest in den kühlen Höhlen von den schimmernden Metalldingen umgeben war. Schon immer waren sie dort gewesen. Seine alte Mutter, sie hatte sie ihm als hell und glitzernd beschrieben. Er konnte sich nicht vorstellen, was hell und glitzernd sein sollte. An ihnen hatte er kein Interesse mehr, aber das Leuchten …

Er konnte das Leuchten *sehen*.

Die Stümpfe an seinem Rücken schmerzten. Sie bohrten sich in seine Gedanken, und schwächlich flatterte er mit ihnen. Bei Nacht träumte er davon, daß er sie zu unermeßlich großen Flügeln spreizen und durch die Leere über seinem Kopf schweben konnte. Er zog weiter, erschnüffelte sich einen Ort, an dem er sich verstecken konnte.

Der Eingang der Höhle war eng. Er drückte seine Schnauze in die Öffnung. Es roch muffig und feucht und kühl. Er seufzte. Er brauchte die Ruhe. Seine Zunge witterte den schweren Duft von Bären. Jungtiere quiekten und jaulten. Seine Kiefer schnappten zu, als seine große Schnauze vorwärts schoß.

Das Fleisch war gut. Zufrieden rollte er sich zusammen, hustete wegen eines Stücks Fell, das ihm im Hals steckengeblieben war. Er versuchte, seinen Schwanz um sich zu rollen, doch der war zu schlaff. Diese Bären waren anders als die haarlosen Bären, dachte er. Die haarlosen Bären haben scharfe Krallen. Sie schreien und jaulen. Sie riechen wie kleine, schwache Kreaturen. Sie bewegen sich schwächlich und kränklich fort, aber sie haben scharfe Krallen.

Er wußte, daß es sein Auge war. Der Schmerz war wie das Brennen, das vom Himmel fiel, nur intensiver und tiefer. Es schmerzte um den Rand herum, wo er das Leuchten zuerst gesehen hatte. Er fühlte nichts, er spürte absolut nichts, doch er wußte, daß sein Auge noch immer blutete: Er schmeckte sein eigenes, bitteres Blut, das an seiner Schnauze herablief.

Sie haben mächtige Klauen. Einer oder zwei allein schienen nicht bedrohlich, wie die Bärenjungen. Zufrieden schlug er seine Klauen aneinander. Aber sie kommen in Scharen. Sie rotten sich zusammen wie die heulenden Wölfe, nur in unermeßlicher Zahl, einer Zahl, welche die Erde erbeben läßt. Dann sind sie tödlich.

Er fürchtete sie. Er fürchtete nichts, was auf der Erde kroch, nur diese nackten Bären. Seine Mutter hatte sie gefürchtet, und sein Großvater hatte sie gefürchtet. Sein Großvater hatte von einer Zeit erzählt, in der sie sich draußen frei bewegen konnten. Sowohl seine Mutter als auch sein Großvater konnten sehen. Seine eigene Welt war Finsternis. Eine Welt reicher Geräusche, Berührungen, Gerüche … bis er das Leuchten gefunden hatte.

Sie hatte es fallen lassen. Sie war in den Höhlen und rannte. Er hatte das leise Tappen dieser kleinen Füße gehört. Sie rannte, sie hatte Angst. Ängstliche Tiere bieten eine leichte Mahlzeit. Ich mußte für mein Abendessen nicht ins Freie kriechen. Es lief mir entgegen. Trippel trappel trippel trappel: kleine, weiche Füße, die durch die langen gewundenen Tunnel rannten.

Dann sah ich das Leuchten. Reines Licht, ein wundersamer Kreis. Ich sah das Leuchten. Ich vergaß sie und sah nur noch das Leuchten. Noch mehr Füße rannten. Sie trampelten schwerer über den Boden. Ich habe mich allein auf das Leuchten konzentriert. Das Leuchten hatte Leben und Feuer und Kraft. Das Leuchten hatte Macht.

Sie schrie. Ich erinnere mich an den Schrei. Ein solcher Schmerz. Wie der Schrei einer Wildkatze, wenn man sie mit seinen Kiefern zermalmt. Ich habe vergessen, sie zu töten. Nur das Leuchten zählte. Sie ließ es fallen, und zum ersten Mal legte ich meine Klaue auf das Leuchten.

Ich spürte die uralte Macht. Und sie war noch immer da, im Leuchten. Es war verwirrend. Ich wußte doch, daß sie fort war. Ich hörte, wie der andere sie aus den Tunneln zerrte, doch konnte ich ihre Gegenwart nach wie vor im Leuchten spüren. Anfangs fühlte ich ihr Entsetzen und die Hitze der Kraft, doch dann spürte ich einen schrecklich kalten Schmerz im Herzen des Steins, eine drückend kalte Einsamkeit.

Er kannte die Einsamkeit. Sein Großvater war gestorben und dann seine Mutter … er kannte die Leere des Alleinseins. Natürlich erinnerte er sich an ihre weichen Schuppen und die zerbrechlichen Knochen, doch nachdem sie nicht mehr da war, hatte es nur noch diese schreckliche Einsamkeit gegeben, die nur das Leuchten ausfüllen konnte.

Er konnte das Leuchten sehen.

Nun war es nicht mehr da. Die nackten Bären hatten es genommen. Die Tiere mit den scharfen Krallen. Er mußte das Leuchten haben.

Er konnte seine Spur wittern. Er konnte die schimmernde Kraft des Leuchtens spüren, das sich auf den Knochen der Erde abgebildet hatte. Er war blind, und so lebte und atmete und bewegte er sich nach Vibrationen. Er folgte seiner Beute und spürte deren Bewegungen, wußte aufgrund der Vibrationen, wann er angreifen mußte. Er war der Letzte einer uralten Art, und er wußte um die Kraft der Erde. Er wußte, daß er aus der Erde geboren war, und er verstand Ihre Gefühle. Die nackten Bären brachten sein Leuchten nach Süden.

Nun war es still. Der Gesang der Vögel hatte nachgelassen, und der brennende Schmerz, der aus der Leere über ihm herabfiel, war nicht mehr da. Kühle, feuchte Luft umfing seine vertrockneten Schuppen.

Sein schleifender Schwanz bremste ihn. Seine Pfote heilte, wo sich die scharfzahnigen, nackten Bären zwischen seine Klauen gebohrt hatten. Sie war wund, doch machte sie ihn kaum langsamer. Nur sein lahmer Schwanz machte das Vorankommen schwierig. Er hievte seinen Bauch über die gezackten Felsen und rutschte über den Grund des Tales, auf dem Weg nach Süden, denn er folgte der Spur des Leuchtens.

Sie hatten es zum großen Spalt in den Bergen gebracht, und dann ins Alte Nest. Er sagte, sie hätten Steine über dem Eingang aufgebaut, und von dort aus konnten sie Klauen und Krallen spucken, die selbst den Schuppenpanzer eines Feuerwesens durchbohren konnten, falls es unglücklich getroffen wurde. Sein Großvater hatte ihm erklärt, er dürfe niemals in die Nähe des Alten Nestes gehen, doch falls er es doch müsse, solle er seine Schnauze flach halten, um seine Brust zu schützen, und das Feuer in seinem Bauch müsse er am Brennen halten. Stets müsse das Feuer bereit sein.

Aber er hatte kein Feuer. Was böse Hitze in seinem Bauch hätte sein sollen, war eine schmerzende Höhle von Einsamkeit. Er hatte kein Feuer. Doch das Leuchten hatte ihm ein Gefühl gegeben, als hätte er welches. Er brauchte Feuer, und er brauchte das Leuchten.

Doch das Leuchten war wieder weitergezogen.

Er rutschte aus den Bergen in die südliche Steppe hinab, wo das Gras feucht, saftig und weich unter seinem Bauch war.

Er wußte um die Gefahr. In den Bergen lebten nur wenige Menschen. In den Bergen gab es Höhlen und Grotten, aber hier draußen, jenseits der Berge, war alles flach. Überall konnte er sie riechen. Sie würden ihre Krallen nach ihm spucken.

Das Leuchten entfernte sich von ihm, zog über eine glatte, harte Fläche. Er leckte an den abgewetzten Felsen und spürte das Beben der Füße. Er wandte sich ab, den leeren Orten zu. Er konnte ihnen auf diesem Weg nicht folgen. Er wollte dorthin, wo er Hügel und Deckung finden konnte, und sie aus der Ferne aufspüren. Er wollte warten. Er witterte Pferd, und sein Magen fiel ihm ein. Pferd war gut. Schnell und leicht zu töten, viel Fleisch. Pferd war gut.

Sie waren in die Steppe gezogen, wo sich die nackten Bären scharenweise in ihren Nestern zusammenrotteten. Er wollte sich Zeit lassen und warten, bis sie herauskamen. Bald würden sie an einen leeren Ort weiterziehen. Er wollte auf das Leuchten warten.

Mächtig sog er Luft ein, füllte die große Blase unter seiner Kehle. Er zog den Hals zurück und wollte eben seinen wütenden Schmerz herausschreien, doch statt dessen ließ er die Luft heraus, ließ sie durch seine weiten Nüstern flattern. Er mußte vorsichtig sein. Die nackten Bären hatten scharfe Klauen.

Pferd war gut, doch er konnte es nur dort finden, wo er auch große Mengen nackter Bären witterte. Bald schon entdeckte er, daß Schafe ebenso einfach zu töten waren und in großer Zahl auftraten, doch weiter von den Nestern der nackten Bären entfernt lebten. Man fand sie in Höhlungen zwischen den Hügeln. Hier war die Luft feucht und strich mit einem steten Nieselregen über seine Schuppen, der kühl und erfrischend war. Er hatte Freude daran, Schafe zu töten. Sie drängten sich aneinander. Mit einem Klauenhieb tötete er drei oder vier gleichzeitig. Er fraß mehrere, doch schnell hatte er sich an so vielen satt gefressen, daß er sich gar nicht mehr die Mühe machte, sie zu fressen, sondern sich nur noch daran erfreute, sie um des Tötens willen zu erschlagen. Es ließ ihn seine Einsamkeit vergessen und füllte seine Zeit aus, während er auf den Augenblick wartete, an dem das Leuchten wieder ins Freie trat.

Er wußte, daß das Leuchten in einen Wald gezogen war, nur mochte er Bäume nicht. Er konnte sich nicht zwischen die Äste zwängen, und wenn er sich hindurchkämpfen mußte, würde er zu große Aufmerksamkeit erregen. Dann würden ihn ganze Herden nackter Bären jagen. Sie jagten stets mit vielen. Großvater hatte gesagt, daß einst Tausende von Feuerwesen von den kleinen Kreaturen getötet worden waren. Wie die Wölfe jagten sie in Rudeln, aber sie konnten ihre Krallen werfen.

Er wollte das Leuchten.

Er konnte die Schafe blöken hören, und der Lärm erzürnte ihn. Er tötete noch einige, damit er in Frieden schlafen konnte.

Ruckartig wachte er auf. Sein Schwanz schmerzte nicht mehr so sehr, und er konnte sich besser bewegen. Er streckte seinen langen Hals, um den Schlaf aus seinen Knochen zu bekommen, und hob sich auf seine stämmigen Beine, fragte sich, was ihn geweckt hatte.

Er stand ganz still, ließ die Vibrationen durch die Erde flimmern, damit sie seine Sinne nährten. Er bebte, als die pulsierende Energie durch das Land ging. Das Leuchten kam in seine Richtung.

KAPITEL 13

Die rempelnden Flanken von Kühen versperrten die Straße, da die plumpen Tiere nur langsam trotteten. Ihre Euter waren aufgebläht und straff, und sie muhten mit tiefem Stöhnen, weil sie sich nach der erleichternden Melkzeit sehnten. Die Kühe waren weiß mit schwarzen Gesichtern, noch die Rasse aus Jotunn, jedoch besaßen sie weichere Konturen und waren um Hals und Lenden nicht so muskulös. Das Zeichen von Nattarda war in jeden einzelnen Rumpf gebrannt. Vielleicht hatte Cybillia mit dem anderen Vieh recht gehabt. Vielleicht war es tatsächlich gestohlen, überlegte Caspar.

Die Herde bestand aus etwa sechzig Tieren und versperrte die Straße gänzlich. Die Hirten gaben sich keine Mühe, den Weg freizumachen, als gingen sie davon aus, daß das Melken das wichtigste Ereignis im Leben sei und vor allem anderen Vorrang hatte. Sie molken in Sturm und Dürre, an allen Feiertagen und selbst bei Tod und Beerdigung. Nichts anderes war wichtiger, warum also sollten sie für eine Gruppe von Edelleuten das Vieh beiseite schieben?

Stetes Klappern erhob sich aus der Mitte der Herde, wenn die ineinandergreifenden Hörner zusammenstießen. Zumindest schützten die Anwesenheit der Kühe und die allgemeine Aktivität auf der Straße die Reisenden vor einem Angriff. Die Straße klang nicht wie die Große Nord-Süd-Straße. Sie hatten den Fluß überquert und einen festgetretenen Pfad genommen, der sich zwischen hohen Hecken und steilen Wällen zwischen den Weiden Nattardas hindurchdrückte. Die Straße verband Wiglafs Landsitz mit der Stadt Lauerbruch im Herzen der Baronie Ovissia. Ceowulf hatte vorgeschlagen, daß sie, wenn sie westlich von Ovissia zögen, von dort die Straße von

Greifenklau zurück nach Farona nehmen konnten. Keiner war von der Idee begeistert. In Ovissia regnete es ständig, und es lag weit abseits ihrer Route, aber zumindest würde der Weg nach Westen Gatto von ihrer Fährte ablenken.

»Ausgerechnet Ovissia«, stöhnte Caspar.

»Was gefällt dir daran nicht«, fragte Cybillia unschuldig. »Das ist doch sicher besser als Nattarda, oder?«

»Niemand mag Ovissia«, verkündete Hal entschieden. »Ich meine, all die Schafe. Schafe sind so ...« Er sah seinen Neffen an und schob auffordernd die Augenbrauen in die Höhe.

»So unwürdig.«

»Ich hoffe, sie behandeln ihre Herden besser als die Nattardianer ihre Ochsen. Seht es euch an: Es ist doch unnatürlich«, brach es plötzlich voller Leidenschaft aus Brid heraus, die ihre Stimme über den Lärm der Rinder erhob. »Wie können sie warten, bis den armen Tieren die Euter fast platzen?«

»Es sind nur Rinder, Brid, keine Frauen.« Hal klang, als ärgere er sich über Brid, die mit ihren Gedanken so weit weg von den drängenden Problemen war. Besorgt sah er über seine Schulter, auf der Suche nach Hinweisen auf Verfolger. »Wir müssen die Große Nord-Süd-Straße noch weiter hinter uns lassen, und diese Viecher versperren den Weg.«

»Ich denke immer noch, wir sollten schnurstracks zum nächsten Ort und dort zum Vogt«, wiederholte Cybillia ihre überstrapazierte Meinung.

»Wie, hier in Nattarda? Hilfe von Wiglafs Leuten erbitten?« fragte Caspar in dem Versuch, die Aufmerksamkeit des Mädchens abzulenken.

»O nein! Er ist ein mieser, kleiner Dieb. Nein, es würde Vater nicht gefallen, wenn ich ihn um Hilfe bäte. Es ist schon schlimm genug, allein nur in seiner Baronie zu sein.«

»Vorurteile sind manchmal schon eine seltsame Sache, findest du nicht auch?« warf Brid mit spöttischem Funkeln in den Augen ein. Ceowulf verbarg sein Lächeln hinter seinem Handschuh.

»Da läuft vor uns genügend Milch und Fleisch, um eine Armee ein ganzes Jahr lang zu ernähren«, merkte Caspar an, der gerade daran dachte, daß die gestreckten, gepökelten Rationen auf Torra Alta schon in wenigen Monaten mager und ranzig wären.

»O nein«, entgegnete Cybillia. »Fleisch aus Nattarda kann man nicht essen. Es schmeckt nicht.«

Hal klopfte ihr auf die Schulter, als wollte er ihr sagen, sie solle sich um solche Dinge keine Gedanken machen. Brid war mit weit weniger Toleranz ausgestattet, was Cybillia anging. »Du scheinst deine Ohren mit Schleifchen zu verstopfen und dir Puder in die Augen zu streuen. Torra Alta wird belagert. Die Burg ist von allem Nachschub abgeschnitten, und die Garnison besteht aus tausend prächtigen Kriegern. Im Frühling werden sie ihre eigenen Pferde essen, und falls sie es bis zum Sommer durchstehen, werden sie ihre Stiefel zu Brühe verkochen.«

»Es wird noch Sommer werden, bis wir diese Viecher hinter uns haben«, rief Hal verzweifelt. »He, du, Mann, mach den Weg frei. Laß uns durch!«

Der Viehtreiber wandte sich um und zupfte höflich an seinem Stirnhaar. Er nahm die Gegenwart der Edelleute sehr wohl wahr, doch er ging mit derselben geruhsamen Trägheit wie seine Rinder weiter.

Voraus lag ein Gehöft, das auf die Milchmädchen, die herumschwärmten, anscheinend wie ein Topf mit Honig wirkte. Sie kamen von überall her, huschten über die Wiesen, nahmen am Zaun die Übertritte, eine hier und eine dort, liefen, um sich einer Freundin anzuschließen. Eilig sammelten sie sich, zehn, ein Dutzend, vielleicht auch zwanzig, und fröhlich machten sie sich auf den Weg zur Molkerei. Das Rumpeln und

Dröhnen der Rinder erstickte das freudige Geschnatter der Milchmädchen, während sich weitere Herden vor der Molkerei versammelten.

»Es wird spät, und es wird ewig dauern, bis wir uns durch dieses Vieh gekämpft haben. Wir könnten fragen, ob wir hier auf dem Bauernhof aufgenommen werden, und nicht mehr bis zum nächsten Gasthof warten«, schlug Hal vor.

»Das könnten wir allerdings«, stimmte Caspar zu, als er an seinen leeren Magen dachte. Der Tag war derart hektisch gewesen, daß keine Zeit zum Essen geblieben war, und nun wurde ihm bewußt, wie hungrig er war. »Außerdem ist es eine Molkerei. Die müßten doch reichlich zu essen haben.«

Da sie auf den Rinderweiden von Jotunn aufgewachsen war, hegte Cybillia ein ausgeprägtes Vorurteil gegen die Erzeugnisse der benachbarten Baronie. Ihre Miene war wie saure Sahne. »Eine Molkerei! Ihr erwartet von mir, in einer Molkerei zu schlafen. Von mir, der Tochter von Bullback, dem Baron von Jotunn, in Nattarda in einer Molkerei? Eher schlafe ich im Straßengraben.«

»Nun, dann tu es«, sagte Brid eher verzweifelt als boshaft. Sie sah müde und gereizt aus. Caspar sorgte sich darum, daß die doppelte Anspannung, dauerhaft ihren Glauben zu verhehlen und sich um Morrigwen und Keridwen zu sorgen, der Jungfrau einen schweren Tribut abforderte. »Wenn du nicht mit uns kommen willst, werden die Vaalaker dich sicher viel besser behandeln. Wahrscheinlich darfst du alle zehn von ihnen unterhalten.«

»Brid! Beherrsch dich!« Hals Zorn flammte auf. »Deine häßlichen Verletzungen haben dich böse gemacht, böse und kleingeistig. Cybillia ist eine feine, zarte Edelfrau. Deine gemeine, vulgäre …«

Ein scharfer Hieb an die Schläfe brachte Hal augenblicklich zum Schweigen. Caspar, dessen Gesicht zornesrot war, hatte sich schützend vor die Jungfrau geworfen. Er hatte Hal anspringen und vom Pferd reißen wollen, doch Cybillia saß verschämt davor. So wütend der Junge auch war, er wußte, daß eine belbidianische Edelfrau zu zartbesaitet war, um an einer Rauferei teilzunehmen. Hal wandte seinen Kopf langsam herum, und seine Augen wurden wie die schmalen, finsteren Schlitze in einem Visier.

»Verzeih«, sagte er mit beherrschter Freundlichkeit in der Stimme zu Cybillia. »Ich habe da etwas zu erledigen.« Langsam stieg er ab und stand neben seinem Pferd. Er blickte finster zu seinem Neffen auf und stellte sich der Herausforderung. Sie mußten keine Worte wechseln, da der Zorn in ihrem unbeherrschten Wesen bereitwillig aufflammte. Caspar stürzte sich auf Hal, was Feuerschweif, der plötzlich ohne Reiter war, einen wildäugigen Tanz aufführen ließ. Die beiden rollten im Staub herum, schlugen blindlings mit geballten Fäusten aufeinander ein.

Cybillia verdeckte ihren Mund ängstlich mit den Händen, während sie erschrocken zusah. Brid lächelte leise. Etwas von ihren aufgestauten Gefühlen hatte sich durch Caspars Ausbruch gelöst. Ceowulf lachte.

»Nun, ich bin froh, daß sich manches in Belbidia nicht geändert hat. Ich dachte schon, die ganze belbidianische Jugend sei inzwischen weich wie Butter.« Er sprang von seinem Pferd und zog den sommersprossigen Jungen von seinem Onkel. Ceowulf war ein starker Mann, wahrscheinlich Anfang Dreißig, obwohl ihn die Wirkung der südlichen Sonne älter aussehen ließ. Größe und Gewicht machten es ihm leicht, die beiden Jungen zu trennen. »Ihr verschreckt die Rinder, und kein Bauernhof, der etwas auf sich hält, wird euch seine Tore öffnen, wenn ihr euch so benehmt. Was hat sich dein Vater dabei gedacht, jungen Damen zwei Kinder wie euch als Eskorte mitzugeben? Habt ihr noch nicht genug vom Kämpfen?«

Caspar war von Ceowulfs herablassendem Ton nicht eben begeistert. Er bürstete sich ab, schüttelte den Staub von seiner Jacke und stampfte davon, um Feuerschweif zu holen.

Schweigend und mit hoch erhobenen Nasen führten Hal und Caspar ihre Pferde heran, als wäre nichts gewesen. Ceowulf schien ihr Verhalten keine Sorge zu bereiten, er fand es wohl eher amüsant. Cybillia sah stolz und überheblich aus, während Brid Caspar zum ersten Mal offen und kameradschaftlich anlächelte. Seine Schritte wurden leicht, und seine Gedanken kehrten zum Abendessen zurück. Schließlich war Nattarda berühmt für seinen Käse.

Brid griff hinter den Sattel und stützte ihre Hand auf das schwankende Pferd, strich über das kastanienbraune Fell, wo ihr Bündel hätte sein sollen. Sie sah auf ihre schmutzigen Lederhosen und seufzte. »Ich sollte wirklich ein Kleid dabeihaben, das ich anziehen könnte. Es würde schicklicher aussehen, nachdem wir nun im Landesinneren sind.«

Ein Milchmädchen mit einem Wust drahtigen Haars trat unruhig vor, als sich die Edelleute näherten. Die jüngeren Mädchen hielten sich zurück, zogen es vor, in der sicheren Schar zu bleiben, und kicherten fröhlich beim Anblick der feinen, ansehnlichen Krieger. Nur die ältere, matronenhafte Frau trat vor und machte einen Knicks. »Möchtet Ihr vielleicht, daß ich den Bauern für Euch hole, edler Herr?« sagte sie, wobei sie die Frage an Ceowulf als den Ältesten der Gruppe richtete. Der Soldat nickte, und sie eilte mit erstaunlich schnellen Schritten auf und davon.

Bald erschien der Bauer am Eingang zu den Ställen und bürstete Stroh von seinen Kleidern. Seine Ärmel waren aufgerollt, und er trug trotz des kühlen Abends keine Jacke. Von der Arbeit war er ganz rot im Gesicht.

»Mylords, ich hätte Euch gerne früher begrüßt, aber es ist Melkzeit, müßt Ihr wissen.«

Im Inneren des Bauernhofs war alles sauber und weiß. Die Steinböden waren kahl und gewischt, die Wände schlicht, und die Möbel waren zweckmäßig. Es war kein ärmliches, kärgliches Zuhause, sondern eines von zweckmäßiger Reinlichkeit. Die Bäuerin, eine wohlgerundete Frau, brachte zwei schwere Krüge mit schaumiger Milch, stellte sie auf den Tisch und strahlte über beide Wangen.

Große Fenster ließen die Abendsonne in das luftige Refektorium. Die breiten Tische waren frisch gewischt, und an den Wänden reihten sich Regale aneinander, auf welchen Käse auf Käse gestapelt lag. Der kräftige, schweißige Geruch war überall, doch nach einer Weile hatte sich Caspar daran gewöhnt und nahm die Düfte nicht mehr wahr. Die Bäuerin war eine eifrige, praktische Frau, die gern arbeitete und nur allzu gern bereit schien, sie mit den angebotenen Speisen willkommen zu heißen.

»Zu jeder anderen Zeit«, sagte sie, »würden Euch die Mägde bedienen, aber es ist Melkzeit. Die Herden sind groß. Wir haben gerade den Nachbarhof erworben, aber deren Molkerei entspricht nicht den Ansprüchen meines Mannes, und deshalb bringen wir die Tiere hierher. Im Augenblick sind es zu viele. Wir werden die armen Melker noch umbringen, aber mein Mann muß dringend noch eine Melkhalle bauen.«

»Zieht Ihr nach Süden, um den Unruhen zu entgehen?« fragte der Bauer, als er endlich von seinen Pflichten hereinkam. »Wie man hört, gibt es Banden wilder Männer, die an der Nordgrenze marodieren.«

»Es ist eine ganze Armee«, erklärte Hal. »Eine riesige Armee, die für eine Invasion gerüstet ist.«

»Aber … Torra Alta«, hielt der Mann dagegen. »Eine Armee kann doch Torra Alta nichts anhaben. Wir alle haben von Torra Alta gehört, ich schicke sogar Käse dorthin. Man mag dort Hartrindenkäse, wenn ich mich recht erinnere. Niemand kommt an Torra Alta vorbei. Das ist eine historische Tatsache.«

»Aber es kann auch niemand hinein«, erwiderte Hal mit einem Anflug von Verzweiflung über die ahnungslose Selbstzufriedenheit des Bauern. »Die Vaalaker lagern auf der Nordseite, und dort ist der einzige Zugang. Torra Alta läßt sich nur über die Straße erreichen, die inzwischen in Reichweite des Feindes liegen dürfte. Und Proviantwagen hätten keine Chance durchzukommen, also wird die Garnison am Ende verhungert sein, wenn wir keine Hilfe holen.«

»Ich kann es einfach nicht glauben. In Belbidia muß niemand hungern. Selbst die Kleinbauern sind fett.« Ungläubig sah er die Jungen an. »Allerdings seht Ihr alle etwas mager aus. Diese junge Dame hat nichts angerührt.« Er nickte zu Brid hinüber. »Und zwei heranwachsende Burschen wie Ihr sollten mehr essen und sich weniger Sorgen machen.«

Plötzlich hatte Caspar keinen Hunger mehr. Er dachte an seinen Vater, der den barbarischen Horden gegenüberstand, und dann an seine Mutter. Er versuchte, den Anblick ihres erfrorenen Schreis zu verdrängen, der von ihren ewigen Qualen kündete, während sie dort im vaalakischen Gletscher begraben war. Zwölf Jahre unter Schmerzen, dem Tode nah, begraben zu sein: Der Gedanke war unerträglich. Er stocherte im Käse herum, stellte sich vor, es sei der Bauch eines Vaalakers. Plötzlich wollte er dringend in die Hauptstadt. Er konnte nicht stehenbleiben, konnte nicht auf Rast und Nahrung warten. Er mußte herausfinden, wo dieses Druiden-Ei zu finden war, damit er seine Mutter befreien konnte.

Der Bauer und seine Frau plauderten höflich mit Ceowulf, während sie noch mehr Speisen auf die Teller füllten. Als er die Kost roch, vergaß Caspar ganz, daß er nichts essen wollte, und nahm gierig noch einen Mundvoll. Dicke Brühe, mit Sahne angereichert, frisches Krustenbrot und Scheiben von mehr

Käsesorten, als der Junge je gesehen hatte, boten eine willkommene und sättigende Mahlzeit, so schlicht und einfach sie auch sein mochte. Cybillia mißfiel der Mangel an Fleisch, und undankbar stieß sie den Käseteller von sich.

Der Milchbauer erklärte, Fleisch sei ein unbedeutendes Beiwerk, wenn sie doch all die gesunden Lebensmittel direkt aus der Molkerei bekämen. Cybillia wirkte keineswegs überzeugt, doch Brid pflichtete dem Bauern bei. »Zuviel Fleisch«, sagte sie, »verlangsamt das Denken.« Es war ein Seitenhieb gegen Cybillia, doch das Edelfräulein aus Jotunn schenkte dem keine Beachtung.

Die Mägde kehrten gerade rechtzeitig aus dem Melksaal zurück, um zu helfen, die Küche zu putzen und den Tisch des Bauern abzudecken. Ihre geröteten Wangen, gewaschen und geschrubbt, glänzten wie polierte Äpfel, und Seifenduft hing in der Luft.

»Man kann gar nicht vorsichtig genug sein, wenn es um Milchkühe geht. Jede Winzigkeit kann Geschmack und Qualität der Milch verderben«, erklärte der Bauer.

Die Köchin, die ebenfalls mit dem Melken beschäftigt gewesen war, kam mit einer dampfenden Schüssel Pudding herein, der mit gedünsteten Früchten verziert war, wiederum einfach, aber gesund. Stolz strahlte sie die Gäste an, die ihre kulinarischen Künste anscheinend zu schätzen wußten. Langsam glitt ihr Blick durch den Raum, sie sah in jedes Gesicht und nickte den Edelleuten, die der Küche ihres Herrn die Ehre machten, freundlich zu. Dann fiel ihr Blick auf Brid. Stocksteif stand sie mit offenem Mund da und ließ die Schüssel krachend auf die Steinplatten fallen. Warme, milchige Flüssigkeit spritzte durch den ganzen Raum.

Der Bauer eilte ihr zur Seite. »Was ist denn, Meg? Was ist los?« Sie konnte nicht sprechen, und sekundenlang stand sie nur starr vor Entsetzen da, dann deutete sie auf Brid und begann, hysterisch zu kreischen. Der Bauer zerrte sie hinaus, zutiefst verstört vom Benehmen seiner Köchin, und eine Schar verängstigter, verwirrter Mädchen huschte heran, um das Malheur aufzuwischen. Von den fernen Küchen her hallten Rufe wie »Elfe! Zauberei! Wechselbalg!« durch die makellosen Flure des Bauernhauses. Alle starrten Brid an.

»Laßt uns für Eure Gastfreundschaft bezahlen.« Diplomatisch erhob sich Ceowulf vom Tisch. »Unser Auftrag drängt, und wir müssen noch einige Meilen hinter uns bringen. Es wird noch einige Stunden hell sein, und wir sollten weiterziehen.«

»Ja, ja, das solltet Ihr sicherlich«, erwiderte der Bauer geistesabwesend und rückte ein Stück von Brid ab. »Es gibt ein Kloster, kaum eine Wegstunde von hier, kurz vor der Grenze zu Ovissia. Bis zum Sonnenuntergang müßtet Ihr es schaffen.«

Das Geschrei der Köchin hallte den Korridor entlang. »Sie wird die Kühe verzaubern. Die Milch wird in den Eutern sauer. Sie macht die Milch sauer.«

Brid hielt sich bedeckt, zog ihren Umhang fest um sich, und als Caspar ihren Arm berührte, um ihr seinen Trost zu bieten, fühlte er, daß sie zitterte. Ihre Augen waren feucht, und sie sagte nichts.

Eine Meile die Straße hinunter brach Ceowulf das nachdenkliche Schweigen seiner fünf Mitreisenden. »Ich weiß nicht, was hier vor sich geht, aber ich bin nicht so dumm zu glauben, ihr würdet nur nach Süden reisen, um nach Farona zu gelangen. Ihr seid viel zu geheimnistuerisch. Und was dich angeht, Brid, kannst du dir solches Aufsehen nicht erlauben. Dieser Vorfall eben wird meilenweit Aufmerksamkeit erregen. Alle Dörfler in Nattarda werden wissen, daß du hier warst. Und wenn die es wissen, werden die Vaalaker es erfahren. Wollt ihr mir also erzählen, was das alles soll?« Erwartungsvoll blickte er zwischen den jungen Gesichtern hin und her.

Brid wich seinem Blick aus, und Hal und Caspar starrten

ihn mit zusammengekniffenen Mündern an. Cybillia sah nur verwirrt aus, während sie auf dem Sattel hüpfte und sich furchtsam an Hals Rücken klammerte.

Schließlich erwiderte Hal kühl: »Wir haben dich nicht gebeten, mitzukommen, und wenn du nicht glücklich bist, kannst du gehen. Wir drei müssen mit König Rewik sprechen, und Cybillia steht während dieser Reise unter unserem Schutz. Du bist nur ein Söldner.«

»Schutz von ein paar Kindern!« spottete Ceowulf. »Und wenn ich Rewik erzählen würde, was ich heute gesehen und gehört habe, würde er euer Anliegen gerade so lange überdenken, wie man braucht, um euren Prozeß zu befehlen. Man nennt ihn nicht umsonst Rewik den Bekehrer. Ich habe die Schriften gelesen, und ich habe länger Theologie studiert, als ich mich erinnern möchte.« Er hielt inne, um Luft zu holen, und dann fuhr er mit feierlicher, monotoner Stimme fort: »›... Und fürchtet die kleinen Menschen mit den hellen Augen. Fürchtet die Frauen, die in Hainen wandeln, denn sie wandeln nicht mit dem Einzig Wahren Gott, sondern mit den Göttern der dunklen Welt, den Göttern der Lust und niederen Naturen. Hütet Euch vor ihrem Lächeln, damit es Euch nicht betört.‹

Außerdem weiß ich, daß Torra Alta ein wildes, abgelegenes Gebiet ist, in dem sich Belbidias dunkle, alte Geheimnisse verbergen können. Ich weiß, daß Rewik dieses Mädchen nicht wohlwollend aufnehmen wird, selbst wenn ihr zu jung seid, das zu wissen.«

Cybillia zog ihren Umhang fest um ihren Hals, als versuchte sie, sich vor bösen Geistern zu schützen. Gebete kamen ihr leise über die Lippen, während sie Brid argwöhnisch und mit großen Augen unter ihrer Kapuze hervor beobachtete.

»Wie gesagt«, fuhr Hal streng fort, »wir haben dich um deine Eskorte nicht gebeten, und wahrscheinlich wären wir ohne sie glücklicher.«

Ceowulf schüttelte den Kopf. »Du mußt dich nicht so sehr beherrschen, weißt du. Ihr mißversteht mich. Ich habe zuviel Tod gesehen, zuviel Morden. Seit fünfzehn Jahren kämpfe ich in Kriegen, und alle sterben gleich – Heiden, Ungläubige, die Anhänger des Einzig Wahren Gottes – sie alle sterben unter Schmerzen, langsam und allein. Seite an Seite auf den Schlachtfeldern, und der Tod behandelt sie alle gleich. Ich habe die Schriften meine ganze Jugend lang gelesen, und sie haben mir gesagt, Gott sei mit denen, die im Recht sind, und daß er den heidnischen Feind besiegen würde. Aber ich habe die Wahrheit gesehen ... Keine Hand Gottes schwingt einen Schild, um die Guten oder Sanftmütigen zu beschützen. Insbesondere nicht die Sanftmütigen! Sie werden beiseite gefegt oder niedergetrampelt und sterben im Dreck.«

»Und?« fragte Hal mißtrauisch. »Menschen sterben nun mal in der Schlacht. Warum heißt das, wir sollten dir vertrauen?«

»Ich werde es nicht aussprechen, aber ich weiß, was Brid ist, und ich sage nur, daß es mir egal ist. Ich glaube nicht mehr an den Einzig Wahren Gott ... oder auch irgendeinen anderen. Ich habe mein Leben damit vergeudet, für andere Länder zu kämpfen, und nun will ich etwas tun, das etwas wert ist, und für mein eigenes Land kämpfen. Brid kämpft auf derselben Seite, und es bedeutet mir nichts, daß sie aus einer anderen Welt mit anderen Überzeugungen stammt.«

»Laß ihn mitkommen«, sagte Brid leise. »Laß ihn mitkommen. Er muß seinen Wert beweisen, sich selbst und seiner verlorenen Familie. Ihr könnt ihm trauen, weil er sich vor mir nicht fürchtet.«

Beide Jungen knurrten zustimmend, da sie sich darüber im klaren waren, daß Ceowulfs Waffenkünste zweifellos zu ihrem Vorteil wären. Cybillia stand unter Schock, schien den Schrecken dessen, wovon die anderen redeten, nicht zu begreifen.

»Pater Rufus sagte, sie sei nur verletzt, und das habe sie dazu gebracht, sich schlecht zu benehmen, aber meine alte Amme sagte, sie sei ein Wechselbalg, und diese Köchin schreit vor Entsetzen. Aber Pater Rufus hat gesagt, er müsse es wissen, wenn etwas Verdächtiges an ihr wäre.«

»Was redest du da, schöne Cybillia?« höhnte Brid. »Nennst du mich eine Hexe? Hast du Angst, daß ich dir das Herz herausschneide und es in meinem Kessel koche?«

Cybillias Augen wurden groß, und sie vergrub ihren Kopf in den Falten an Hals Bärenfellumhang.

»Ich glaube, sie fällt gleich in Ohnmacht«, spottete Brid.

»Tu' ich nicht. Ich glaube nicht, daß du eine Hexe bist. Ich glaube, du bist nur wegen Hal so gemein zu mir.«

Der dunkelhaarige Junge streckte seinen Arm nach hinten und drückte sie beruhigend. »Mach dir um Brid keine Gedanken. Die ist harmlos.«

»Ich bin nicht harmlos«, zischte das junge Mädchen, »und ich bin Priesterin. Ich bin eine Ergebene Dienerin und Tochter des Mondes, und in meinem eigenen Land werde ich es laut und stolz verkünden, von den Gipfeln der Gelben Berge bis zu den Stränden Caldeas im Süden. Ich verehre die Göttin in allen Ihren Formen und Gestalten, und ich werde Ihre Liebe und Ihre Lehre predigen. Und ganz besonders heute, kurz vor einem Abend von solch astrologischer Bedeutung.«

Caspar streckte sich und nahm sie beim Arm. »Brid, halt den Mund. Solches Gerede hat deine Mutter auf den Scheiterhaufen gebracht. Du solltest besser schweigen.«

Brid lachte. »Du hältst mich doch nicht für so dumm, zuzulassen, daß sie sich daran erinnert, oder?« Sie trat ihr Pferd an und ritt neben Elster. Dann preßte sie ihre Hand auf Cybillias entsetzten Mund und schob ihr ein Blatt Faronischen Bilsenkrautes hinein. »Träume süß, liebliche Cybillia. Niemand spottet über meinen Glauben.«

Hal hielt das Mädchen fest, das in seinen Armen schwankte, und warf Brid einen zornigen Blick zu. »Du bist so stur und arrogant. Wieso konntest du nicht einfach den Mund halten? Was ist, wenn sie zu schwach ist, diese Gifte zu vertragen?«

Die Priesterin seufzte. »Faronisches Bilsenkraut allein wirkt nicht so schnell. Sie ist nur bewußtlos. Aber wenn es dann Wirkung zeigt, bringt es nur ihr Denken durcheinander. Ich mußte es tun: Der Schaden war schon angerichtet. Nach allem, was Ceowulf gesagt hat, mußten wir sichergehen, daß sie sich an nichts erinnert.«

Der Söldner reagierte gelassen auf das Tun der Jungfrau, und höflich lächelte er Brid an. »Ich bin beeindruckt von deinen Titeln. Aber ich muß mich entschuldigen. Niemals hätte ich so offen gesprochen, wenn ich gewußt hätte, daß die junge Edelfrau nicht in eure Pläne eingeweiht ist.«

»Aber Hal hatte recht«, entschuldigte sich nun auch Brid. »Ich hätte nicht so damit herausplatzen sollen. Zu Hause im Keilerwald mußte ich nicht so geheimnisvoll tun, weil wir durch die Gelben Berge vom Rest Belbidias abgeschnitten waren. Heimlichkeit entspricht nicht meinem Wesen.«

»Nun sieh sie dir an.« Hal war wütend, als er Cybillias entglittene Züge betrachtete. »Jetzt wird uns niemand mehr über Nacht aufnehmen. Sie werden dich nicht nur für einen Wechselbalg halten, sondern glauben, Cybillia hätte die Pest. Das war nur gemeiner, böser Wille, Brid.«

»Wir reiten zum Kloster, wie der Bauer vorgeschlagen hat«, verkündete Ceowulf ganz ruhig und schob sein Pferd zwischen dem dunkelhaarigen Jungen und dem streitlustigen Mädchen hindurch.

»Wie? Mit Brid? Die müssen sie nicht mal ansehen, um zu wissen, daß sie eine Hexe ist. Die müssen nur atmen, um ihre Böswilligkeit zu wittern.« Er legte seine Arme um Cybillia und wiegte sie sanft. Caspar mochte die Grausamkeit in den Worten seines Onkels nicht, doch er wollte nichts sagen, um nicht wieder einen größeren Streit vom Zaun zu brechen.

»Ich habe nur praktisch gedacht.« Brid beruhigte sich und hob würdevoll die Nase. »Wir dürfen nicht zulassen, daß Cybillia etwas gefährdet.«

Der Junge knurrte ärgerlich. »Nun, wir können nicht ins Kloster … es sei denn, wir würden Brid draußen lassen.«

»Können wir doch«, widersprach Ceowulf zuversichtlich. »Die würden sie nie verdächtigen. Niemals würde eine Hexe freiwillig das Haus des Einzig Wahren Gottes betreten.«

»Aber ihre Augen …«, protestierte Hal. »Ich meine, sieh sie dir an. Sie sieht wie eine Elfe aus, so feinknochig.«

»Ja, aber dein kleiner Bruder hier auch.«

»Neffe!« verbesserten Hal und Caspar im Chor. Caspar war erschüttert. So hatte er sich nie gesehen. Stets hatte er sich vorgestellt, er wäre grobknochig und muskulös wie sein Vater, und diese leichten Knochen wären nur ein Stadium, aus dem er herauswachsen würde.

»Dann eben Neffe«, korrigierte sich der Söldner. »Spar mag die Augen eines Heiden haben, aber niemand klagt ihn deswegen an … obwohl sich seine Vorfahren bestimmt bis direkt zum Alten Volk zurückverfolgen lassen.«

Caspar fühlte sich unwohl. Ceowulf schien eine ganze Menge von diesen Dingen zu verstehen.

»Nein, man würde Spar nicht verdächtigen, weil er wie ein Baronensohn spricht, er reitet das Pferd eines Edelmannes, und er benimmt sich, wie man es von ihm erwarten würde. Brid dagegen … Nun, sie ist ein Mädchen, das bäuerlich aufgewachsen ist, dazu der leichte Singsang aus den Bergen, wenn mich nicht alles täuscht, nur mit gebildetem Vokabular und viel zu geschickt mit Pferden. Und sie streitet nur allzu bereitwillig mit jungen Edelmännern. Kein Mädchen, das ich kenne, würde mit einem Mann streiten, schon gar nicht mit einem Mann von höherem Rang. Wenn sie erst verheiratet sind … nun, das ist etwas anderes. Am besten wäre es, wenn Brid so täte, als wäre sie Cybillias Magd. Schade ist nur das mit ihren Kleidern.«

»Mmhm, das ist schon besser.« Hal grinste triumphierend. »Brid sollte mit etwas weniger Arroganz auftreten. Das würde uns allen besser gefallen.«

Während sie angestrengt Hals Blick auswich, sprach die Priesterin würdevoll, als sie sich verteidigte. »Ich hatte ein Kleid bei mir, aber es ging im Kampf verloren. Ich wollte warten, bis wir etwas näher an Farona wären, und dann so tun, als wäre ich eine dieser hohlköpfigen belbidianischen Edelfrauen. Natürlich kann ich das tun, aber niemals werde ich mich als Cybillias Magd ausgeben.« Sie kürzte ihre Steigbügel, damit sie unbequem im Sattel saß, lockerte die Zügel und machte ihren Rücken rund, als hätte sie nie zuvor auf einem Pferd gesessen. »Oh, meine schöne Nachbarin, was soll nur aus ihr werden?« jammerte sie, während sie unbeholfen auf dem Sattel herumhüpfte.

Die kastanienbraunen Ohren der Stute lagen flach am Kopf, und ihr flüssiger Trab verkürzte sich zu hüpfenden Schritten. Als sie an einem Sauerampfer vorüberstrichen, der dort an der Wurzel eines Baumes wuchs, streckte sich der Kopf den verführerischen Trieben entgegen. Hilflos flatterte Brid, und ihre kleinen Füße tappten gegen den Sattel, reichten jedoch nie bis an die Flanken des Pferdes.

»Aber trag nur nicht zu dick auf, ja?« lachte Ceowulf.

In der Ferne konnten sie das Kloster etwas abseits der Straße sehen. Der Eingang war von einem hohen Wall und einer Eibenhecke bewacht. Ein hohes Steingebäude mit Bogenfenstern und -türen, Schieferdach und hohen, verzierten Schornsteinen stand im Schatten einer gewölbten Kapelle. Ein viereckiger Innenhof lag vor dem Kreuzgang, und zwei solide

Eichentore schlossen die religiöse Zuflucht vor der Außenwelt ab.

Abrupt blieb Brid vor den Toren stehen, glitt von ihrer Stute und hob eine Hand, um an der kleineren, eingesetzten Tür im Haupttor zu klopfen. Abrupt erstarrte sie, und ihre Hand blieb mitten in der Luft stehen, dann zog sie sie langsam wieder zurück.

»Was ist los?« wollte Hal wissen.

»Ich weiß nicht«, flüsterte sie. »Mir gefällt es hier einfach nicht. Irgendwas stimmt nicht.«

»Nun, natürlich gefällt es dir nicht. Das Kloster ist zu Ehren des Einzig Wahren Gottes errichtet worden.«

»Daran liegt es nicht«, sagte sie unsicher.

»Nein«, gab Caspar ihr recht. Er stieg ab und faßte mit der Hand an seine Brust, wo sich das Mandala unter seinem Hemd verbarg. »Nein. Auch ich kann es fühlen.«

Plötzlich ergriff ihn die Furcht, daß seine Seele gänzlich vom Teufel besessen war. Warum sonst sollte er sich vor einem Haus Gottes ängstigen? Ein schreckliches Gefühl einsamer Trostlosigkeit erfüllte ihn, weil er meinte, sein Seelenheil zu verlieren. Noch immer glaubte er an den Einen Gott. Er wollte kein Heide werden. Er fürchtete die Hölle und die Flammen des Teufels. Er versuchte, sich zu beruhigen. Konnte er wirklich denken, daß ein Kloster ein böser Ort war?

»Mögen mich die Heiligen vor den wunderlichen Phantasien meines Neffen bewahren.« Hal warf seinen Blick himmelwärts, gab Elster die Sporen zum Tor hin und klopfte nicht mit der Hand an, sondern versetzte der Tür einen Tritt mit dem Stiefel. »Macht auf da drinnen. Wir sind lange auf der Straße unterwegs und brauchen Obdach und Hilfe. Macht auf.«

KAPITEL 14

Die Klappe in der Tür öffnete sich, und zwei Augen und eine Nase tauchten in der Öffnung auf. Die Augen waren haselnußbraun unter buschigen Brauen, die im Alter dick und lang geworden waren. Falten umgaben die Augen, fächerten sich zu Krähenfüßen aus, was auf ein energisches, bewegliches Gesicht hindeutete. Die Nase war lang und am Sattel breit, von den Jahren nicht mehr so hübsch, doch lag nichts Düsteres in der Miene dieses Mannes. Die Stimme war sanft und freundlich, aber Caspar spürte nach wie vor eine gewisse Unruhe. Es gefiel ihm noch weniger, als die Scharniere unter dem Gewicht der Tore ächzten und er in den Innenhof trat. Der Mönch hielt seine Hände vor sich gefaltet, nutzte die weiten Ärmel seines Habits als Handwärmer und trug den Kopf unter der braunen Kapuze geneigt.

Er sprach langsam und warmherzig, vergeudete aber keine Worte. »Gott segne Euch an diesem Abend.«

Ceowulf nickte zur Antwort. »Auch Euch. Wir bitten um Obdach. Ich habe hier in meiner Obhut eine junge Dame, die krank ist – nichts Schlimmes. Sie hat sich auf der Straße erschrocken und ist in Ohnmacht gefallen. Ihr Pferd hat gescheut und ist auf und davon.«

»Für die Bedürftigen ist immer Platz.« Er schnippte mit den Fingern, und zwei Novizen kamen gerannt, um sich der Pferde anzunehmen. »Eure Waffen«, sagte der Mönch höflich. »Ihr könnt sie hierlassen. Ich versichere Euch, dort sind sie sicher, nur können wir Euch nicht gestatten, sie ins Allerheiligste des Klosters mitzunehmen.« Er nickte zu dem runden Torhaus hin, welches sich gleich neben das schwere Eichentor drückte. Caspar verzog das Gesicht und ließ seine beiden Bögen widerwillig dort zurück. Er war erst zufrieden, als er sah, daß der Mönch die Waffenkammer mit einem Schloß verriegelte.

Man führte sie über den Innenhof zu einem flachen Gebäude abseits des steinernen Kreuzgangs. Eine fratzengesichtige Figur grinste heimtückisch vom Türsturz über ihnen herab. In der Herberge wurden die Laien von zwei Novizenmönchen bedient, deren Füße lautlos unter ihren Roben schlurften. Man führte sie in zwei Zellen mit Liegen und Decken, wo sie ihre Habe ablegen konnten, und brachte sie dann wieder an einen großen Tisch in der Mitte der Herberge zurück.

»Willkommen, Reisende, an diesem Ort des Trostes.« Der jüngere der beiden Mönche lächelte schmallippig und bot ihnen eine hölzerne Schale mit einfacher Brühe an, die mit Gerste angereichert war. »Wenn Ihr gegessen habt, dürft Ihr Euch zum Abendgottesdienst zu uns gesellen. Ihr werdet die Glocken hören.«

»Gern wollen wir uns Euch anschließen«, sagte Ceowulf ganz ruhig, »außer den Damen. Eine fühlt sich unwohl, und da muß die andere natürlich bei ihr bleiben.«

»Natürlich«, stimmte der Mönch zu und überließ sie sich selbst.

Caspar war dankbar, daß Brid die Zeremonie zu Ehren des Einzig Wahren Gottes nicht durchleiden mußte. Nachdenklich sah er sie an. »Ist es dir recht, daß wir dich allein lassen?«

Sie sah bedrückt aus, hakte ihren Daumen in den Ärmel und zupfte am Stoff herum, doch sie hob ihren Kopf und lächelte. »Ja, es wird schon gehen. Ich glaube, ihr solltet hingehen. Es sieht besser aus.«

Die gewölbte Kapelle war düster, und es roch nach Weihrauch. Caspar drückte sich nah an eine dicke, runde Säule und versuchte zu beten, aber seine Gedanken wollten einfach keinem Gott zustreben. Zu viele prickelnde Gefühle bebten in seinen Adern. Um ihn herum beteten die Mönche mit monotonen Stimmen. Ihnen mangelte es an Freude, aber das war wohl nicht ungewöhnlich. Ihre Kapuzen waren ehrfürchtig vom Kopf geschoben, so daß die tonsurierten Schädel im flackernden Kerzenschein schimmerten. Sie blickten ostwärts zu dem großen Altar, auf dem üppig goldenes und purpurrotes Tuch ausgebreitet war, mit goldenen Kerzen und fein verzierten Tellern. Am Rand eines bunten Bleiglasfensters flackerten Kerzen auf und zeigten Heilige, deren Hände zum Gebet gefaltet waren. Alles war, wie es sein sollte, bis auf ... Er war nicht sicher. Irgend etwas schien ihm nicht richtig.

Natürlich war er nie zuvor in einem Kloster gewesen, und zweifelsohne verhielt sich die Gemeinde einer Garnison ganz anders, doch zeichneten sich die Mienen der Betenden durch einen Mangel an Gefühlen aus. Es fehlte entschieden so etwas wie Freude, aber die hatte er auch auf Torra Alta nicht empfunden ... außer natürlich an Feiertagen, wenn alle aus voller Kehle sangen. Hier sah man jedoch weder diesen Ausdruck von Ehrerbietigkeit oder frommer Selbstgerechtigkeit noch Langeweile, was in der Kapelle auf Torra Alta ungewöhnlich wäre. Dort zappelte jeder mal von Zeit zu Zeit, schlurfte mit den Füßen, hustete oder legte zumindest irgendeine Art von Empfindung an den Tag. Die Mönche hier wirkten sehr beherrscht.

Neben ihm sang Hal ohne jegliche Melodie, während sich Ceowulf verstohlen umsah. Die dunklen Augen des Ritters erkannten Caspars besorgten Gesichtsausdruck, und der große Mann beugte sich auf seine Höhe herab. »Ich bin hier überhaupt nicht glücklich, Spar«, flüsterte er.

»Ich auch nicht. Wir sollten gleich zu den Mädchen zurück.«

Ceowulf spitzte die Lippen und schüttelte den Kopf. »Der Gottesdienst müßte jeden Moment zu Ende sein. Wir würden nur Aufmerksamkeit erregen, wenn wir jetzt gehen.«

Verdrießlich wartete Caspar, und bei der ersten Gelegenheit rannte er zur Herberge zurück.

Brid und Cybillia waren fort.

Der Novize sah sie mit starren, ausdruckslosen Augen an. »Oh, nein, sie sind beide mit unserem Bruder zum Herbarium gegangen, um Medizin für die Dame zu besorgen.«

Das würde Brid niemals tun, da war Caspar ganz sicher. Sie trug genügend Kräuter bei sich und hätte einen Mönch niemals um Hilfe gebeten, besonders nicht um Cybillias willen. »Hal«, flüsterte er seinem Onkel ins Ohr. »Da stimmt was nicht. Er lügt.«

Hals Augen wurden schmal. »Was seid Ihr für Mönche? Was habt Ihr mit ihnen gemacht? Wir sind in Belbidia mächtige Männer: Ihr könnt nicht glauben, daß Ihr damit durchkommt.«

Mit geballten Fäusten trat Ceowulf auf den Mönch zu. Seine mächtige Gestalt sah unter dem finsteren, schwarzen Wappenrock einigermaßen beängstigend aus, doch zu Caspars Erstaunen zeigte der Mönch keinerlei Sorge. Hinter ihm wurde die Tür aufgerissen, und zwanzig Männer drängten herein und stellten sich Schulter an Schulter.

In der Mitte der Gruppe stand der Abt, den sie zuletzt beim Abendgebet gesehen hatten. »Wisset«, verkündete der Abt, während er seine braune Robe von sich warf, um ein kurzes, weißes Gewand zu enthüllen, »Ihr seid an einem feierlichen Tag zu uns gekommen. Heute ist das Fest des Lokki zu einer Zeit der großen Ausrichtung im Himmel. Lokki hat Euch zu uns geführt.«

Die Männer in ihren Roben kamen näher.

Wie hatten sie so dumm sein können, die Waffen am Tor zu lassen, dachte Caspar verzweifelt, während er wahllos um sich schlug. Ceowulf warf mehrere Männer mit den Fäusten zu Boden, während Caspar anfangs prügelte und rang, doch schließlich ging er zum Kratzen und Beißen über, als seine

Arme an den Seiten festgehalten wurden. Er stürzte in Finsternis, als man ihm einen muffigen Sack über dem Kopf verschnürte.

»Lobet Lokki, den Gefürchteten der Finsternis«, war der manische Gesang zu hören.

Sie wurden über glatte Steinböden geschleppt und dann eine Treppe hinuntergeworfen. Caspar hatte keinerlei Orientierung, doch er vermutete, daß sie abwärts rollten.

»Um die Unruhestifter kümmern wir uns morgen, denn lebend dürfen sie diesen Ort nicht verlassen. Aber ihr Blut darf an diesem heiligen Tag, der nur einmal im Jahrhundert kommt, nicht das der Jungfrauen verderben.«

War diese heidnische Enklave ein Kult der Mutter? Schließlich hatte auch Brid gesagt, daß für sie diese Nacht eine besondere Bedeutung habe. Konnte es eine Sekte der Mutter sein, die in den Jahrzehnten der Verbrennungen in Belbidia unentdeckt geblieben war? Gehört das alles zu dieser Religion, an die wir uns um Hilfe gegen die Vaalaker wenden? Er war sicher, daß alles Heidentum miteinander verbunden war. Ist das die Religion meiner Mutter? Ist diese Teufelsanbetung meine Herkunft? Caspar war verzweifelt. Brid sprach von Opfern: War es nur eine weitere Gestalt ihres Erdenzaubers? Ihm wurde abgrundtief übel.

Ein Heulen drang an seine Ohren. Seile spannten sich um ihn, und er spürte, wie man ihn an einen Pfahl fesselte. Ihm wurde der Sack vom Kopf gerissen. Er wollte schreien, doch ein aufgeregter Mann im weißen Gewand stopfte ihm einen Lappen in den Mund und verknotete ihn.

Caspar riß an seinen Fesseln, warf sich hin und her, doch die Reibung des Seiles brannte ihm nur in die Haut. Anfangs bekam er nur sehr wenig mit. Alles ging so schnell. Ceowulf und Hal waren gleich neben ihm. Ceowulf hatte eine aufgeplatzte Wange, wo man ihn mit einem harten Gegenstand geschlagen hatte. Sein Kopf war vornüber gesunken, und er selbst hing schlaff in seinen Fesseln. Hal kämpfte wütend, doch auch er war stramm gefesselt, und seine zornigen Schreie wurden vom Lappen in seinem Mund gedämpft. Das Blut hämmerte in seinem Kopf und färbte seine Wangen zornesrot. Sie schienen in einem abgeschlossenen Raum zu sein, wobei die rauhen Wände Caspar an die Höhlen unter Torra Alta erinnerten. Es war dunkel, und das einzige Licht kam von sieben Riesenkerzen von der Höhe und Breite eines Menschen.

Die Mönche, die sich inzwischen allesamt ihrer Verkleidung entledigt hatten, waren eifrig am Werk. Ihre Augen zuckten vor Erregung, und die Muskeln in ihren Gesichtern spannten sich vor lauter Vorfreude. Der ganze Raum bebte von ihrem Sprechgesang. »Lokki, Lokki, Lokki.«

Der Abt, der eine weiße Robe trug, die ihm nur bis an die Knie reichte, hielt den abgeschlagenen Kopf eines Tieres in der einen ausgestreckten Hand und eine bluttriefende Sichel in der anderen. Wahrscheinlich war es eine Ziege, doch Caspar konnte es nicht genau sagen. Es war zu blutverschmiert. Nein, es war keine Ziege. Es war eine seltene Schafsorte mit geraden Hörnern, die mehr als einen Fuß lang waren und wie Speere von dem abgetrennten Kopf abstanden.

Er riß seine Augen vom satanischen Anblick des Schafsschädels los und sah sich im Raum nach einer Fluchtmöglichkeit um. Doch wo war Brid? Cybillia konnte er am Boden vor einem kalten, steinernen Altar sehen. War sie schon tot? Dann fielen ihm die Kräuter ein, die Brid ihr in den Mund geworfen hatte, und er betete, daß sie noch immer nur benebelt war und die Schrecken um sich gar nicht wahrnahm. Ein weiteres Mädchen, vermutlich eine Bäuerin, die zu entsetzt war, als daß sie zu schreien wagte, lag bereits gefesselt und mit ausgebreiteten Armen auf dem Altarstein. Doch wo war Brid?

»Gott der Finsternis, Herrscher über den Tod, Gott der

Verdammnis. Wir geben dir das Blut dieser Jungfrau.« Der Abt hob den Schafskopf über die Brust des Mädchens, beabsichtigte offenbar, die beiden Spitzen in ihre Brust zu rammen und die Hörner tief in ihren Leib zu bohren.

Oh, lieber Gott, großer, mächtiger Vater, schütze uns vor diesen Heiden, betete Caspar. Wo war Brid? Hatte sie Cybillia verraten? War sie tatsächlich nicht besser als diese barbarischen Dämonen, die es nach menschlichem Blut dürstete? Ungläubig und entsetzt starrte er den Priester mit seiner weißen Robe an. Die Spitzen der Hörner wären stumpf, verglichen mit der Schneide eines Messers. Der Tod käme langsam.

Angst brandete in ihm auf. Aber er war sicher, daß Brid nicht böse war. Sie hatte diesen Ort ebenso gefürchtet wie er, doch warum hatte man sie nicht geholt, um sie zu opfern? Wurde sie verschont, weil sie eine der Ihren war … eine Heidin? Brid glaubte an viele Götter, ein ganzes Pantheon von Göttern, nicht nur die Große Mutter. Sie mochte sich dem Glauben an die Göttin verschrieben haben, doch war auch Lokki einer ihrer Götter?

Schließlich wurde auch die Priesterin hereingeschleppt. Fast war Caspar erleichtert, als er sah, wie wütend sie sich mit rudernden Gliedmaßen und scharfen Nägeln wehrte.

»Frauen des neuen Gottes, heute abend wird Euer Blut zu Ehren Lokkis fließen«, schrie der Abt. »Fürchtet ihn! Fürchtet ihn wie nichts auf dieser Welt!«

Brid starrte ihm offen in die Augen. Sie wand sich nicht mehr, noch schrie sie oder zitterte, sondern starrte ihn nur an, und ihre wilden, grünen Augen stachen bis in seine Seele.

Sie warf ihren Kopf in den Nacken und lachte. »Ihr erwartet, daß *ich* Lokki fürchte? Ihr kleinen Männer mit euren halbvergessenen Riten, die sich jämmerlich hinter dem neuen Gott verstecken, ihr erwartet von mir, euren Gott zu fürchten?«

Außer sich blickte der Abt auf. Seine zitternde Hand hob

die Sichel und schnitt durch die Luft, als schlüge er nach ihr. »Du! Du wirst als erste sterben!«

»Sterben!« lachte sie. »Ich bin eine der Drei Ergebenen Dienerinnen. Die Göttin spricht durch mich. Ich kann nicht sterben.«

Plötzlich brach der Singsang im Raum zu erstauntem Schweigen zusammen, dann machte sich allgemeines, beunruhigtes Gemurmel in der Versammlung breit.

»Seht! In meiner Seele brennt das Feuer. Die Lebenskraft der Göttin durchfährt mich. Ihr könnt mich nicht töten: Ich besitze die Unsterblichkeit der Alten Götter.« Die Männer um sie schreckten zurück, ließen ihre Arme los. Sie riß ihr Wams und das wollene Hemd auf. Im trüben Licht der Kammer leuchtete der Mondstein um ihren Hals hell, schien das silberweiße Licht durch das Seidenhemd gleich über ihrem Herzen. »Das Licht des Mondes leuchtet aus meiner Seele. Ich zaubere Dämonen aus meinem Herzen hervor.« Sie schlug an ihre Brust, und ein dünnes Quieken drang hervor. Um ihren Hals und durch ihr Haar kroch der Salamander, dann über ihr Gesicht und hockte sich auf ihren Kopf, wobei sich die knochige Halskrause aufstellte. Wütend fauchte das Tier die Fremden an. Dann öffnete es sein Maul und zeigte die gespaltene Zunge, während es schmerzhaft kreischte.

»Fürchtet mich! Vor euch steht die lebende Göttin«, verkündete Brid. »Ihr, die ihr euren Gott noch nie gesehen habt, fürchtet die Göttin.« Beim Anblick von Brids brennender Seele fiel der Abt auf die Knie. Er drehte den Schafskopf, bis die Hörner aufwärts ragten, legte den Schädel am Boden ab und stürzte sich auf die lanzengleichen Hörner. Blut spritzte aus seiner Brust und sickerte in seine weiße Robe. »Lokki, nimm mich«, gurgelte er.

Die Mönche warfen sich zu Boden, murmelten entsetzt.

Brid warf ihren Kopf in den Nacken und schrie mit dämonischer Stimme. Unwillkürlich fürchtete sich Caspar vor ihr. Sie schien nicht mehr das Bauernmädchen mit dem verspielten Blick und der schlichten Liebe zum Leben zu sein, und er konnte ernstlich glauben, daß sie ein schreckliches Wesen war, in dessen Seele ein Dämon brannte. Er wußte, daß es nur der Mondstein war, doch in der trübe beleuchteten Kammer schien er hell. Der dunkelrote Salamander, der dort auf ihrem Kopf kreischte, war nur der kleine Feuerdrache, doch in dieser bösen Unterwelt sah er wie ein Teufel aus. Niemand in der Tiefebene Belbidias hatte je zuvor einen Feuerdrachen gesehen.

Brid vergeudete keine Zeit. Sie riß dem Abt die Sichel aus der Hand und stieg über die flehenden Mönche, um erst Hal und dann die anderen zu befreien.

»Wir sollten hier schnell verschwinden«, zischte sie. »Mehr Tricks habe ich nicht auf Lager.«

Ceowulf warf Cybillia über seine Schulter, während Hal und Caspar an dem verwirrten Bauernmädchen rissen. Brid sprang über die Mönche und floh zur Wendeltreppe, die in die Kapelle führte. Zwar waren die Mönche in Panik, verstört vom langsamen, qualvollen Tod des Abtes, doch sie würden erkennen, daß Brid nicht wirklich eine Göttin war, sobald sie die steinerne Treppe hinauflief. Eine Göttin rannte einfach nicht weg. Noch immer hing der schwere Duft von Weihrauch, Wacholder und Klee in der Kapelle, um den Gestank von Blut zu überdecken.

Draußen dämmerte der Abend. Der Wachraum und die Ställe waren menschenleer. Sie mußten nur ihre Waffen holen. Dreißig Mönche stellten für Caspar keine Bedrohung dar, sobald er erst einen Bogen in der Hand hielt.

Die Tür zur Waffenkammer war natürlich verriegelt. Eilig suchte Ceowulf im Halbdunkel der Dämmerung einen passenden Stein, mit dem er das Metallschloß aufbrechen konnte.

Caspar vergeudete keine Zeit. Er lief zu den Ställen und warf Feuerschweif das Zaumzeug über die Ohren. Schreie und wütendes Gekreisch hallten durch die kalten Steinkorridore des Klosters. Sie hatten nicht viel Zeit.

»Tut mir leid, Feuerschweif, aber wir müssen eine Tür eintreten.« Er sprang auf sein Pferd und klapperte über den Innenhof zur Tür des Waffenraums, wo er den Hengst wendete, bis seine tödlichen Hufe der verriegelten Tür zugewandt waren. Er ließ sein Pferd rückwärts gehen, hielt es an den Kinnketten fest und gab ihm gleichzeitig die Sporen. Das gefiel dem Hengst nicht. Er warf seine Vorderbeine in die Luft und holte wütend mit seinen Hufen aus. Schließlich versetzte Caspar ihm einen scharfen Hieb aufs Maul, und das Pferd bockte, trat mit seinen Hinterläufen aus. Das Splittern von Holz war zu hören. Wo es geborsten war, schlug Ceowulf dagegen, bis sich die Schrauben, die das Schloß hielten, aus der zerbrochenen Täfelung lösten. Die Tür ging auf, und in dem verzweifelten Versuch, schnell an ihre Waffen zu gelangen, fielen sie fast übereinander.

»Spar, Brid, holt die restlichen Pferde«, rief Hal. »Ceowulf und ich halten sie zurück.« Schon hatte der dunkelhaarige Junge einen Pfeil auf Caspars Elfenbeinbogen gelegt. Als die Sehne knallte, pfiff der Pfeil im hohen Bogen durch die Abendluft und schlug vor den Füßen des ersten Teufelsanbeters in den Boden, der aus dem Kloster gestürmt kam. Abrupt blieb er stehen, entmutigt von Hals Zielkünsten.

Atemlos kam Caspar den Anweisungen seines Onkels nach. Er hievte den Sattel auf Elsters Rücken und ließ Brid den Sattelgurt festzurren. Innerhalb von Minuten hatten sie die Pferde bereit und führten sie auf den Innenhof hinaus. Hal warf Cybillia vorn über seinen Sattel. Caspar zog das junge Bauernmädchen hinter sich, und sie flohen durch die Tore auf die festgetretene Straße. Ceowulf übernahm die Nachhut, und sein Schwert blitzte im Licht der Sterne.

Sie galoppierten mehrere Meilen weit – nicht weil Gefahr

bestand, daß ihnen die Teufelsanbeter unter freiem Himmel folgen würden, sondern aus nackter Angst.

»Wo ist der nächste Ort?« schrie Caspar über den Lärm der Hufe dem Mädchen zu, das sich an seinen Rücken klammerte. Sie fürchtete sich zu sehr, um sprechen zu können. Sie schwankte und hüpfte gefährlich hinter ihm, und da er nicht wollte, daß sie ihm herunterfiel, bremste er sein Pferd. Als es langsamer ging, kamen die anderen neben ihn.

Die starren Hände des Mädchens krallten sich in seinen Umhang. Sie atmete schnell und flach, und ihre Augen waren schwarz vor Angst.

»Da vorn ist eine Scheune.« Ceowulf deutete auf die Umrisse eines schwarzen Daches, die sich am mitternächtlichen Himmel abzeichneten. »Dort nehmen wir Unterschlupf und sehen mal, was wir für sie tun können.«

In der Scheune war eine Kuh mit ihrem kleinen, langbeinigen Kalb untergebracht, das neben ihr eingerollt im Stroh schlief. Über ihren Köpfen stolzierten einige Hähne auf den Dachbalken hin und her, die die Störung aufgescheucht hatte. Brid nahm den Mondstein unter ihrer Kleidung hervor und hielt ihn hoch, damit sie sehen konnten.

»Nun, das nenne ich ›seine Seele entblößen‹«, lachte Ceowulf. »So hast du es also gemacht.«

Das Bauernmädchen schrie beim Anblick der leuchtenden Kugel: »Dämonen!«

»Es wäre nett, wenn du ihr zum Schlaf des Vergessens verhelfen könntest, wie Cybillia hier«, schlug der Ritter vor. »Laß sie die ganze Sache vergessen oder zumindest nur als Alptraum in Erinnerung behalten.«

Die Priesterin nickte, suchte in ihrem Kräuterbeutel nach etwas Faronischem Bilsenkraut. Das Mädchen wich zurück, als Brid an sie herantrat, doch Ceowulf fing sie und hielt sie fest, während die Jungfrau ihr das Kraut auf die Zunge preßte.

»Au!« stöhnte Brid und sprang zurück. »Sie hat mich gebissen.«

Vor Entsetzen schrie das Mädchen und wehrte sich in Ceowulfs Armen. Er packte sie mit festem Griff, wollte sie nicht entkommen lassen, bis die Droge Wirkung zeigte. Mehrere Minuten lang stöhnte sie und bebte, bis ihre Augen endlich trübe wurden und sie in die kräftigen Arme des Ritters sank.

»Laßt sie im Stroh schlafen. Wenn wir vor Morgengrauen aufbrechen, wird der Bauer sie bald finden. Sie muß hier aus der Gegend sein, und man wird sie nach Hause bringen. Sie wird sich kaum an uns erinnern«, versicherte Brid ihnen und drückte ihre Finger.

Sorgsam wickelte Hal Cybillia in ein Tuch und legte sie aufs Stroh. Er strich ihr goldenes Haar von ihren Wangen. Sie atmete tief und gleichmäßig, mit ruhiger, ergebener Miene auf ihrem hübschen Gesicht. »Nun, Gott sei Dank mußte sie nichts von alledem sehen. Wahrscheinlich wäre sie an einem Schock gestorben.«

»Dank mir, meinst du«, verbesserte Brid ihn. »Ich war es, die uns alle dort herausgeholt hat.«

Hal warf ihr einen Seitenblick zu, und seine dunklen Augen waren im trüben Licht fast unsichtbar. »Und sind diese Teufelsanbeter wie die verborgenen Enklaven der Verehrer deiner Göttin, nach denen wir suchen? Ist dieser Lokki einer deiner Götter?«

Sie hob ihre Hände zu einer abwehrenden Geste und sank müde in das tiefe Stroh, welches um sie raschelte. »Was ihr gesehen habt, war Verfall und Dekadenz«, sagte sie voller Verzweiflung. »Nein, die haben nichts mit mir zu tun. Die wahre Verehrung der Mutter ist aus diesem Land buchstäblich vertrieben worden. Nur winzige Reste des Alten Glaubens sind geblieben, doch ungelenkt scheinen sie sich verzerrt zu haben und danebenzugehen. Ich bin mir sicher, daß es ursprünglich als Kloster errichtet wurde, aber stellt euch doch nur das unnatürliche Ungleichgewicht einer derart isolierten Gemeinschaft vor ... eine Gruppe zurückgezogener, fanatischer Männer, von der Außenwelt abgeschlossen. Sie lesen in ihren Schriften von Dämonen und fürchten den gnadenlosen Gott mehr als ihren alles verzeihenden Gott. Aus Angst vor der drohenden Hölle und dem Fegefeuer wenden sie sich dem Teufel zu und verehren ihn mit den bösen Taten, von denen sie annehmen, daß es ihn danach dürstet.«

Sie schwieg einen Moment, starrte ins Herz des Mondsteins, während Caspar sich mühte, ihr theologisches Argument zu verstehen. »Aber ich bete keine bösen Götter an. Ich glaube an das Gleichgewicht der Lebenszyklen, zu dem natürlich auch der Tod gehört, und vielleicht ist es das, was die Priester des neuen Gottes mit Teufelsanbetung verwechseln. Der Tod an sich ist nicht böse: Ohne den Tod können wir nicht wiedergeboren werden. Er ist traurig, doch wenn die Pflanzen nicht sterben würden, könnten sie den Boden nicht düngen. Wenn die Kühe das Gras nicht töten würden, gäbe es keine Milch, keinen Käse, kein Rindfleisch, und wir hätten nichts zu essen. Und wenn wir nicht sterben würden, könnten wir nicht in die Erde zurückkehren, um den Boden zu nähren, damit sich der Kreislauf des Lebens fortsetzen kann.«

Sie seufzte schwer, und schon wollte Caspar etwas sagen, dachte, die Jungfrau hätte ihre Predigt nun beendet, als sie ihren Kopf wiederum hob und ihren Monolog fortsetzte. »Doch diese Männer, zu zivilisiert, zu fern der Natur, sehnen sich nach Zeremonien. In dieser Hinsicht sind sie wie die Anhänger des Neuen Glaubens. Sie fühlen sich ihren Göttern näher, wenn sie ausgeklügelte, geheimnisvolle und üppige Riten vollführen, nur entfernen sie sich mit der Zeit immer weiter von der Wahrheit. Gottesverehrung muß nur in deinem Herzen stattfinden. Wenn du dich an der Schönheit der Natur um dich herum erfreust und an die Liebe der Mutter glaubst, brauchst du weiter nichts.«

»Weise Worte für ein junges Mädchen«, sagte Hal halb spottend, doch Caspar merkte, daß Brids klare Vorstellungen Hal tatsächlich beeindruckt hatten.

Die Priesterin lachte leise, schüttelte die Ängste aus der Opferkammer unterhalb des Klosters ab. »Es sind alte Worte, die durch die Generationen weitergegeben wurden. Die Weisheit ist alt, selbst wenn eine junge Stimme sie verkündet und ich selbst kein Lob dafür einstreichen kann.«

Brid war noch vor den Hähnen wach. Sanft stieß sie die anderen an; Cybillia mußte ziemlich geschüttelt werden, bis sie aufwachte. Die Baronentochter stöhnte schwer, als Hal sie auf die Beine zog. Fragend sah sie sich um, sagte aber nur wenig, als die kleine Gruppe die Pferde aus der Scheune führte und das arme Bauernmädchen schlafend im Stroh zurückließ.

»Wir reiten nach Greifenklau«, beschloß Ceowulf, »und dort suche ich den Vogt auf. Jemand muß etwas gegen diese Männer unternehmen, aber nachdem wir ihnen nun durch die Finger geschlüpft sind, möchte ich bezweifeln, daß sie sich noch weiter hier herumtreiben und schnappen lassen.«

»Nein, wahrscheinlich hast du recht«, stimmte der Ritter zu, »aber dennoch müssen wir etwas unternehmen.«

»Welche Männer?« fragte Cybillia schließlich. »Und mein Kopf tut schon wieder weh, und mir ist furchtbar übel. Und ich sehe furchtbar aus! Mein Kleid ist zerrissen, und mein Haar!« Ihre Stimme wurde zu einem schrillen Klagen. »Hal, sieh mich an: mein Kleid!«

»Ich kaufe dir ein neues«, bot der Junge an, was sie abzulenken schien.

»Oh, das würdest du tun? Oh, Hal! Satin … Wenn ich nach Farona gehe, muß es Satin sein.«

Hal schob seine Augenbrauen hoch und klimperte mit der Geldbörse, die an seinem Gürtel hing. »Wir kaufen schöne Wolle hier in Ovissia, wenn wir nach Greifenklau kommen.«

»Wolle!« Das adlige Mädchen war entsetzt. »Wolle ist für Bauern. Ich will Satin.« Es lag weder Trotz noch Zorn in ihrer Stimme. Es war eine rein sachliche Erklärung, und sie schien gekränkt, als Brid darüber lachte.

»Wir sollten lieber auch für dich etwas besorgen, Brid«, sagte Ceowulf nachdenklich. »So kannst du nicht nach Farona reiten.«

Hal sah die beiden Mädchen an und verglich sie im stillen. Zwar war Cybillia mit ihrem langen, goldenen Haar und der gertenschlanken Gestalt mit traditioneller Schönheit gesegnet, jedoch wußte er Brids gesunde Weiblichkeit sehr wohl zu würdigen. Aber nach dem letzten Zwischenfall mit diesen Heiden fühlte er sich in ihrer Nähe ausgesprochen unwohl. Ein Heide war ein Ketzer, war ein Barbar. Vaalaker, Teufelsanbeter oder Hexe: sie alle hatten etwas Finsteres an sich. Natürlich hatte er nie gesehen, daß Brid ein Tier aufgeschnitten oder dessen Blut getrunken hätte, und doch war sie eine Heidin, und wer konnte schon sagen, daß sie es nicht tun würde. Er wunderte sich über Branwolf und wie leicht er sich dem Alten Glauben zugewandt hatte. Hal kam zu dem Schluß, daß dieser Glaubenswandel wahrscheinlich nicht auf ewig bleiben würde ... gerade so lange, daß er die Vaalaker vertreiben und seine Frau nach Hause bringen konnte.

Es hatte zu regnen begonnen. Der einzige Trost war, daß sich Cybillia deswegen enger an ihn klammerte und ihren Kopf an seinem Rücken ruhen ließ, doch alles andere war fürchterlich. Ovissia hatte einen schweren Boden, und bald verwandelte der Regen die unbefestigte Straße in Morast. Anfangs ritten sie durch weites Weideland, aber die Landschaft wurde allmählich hügeliger und waldiger, und die Straße führte in

Täler und wieder daraus hervor. Schwaches Sonnenlicht breitete sich fleckig am Boden aus, wenn es durch die Äste über ihnen drang. Eine Ringeltaube mit aufgeplusterten Federn schüttelte etwas von dem Wasser ab, während sie bemitleidenswert zwischen den kahlen Ästen saß. Sie stiegen dorthin auf, wo der Boden auf der anderen Seite des Waldes beackert worden war.

»Zu feucht hier draußen für Getreide«, murmelte Brid.

Die tiefen Furchen führten bis an den Rand des Weges, und der Regen wusch die lehmige Erde auf die Straße. Die Pferde wurden müde, je weiter sie durch den Morast stapften. Dampfwolken stiegen von Elsters Rücken auf, so daß der schwere, beißende Geruch der Pferde Hal in die Nase stieg.

Ovissia, dachte er angewidert. Alle Wollhändler aus dieser Gegend, die kamen, um der Garnison von Torra Alta ihre Waren zu verkaufen, klagten über das feuchte Wetter und den ständig grauen Himmel. Wenn er nur daran dachte, daß sie – wenn Brid nicht gewesen wäre – auf der Großen Nord-Süd-Straße hätten weiterreisen und in Nattarda Hilfe gegen die Söldner hätten suchen können. Statt dessen mußten sie ihre Reise verlängern, indem sie unerwartet westlich ritten, um die Vaalaker von ihrer Spur abzulenken. Und alles nur wegen Brids heidnischem Glauben. Kein Flachländer, der etwas auf sich hielt, wollte etwas mit dem Heidentum zu tun haben, und das sollten auch Torra Altaner nicht. Branwolf war offenbar von der Not seiner Frau verstört, sonst hätte er nie im Alten Glauben Hilfe gesucht.

Er sah Brid an. Sie war auf ihre Weise wirklich hübsch, doch waren ihr arroganter Eigensinn und ihr Mangel an Schicklichkeit eine Schande. Vielleicht war Keridwen sanfter gewesen und femininer, denn wie konnte Branwolf sonst so in sie vernarrt gewesen sein – es sei denn, natürlich, er wäre von ihrer Schönheit verzaubert gewesen.

Man stelle sich vor. Spar, der Sohn einer Hexe. Er wußte immer schon, daß er etwas Düsteres an sich hatte. Es war eine Sache, daß Brid eine Heidin war und Branwolf eine Heidin geheiratet hatte, aber Spar … Spar sollte eines Tages Baron werden. Frauen neigten dazu, etwas wirr im Kopf zu sein, und wenn Keridwen und Brid nun also heidnisch waren, machte es doch eigentlich kaum einen Unterschied, oder? Aber Spar … das erschien ihm doch etwas zu problematisch.

Es gefiel ihm nicht, in dieses Heidentum verwickelt zu werden, doch ihm blieb keine Wahl: Allein die Mutter konnte Torra Alta retten. Die Burg war seine Heimat, auch wenn sie nie wirklich ihm gehören sollte. Dorthin gehörte er, und es war der Ort, den er auf der ganzen Welt am innigsten liebte.

Um Schutz vor dem Regen zu suchen, hatte sich eine Herde Schafe unter den weiten Ästen eines Ahornbaums versammelt. Hal kam zu dem Schluß, daß die Wollhändler nicht übertrieben hatten: Ovissia war wirklich naß. Der Regen von den westlichen Meeren fiel beharrlich auf die Hügel, weichte den Kalkstein auf und nieselte auf die kleinen Weiler, die sich an den Grund der triefnassen Täler drückten. Die Baronie Ovissia war groß, jedoch nur kärglich bewohnt, und hauptsächlich verdienten die Menschen ihren Lebensunterhalt mit der Schafzucht, für die nur wenige Kleinpächter zur Pflege der Tiere vonnöten waren. Es gab ein paar Orte, die sich auf das Weben und Spinnen verlegt hatten und von denen Torra Alta seine dicken Wollhemden erwarb. Lauerbruch und Greifenklau waren darunter die größten. Greifenklau besaß nicht nur eine Kathedrale, sondern auch ein Nonnenkloster.

Er stöhnte innerlich. Brid klagte noch immer darüber, daß die Bauern in Ovissia die trockeneren Hänge pflügten. Er konnte nicht verstehen, warum sie Anstoß an dem aufgegrabenen Boden nahm. Es war doch sicher gut, daß diese Leute versuchten, ihr Leben zu verbessern? Ich meine, wer will denn schon nur Schafe züchten? Die mußten doch ständig mit Zecken verseucht sein.

»Ja, aber«, hielt Brid dagegen, »die feuchte Erde so aufzureißen ist nutzlos. Das Getreide wird im Boden nur verrotten. Das müssen sie doch nicht tun. Wäre es nicht besser, das alles unberührt zu lassen? Die Heckentiere finden keinen Platz mehr, wo sie Schutz suchen und brüten können. Es wird keine Füchse, keine Hasen, keine Wiesel, nichts mehr geben, wenn sie so weitermachen.«

»Sie haben nur kleine Bereiche umgepflügt, Brid. Sieh dir den Rest der Hügel an. Es ist alles grün.«

»Ich weiß, aber wo hört es auf? Wenn sie den letzten Otter, den letzten Eisvogel, den letzten Hirsch und den letzten Dachs getötet haben?«

»Dachse!« rief Cybillia. Es war seit einiger Zeit das erste Mal, daß sie etwas sagte. »Wir wollen keine Dachse. Es sind schreckliche Schädlinge, die alle möglichen Krankheiten verbreiten und sie direkt auf die Rinder übertragen.«

Er lächelte innerlich. Cybillia war nicht so hohl, wie die Heidenpriesterin sie machen wollte. Wenn es um Rinder ging, hatte sie stets etwas dazu zu sagen.

»Altweibermärchen«, stieß Brid herablassend aus.

Abseits der gepflügten Äcker war das Vorankommen schwer, wo modernde Haufen von Rübenresten schlimmer stanken als nasser Hund – oder auch nasses Pferd, dachte er bei sich. Die Wegränder waren tief eingefurcht, wo Karren mit Wollbündeln durch den Schlamm gefahren waren und tiefe Spuren im Lehm hinterlassen hatten. Sie ritten hintereinander auf der erhöhten Mitte des Weges und freuten sich alle, als Ceowulfs tiefe Stimme ein Marschlied anstimmte. Alle wurden zuversichtlicher, und als sie den nächsten Hügel erklommen und Greifenklau unter einem Regenbogen am Talgrund liegen sahen, war Hal einigermaßen ermutigt. Vielleicht gab es hier zumindest eine ordentliche Mahlzeit.

Greifenklau bestand hauptsächlich aus einer planlosen Ansammlung reetgedeckter Häuschen, die allesamt hell angemalt waren, wohl um dem Wetter zu trotzen. Die Hufe der Pferde klapperten auf den ersten Pflastersteinen der Stadt. Die Türen mancher Häuser standen offen, was ihn überraschte, da er, wenn er in Ovissia leben würde, sich als erstes gegen das Wetter verbarrikadiert hätte. Ein paar Hunde schlichen durch die Straßen, doch ansonsten war der Ort leer. Hal und Caspar tauschten verdutzte Blicke, doch als sie weiter durch den Marktflecken ritten, wurde bald klar, wo die Bewohner waren.

Auf dem Marktplatz, gepflastert und von hohen Bauten umgeben, drängten sich die Menschen. Ein wütender Mob hatte sich um einen runden Turm mit riesigem Zifferblatt versammelt. Schafhirten schüttelten ihre Krummstäbe und stampften mit Holzschuhen auf. Die Schuhe sahen unbequem aus, aber vielleicht waren sie wasserdichter als Lederstiefel. Bauern schrien zornig, und die Frauen tratschten sorgenvoll in Grüppchen am Rande der Menge, als ein Mann die Stufen zum Uhrenturm erklomm und eine Handglocke läutete.

»Hört mich an! Hört mich an! Schafmörder gehen um. Holt eure Hunde, holt Stock und Bogen. Schafe im Drei-Meilen-Grund gerissen. Wölfe, Wölfe hier in Ovissia.«

Ein Stöhnen entfuhr den schockierten Mienen in der Menge. Ein paar einsame Schreie wurden laut, als mehrere Frauen in Ohnmacht sanken, doch größtenteils standen die Menschen schweigend da, bis ein rotgesichtiger Bauer den wütenden Schrei aufnahm. »Holt die Hunde! Holt die Hunde!«

Ein Brüllen hob am Marktplatz an, und die Menge stürmte dem Bauern nach.

Ceowulf blieb stehen. »Irgendwie glaube ich nicht, daß es eine so gute Idee wäre, den Vogt zu besuchen. Für die

Menschen in Ovissia dürften ihre Schafe erheblich wichtiger sein als ein paar wahnsinnige Mönche in ihrem Sprengel. Ich werde es statt dessen dem König sagen, wenn wir in Farona sind.«

»Wölfe!« Eine aufgebrachte Frau wrang ihre Schürze und trottete heim, wobei ihre Holzschuhe auf dem Pflaster klapperten. »Wölfe! Hunderte von Schafen tot!«

Argwöhnisch sah Hal zu Brid hinüber. »Wo ist deine Wölfin?«

Sie zuckte mit den Achseln und blinzelte konsterniert. »Ein Schaf vielleicht, aber sie würde nicht Hunderte reißen. Das ist doch lächerlich. Außerdem sind Wölfe nicht wie Füchse. Sie töten nicht aus Spaß.«

»Wir reiten weiter«, sagte Ceowulf entschlossen. »Von hier aus können wir die Straße nach Farona nehmen. Bald müßte ein Gasthaus kommen, und dann können wir uns ausruhen. Wir wollen nicht noch mehr Ärger bekommen.«

Caspar wurde Cybillias ständigen Jammerns bald schon müde. Sie war wegen ihres äußeren Erscheinungsbildes vollkommen außer sich. Naß wie eine Wasserratte war sie, das hellrote Kleid verschmiert und mit Straßenmatsch bespritzt und ihr einstmals wunderschönes Haar in Strähnen. Mit kraftlosem Schluchzen hatte sie verkündet, sie müsse sterben, wenn sie nicht innerhalb der nächsten Stunden ein Bad nehmen könne, und ungeduldig suchte der Junge die Landschaft nach Anzeichen eines Gasthofes ab. Die Hügel jedoch erstreckten sich von einem grünen Tal ins nächste, ohne die leiseste Spur eines rauchenden Kamins oder einer einladenden Lampe in irgendeinem Fenster. Die Abenddämmerung nahte, und Ceowulf wurde unruhig.

»Wir müssen ein Gasthaus finden und von der Straße, aus der Dunkelheit. Wir brauchen ein nettes, lautes Gasthaus, wo wir uns unter die Menge mischen können. Je mehr Kaufleute und Reisende, desto weniger wirken wir fehl am Platze. Und Brid, so hübsch du auch sein magst, du wirst deinen Kopf gesenkt und deine Kapuze oben halten müssen. Wir wollen kein Mißtrauen erregen. Morgen werden wir etwas dagegen unternehmen müssen, wie du aussiehst.«

Caspar war überglücklich, als er das erste Blinken einer flackernden Laterne voraus sah, und er war sehr erleichtert, als ein quietschendes Tavernenschild die Reisenden willkommen hieß. Endlich konnte Cybillia ihr Bad nehmen, und die anderen würden etwas Ruhe finden.

Das Gasthaus »Zum Schafskopf« sah einladend aus, auch wenn sie von seinem Namen nach ihren Erlebnissen im Kloster nicht eben begeistert waren. Es hatte eine kleine Rundbogentür, die sich knarrend öffnete und eine Decke mit niedrigen Balken preisgab, an welchen die schimmernden Schatten vom Feuerschein tanzten. Es waren keine Reisenden da, nur Kleinbauern und Schafhirten, die nach getanem Tagwerk müde plauderten. Ceowulf marschierte direkt auf den Wirt zu und drückte ihm eine Goldmünze in die Hand.

»Sucht uns etwas Abgeschiedenheit, einen Tisch weiter hinten, und sorgt dafür, daß man uns nicht stört. Und eine Kammer für die junge Dame wäre gut.« Er deutete auf Cybillia, die mißmutig neben Hal stand. »Wenn Ihr der Dame von einer Magd ein heißes Bad bereiten lassen könntet, wären wir Euch sehr dankbar.« Er holte eine weitere Goldmünze hervor, und dankbar strahlte der Wirt ihn an.

Ohne ein Wort an ihre Gefährten folgte Cybillia der Magd, damit sie sich waschen und die Schäden von der Reise reparieren konnte. Alle anderen seufzten vor Erleichterung. Nicht einmal Hal, so schien es, konnte ihre jammernde Klage mehr ertragen.

Während die Magd das Mädchen aus Jotunn auf ihre

Kammer führte, brachte der Wirt die Torra Altaner und Ceowulf zwischen den vollbesetzten Tischen in einen hinteren Raum. Auch weiterhin übernahm der Söldner die Führung der Gruppe, was Caspar beruhigend fand. »Wir nehmen etwas von dem guten Essen, das ich riechen kann. Lammauflauf, habe ich recht? Und einen Krug dunkles Bier. Und süße Milch für die Dame.«

Brid verzog das Gesicht, doch sie beklagte sich taktvollerweise nicht. Sie schaffte es, den Kopf bescheiden gesenkt zu halten, und folgte den Männern duckmäuserisch, um keine Aufmerksamkeit auf sich zu ziehen.

Der Raum war klein und war vermutlich früher einmal ein Stall gewesen, doch nun war er gefegt und mit einem schlichten Tisch und Bänken ausgestattet. Er war freundlich beleuchtet, und ein Feuer knisterte und spuckte in einer umgedrehten Eisenkrippe. Das Bier löste ihre Zungen, und Caspar fühlte, wie er diesem seltsamen Ritter gegenüber warmherzige Gefühle entwickelte. Hal mochte ihn, das war offensichtlich, bewunderte sein Talent mit dem Schwert, und war von den Geschichten großer Schlachten und ferner Länder fasziniert. Der kleinere Junge sah, daß sein Onkel eine besondere Verbindung zu Ceowulf hatte, da beide nicht nur von edler Geburt, sondern auch jüngere Söhne ohne Ländereien oder Geburtsrecht auf ein Erbe waren. Trotz des Altersunterschieds gab es ein natürliches Verständnis zwischen ihnen, welches Hal schließlich dazu verlockte, trotz allen Argwohns ihre Geschichte preiszugeben.

»Das Druiden-Ei«, seufzte Ceowulf mit tiefer Stimme. »Es wird in den Schriften erwähnt. Eine alte Macht. In ihrer Schale eingesperrt.«

»Woher weißt du von dem Ei?« Brid klang entsetzt. »Du bist Söldner … Du stammst aus einer Baronie, die sich als erste in Belbidia dem Wort des neuen, männlichen Gottes unterworfen hat. Du solltest von solchen Dingen gar nichts wissen.«

»Ich habe die Worte des Einen Gottes nicht nur gelesen. Man hat uns viele seltsame und mysteriöse Dinge über den Alten Glauben und seine abstrusen Mächte gelehrt. Man hat uns gelehrt, daß der Einzig Wahre Gott ständig die Finsternis bekämpft, die sich im alten Glauben manifestiert. In der Lehre des Neuen Glaubens repräsentierst du, Brid, die bösen Mächte. Die gelehrten Priester wissen vieles, was dir heilig ist. Man hat mich auch gelehrt, daß das Druiden-Ei in gewisser Weise verlorenging. Die Priester fanden diese Vorstellung leicht nachzuvollziehen, da das Geheimnis des Eis allein von Priesterinnen gehütet wurde.« Er grinste entschuldigend angesichts der Haltung des Neuen Glaubens Frauen gegenüber. »Ich selbst war von jeher der Ansicht, daß Frauen Dinge, die ihre Männer seit Tagen suchen, meist schnell wiederfinden.«

»Stimmt genau«, gab Brid ihm recht. »Aber das Ei ist nicht wirklich verloren. Es gibt Runen, die uns zu ihm führen.«

»Aber warum Runen?« fragte Caspar. »Ich habe nie verstanden, welche Macht Runen über die normale Schrift haben. Macht es denn einen Unterschied, welche Buchstaben einen Bannspruch bilden?«

Brid sah ihn an, als hätte er gefragt, wieso der Himmel blau sei oder warum dem Tag die Nacht folgte. Sie breitete ihre Handflächen auf dem Tisch aus und sah durch den Raum ins Feuer. »Runen«, flüsterte sie. »Sie sind die Schrift der Götter. Sie sind älter selbst noch als der Mensch. Der Legende nach hatte der erste Druide, der ihre Existenz entdeckte, keine Vorstellung von ihrer Bedeutung und widmete sein Leben dem Verständnis ihrer okkulten Macht. Er mühte sich lange, ihr Geheimnis zu ergründen, durchkämmte die Welt, doch viele Jahre lang konnte er nichts finden. Er studierte die Meere, die

Muster in den Sternen, die Formationen der Wandervögel und die Strömung in den Flüssen, doch nichts von alledem wollte ihm einen Hinweis auf die Bedeutung der Runen geben. Nach vielen Jahren hatte er ungeahntes Wissen angehäuft, doch war er noch lange nicht am Ende seiner Suche angekommen. Dann fand er einen Drachen. Das geschah viele Jahrtausende, bevor Torra Alta errichtet wurde, in einer Zeit, in der die Tiere sprechen konnten. Er versprach dem Drachen einen Anteil am Wissen um die Runen, falls er ihm auf der Suche nach deren Bedeutung helfen würde.

Und so erhoben sie sich in die Lüfte und flogen über die ganze Welt, schneller und immer schneller, bis sie durch den Himmel in die jenseitige Welt vordrangen. Durch Nebel und Eiswolken flogen sie weiter und immer weiter in die Welt des Feuers, die dahinter lag. Schneller und immer schneller flogen sie, bis sie den Ring aus Feuer durchbrachen, der die Welt umgibt, und in den Annwyn gelangten. Hier, am Firmament, waren die Götter derart beeindruckt von seinem Mut, daß sie ihm das Wissen um die Runen vermittelten. Er flog mit dem Drachen zurück, brachte die Runen durch den Feuerring und das Land aus Nebel und Eis, dann durch die Wolken und wieder auf die Erde. Doch wohnte den Runen eine solche geheime Kraft inne, daß der Druide fürchtete, sie mit dem Drachen zu teilen, also enthielt er ihm sein neu gefundenes Wissen vor. Seither haben alle Drachen die Menschen gehaßt, wollten nie mehr in ihrer Sprache sprechen und schworen, sie zu vernichten.«

»Du meinst, er hat sein Versprechen dem Drachen gegenüber gebrochen?« Hal war angewidert.

»Ich fürchte, ja. Nur wenn die Drachen das Wissen um die Runen, das Werkzeug der Götter, hätten, denkt nur an die schreckliche Macht, die sie darauf hätten bauen können. Aber der Druide, wenn auch ein gelehrter Mann, war kein Belbidianer. Wäre er Belbidianer gewesen, hätte er sein Versprechen erfüllt.«

Caspar staunte über diese außergewöhnliche Geschichte und darüber, wie der Krieg zwischen den Menschen und den großen Tieren begonnen hatte. Ein Schauer durchfuhr ihn, als er an den monströs verkrüppelten Drachen dachte, der aus den Tiefen der Erde gekrochen war, um den Mondstein zu suchen und sie zu vernichten. Lebhaft erinnerte er sich an Wystans schlimmen Tod durch die Drachenhauer und schreckte vor dem Gedanken zurück. Eilig wechselte er das Thema.

»Was ich nicht verstehe«, seufzte er und gab sich Mühe, nachdenklich zu klingen, als hätte er über Wichtigeres nachgesonnen, »ist, warum die Frauen in Nattarda und Jotunn sich so sehr vor Brid gefürchtet haben. Die Frauen auf Torra Alta hatten keine Angst vor ihr.«

»Nun, diese Frage ist traurigerweise sehr einfach zu beantworten«, sagte das junge Mädchen, und die Last schwerer Zeiten drückte auf ihr Herz. »Es liegt am Wald, dem Volk im Hirschwald. Er ist kaum einen Tagesritt von der Molkerei entfernt, und Gerüchte wachsen schneller als Brombeeren.«

Das Kloster hatte alle Gedanken an den Hirschwald vertrieben, und Caspar hatte noch nicht daran gedacht, Hal von ihren Erlebnissen dort zu berichten. Als die Priesterin von dem alten Stamm erzählte, wurde ihm klar, wie die Sagenwelt der Flachländer mit Wechselbälgern und Elfen entstanden war. Brid sah ihnen so ähnlich, daß die alten Frauen, die dem verborgenen Wesen in den Menschen gegenüber feinfühliger waren, sie für einen der Wechselbälger aus ihren alten Geschichten hielten, die um den Eichenwald herum entstanden waren. Der Alte Glaube war in der Tiefebene Belbidias vor vielen Generationen schon ausgemerzt worden und hatte den Flachländern nur sehr wenig Erinnerung oder Verständnis für die alte Denkart gelassen. Daher fürchteten sie die Heiden weit mehr, als die Bauern von Torra Alta es taten, die sich als das an sie erinnerten, was sie wirklich waren. Die flüchtigen Blicke auf das kleine, geheimnisvolle, halbbekleidete Volk aus dem Hirschwald trugen nur noch zu den Befürchtungen der Flachländer bei. Die älteren Frauen, wie das Weib des Schmieds und die Köchin in der Molkerei, hatten in Brid eine von denen erkannt.

In jener Nacht schliefen sie gut, und am Morgen ritten sie auf die tiefgefurchte Straße, welche Ovissia mit der Hauptstadt verband. Offiziell war sie als die Wollhandelsroute bekannt, doch sprach man allgemein vom Schafweg. Als sie aus den Hügeln marschierten, spürte Caspar, daß seine Freunde wieder besseren Mutes waren. Wenigstens hatten sich die drückenden Wolken verzogen, und sie konnten den Himmel Belbidias wieder sehen. Cybillia war vom Schlaf erfrischt, und ihr Haar war zu einem Knoten gebunden, um zu verbergen, wo die Locken grob abgeschnitten waren. Wohlwollend lächelte Hal sie an. Cybillia lächelte zurück, doch ihre Augen schienen verwundert, und sie beklagte, daß sie sich nur an sehr wenig in den letzten Tagen erinnerte, abgesehen von irgend etwas mit Banditen in einem Wald.

»Oh, ich *weiß*«, rief Brid mit weit aufgerissenen, erschrockenen Augen aus. »Es waren große Männer, und sie haben viel geschrien. Furchtbare, sündige Zecher. Ich hatte solche Angst, aber dieser gute Ritter kam zu unserer Rettung und hat sie vertrieben. Aber wir haben es dem dortigen Vogt gemeldet, also mußt du dir keine Sorgen machen.«

»Aber ich erinnere mich nicht.«

»Wie schrecklich für dich, meine Liebe.« Mitfühlend sah Brid sie an. »Es muß der Schock gewesen sein, als die Grobiane Diamant gestohlen haben. Ein Schock tut dem Verstand seltsame Dinge an.«

Wenigstens, so dachte Caspar, schien sich Cybillia nicht an

Brids wahre Identität zu erinnern, auch wenn er fürchtete, daß die Priesterin etwas zu dick auftrug.

Brid bürstete ihr Haar aus, daß es sich seidig über ihren Rücken ergoß, und ließ die lockigen Enden so fallen, daß sie die Konturen ihres scharf geschnittenen Gesichts weicher machten. Etwas Haar hatte sie in die Stirn gekämmt, damit es ihre Augen verschleierte. Wiederum kürzte sie ihre Steigbügel und kauerte im Sattel, spreizte die Ellbogen ab und hielt ihre Hände so hoch, daß es das Pferd an der Kandare störte. Sie schien Hal zu ignorieren, der unablässig mit dem anderen Mädchen plauderte. Zu Caspars Freude lächelte sie ihn an – fast ermutigend, wie er begeistert dachte –, auch wenn ihm der offensichtliche Wandel ihres Charakters befremdlich schien. Sie konnte das unersättliche Interesse an ihrer Umgebung nicht verhehlen. Brid zeigte eine solche Begeisterung fürs Leben.

»Du machst dich gut, Brid«, murmelte Ceowulf ermutigend. »Nichts mehr, was ein gutes Kleid nicht verbergen könnte.«

»Satin!« sagte sie begeistert. »Ich *muß* Satin haben!«

Caspar dachte, wie gut es doch war, daß sie Cybillia bei sich hatten. Brid hatte nie zuvor ein belbidianisches Edelfräulein kennengelernt, so daß sie nun zumindest Cybillia studieren und so lernen konnte, wie man sich als Edeldame benahm. Selbst der Singsang in ihrer Stimme ließ nach, und sie brachte ihre Vokale ganz überzeugend heraus. Nur diese grünen Augen … Er fragte sich, ob seine eigenen Augen ebenso prägnant waren.

Die ovissianischen Hügel mit ihren grünen Feldern und trockenen Steinmauern wichen dem Ackerland der mittleren Grafschaften Belbidias. Nun, im Herbst, waren die Felder stoppelig, weil frisch gemäht, und Ochsenpaare pflügten mühsam die goldenen Reste des Getreides unter die torfschwarze Erde. Die Schichten aus dunklem, entblößtem Humus verliehen mit ihrer mangelnden Vegetation der Landschaft eine öde, fruchtlose Erscheinung. Je weiter sie gen Süden reisten, desto mehr veränderte sich die Landschaft. Die Felder waren riesig. Caspar fühlte sich klein und unbedeutend, verloren auf den gleichförmigen Äckern und uneingezäunten Feldern, wo der Wind über die Ebene fegte, Fetzen trocknender Erde in die Luft hob und über das kahle Land warf. Der feine, erdige Staub wurde in Verwehungen über die Straße getrieben, und Caspar wandte sein Gesicht ab, um die Augen vor dem Sand zu schützen.

Nachdem sie einige Zeit durch die nackten, geeggten Torffelder geritten waren, kamen sie zum ersten geernteten Winterweizen und späten Rübenfeldern. Die Knollen wurden als Futter für die Rinder angebaut, aber sie regenerierten außerdem den Boden, gaben einige der Nährstoffe wieder zurück, die der Weizen herausgesogen hatte. Überall in der Landschaft ächzten Windmühlen in der Brise, und endlose Paare mit Kitteln gekleideter Bauern führten Eselskarren von den hoch aufragenden Getreidespeichern zu den Mühlenrädern. Die Tiefebene sah anders als beim letzten Mal aus, als Caspar zur Hauptstadt geritten war. Damals war die Landschaft ein wogendes, goldgelbes Meer von Korn gewesen, endlose Gersten- und Weizenfelder, welche den wahren Reichtum Belbidias ausmachten.

Mehrere Tage ritten sie ununterbrochen durchs Flachland des nördlichen Faronshire, bis sie an die Ufer des Dors gelangten, der das Kernland Belbidias durchschnitt. Der Fluß mit seinen erhöhten Ufern, die verstärkt worden waren, um das flache Land vor einer Flut zu schützen, bot zumindest eine willkommene Abwechslung in der monotonen Landschaft. Caspar freute sich, die Dächer eines Ortes voraus zu sehen, und hoffte, sie würden in einer der Gaststätten am Ort für ein erfrischendes Getränk haltmachen. Faronshire war für sein

Weizenbier berühmt, doch sein Vater hatte ihm beim letzten Mal, als sie zur Hauptstadt ritten, verboten, etwas davon zu probieren.

Als sie sich dem Kreuzweg bei Bleham näherten, wo die Wollhandelsroute aus Greifenklau eine kleinere Straße kreuzte, begegneten die Reisenden einer zunehmenden Zahl von niederem Adelsvolk und gutgekleideten Kaufleuten. Cybillia nickte jeden reichgekleideten Passanten höflich an, und Caspar bemerkte, wie sie die Locken und Wellen ihres flachsblonden Haars aufschüttelte, bevor der nächste Fremde vorüberritt. Brid tat es ihr eifrig nach. Bleham selbst war ein kleiner Marktflecken, und im selben Moment, als Cybillias Augen das Schneiderschild erblickten, quiekte sie vor Freude auf.

»Ich muß. Es muß sein«, beharrte sie, schwang sich aus dem Sattel und lief, so schnell ihre Würde es erlauben wollte, dem Laden entgegen. »So kann ich dem König nicht gegenübertreten.«

»Hilf mir herab«, forderte Brid unerwarteterweise.

»Was?« Caspar war verdutzt. Bisher hatte Brid sicher niemand vom Pferd helfen müssen. »O ja, natürlich, ich vergaß.«

»Satin«, flötete sie feierlich und warf ihm ein böses Grinsen zu.

Der ältere Junge antwortete nicht, sondern sah Brid nur kritisch an. »Du suchst dir etwas wie Cybillia. Dann siehst du wenigstens nicht wie eine gesprenkelte Henne unter Pfauen aus.«

Ceowulf nahm sie beim Arm. »Aber nimm nichts Grünes. Es würde nur deine Augenfarbe hervorheben.«

»Kannst du dich nicht verstellen?« schlug Hal vor. »Wie damals, als du uns geholfen hast, den Vaalakern zu entkommen.«

»Ich kann es versuchen.« Die Jungfrau schien zu zweifeln.

»Nun?« fügte sie steifer in ihrem normalen, weichen Akzent hinzu. »Kommst du nicht mit uns hinein, Hal?«

Der dunkle Junge sah sie nur mit leerem Blick an.

»Geld?« forderte sie. »Wir sind nicht alle mit dem Silberlöffel im Mund geboren, wie du vielleicht weißt. Ich dachte, du würdest das alles bezahlen.«

Widerwillig verschwand Hal beim Schneider und ließ Caspar und Ceowulf bei den Pferden zurück.

»Komm schon, junger Ritter«, sagte Ceowulf. »Dahinten ist ein Gasthaus an der Straße. Es wird Ewigkeiten dauern.«

Er hatte recht. Es dauerte einige Zeit, bis sie wieder herauskamen, und beide Mädchen wirkten verärgert.

»Schrecklich«, rief Cybillia aus. »Die Nähte sind grob, und es sind Schlaufen darin.« Ihre Erwerbung war ordentlich verpackt und in schlichtes Tuch gewickelt, damit sie auf den letzten paar Meilen der Reise nicht schmutzig wurde.

»Nichts, aber auch gar nichts hat gepaßt.« Wütend schlang Brid ihr Bündel hinten um den Sattel, wobei es ihr egal zu sein schien, ob das Kleid verknitterte. »Es ist gut sechs Daumenbreit zu lang, und ich mußte diese albernen Ringe herausreißen, damit ich ordentlich laufen konnte.« Sie warf Hal einen finsteren Blick zu, als wollte sie damit sagen, daß er allein die Schuld an diesem Kleid hatte.

»Und was ist das?« rief Caspar, der vor lauter Lachen fast nicht sprechen konnte. Hal trug eine Filzmütze, deren Krempe mit Fasanenfedern verziert war.

»Sie sagen, es sei große Mode hier in Faronshire«, erwiderte er überheblich.

»Und ich habe sie ausgesucht«, verkündete Cybillia, als sei damit klar, daß das Stück jenseits jeglicher Kritik stünde.

Das Herz Belbidias war schier endlos, bedeckte ein Areal von der Größe Torra Altas, Jotunns und Nattardas zusammen. Die leeren, gnadenlosen Meilen platter, umgepflügter Landschaft untergruben ihr Durchhaltevermögen. Noch lagen viele Meilen vor ihnen, bevor sie Farona erreichen würden, und die Reisenden waren staubig und müde von der langen Straße. Trotz ihres neuen Kleides hatte Cybillia wieder zu klagen begonnen, jammerte ununterbrochen über den Verlust ihrer feinen Kleider und welch gräßlichen Anblick sie vor dem König abgeben würde, wenn sie ein Kleid mit derart grauenvollen Nähten trug.

»Und mein Haar!« heulte sie. »Was ist mit meinem Haar passiert?« Zum hundertsten Mal auf dieser Reise begutachtete sie den gezackten Schnitt ganz vorn und sah Brid argwöhnisch an. Selbst Hal, der dem Mädchen bisher die Treue gehalten hatte, wurde ihrer langsam müde und zog es vor, Ceowulfs Geschichten zu lauschen. Nur Caspar empfand Mitleid mit ihr. Nichts von alledem war ihre Schuld. Sie war nicht dazu erzogen, körperliche Unbill zu ertragen, und er war dankbar, daß Brids Arznei dem Mädchen wenigstens die Erinnerung an die Söldner und die grauenhaften Riten der Teufelsanbeter erspart hatte. Sie war viel zu zart und empfindlich, um die Anspannung solcher Greueltaten ertragen zu können.

Es war später Vormittag, als Farona schließlich am Horizont auftauchte. Je näher sie der Hauptstadt kamen, desto mehr Eseltrecks und Händler bevölkerten die Straße, doch es waren hauptsächlich die Getreidewagen, die den Windmühlen den Weizen oder das Mehl nach Farona brachten. Zahllose Kornspeicher säumten die Straße, auf Stein etwas vom Boden angehoben, mit pilzförmigen Säulen, um die Ratten und Mäuse vom Korn fernzuhalten. Überrascht sah Caspar einen qualmenden Haufen von Gerstenähren neben einem dieser erhöhten Bauten brennen. Brid glitt von ihrem Pferd und sammelte eine Handvoll Ähren auf, die noch unversehrt am Rande des schwelenden Haufens lagen, und stopfte sie in ihren ledernen Kräuterbeutel.

Hal sah sie fragend an.

»Mutterkorn. Es hilft bei Geburten«, erklärte sie.

»Nun, ich hoffe ernstlich, daß du es nicht brauchen wirst«, lachte der Junge mit dem rabenschwarzen Haar.

»Man weiß nie, was man braucht. Außerdem ruft es Halluzinationen hervor und läßt lebendes Fleisch verwesen, wenn man es in großen Mengen benutzt. Deshalb wird es verbrannt.«

Endlich glitzerten die Türme Faronas vor ihnen in der prallen Mittagssonne, ragten wie die Spitzen einer Krone um die Kathedrale auf, welche die Umgegend meilenweit bestimmte. Selbst aus der Ferne schien der Turm der Kathedrale fragend auf sie herabzusehen. »Er muß so hoch wie Torra Alta sein«, bemerkte Caspar.

Brid schüttelte den Kopf. »Nein, ist er nicht. Er wirkt nur so hoch, weil hier alles so flach ist. Torra Alta muß sich mit Bergen messen und ragt dennoch wie ein Lanzenritter auf einem Schlachtfeld voller Fußsoldaten auf.«

Caspar nickte, obwohl er noch immer von den grandiosen Bögen des Querschiffs und den verzierten Türmchen und Kuppeln entlang dem Hauptschiff beeindruckt war. Der hoch aufragende Hauptturm schien sich nach dem Himmel zu strecken.

»Es ist obszön«, höhnte Brid und verzog angewidert den Mund. »Es ist wie …«

Hal schnitt ihr das Wort ab. »Vergiß nur nicht, daß wir uns Rewik nähern und du dich benehmen mußt.«

»Ich habe Hunger«, klagte Caspar. »Können wir nicht haltmachen und etwas essen, bevor wir nach Farona kommen?«

Sie stiegen ab, streckten ihre Beine und holten ihren letzten Proviant aus Jotunn hervor. Seltsamerweise hatte es Caspar, nachdem die große Bibliothek nun so nah war, gar nicht mehr so eilig, dorthin zu gelangen. Irgendwo innerhalb der Mauern Faronas, das wußte er, sollten sie Hinweise auf den Verbleib des Kessels finden, doch die Bedrohung durch Rewik lastete schwer auf ihnen. Caspar stellte sich vor, wie die Augen des Königs von den oberen Türmen der Kathedrale finster auf ihn herabblickten. Er stellte sich vor, wie sie seine Seele nach der Verehrung und würdigen Lobpreisung des Einzig Wahren Gottes durchforsteten und statt dessen die Ketzerei heidnischen Glaubens fanden, welche in seiner Seele wuchs. Er kämpfte die tieferen Instinkte in sich nieder, die ihn tagtäglich immer näher zum Alten Glauben hinzogen. Er hatte diese Instinkte direkt von seiner Mutter geerbt, und doch fürchtete er sie, fürchtete, daß sie ewige Verdammnis mit sich bringen könnten. Entschlossen klammerte er sich an die Philosophien der zivilisierten Welt und die Beteuerungen des Einzig Wahren Gottes. Die Liebe der Mutter Göttin war schlicht und natürlich, ohne Zeremonie oder Heuchelei, eher durch Instinkt als durch Indoktrination entwickelt. Ihre Schlichtheit gab ihm das Gefühl, der bohrenden Bedrohung durch die Kathedrale nackt und verletzlich gegenüberzutreten.

»Was ist mit Branwolfs Schriftrolle?« wollte mit einem Mund voll Pökelfleisch Hal wissen. Das Fleisch war zäh, und er packte es wütend mit den Zähnen, um Fetzen herauszureißen. »Es könnte sein, daß er etwas Unerwartetes über Brid oder die Verteidigungsanlagen Torra Altas geschrieben hat. Das sollten wir rausfinden. Er wollte es mich nicht lesen lassen.« Hal und sein Neffe rückten ein Stück weit von den anderen ab, um sich unter vier Augen zu unterhalten, damit sie nicht den Argwohn des Mädchens aus Jotunn weckten.

»Wir können uns die Schriftrolle nicht ansehen«, wandte Caspar ein, als sie außer Hörweite waren.

Hal griff in seine Jacke und zog die Pergamentrolle hervor, zog das Band ab, welches wie ein Korsett mittig um das Dokument gebunden war.

»Hal, das kannst du nicht machen«, beharrte der kleinere

Junge, als Hal die Spitze seines Dolches unter das wächserne Siegel des Barons schob.

»Kann ich doch.« Hal grinste. »Sieh doch.«

»Tu es nicht. Der König wird merken, daß an dem Siegel herumgefingert wurde. Er wird uns töten.«

Der Junge mit dem schwarzen Haar grinste noch immer mit dem Dolch in der Hand, als wollte er seinen Neffen necken. »Du fürchtest dich doch nicht vor dem König, oder?«

»Nein, aber ...«

»Ach, Spar, wir können es doch wieder neu versiegeln.« Brid war zu ihnen herübergeschlichen, und ermutigend nickte sie Hal an. »Mach schon. Wir können dem König nicht eine Nachricht bringen, ohne genau zu wissen, was darin steht. Es könnte etwas Unerwartetes sein. Paß nur auf, daß du das Wachs abschälst, ohne es zu zerbrechen.«

Im roten Wachs war Baron Branwolfs Drachensiegel abgedruckt. Beschämt sah Caspar das gebrochene Siegel an und betete, daß sein Vater nie von ihrem kindischen Betrug erfahren sollte. Die rundlichen Buchstaben des Schreibers von Torra Alta zogen sich über die Seite, und die krakelige Unterschrift des Barons breitete sich unbequem darunter aus.

An den Großen König Rewik, den Bekehrer, König von Belbidia und Lord der Inseln.

Lieber Vetter,

In entsagungsvollen Zeiten wie diesen bitte ich um Gottes Beistand, da der verfluchte Heide den Glauben in unserem heiligen Land Belbidia bedroht. Die geweihten Fundamente unserer neuen Kathedrale werden, während du diesen Brief liest, bereits von barbarischen Ungläubigen entweiht worden sein, denn sie schwärmen von Norden her, um meine Zinnen zu erklimmen. Sie sind von der Absicht getragen, die faulige Ketzerei des Heidentums zu verbreiten und die Erleuchtung des Neuen Glaubens zu zerstören, welche unser nobles Land aus den Zeiten der Finsternis und Sünde erhoben hat. Die Macht der Armee Morbaks ist derart groß, daß er mit Nachdruck gegen die großen Mauern Torra Altas drängen wird, und ich sorge mich um die Sicherheit Eures Königreiches. Ich fürchte, Ihr werdet Euch nicht in der Lage sehen, unsere Not hier auf Torra Alta mit Nachschub zu versorgen, da ein erheblicher Teil dieser Barbarenplage, Sprößlinge Satans, versucht, die Grenze über einen hohen Bergpaß zu durchdringen, den man den »Wolfsrachen« nennt. Ich bete darum, daß Gott Euch die Kraft geben möge, Eure Armee den Eindringlingen entgegenzuschicken.

Meine getreuen Blutsverwandten bringen Euch diesen Brief mit lebenswichtiger Nachricht. Ich bete darum, daß sie sicher eintreffen. Ich schicke sie persönlich, da sie belesen sind und es in meiner Garnison nur wenige Männer gibt, die der Schrift kundig sind. Ich bitte Euch, ihnen Zugang zu den Akten in der Großen Bibliothek der Hauptstadt zu verschaffen. Die Bitte mag in gefahrvollen Zeiten wie diesen seltsam erscheinen, doch ich brauche Informationen über den Bau von Wehrmaschinen und Belagerungsgeräten, um die Mauern meiner Festung weiter zu befestigen. Mein treuer Diener, welcher der einzige Meister in Planung und Bau innerhalb meiner Mauern ist, liegt schwer verwundet darnieder. Wir sind des Wissens um die Vorbereitung dieser Kriegsmaschinen nicht mehr mächtig. Als Euer loyaler Untertan will ich nicht weichen und den Paß von Torra Alta so lange halten, wie es unsere Kräfte und Vorräte erlauben. Ich widme meine Gebete Eurem großen Kampf. Gott wird unsere Seelen schützen, sofern wir ihm treu bleiben und die Heiden aus unserem Land vertreiben.

Euer Lehnsmann Branwolf, Baron von Torra Alta.

Die Farbe auf Brids Wangen verblaßte, und mißtrauisch betrachtete sie die Schriftrolle. »Die Heiden aus unserem Land vertreiben! Er bittet um die Hilfe des männlichen Gottes des Südens. Dein Vater schreibt, als wäre er der erste, der eine Hexenjagd veranstaltet. Er benutzt Keridwen und mich, um seine Burg vor den Vaalakern zu schützen, und dann kehrt er geradewegs zu seinem neuen Gott zurück.« Wütend sah sie Hal und Caspar an. »Genau wie ihr.«

»Ich habe nie gesagt, daß ich mich der Mutter zuwende«, protestierte Hal.

»Seht euch seine Worte an«, beharrte sie. »Er hat zugelassen, daß die Inquisitoren des Königs in seiner Baronie Frauen verbrennen, sogar meine Mutter. Warum sollte ich ihm jetzt trauen?«

Caspar legte ihr beruhigend eine Hand auf die Schulter. »Er konnte Rewik jetzt nicht gut etwas anderes sagen, oder? Wenn der König auch nur den leisesten Verdacht hegte, daß der Alte Glaube in unserer Baronie wieder neu erwacht und wir die Anstifter sind, würde er dich als Hexe verbrennen und uns als Verräter hängen lassen.«

Sorgenvoll blickte Brid zum drohenden Turm hinüber, der den Horizont beherrschte.

KAPITEL 15

Die goldenen Tore der Stadt waren mit den belbidianischen Wappen verziert. Das Wappen der Baronie von Faronshire und das Emblem der Stadt waren in das Maßwerk oben über den Toren eingearbeitet. Das reichverzierte Muster verkündete stolz Rewiks Status nicht allein als König von Belbidia, sondern auch als Baron von Faronshire. Der Anblick des Wappens von Torra Alta, der sich aufbäumende Drache, durch dessen Kopf sich eine Lanze bohrte, erfüllte Caspar mit Stolz. Das edle Untier repräsentierte die Kraft und Würde seiner Heimat, was die persönlichen Insignien des Königs, Sense und Weizengarbe, vergleichsweise schwach und beinah unwürdig erscheinen ließ. Stolz lächelte der Junge.

»Wenigstens waren sie klug genug, die Tore zu schließen«, bemerkte Hal. »Die Selbstgefälligkeit unserer Landsleute widert mich an, aber wenigstens der König ist sich darüber im klaren, daß sich an seinen Grenzen ein Krieg zusammenbraut.«

Hinter den Toren stand ein livrierter Wachmann und beobachtete beiläufig, wie sie näher kamen. »Wer wünscht Einlaß in unsere schöne Stadt? Eure Namen und Euer Begehr?« Die Worte sollten würdevoll und feierlich klingen, doch seine Stimme war matt und müde, als hätte der Wachmann diese Worte unnötigerweise schon zu oft gesagt. »Erklärt Euch oder zieht von dannen.«

Caspar fragte sich, wer dem Wachmann diese Worte wohl befohlen hatte, denn er hielt sie für aufgeblasen und gestelzt. »Gleich fragt er, ob wir Freund oder Feind sind.«

Wie stets trat Hal als erster vor und übernahm die Verantwortung, sich selbst und seine Gefährten der Wache vorzustellen.

Der Faroner musterte sie beiläufig und sah dann Ceowulf in seinem schwarzen Wappenrock stirnrunzelnd an. »Ihr dort, Ritter, warum tragt Ihr nicht die Farben Eurer Baronie?«

»Ich war viele Jahre im Süden, und meine Farben gingen in der Schlacht in Fetzen«, erklärte Ceowulf geduldig. »Ich kehre nun zurück, um meine Dienste dem König anzubieten, da sich Belbidia der Bedrohung aus dem Norden stellen muß.«

Die Wache gewährte ihnen das Recht einzutreten und schob die drei Riegel, welche die Tore sicherten, zurück. Die goldenen Tore waren so schwer, daß sie nur von zwei Zugpferden bewegt werden konnten, die ihre Tage an die goldene Barriere gekettet zubrachten. Als die Wache eine Peitsche knallen ließ, mühten sie sich voran, stemmten ihre dicken Hälse in das Kummet und öffneten Stück für Stück das schimmernde Metall der prächtigen Stadttore. Feuerschweif wand sich und tanzte, konnte es kaum ertragen, so lange still zu stehen.

Als sie dann innerhalb der Stadtmauern waren, warf Ceowulf seinen Gefährten kritische Blicke zu. »Wir werden rasten und uns waschen müssen, bevor wir vor den König treten. Wir sehen wie vagabundierende Zigeuner aus.« Er deutete auf eine kleine Taverne, die sich unter den Dachvorsprung der hoch aufragenden Bauten links und rechts davon drückte. »Das dort sieht für uns genau richtig aus. Dort steigen wir ab.«

Die »Gerstengarbe« war ein schlichtes Gasthaus in einem Fachwerkhaus mit niedrigem, überhängendem Dach. Holzrauch stieg von seinem Schornstein auf. Es sah in dieser großen Stadt gemütlich und bequem aus, stand zwischen zwei bedrohlichen Gebäuden aus nacktem Stein. Instinktiv fühlten sich die Torra Altaner davon angezogen.

»Bäder?« erkundigte sich Ceowulf beim Wirt. »Bäder für uns alle.«

Caspar war verdutzt. Er brauchte kein Bad. Er hatte in

diesem Jahr schon eines gehabt, und er wollte nicht noch eins. »Würde ein nasses Handtuch nicht auch genügen?«

»Nein.« Der Ritter war energisch. »Du mußt ordentlich aussehen und ordentlich riechen.«

»Bäder sind gefährlich«, murmelte Caspar. »Wenn man seinen ganzen Körper naß macht, kann man sich erkälten und eine Lungenentzündung bekommen.«

»Nun, so mag es auf Torra Alta sein, hier aber nicht«, versicherte ihm Ceowulf.

»Wasser ist immer naß, aus welcher Baronie es auch stammen mag«, klagte der sommersprossige Junge.

Der Wirt führte die Damen in eine Kammer im Erdgeschoß und die beiden Jungen und den caldeanischenden Ritter denselben Korridor entlang. Argwöhnisch begutachtete Caspar den kalten Steinfußboden. Er war sicher, daß dieser eine mögliche Erkältung nur fördern würde, auch wenn ein prasselndes Feuer seiner Abneigung gegen das Bad zumindest teilweise entgegenwirkte. Bald waren drei Wannen, aus halben Fässern gefertigt, voll dampfenden Wassers, und Hal und Caspar zogen ihre Sachen aus und ließen sich vorsichtig ins Wasser gleiten.

»In Caldea hatten wir regelmäßig Bäder. Und in Glain«, erklärte ihnen Ceowulf, als er in seine Wanne sprang, wobei er mit seinem gutgebauten Körper gallonenweise Wasser auf dem Boden verteilte, »baden sie jeden Tag.«

»Jeden Tag!« rief Hal ungläubig, spülte sein Haar energisch und spritzte Wasser durch die Kammer. »Modert denn ihre Haut nicht?«

»Mein Gott, sieh dir das an«, klagte Ceowulf. »Du sollst das Wasser in der Wanne lassen, nicht den Boden damit wischen.«

Hal antwortete auf diese Bemerkung mit einem nassen Schwamm, der Ceowulfs Gesicht nur um Daumenbreite verfehlte und dann an die Wand prallte. Vorsichtig tauchten die

Augen des Ritters wieder am Rand seiner Wanne auf und hielten argwöhnisch nach feuchten Geschossen Ausschau.

Caspar drückte die Seife zwischen seinen Handflächen und grinste, als sie durch die Luft flog und dumpf gegen Hals Wanne schlug. Das Gesicht des dunkelhaarigen Jungen, das unter der schäumenden Seife kaum zu erkennen war, tauchte triumphierend über seiner Wanne auf. Er streckte seine Zunge heraus, bevor er wieder untertauchte und die nächste Flutwelle über den Wannenrand schwappte.

Caspar dachte, daß Bäder doch gar nicht so übel waren.

Sie waren schon lange fertig, ehe die beiden jungen Damen aus ihrer separaten Kammer traten. Die Männer suchten sich eine ruhige Ecke in der Taverne, wo Caspar übte, das mild schmeckende Bier ohne Prusten zu trinken. Er bekam einen lauten Schluckauf und blickte mit schaumigem Bart von seinem Humpen auf.

»Nun, zumindest kommst du damit besser zurecht als mit dem Wein bei Bullback. Am caldeanischen Roten bist du ja fast erstickt«, lachte Hal.

»O Gott, nur nicht das Exportzeug!« gluckste Ceowulf. »Es ist gemein. Das kann Bullback doch nicht ernstlich trinken. Es schmeckt, als käme es aus einem Drachenbauch.«

Augenblicklich schwiegen alle drei, als zwei junge Edeldamen elegant durch den Raum schwebten. Mehrere Fremde drehten sich um, und jemand in der Ecke – nach seinem weitgeschnittenen, grellfarbenen Rock zu urteilen, ein Händler – stieß einen leisen Pfiff aus. Hal und Caspar griffen beide augenblicklich nach ihren Waffen, wollten wütend aufstehen, um die beiden Damen in ihrer Obhut zu verteidigen, doch Ceowulf hielt die beiden diplomatisch zurück. »Macht keinen Ärger. Es war eine harmlose Geste.«

Caspar bemerkte Cybillia kaum, obwohl sie eher wie eine Chrysantheme, nicht wie ein Mädchen aussah. Ein Kleid von hellem Rosa mit cremefarbenen Schärpen und Schleifen verhüllte sie. Ein enggezurrtes Korsett quetschte ihren Leib, und ihr Busen war spröde mit Spitze verhüllt. Ihr Haar war atemberaubend, fiel weich auf ihre Schultern, lebte und wallte vor Farben wie wogender Weizen in den glücklichen Tagen der Ernte. Hal machte sich zum Narren, indem er sich tief verneigte und seinen neuen Hut schwenkte, was er offenbar für eine höfische Geste hielt. Caspar fand das eher ärgerlich. Er wollte die erstbeste Gelegenheit wahrnehmen, dafür zu sorgen, daß dieser spezielle Kopfschmuck verlorenging. Cybillia hob ihren verschleierten Blick dem begeisterten Jungen entgegen, und ihre hellen Wangen erröteten zu zartem Rosa, was zu ihrem Kleid paßte.

Caspar blickte geradewegs an Hal vorbei, der um seine Chrysantheme herumscharwenzelte, und sah Brid staunend an. Sie war gewachsen, sie war zweifellos gewachsen, war jetzt mindestens so groß wie er, was ihm das Gefühl gab, minderwertig zu sein. In ein Kleid von sanftem Blau gehüllt, das sich um ihre schmale Taille und die weichen Hüften schmiegte, ging sie mit kurzen, weiblichen Schritten. Nervös und unsicher sah sie aus, ganz im Gegensatz zu ihrem normalerweise gelassenen Wesen, und nach einigen Schritten mußte sie ihr Kleid über die Knöchel raffen, um nicht über den Saum zu stolpern. Dennoch ließ sie die Falten ihres Kleides hin und her rauschen und schaffte es, einiges von der anmutigen Vornehmheit zu kopieren, die einer belbidianischen Dame abverlangt wurde. Ihr Haar war von goldenen Strähnen durchzogen, was den weichen Kupferton verbarg, und es roch nach Kamille. Ringellocken lagen auf ihren elfenbeinernen Wangen, und blaue Schleifen banden ihr Haar zu einem breiten Zopf. Ihre großen, *dunklen* Augen zwinkerten Caspar zu, und Tränen glitzerten darin. Mit einem Finger ihres Spitzenhandschuhs tupfte sie daran herum, während sie vorwärts taumelte, sich mit der Hüfte an eine Stuhllehne stützte und höflich wartete.

Caspar starrte sie an, konnte immer noch nicht glauben, daß es dasselbe Mädchen war.

Ceowulf sprang auf, zog einen Stuhl vom Tisch zurück und staubte ihn mit seinem Ärmel ab. »Schöne Dame, seid so gut und nehmt doch Platz.«

Brid errötete fügsam.

»Wie hast du das gemacht?« fragte der kleinere Junge ungläubig.

»Was gemacht?« Brid blinzelte ihn an, als könnte sie nicht allzugut sehen.

Er nickte ihr zu, deutete auf ihre allgemeine Erscheinung.

»Nun, Kamille hellt das Haar auf, bis keine Spur von Rot mehr darin ist, und dann habe ich diese albernen Schuhe gefunden.« Sie sah auf ihre Füße, zeigte die erhöhten Absätze an ihren Sandalen vor. »Sie sind extra so gemacht, daß man nicht ordentlich darauf gehen kann, aber offenbar ist das auch der Sinn der Sache: Je hilfsbedürftiger ein Mädchen ist, desto ansprechender finden diese Männer des Neuen Glaubens sie. Jedenfalls habe ich dadurch zwei Daumenbreit gewonnen. Dann noch etwas Puder ins Gesicht. Das ist eigentlich alles. Nicht viel dabei.«

»Nein, aber deine Augen. Die sind ja praktisch schwarz. Ich kann gar kein Grün mehr darin sehen.«

»Gut. Besser konnte ich es nicht. Ich hatte schon daran gedacht, ein paar Tropfen roter oder brauner Farbe zu benutzen, um sie zu verstecken, aber die würde ich schnell herausblinzeln. Ich dachte daran, einen Schleier zu tragen, nur habe ich niemanden so etwas tragen sehen, und so könnte er Verdacht erregen. Dann blieb nur Tollkirsche.«

»Tollkirsche?«

»Für gewöhnlich nennt man es ›Tödlicher Nachtschatten‹,

schreckliches Zeug, ein tödliches Gift, aber wenn man es in sehr kleinen Mengen verwendet, weitet es die Pupillen und rötet die Wangen. Wenn sich die Pupille weitet, sieht man weniger von der Iris, bis das Auge so schwarz ist, daß man das Grün nicht mehr erkennen kann. Morrigwen hat mir erzählt, daß die Frauen in manchen südlichen Ländern es ständig tun, weil große Augen angeblich so viel hübscher sein sollen. Aber wenn ich ehrlich bin, kann ich nicht sonderlich gut sehen, und ich bekomme fürchterlichen Durst davon. Warum sich Frauen dermaßen behindern müssen, um hübsch auszusehen, kann ich mir nicht erklären.« Sie holte tief Luft. »Aber was sein muß, muß sein.«

»Dieses Kleid ist eine Schande«, erklärte Cybillia mit scharfer Stimme, die vage an ihre Mutter erinnerte. Wenn sie nicht genau das bekam, was sie wollte, würde die einzige Tochter des Barons von Jotunn ganz ohne Zweifel mit zunehmendem Alter schwieriger werden. »Bei der ersten Gelegenheit will ich den besten Schneider am Ort aufsuchen und mir ein Dutzend nach meinem eigenen Entwurf fertigen lassen. Sieh dir nur die Nähte an, Hal, sieh sie dir an.«

»Es kann dem Strahlen Eurer Schönheit nichts anhaben«, sagte er mit Nachdruck.

Wiederum errötete sie und klimperte dankbar mit den Wimpern.

»Also!« verkündete Caspar. »Sind wir bereit, vor den König zu treten?«

Statt aufzuspringen, lehnte sich Ceowulf zurück und spreizte seine Hände auf dem Tisch. »Oh, die Impulsivität der Jugend«, sagte er mit erschöpftem Lächeln und sah ihn mißbilligend an. »Paß auf und setz dich hin. Immer langsam mit den jungen Pferden.«

Schwer sank Hal auf seinen Platz und zeigte seine Ungeduld. »Nun?«

»Ich werde einen Boten suchen, der dem königlichen Haushalt unsere Ankunft meldet und einen Termin vereinbart. Man kann nicht einfach unangemeldet hereinplatzen. Nicht in Farona.«

»Aber es herrscht Krieg. Da kann man diese Höflichkeiten doch sicher außer acht lassen!«

»Nein, der König ist sehr eigen, und der Hof würde alles, was ihr sagt, nur mit Verachtung strafen, wenn ihr euch auf derart unangemessene Art und Weise benehmt. Ein paar Kinder, die atemlos hereinstürzen.«

Nach einer entnervenden Stunde des Wartens, in der Brid es fertigbrachte, mehrere hohe Kelche mit Wasser zu trinken, kehrte Ceowulfs Bote zurück. Feierlich teilte er ihnen mit, daß der Herrscher sie kurz vor Sonnenuntergang empfangen würde.

»Sonnenuntergang! Ist dem König nicht klar, wie wichtig es ist?« rief Hal aus und trat vor offener Enttäuschung gegen einen Hocker, so daß dieser über die Steinplatten rutschte. Einige Köpfe wandten sich um und sahen ihn fragend an, und Cybillia und Brid hielten sich gleichzeitig den Mund zu. Caspar fragte sich, wie lange Brid ihre Maskerade würde aufrechterhalten können.

Die grellgrünen Ränder an Brids Netzhäuten leuchteten schon um die schwarzen Pupillen, als die arrogante Fanfare aus einem Flügelhorn die Ankunft der königlichen Eskorte verkündete. Eilig langte sie in die zahlreichen Schichten ihrer Kleider, auf der Suche nach ihrem Kräuterbeutel. Sie hatte sich geweigert, ihn beim Salamander und dem Mondstein zurückzulassen, die sorgsam in ihrer Satteltasche verborgen waren, denn sie erklärte, man wisse nie, wann man ein bestimmtes Kraut brauchen könne. Sie nahm eine einzelne, schimmernde, kleine schwarze Beere heraus und biß ein winziges Stück davon mit ihren Zähnen ab. »Wenigstens tut es mir nicht mehr so in den Augen weh, wenn das Licht nachläßt«, flüsterte sie, als sie Cybillia folgte und auf ihren hohen Absätzen schwankte. Caspar hoffte, es würde nicht mehr lange dauern, bis sie ihr natürliches Ich wieder annähme. Ihm fehlte ihre selbstbewußte Ausstrahlung, die auf so angenehme Art und Weise auf ihn abfärbte.

Eine bewaffnete Eskorte von sieben Wachen, grell in Rot und Gelb gekleidet, die Röcke mit schwarzen Fransen, nahm auf den Rücken ihrer absolut gleichen, cremefarbenen Stuten zackig Haltung an.

»Eure Eskorte, Mylords!« Ein Soldat, der das belbidianische Banner trug, neigte seinen Kopf.

Ceowulf nickte zustimmend.

An jeder Straßenkreuzung stieß der Hornist drei scharfe Töne aus seinem Horn, und das Stadtvolk hastete auf die Gehwege, machte die Straße frei. »Macht Platz!« bellte der Bannerträger. »Tretet beiseite für die Lords von Belbidia.« Bei jeder Fanfare wieherte Feuerschweif wütend und biß auf seine Kandare, als wartete er auf eine Attacke in der Schlacht.

»Ganz ruhig, Junge«, sagte Caspar und klopfte Feuerschweif an den Hals. »Wir sind noch nicht im Krieg.«

Es schien, als böten sie den Leuten ein Spektakel: Grelle Farben bildeten einen scharfen Kontrast zu den dunklen, ernsten Straßen Faronas. Feuerschweifs blaugoldene Schabracke und die dunkelroten Satteldecken der Pferde aus Jotunn waren fast so bunt wie die lebhaft rosigen und blauen Kleider der Damen. Sogar Hals neuer Hut trug zu diesem Auftritt bei. Als sie feierlich durch die Straßen der Hauptstadt paradierten, jubelte die Menge. »Edelleute aus Belbidia! Stolzes Belbidia!«

Hal nahm seinen protzigen Hut ab und winkte der Menge begeistert zu, und seine extravagante Geste und die natürliche

Ausstrahlung lösten begeisterten Jubel aus. Verstohlen warf ihm der Bannerträger einen frostigen Blick zu, und Ceowulf nahm Hals Hand, um den Torra Altaner ein wenig zu bremsen. »Würde, Hal, Würde.«

»Zum Teufel mit der Würde«, schnaubte der, stand in den Steigbügeln auf und warf seinen Hut in die Menge. »Dreimal hoch auf Belbidia!« Der Chor der Menge war ohrenbetäubend, und Caspar spürte, wie Tränen der Freude in seinen Augenwinkeln juckten, als die Woge patriotischer Begeisterung ihn mit sich fortzureißen drohte. Wie sein Halbbruder Branwolf wußte auch Hal die Menge für sich einzunehmen und ihre Leidenschaft zu wecken. Caspar hatte keine Ahnung, wie sie es schafften.

Die Hauptstadt war ganz so, wie Caspar sie in Erinnerung hatte. Hohe Bauten, Stockwerk auf Stockwerk, ragten über den schmalen Straßen auf, fingen das Plappern der Menschen und das Lachen der Kinder in den hallenden Gassen ein. Auf den ersten Blick schienen die verschlungenen Gäßchen mit bunten Fahnen dekoriert zu sein, doch Caspar wurde bald bewußt, daß die scheinbaren Fahnen in Wahrheit Leinen mit Wäsche waren, die man zwischen den Traufen der Häuser gespannt hatte.

Man begleitete sie über die Hauptstraße, welche von einem prunkvollen Platz zum nächsten führte, an denen sich große Stadthäuser mit feinen Säulen und majestätischen, wenn auch strengen Fassaden aneinanderreihten. Farona war eine Stadt der Kaufleute, und dies waren ihre Häuser.

Trappelnde Gassenkinder, die beim Anblick der Schlachtrösser freudig lachten und quiekten, wurden von der Eskorte makellos gekleideter Soldaten rüde beiseite gestoßen, wenn sie versuchten, nach Feuerschweifs Schabracke zu greifen. Caspar lächelte sie an. Sie waren nicht viel jünger als er selbst, und er verstand ihre Aufregung. Sie erwiderten sein Lächeln und winkten begeistert zurück. Ihre nackten Füße und die offensichtliche Armut standen im Kontrast zum Reichtum jener grandiosen Häuser. Er wußte, daß seinem Vater dieser Anblick nicht gefallen hätte. Baron Branwolf hatte seinen Sohn gelehrt, nicht zu erwarten, daß seine Untertanen ihr Leben für den Schutz Torra Altas einsetzten, wenn sie an dessen Wohlstand nicht teilhatten.

»Was nützt einem Gold«, seufzte Brid, »was nützt das Gold, wenn man davon nichts zu essen kaufen kann? Sollen diese Kinder das Gold von den Toren lecken, um ihren Hunger zu stillen?«

Caspar war überrascht, wie sehr seine eigenen Vorstellungen denen Brids entsprachen, und er nickte ihr zu.

»Die Große Mutter gibt sich hin, um ihre Völker zu ernähren. Korn und Früchte wachsen aus ihr, damit alle Kinder ihres Landes Nahrung bekommen, nicht nur die mit Gold …«, predigte sie leise.

»Brid«, zischte Hal und warf ihr einen warnenden, bedeutungsvollen Blick zu, den Mund zu halten. Offensichtlich mißfiel es der Jungfrau, Anweisungen des Jungen entgegenzunehmen. Sie sah direkt durch ihn hindurch, bevor sie ihr Lächeln wieder Caspar zuwandte. Dem kleineren Jungen war der plötzliche Gefühlswandel der Jungfrau nicht geheuer, zumal sie ursprünglich eine Vorliebe für Hal gezeigt hatte. Vielleicht hatte sein Onkel sie einmal zu oft brüskiert.

Der Palast stand allein, von einem grünen Park umgeben und von Buchen gesäumt. Einst war er eine Festung gewesen: Zinnen krönten die Mauern, und runde Türme ragten an den Ecken auf, doch er sah trotz allem Prunk nicht richtig aus. Die Zugbrücke war unten und hatte weder Ketten noch eine Winde, mit der man sie wieder hätte hochziehen können, und die längs unterteilten Fenster wirkten fehl am Platze. Wo einst

Schießscharten in den Mauern gewesen waren, hatte man nun Steine herausgehauen, um große, viereckige, luftige Fenster zu bekommen. Es gab dem Bau einen erschrockenen, glotzenden Ausdruck. Wenigstens war der Burggraben noch voll, und friedliche Enten tauchten darin herum und knabberten an den Wurzeln der Lilien.

Der Bannerträger ging ihnen voraus und meldete sie der Palastwache. Die Hufe der Pferde dröhnten, als sie über den äußeren Burghof trabten und unter einem hohen Bogen auf den inneren Hof des Palastes kamen. Stallburschen eilten aus den Stallungen hervor, nahmen höflich ihre Pferde. Caspar klopfte Feuerschweif an den Hals und zog liebevoll an seinem Ohr. »Versuch, dich zu benehmen, Feuerschweif«, raunte er ihm zu.

Schweigend geleitete man sie über die glatten Steinböden der langen Hallen und Flure des Palastes. Jede Wand war mit Teppichen behangen. Die Szenen jedoch unterschieden sich erheblich von den Wandteppichen auf Torra Alta oder in Jotunn. Hier zeigten sie grimmige Männer mit nüchternen Mienen im Gebet und gewaltige Szenen aus den Schriften. Eine davon zeigte sogar einen großen alten Mann, der sich vom Himmel herabbeugte, um die Erde zu berühren. Caspar spürte Brids bebenden Aufruhr, als sie sah, daß ihre Mutter Erde angeblich die Schöpfung eines ergrauten alten Mannes sein sollte.

Sie nahm Caspar bei der Hand: mit einer kalten, festen Berührung. Ihre Hand fühlte sich so klein an, so zart, und er merkte, wie sein Herz gleich schneller schlug. Einen Moment lang nahm er an, daß sie sich fürchtete, doch als er ihre zusammengebissenen Zähne und die geballten Fäuste sah, erkannte er, daß er sich täuschte. Sie bebte vor Zorn.

»Gib mir Kraft, Spar«, murmelte sie. »Ich muß meine Liebe zur Mutter an diesem Ort der Ungläubigen bestreiten, und es schmerzt mich. Es tut so weh. Meine eigene Mutter wäre eher gestorben, als diese Heuchelei mitzumachen.«

Er wußte nicht, was er hätte sagen sollen, also hielt er ihre Hand nur fester, machte ihr Mut. Es schien ihm so seltsam, daß dieses Mädchen, das in seiner Charakterstärke derart konkurrenzlos war, nun plötzlich zittern sollte, da sie vor den König traten.

Ein Page führte sie einen letzten Korridor entlang, der von einer Bogenreihe gesäumt war. Am Ende dieses Korridors fanden sich zwei beschlagene Eichentüren, welche den Durchgang zum Thronraum verbarrikadierten. Der Page hob den Knauf seines Zierstabes und klopfte dreimal in die Mitte der Türen.

Eine förmliche Stimme erklang mit feierlichem Singsang zur Antwort, wenn auch durch das dicke Eichenholz gedämpft. »Wer wünscht eine Audienz beim König? Erklärt Euch.«

»Sie wissen, daß wir es sind, oder?« bemerkte Caspar. »Der König hat uns doch holen lassen.«

»Natürlich wissen sie, daß wir es sind«, teilte Ceowulf ihm freundlich mit, »aber Faroner lieben die Zeremonie.«

Schon wollte Hal der Stimme auf der anderen Seite der Türen antworten, doch der Palastdiener hob einen Arm, um ihn zum Schweigen zu bringen, und fuhr mit der förmlichen Vorstellung fort. »Hier nun steht demütig bereit, Eurer Majestät die Ehre zu erweisen: Lord Caspar von Torra Alta, Sohn und Erbe des Königlichen Dieners Barons Branwolf. Mit ihm ist Lord Hal von Torra Alta, Bruder des Barons Branwolf. Außerdem zur Audienz erschienen: Lord Ceowulf von Caldea, jüngster Sohn des Barons Cadros, Lady Cybillia von Jotunn, einzige Tochter des Barons Bullback, und Bridgetta von Torra Alta, Anverwandte des Lord Caspar.«

Im stillen freute sich Caspar, daß der Palastdiener sie unaufgefordert in der nach Usus und Tradition üblichen Rangfolge Belbidias genannt hatte. Es kam so selten vor, daß jemand ihn als den ranghöheren der beiden Jungen anerkannte. Der Vorschlag seines Vaters für Brids Identität war klug gewählt. Jemanden ohne Titel anzukündigen, ihn jedoch anverwandt zu nennen galt allgemein als anerkannte Praxis, auf eine Verbindung hinzuweisen, ohne das Wort »Bastard« zu benutzen: Das wäre an den zivilisierten Höfen Belbidias bei weitem zu grobschlächtig gewesen.

Brid dagegen war nach wie vor damit nicht glücklich. »Auch ich hatte einen Vater, weißt du. Er war Schmied«, zischte sie, und Caspar erschrak. Brid hatte ihren Vater nie erwähnt, und ihr ungezähmtes und trotziges Verhalten wies nicht unbedingt darauf hin, daß sie sich jemals einer männlichen Autorität hatte beugen müssen. »Die Inquisitoren haben ihm einen Spieß durchs Herz getrieben, als er versuchte, meine Mutter zu schützen.« Ihre Hand zitterte. »Sie hätten auch mich getötet, wäre Morrigwen nicht gewesen.«

Die gedämpfte Stimme hinter den Türen brauchte einige Minuten, bis sie antwortete, doch schließlich rief sie: »Rewik, König von Belbidia, Kaiser der Inseln und Lord von Faronshire, Hüter des Glaubens, heißt seine Untertanen willkommen und bittet sie einzutreten.« Trotz ihres Gewichts glitten die Türen lautlos auf, und der Page bückte sich zu einer eingeübten Verbeugung, wobei er mit den Fingerspitzen über die polierten Steine strich.

Der Thronsaal wirkte nach den finsteren Korridoren hell und luftig. Farbiges Licht flutete durch Bleiglasfenster herein, manches als natürlich warmer Glanz des Sonnenuntergangs und anderes als farbige Regenbogenstrahlen, die von den Zierfenstern zu Spektren gebrochen wurden.

Rewik war von Helfern und Schreibern umgeben, die ihm Papierrollen mit Bittschriften vorhielten. Die Höflinge scharrten und verneigten sich, lächelten servil in ihrem Bemühen, die Gunst des dünnen, asketischen Mannes zu gewinnen. Caspar spürte, wie er erstarrte. Es war eine Sache gewesen, seinen Vater zum König zu begleiten, eine andere dagegen, allein und ungebeten vor ihn zu treten. Ceowulf blieb zurück und stieß Hal von hinten an. »Du und Spar, ihr tretet vor. Ich halte mich mit den Damen zurück. Der König muß uns nicht alle gleichzeitig empfangen.«

Selbst Hal näherte sich Seiner Majestät nur widerwillig, da er um den Ruf des Königs wußte, ein harter und schwieriger Mann zu sein. Rewik wandte der Gesellschaft seine schmale Hakennase zu und erhob sich von seinem geschnitzten Thron. »Torra Alta. Ihr bringt mir Neues von Torra Alta. Tretet augenblicklich vor. Ich muß hören, wie es meinen Untertanen an der Nordgrenze ergeht. In letzter Zeit kamen nur selten Boten, und seit Wochen habe ich nichts mehr gehört. Ich stelle eine Armee zusammen, doch ich brauche Informationen. Steht nicht nur da. Ihr alle dort, tretet vor und zeigt Euch.« Seine Worte waren mit leiser, schneidender Stimme gesprochen, die das respektvolle Schweigen des Hofes durchdrang.

Alle fünf schlurften voran, und Caspar drückte seinen Rücken durch, um stolz einherzuschreiten, wie es seinem Rang gebührte. Es war Ceowulf, der sich zuerst tief verbeugte, und Caspar ließ sich von dem erfahreneren Mann seinen Einsatz geben.

»Ach, steht auf!« Rewik schnippte mit den Fingern nach ihnen. »Kommt gleich näher. Ich muß die Neuigkeiten hören. Ich hatte nicht erwartet, dich hier zu sehen, Caspar. Ich hatte mit einem Boten gerechnet, aber nicht den Sohn des Schwarzen Wolfes hier erwartet. Muß ich annehmen, daß er sich um deine Sicherheit sorgt? Oder trägst du eine Nachricht bei dir, die nur persönlich überbracht werden konnte?«

Hal raschelte in seiner Brusttasche herum und zog das verknitterte Pergament hervor, reichte es dem König. »Wir wurden im Hirschwald von Viehdieben überfallen, und in der Rauferei wurde das Siegel beschädigt, Majestät.«

Der König nickte nur, machte sich nicht mal die Mühe, den Wahrheitsgehalt in Hals Behauptung in Frage zu stellen, sondern schob nur eine Augenbraue in die Höhe, um ihnen zu zeigen, daß er nicht von gestern war. Er nahm das Pergament und lehnte sich zurück, überblickte es mehrere schweigende Minuten lang sorgsam und kommentarlos. »Also muß ich die Armee nordwestlich zum Wolfsrachen führen, aber dennoch bittet Branwolf um Verstärkung. Diese Bitte ist leicht beantwortet: Ich kann sie ihm nicht gewähren. Ich muß Männer in Reserve haben, um Farona zu verteidigen.«

Also hatte Vater recht, was Rewik anging, dachte Caspar und drückte nervös an seiner Nase herum.

»Ich habe in letzter Zeit nur widersprüchliche Informationen von schwachsinnigen Boten bekommen. Sagt mir, was Branwolf im Schilde führt und was er von den Feindbewegungen hält.«

»Der volle Angriff der Vaalaker wird geteilt sein, wobei die eine Hälfte gegen Torra Alta geht und die andere gegen den Wolfsrachen, auch wenn das bisher nur eine Vermutung darstellt. Als wir abreisten, hatten erst die allerersten Männer Morbaks das Ödland zwischen Vaalaka und der Nordgrenze durchquert.« Caspar holte Luft und betrachtete das Gesicht des Königs, um zu sehen, ob er sich klar ausdrückte. Mit finster konzentriertem Blick sah Rewik ihn an und schluckte trocken, dann fuhr der Junge fort: »Morbaks Armee ist zu groß, um sich schnell bewegen zu können, doch nach ihrer Marschrichtung vermutet mein Vater, daß die Hälfte der Vaalaker westwärts ziehen wird.«

»Wenn er so weit nach Westen zieht, wieso greift er dann nicht von See her an?« Rewik klang, als wollte er den Jungen korrigieren, und Caspar wagte nicht, ihm zu widersprechen.

Hal hustete und räusperte sich. »Nein. Sie können nicht vom Meer her angreifen. Selbst wenn sie eine entsprechende Flotte besäßen, könnten sie nicht aus den Häfen kommen, da das Meer inzwischen sowohl sommers wie winters gefroren ist. Sie werden ihren zweiten Angriff über Land durch den Wolfsrachen wagen. Es ist der einzige ungeschützte Paß in den Gelben Bergen.«

Der König beugte sich vor und sah seine Untertanen aufmerksam an, schnippte nach den Ratsmännern, die an seiner linken Seite standen, und schickte den Rest seines Hofstaates hinaus. Vier Männer traten vor, zwei davon in Generalsröcken mit prächtigen Schwertern, Kettenhemd und schwarzem, seidenem Wappenrock, auf dem das gelbrote Wappen des Königs abgebildet war. Interessiert hatten sie zugehört und traten eifrig vor. Im Gegensatz dazu trugen die beiden anderen Männer lange, weiße Bärte und schlurften mit Gehstöcken voran, wobei sie unablässig miteinander murmelten.

»Ich will Eure Neuigkeiten über die Vaalaker hören, bevor ich mich mit dieser Angelegenheit der Belagerungsmaschinen auseinandersetze«, wiegelte Rewik Hals Versuch ab, den Zugang zur Großen Bibliothek zu behandeln.

Der König sah an Caspar und Hal vorbei und konzentrierte sich scharf auf die beiden Mädchen. Caspars Atem ging schneller, da er fürchtete, daß dem König etwas in Brids Erscheinung auffallen könne, doch er schien außer ihren farbenfrohen Kleidern nichts wahrzunehmen.

»Ich vermute, diese beiden jungen Damen sind hier, um wegen der Probleme an unserer Nordgrenze Schutz zu suchen.«

Caspar war bestürzt, daß selbst Rewik die vaalakische Invasion als ›Probleme‹ abtat, und stolperte über seine Antwort. Sanft ging Hal dazwischen. »Wenn wir hier fertig sind, wollen wir Lord Caspars Anverwandte zu meiner Mutter, Lady Elizabetta, geleiten, die inzwischen gleich südlich von Farona lebt. Lord Bullback bat uns, Euch darum zu ersuchen, daß Ihr seiner Tochter, Lady Cybillia, hier im Palast Unterkunft gewährt.«

Der König nickte, winkte das Problem der beiden Mädchen beiseite, ohne auch nur einen weiteren Gedanken daran zu verschwenden. Er schnippte mit den Fingern nach einem Pagen und flüsterte ihm etwas ins Ohr. Der Page eilte davon, verneigte sich tief vor Brid und Cybillia, dann führte er sie in eine Seitenkammer, in welcher sie bequem warten konnten, ohne sich Sorgen um die Schlachtpläne machen zu müssen.

Den ganzen Abend verbrachten sie in dieser Konferenz. Mit Caspars Hilfe zeichnete Hal die Feindbewegungen, fügte ihre Schätzungen hinsichtlich der Menge der Vaalaker und der Art von Waffen, die sie bei sich führten, hinzu.

»Das ist unmöglich«, hielt einer der weißhaarigen alten Männer den beiden Torra Altanern entgegen. »Unmöglich! Vaalaka ist ein armes, karges Land. Es könnte keine Armee von Zehntausenden zusammenstellen, geschweige denn von mehr als Hunderttausend.«

Caspar hatte selbst an diesen Zahlen gezweifelt, bis er sehen mußte, wie die Kolonne durch die unermeßliche Wildnis der Drachenwüste im südlichen Vaalaka zog. Er hatte Branwolf gelauscht, als dieser gewissenhaft und stundenlang Schlachtpläne und Zahlen sowohl fremder Kriege als auch solcher aus Belbidias eigener, lang vergessener Vergangenheit verglich, um die Zahlen einschätzen zu können. Caspar zweifelte nicht am Urteil seines Vaters. Die Kolonne weißblonder Männer mit ihren Bärenfellen und selbstgebauten Waffen erstreckte sich von der öden Steppe Vaalakas bis hin zum Paß.

Die Jungen waren müde und erschöpft, als Rewik sie endlich aus seinem Beraterkreis entließ, nachdem er sich geweigert hatte, die Frage der Belagerungsmaschinen vor dem morgigen Tag zu behandeln. Ceowulf war zornig, als sie wieder zu den beiden Mädchen kamen, und erklärte, Rewiks Generäle seien selbstgefällig und arrogant und verstünden nichts von der Kriegskunst. »Ich habe gesehen, wie Nomaden ganze Städte überrollen. Ich habe gesehen, wie Ritter von Fußvolk niedergemacht wurden. Ohne große Befehlshaber und geübte Taktiker ist Krieg nur ein Zahlenspiel, und Vaalaka ist eine endlose Wildnis voll wilder und verzweifelter Männer. Diese geckenhaften Narren leben schon zu lange im süßen, satten Kernland.«

Ein scharfer Ausdruck lag auf Ceowulfs Gesicht. Die Pupillen seiner dunkelbraunen Augen zogen sich zu zornigen Nadelköpfen zusammen. Caspar verstand diesen Mann nicht ganz. Sicher lag eine angeborene Illoyalität im Herzen eines Söldners, doch Ceowulf schien eine noble Seele zu besitzen, die bereit war, für die Liebe zu seinem Land zu sterben.

»Mylords, Myladies.« Ein buntgekleideter Page mit lächerlichen Schuhen, die sich an den Spitzen kringelten, trat ein und verneigte sich tief vor ihnen. »Es ist mir eine Ehre, Euch in Eure Gemächer zu geleiten.« Sie folgten dem leisen Tappen seiner weich besohlten Schuhe endlose Korridore des Palastes entlang. Die Jungen marschierten gleich hinter ihm, schlugen mit den Absätzen auf den Boden und verursachten ein hartes Geräusch. Hal hatte versucht, das Angebot des Königs abzulehnen, indem er sagte, sie wohnten bei seiner Mutter Elizabetta. Der König jedoch hatte darauf bestanden, daß sie sich bei Staatsangelegenheiten der Gastfreundschaft des Hofes erfreuen mußten. Unmöglich konnte man sich dem König verweigern.

Das Bett war unangenehm weich, und Caspar konnte nicht schlafen. Die übergroßen Decken gaben ihm das Gefühl, als ertrinke er in warmen Fluten. Ruckartig wachte er auf und merkte, daß die Decke auf seinem Gesicht lag, und er befreite sich davon. Doch etwas anderes hatte ihn geweckt.

Die Palastdiener hatten die Fensterläden geschlossen, als man zu Bett ging, und ohne das Licht einer Kerze konnte der Junge in der stockfinsteren Kammer nichts erkennen. Er wußte, daß da jemand war. Er hörte keine Schritte, kein Atmen, kein Türknarren, er spürte nur den lebenden Puls eines Körpers, der nah bei ihm war. Er berührte seine Brust, griff nach dem Mandala. Es war warm und tröstend wie ein schlafender Hund, der sich zu Füßen seines Herrn zusammengerollt hat.

»Hal? Hal? Bist du das?« Er sprach halb flüsternd, spürte, daß es stören würde, in der Dunkelheit lauter zu sprechen. Er bekam keine Antwort. Jemand saß neben ihm und nahm seine Hand. Caspar richtete sich auf, zog die Decke bis ans Kinn, aber er spürte den leichten Druck am Arm noch immer. »Hal?« fragte er unsicher, obwohl er wußte, daß der es nicht war. Hal hätte die Tür weit aufgerissen und ihn hart mit dem Stiefel getreten, um zu sehen, ob er wach war.

»Ich bin es.« Brids leise, singende Stimme drang an sein Ohr.

Caspar schlug das Herz bis zum Hals, und sein Puls ging schneller. Er traute sich nicht, etwas zu sagen, denn er wußte, daß sich seine Stimme überschlagen und dann wie die eines kleinen Jungen quieken würde. Und in einem solchen Augenblick, wenn eine Dame ungebeten in die dunkle Kammer eines Herrn kommt, nun, das war der allerletzte Augenblick, in dem man sich wünschte, daß die eigene Stimme hoch und quiekend klang. Der Junge hustete, versuchte, sich zu räuspern.

»Brid!« Wieder hustete er. Die Stimmlage mußte noch eine Oktave tiefer. »Brid, was tust du hier?« Er hoffte, es wäre keine dumme Frage. Schließlich hatte sie ihn den ganzen Tag lang angelächelt, seine Hand gedrückt, als sie zum Thronsaal gingen, und Hal nur finsterer Blicke gewürdigt. Sie drückte seinen Arm noch fester.

»Ich konnte auch nicht schlafen«, flüsterte sie.

»Woher wußtest du, daß ich nicht geschlafen habe?« fragte

der Junge in dem Versuch, das Gespräch offenzuhalten, nichts zu sagen, was die Magie verdarb, welche diese wundervolle Frau an sein Bett geführt hatte. Er war nicht eben erfahren darin, sich mitten in der Nacht mit Mädchen zu unterhalten. Sollte er ihre Hand nehmen, sollte er ihr übers Haar streichen, sollte er sie an sich ziehen? Er wußte es nicht. Statt dessen krallten sich seine Finger fest in die Decken und erstarrten.

»Oh, ich weiß immer, ob du wach bist oder schläfst. Ich kann deinen Atem spüren. Ich wußte, daß du dich an einem Ort wie diesem unwohl fühlst.« Ein Schauer durchfuhr sie, und sie packte fester zu, was einen süßen Schmerz hervorrief, als sich ihre Nägel in seine Haut bohrten. »Hier, wo die Wände derart überreich mit der Verehrung des neuen Gottes verziert sind. Auch ich fühle mich dabei unwohl, so allein … so ängstlich. Ich kann die Mutter kaum noch spüren. Nie zuvor habe ich mich so gefühlt.«

Caspar gefiel es nicht, daß er sich vom Alten Glauben angezogen fühlte, doch hatte er das unheimliche Gefühl, daß die Jungfrau recht hatte. Seine Sorge um seine verdorbene Seele wurde jedoch von den aufwallenden Gefühlen niedergerungen, die sein ganzes Denken auf die verlockende Gegenwart des Mädchens lenkten. »Ach, Brid.« Zögerlich legte er ihr einen Arm um die Schulter, aber er berührte kaum ihre Haut, für den Fall, daß das Gewicht seines Arms sie störte. Sie rückte etwas näher an ihn heran. »Du mußt dich nie allein fühlen, wenn ich in deiner Nähe bin.« Es war dumm, so etwas zu sagen, und er wußte es, nur war es eine dieser dummen Situationen, in denen fast alles, was man sagte, falsch klang. Hal dagegen hätte selbstverständlich nur das Richtige gesagt, um ihr das Gefühl zu geben, begehrenswert zu sein, und den Funken der Lust in ihrem Herzen zu entfachen. Caspar seufzte. Es hatte keinen Sinn, wenn er versuchte, wie sein Onkel zu sein … Er mußte er selbst sein.

»Spar?«

»Hm?«

»Morgen müssen wir die Büchereien durchsuchen, die Almanache, die Wälzer, überall müssen wir suchen, und wenn sie merken, was wir suchen, weißt du, was dann passiert? Wir werden von der Hand unseres eigenen Königs sterben, weil wir das einzige suchen, was dieses Land noch retten kann. Es scheint mir so falsch, so absurd. Ich habe mich noch nie gefürchtet, aber hier, an diesem Ort, fühle ich mich allein.«

»Du bist bei mir.« Endlich brachte Caspar den Mut auf, das Mädchen an sich zu ziehen, drückte sie so fest, daß er ihren süßen, warmen Atem roch. Er wußte, daß sein Puls fiebrig raste, und er hoffte, sie würde nicht merken, wie nervös er war. Er verstand nicht ganz, was sie über die Gefahr sagte, die Sakramente des Alten Glaubens direkt vor der Nase Rewiks des Bekehrers zu suchen. Es war ihm eigentlich egal, was sie sagte. Er spürte nur die Nähe ihres Körpers, wußte, daß ihr Oberschenkel und sein Oberschenkel allein durch dünnen Stoff voneinander getrennt waren. Caspar teilte Brids Ängste nicht. Er spürte nur seine begeisterte Aufregung.

»Es ist doch komisch, Spar. Wir haben so unterschiedlich gelebt, und doch fühle ich mich dir so vertraut, als wären unsere Schicksale schon lange miteinander verwoben. Es kommt mir vor, als hätte ich dich schon immer gekannt, seit Anbeginn des Annwyn.«

Der Junge wünschte sich, ihm würde etwas gleichermaßen Romantisches und Poetisches einfallen, doch sein Hirn war auf etwas ganz anderes fixiert. Er fragte sich, ob es angemessen wäre, mit der Hand sanft an ihrer Schulter herabzustreichen. Ihr Nachthemd, das offenbar vom Palast gestellt war, fühlte sich wie schimmernde Seide an, und seine Fingerspitzen kitzelten.

»Wir haben so vieles gemeinsam: ähnlich ungewöhnliche

Vorfahren, und beide wurden wir unserer Mütter beraubt.« Schwermütig seufzte sie. »Und natürlich sind wir beide auf unterschiedliche Weise Hal allzusehr zugetan … so ungern ich es auch zugebe.«

Caspars Herz blieb stehen. Was eben noch liebliche Musik war, traf ihn nun mit plötzlicher Disharmonie, und er merkte, daß ihm ein peinlicher Fehler unterlaufen war. Brid war nicht seinetwegen gekommen. Sie war da, um zu reden – buchstäblich zu reden – und dazu ausgerechnet über Hal. Er konnte es nicht glauben. Immer verdarb Hal ihm alles. Innerlich seufzend dankte er Gott oder vielleicht auch der Mutter, daß sein Tun noch nicht verraten hatte, was in ihm vorging, und er sich bisher noch nicht bloßgestellt hatte. Er fühlte, wie der Schweiß der Erregung auf seiner Haut erkaltete, und er seufzte schwer, versuchte, diese Erregung von sich zu weisen. Sie redete noch immer, doch der Junge konzentrierte sich darauf, seine eigenen, lärmenden Gedanken zu beruhigen, und er bekam nicht alles mit, was sie erzählte. Schließlich schaffte er es, sich auf ihre Beichte einzulassen. »Mit dir kann ich so einfach reden, und du scheinst mich immer zu verstehen. Hal ist so vernarrt in diese … herausgeputzte, verwöhnte Göre. Ich weiß nicht, ob du schon alt genug bist, solche Dinge zu verstehen …«

Alt genug! Alt genug! Innerlich schrie Caspar vor Verzweiflung auf. Sie hält mich noch für einen kleinen Jungen! Kein Wunder, daß sie es nicht als unschicklich ansah, sich mitten in der Nacht in meine Schlafkammer zu schleichen. Nicht alt genug!

Brid redete weiter, während Caspar sich mühte, seine Würde zu bewahren.

»… und ich fühle mich so schuldig. Eigentlich sollten nur die Mutter und die Suche nach dem Druiden-Ei von Bedeutung sein, aber ich kann nicht aufhören, Cybillia zu verachten.«

»Cybillia?« Langsam entspannte sich Caspar und rutschte

übers Bett, damit sie bequem neben ihm sitzen konnte. Jetzt mußte er nicht mehr überlegen, was er sagen sollte, sondern die Worte kamen leicht und natürlich aus ihm heraus. »Sie ist nicht so übel. Sie wird sich enorm bessern, wenn sie nicht in der Nähe ihres Vaters ist, der sie offenbar abgöttisch liebt.«

»Sie wird sich enorm bessern, wenn sie nicht mehr in Hals Nähe ist, wolltest du sagen«, schnaubte sie mit einem Lachen, mit dem sie ihren Humor zu wahren suchte.

Auch Caspar lachte, was seine Spannung vertrieb. Die Situation war schlicht absurd. Nachdem er nun wußte, daß Brid ohne gewisse Absichten zu ihm gekommen war, empfand er ein gerüttelt Maß an prüder Entrüstung. Es schien ihm nicht richtig, mitten in der Nacht die Kammer eines Mannes aufzusuchen, auch wenn Brids Kultur und Erziehung in ihrem Benehmen offenbar nichts Unbotmäßiges sahen. Jedenfalls, dachte er ärgerlich, findet sie mich zu jung.

»Da du nicht mit den Naturgesetzen der Mutter aufgewachsen bist, wirst du es vielleicht nur schwer verstehen können. Der Neue Glaube bestimmt, daß Priester das Zölibat wahren sollen, da sonst die Verehrung für ihren Gott gefährdet ist. Wir aber glauben das Gegenteil. Die Vereinigung von Mann und Frau besitzt tiefe, ungeheure Kraft und bringt uns allen Leben und Nachkommen. Jedenfalls«, tat Brid ihre eigenen Überlegungen ab, »stört Hal entscheidendere Dinge. Morgen müssen wir in die Bibliothek. Irgendwo unter Rewiks schändlichen Bauten müßten wir die Hüterinnen finden.«

Brid hatte lange gesprochen, und langsam zupfte der Schlaf erneut an den Lidern des Jungen. »Wer sind die Hüterinnen genau?«

»Die Hüterinnen? Sie sind eine Sekte von Priesterinnen, deren einzige Pflicht es ist, den Kessel zu hüten und seine Runengeheimnisse zu wahren. Der Legende nach werden ihnen, wenn man sie in den Orden aufnimmt, die Zungen aus dem Mund geschnitten, damit die Geheimnisse des Druiden-Eis auch welche bleiben«, erklärte sie mit schläfriger Stimme.

»Wie schrecklich! Aber was meinst du mit Legende? Weißt du es denn nicht genau?«

»Nein. Niemand weiß es«, seufzte sie. »Alles, was mit dem Kessel zu tun hat, ist mehr als geheim.« Es folgte langes Schweigen, und Caspar glaubte schon, sie sei an seiner Schulter eingeschlafen, doch dann murmelte sie verschwommen und verträumt. »Er treibt einen in den Wahnsinn, nicht? Er macht genau, was er will, interessiert sich nicht dafür, ob er jemanden vor den Kopf stößt ... Aber er hat sein Leben für mich riskiert, hat mich den ganzen Weg getragen ...« Sie beendete ihren Satz nicht, sondern glitt in träumerisches Schweigen über. Es fiel Caspar nicht schwer, seinen Arm um ihre Schultern zu legen und sie freundschaftlich zu drücken.

Ja, dachte er voller Neid, der von Müdigkeit getrübt war, er kann einen in den Wahnsinn treiben.

Brid schwieg einen Moment lang, und auch der Junge sah keinen Anlaß, etwas zu sagen, während ihre Gedanken dieselben Wege nahmen. Caspar fühlte, wie der Schlaf an seinen Augenlidern zog, und er sank tiefer in die aufgestellten Kissen, fühlte sich vertraut und sicher neben Brid.

»Weißt du, was eigentlich am beschämendsten ist?« fragte sie und bewies damit, daß sie noch wach war.

»Nein.«

»Ich sollte nur über Keridwen und Morrigwen nachdenken. Ich sollte mich darauf konzentrieren, daß wir Keridwen retten müssen, bevor die Vaalaker alles zerstören – den Alten Glauben und den Neuen Glauben. Was ich für Hal empfinde, ist unerheblich und sollte im Grunde egal sein. Vor allem, wenn es so viel Wichtigeres gibt, worum man sich Sorgen machen muß. Ich werde ihn ignorieren«, sagte sie mit einem zufriedenen Seufzer. »Ich war schwach und nicht ausreichend der Liebe und dem Dienst an der Großen Mutter zugewandt. Meine Gefühle sollten, verglichen mit unserer Aufgabe, keinerlei Bedeutung haben.«

»Du hast sicher recht, Brid«, stimmte er ihr mit neuerlicher Hoffnung zu.

»Er ist so hübsch und tapfer«, fuhr sie fort. »Oh, damit will ich nicht sagen, daß du das nicht wärst.« Plötzlich klang ihre Stimme beschwichtigend, als hätte sie gemerkt, daß sie ihren Freund verletzte. »Ich bin mir sicher, daß du genauso blendend aussiehst, wenn du erst etwas älter bist.«

Stets bekam Hal den Vorzug, weil er älter war. Die alte Wunde schmerzte tief im Bauch, doch sie war so vertraut, daß er sie ignorierte. Sie sprachen im leisen Flüsterton. Caspars Augen wurden schwerer, und er sprach immer träger, wobei die Worte ineinander übergingen. Dann bohrte sich ein scharfer Balken Sonnenlicht zwischen seine Augenlider. Es war Morgen. Sein Arm schmerzte, da er die ganze Nacht unter dem Gewicht des Mädchens gelegen hatte, denn Brid hatte sich auf der Decke zusammengerollt und dort geschlafen. Eine Palastdienerin öffnete die Fensterläden, und als das Licht aufs Bett fiel, sank dem Mädchen die Kinnlade herab.

»Oh! Oh! Verzeiht mir, Herr, Mylady, das wußte ich nicht.« Mit dunkelroten Wangen hastete sie zur Tür hinaus. Caspar lachte, denn er nahm an, daß die Frau sie für ein Liebespaar gehalten hatte. Er dachte daran, wie absurd das alles war, und stieß Brid an, damit sie aufwachte.

»Komm schon! Geh und zieh dich an.«

»Das mit gestern abend tut mir leid«, seufzte sie. Enttäuscht bemerkte Caspar, daß ihr Nachthemd mit einer dicken Decke verhüllt war, die sie fest an ihren Busen drückte. »Am besten vergißt du das alles. Beeil dich und weck Hal auf. Wir haben viel zu tun.«

KAPITEL 16

»Wir sind verstimmt. Er hätte dieses Problem vor vielen Jahren schon lösen sollen.« Der König stierte von seinem elegant geschnitzten Thron auf die beiden jungen Untertanen herab, die dort vor ihm standen. Caspar spürte, wie sein Kragen immer enger wurde, je mehr er sich ärgerte. Wie konnte es der König wagen, so von seinem Vater zu sprechen – und dazu noch vor dem Hofstaat? Er spannte seine Hände, grub die Nägel in die Handflächen, gab sich alle Mühe, sich zurückzuhalten.

»Aber die Maschinen müssen repariert werden.« König Rewik winkte einem Höfling, der lächerlich aufgeblähte, dunkelrote Hosen trug, die auf Oberschenkelmitte endeten. Zwei dürre Beine in enganliegenden Hosen schauten daraus hervor. Caspar fand, daß er ziemlich absurd aussah, und rang einen unwiderstehlichen Drang zum Lachen nieder. Er wich Hals Blicken aus, denn er wußte, daß sie gemeinsam in ein ziemliches Gekicher ausbrechen würden, wenn sie einander auch nur ansahen. Hal schnaubte, dann hustete er laut in seine Hand.

Rewik reckte seinen Hals dem Schreiber mit den Knubbelknien entgegen. »Diese jungen Edelmänner brauchen Zugang zu den Akten, die im Witwenpalast verwahrt werden. Sagt diesem Fossil Legros, daß er sie hineinlassen soll.«

Er wandte seine spitze Nase den Torra Altanern zu. »Die Große Bibliothek ist Euch in dieser Sache keine Hilfe. Dort verwahre ich nichts als die Schriften und gelehrten Werke zum Wort des Herrn, da ich sie nicht durch die Nähe zu anderer, unreiner Literatur beschmutzen möchte. Ihr werdet in den Witwenpalast gehen müssen, in welchen ich alle wertloseren Werke verbracht habe. Unglücklicherweise werdet Ihr mit unserem fast ketzerischen Bibliothekar Legros sprechen müssen, der sich uns widersetzt, indem er sich weigert zu sterben. Ein Freibrief meines Vaters hat ihm lebenslange Verantwortung für die Staatsbibliothek übertragen, so daß ich mich seiner nicht entledigen kann.«

Die beiden Jungen verneigten sich und traten rückwärts vom Thron zurück, als Rewik sie mit einer Geste seiner langfingrigen Hand entließ.

»Wir werden unsere junge Anverwandte mitnehmen«, flüsterte Hal so laut, daß seine Worte für den König zu hören waren. »Sie möchte etwas von Farona sehen, bevor wir sie im Gutshaus meiner Mutter abgeben.«

Eskortiert vom makellos gekleideten Pagen schlenderten die beiden Edelmänner und die Priesterin die breiten Straßen von Farona entlang. Brid war das perfekte Abbild eines verwöhnten Edelfräuleins aus einer reichen und arroganten Familie. Sorgfältig mied der Page die schmalen Gassen, die sich wie Kapillargefäße von der Arterie verzweigten, durch welche das Umland Faronas versorgt wurde. Je weiter sie sich vom Palast entfernten, desto lauter wurde das Bellen der Hunde, das Geschrei der Straßenhändler und das Gelächter der Kinder. Caspar fühlte sich von den hohen Bauten eingesperrt, sah nur noch einen schmalen Himmelsspalt weit über sich, der es schaffte, sich zwischen die Dächer zu quetschen. Er war die luftigen Höhen Torra Altas gewohnt, umrahmt von einem Panoramahimmel und frischer Luft, die ihn ungehindert umwehte. Hier fühlte er sich wie ein Falke mit gestutzten Flügeln.

Auf den Straßen drängte sich der Verkehr. Wagen, die mit Korn und Milchkannen beladen waren, rumpelten übers Kopfsteinpflaster auf dem Weg zu den Märkten. Gewürzkarawanen klapperten über das feste Straßenpflaster, und die Maultiere, die von Händlern mit sonnengebräunten Gesichtern und weiten, wehenden Kleidern geführt wurden, mühten sich unter ihrer Last. Sie alle, Händler, Kaufleute oder nur Kutscher, trieben ihre Tiere eilig an den Straßenrand, sobald sie den nahenden Pagen bemerkten, der stolz das Wappen des Königs auf seiner Uniform zur Schau trug.

Nie ging der Page schneller als mit würdigem, gesetztem Schritt, und Caspar fürchtete schon, sie würden nie ankommen. Aber endlich gelangten sie an eine breite, prachtvolle Allee, welche von ansehnlichen Kastanien gesäumt war. Am Ende dieser Allee ragte der alte, steinerne Bau des Witwenpalastes auf. Kletterpflanzen zogen sich über die Mauern, und die schmalen Bogenfenster waren von Staub verschmiert. Selbst von außen sah man, daß seit Jahren niemand mehr darin wohnte.

Feierlich klopfte der Page an das trockene, gesplitterte Eichenholz der Eingangstür zum Palast und wartete mit ernster Miene, während Caspar angestrengt vermied, sich diese lächerliche Attitüde anzusehen, da er Angst hatte, sein mühsam beherrschter Spott könne aus ihm herausplatzen. Schließlich, als Caspar eben merkte, wie sich seine Mundwinkel aufwärts bogen, ging die ungeölte Tür knarrend auf. Ein alter Mann mit langem Bart, der an den Enden zu Spitzen geflochten war, sah sie finster an. Er trug einen dicken, braunen Mantel, der über den Boden schleifte, und stützte sich schwer auf einen Stock.

»Hm, ja?« stieß er hervor, und die Worte klangen etwas undeutlich, da er keine Zähne hatte. »Ja, ja, heraus damit. Ich bin beschäftigt, sehr beschäftigt.«

Der Page sah aus, als schockierte ihn dieser Empfang. »Ich komme im Auftrag des Königs. Ich habe sein Siegel hier auf diesem Dokument. Es fordert Euch auf, diese Edelleute hier hereinzulassen. Sie brauchen Eure Hilfe in irgendeiner Sache. Und laßt Euch gesagt sein, Legros: Der König wird von Eurem mürrischen Betragen den Repräsentanten Seiner Majestät gegenüber erfahren.« Nachdem er sich seiner Pflicht entledigt hatte, machte der Page auf dem Absatz kehrt und marschierte steifbeinig von dannen.

»Wie wird jemand, der so jung ist, nur so arrogant?« murmelte der alte Bibliothekar und starrte dem Pagen nachdenklich hinterher. »Kein Respekt vor dem Alter. Zu meiner Zeit …«

»Herr, ich bitte Euch, dürfen wir eintreten und unsere Suche beginnen?« fragte Hal mit äußerster Höflichkeit, während er mit seinen Fingern am Oberschenkel herumtippte, um seine Ungeduld zu zügeln.

»Der König kümmert sich nicht um mich. Warum sollte ich mich um seine Grillen kümmern? Er hat mich aus der Großen Bibliothek geworfen, vor fast fünfzehn Jahren schon, und kein einziges Mal hat er dem Reichtum an Wissen einen Besuch abgestattet, den ich hier hüte und für den Staat bewahre. Wenn ich sterbe, wird niemand an meine Stelle treten. Was interessieren mich die Wünsche des Königs? Das hier sind meine Bücher. Ich habe keine Zeit, Euch zu helfen. Ich muß katalogisieren. Ich werde sterben, bevor ich damit fertig bin, und es gibt niemanden, der meine Arbeit fortsetzt.«

Der alte Mann hob und senkte sein Kinn. »Er schickt mir keinen Lehrling. Alle Lehrlinge müssen für die Große Bibliothek noch mehr vom immer gleichen Buch kopieren, immer nur das eine Buch aus den Schriften. Hier habe ich Zehntausende von Dokumenten, und ich kann sie nicht alle katalogisieren. Mein Augenlicht …«

Oh, Mutter, er ist vollkommen verrückt, seufzte Caspar im stillen und fragte sich, ob der alte Mann sie jemals hereinlassen würde.

»Wir bitten Euch inständig, Herr«, sagte Hal erneut, doch Brid stieß ihn beiseite.

»Legros, wir kommen nicht vom König.« Sie nahm die Hand

des Mannes, starrte in seine Augen. »Sein Page hat uns nur den Weg gezeigt. Wir kommen, um uns Eure Bücher anzusehen. Wir sind gekommen, um Euer Lebenswerk zu bewundern. Ich heiße Brid.« Sie sprach mit unendlich weicher Stimme, wie eine Mutter, die ihr Kind in den Schlaf wiegt. »Wir kommen aus dem Norden. Dort herrscht Krieg, wie Ihr wißt.«

Der alte Mann schüttelte den Kopf und konnte sich nicht von Brids Blick lösen. »Ein Krieg? Nein, ich wußte nicht, daß Krieg herrscht. Ich habe meine Themen alphabetisch geordnet, müßt Ihr wissen, nur ist das nicht im Sinne des Königs, des jungen Rewik. Aber König Sithric war ein guter Mann. Ihm war an den Büchern gelegen, aber Rewik … Deine Augen sind ganz starr, Kind. Das Licht ist zu hell für dich.«

»Bei welchem Thema seid Ihr jetzt, Legros?« gurrte sie ihm mit sanften Worten und strahlendem Interesse in den Augen zu.

»Pferdezucht, aber dafür allein werde ich einen Monat brauchen. Man sollte meinen, der König würde sich für die Angelegenheiten interessieren, die mit dem edlen Tier zu tun haben – die Aufzucht von Schlachtrössern. Ich lese die Bücher nicht, dafür fehlt mir die Zeit …« Er folgte ihr lammfromm wie ein kleiner Hund den Füßen seiner Herrin, als Brid ihn in die holzgetäfelte Eingangshalle zog. Der alte Bibliothekar schlurfte hinterher, stolperte fast über seinen Mantel. Caspar vermutete, daß dieser dem Mann einmal gepaßt hatte, doch nun war er geschrumpft und vom Alter gebeugt. Seine wehenden Kleider waren wahrscheinlich das einzige, was die Flure vom Staub befreite.

Die Holzwände waren gesprungen, und Spinnweben, so dick wie Vogelnester, verstopften die Ecken und Winkel der einzelnen Räume, während der Bibliothekar immer tiefer in den Witwenpalast wanderte. Als sie dann jedoch den großen Saal betraten, in dem die meisten Bücher verwahrt wurden, war aller Gestank von Schimmel und Verfall verflogen. Jedes Regal und jedes Buch war staubfrei und poliert. In der Mitte des Raumes lagen auf einem niedrigen Tisch aus Buchenholz drei dicke Wälzer, deren Seiten mit Tintengekritzel bedeckt waren. »Meine Kataloge.« Der alte Mann breitete die Arme aus, als wollte er ein geliebtes Kind umarmen, doch dann erstarrte er abrupt. »Husch!« Er eilte voran und verscheuchte eine Katze, die auf den Tisch gesprungen war und sich dem Tintenfaß näherte. »Mäuse, Mortica, Mäuse. Mach dich an die Arbeit.« Die Katze machte sich davon und verschwand im Labyrinth der Bücher.

Der große Saal war bis an die gewölbte Decke mit endlosen Reihen von Aktenkisten und ledergebundenen Büchern verbaut: Blattgold kündete von ihrem illustren Inhalt. Staunend strich Brid über die Rücken der Bücher. »Es sind so viele, so viele.«

»Ich werde nicht lange genug leben«, seufzte Legros, »und Rewik verweigert mir Hilfe. Ich werde sterben, bevor das Werk vollendet ist. Diese Katze! Sie hat Pfotenabdrücke auf meinem alphabetischen Katalog hinterlassen.« Eilig holte er einen Staubwedel und schwenkte ihn vorsichtig über dem dicken Pergament. »Ich bin sehr beschäftigt … meine Arbeit … Was wollt ihr, Kinder?«

Kinder, dachte Caspar angewidert.

»Wir müssen die Akten der Stadt einsehen, die alten Bau- und Straßenpläne«, sagte Brid mit ihrer unschuldigsten Stimme. Der alte Mann war viel zu sehr mit seiner Arbeit beschäftigt, als daß er eine Gefahr für sie darstellen würde, und Brid war schließlich zu dem Schluß gekommen, daß es keinen Grund gab, sich zu verstellen. Sie bewegte sich anmutig und kraftvoll, hatte die Kunst, auf ihren erhöhten Absätzen zu gehen, schnell gelernt und hielt den Kopf hoch erhoben, auf ihre übliche selbstsichere und gefaßte Art. Sie dackelte den beiden Jungen nicht mehr hinterher, sondern übernahm selbst die Initiative.

Legros nickte, ohne ihre Absichten zu hinterfragen. »Die sind nicht hier im Saal. Kommt mit.« Er blieb stehen, um einen Schürhaken aufzuheben, und beugte sich über ein Feuer, das in der Mitte des Kamins schwelte. »Brauche stets ein Feuer. Vertreibt Muff und Schimmel und hilft, die Bücher zu erhalten.« Er stocherte in der Glut herum, bis gelbe Flammen flackerten, dann führte er sie ans andere Ende des Saales und durch einen schweren Vorhang, welcher den Eingang zu einer schmalen Wendeltreppe verbarg. Die steinernen Stufen führten nach oben. Der alte Mann hatte Mühe mit dem Aufstieg, blieb immer wieder stehen, um zu Atem zu kommen. »Ich werde sterben, bevor mein Werk vollbracht ist«, murmelte er vor sich hin.

Die Treppe führte sie in zusammenhängende Räume im ersten Stock, wo sich staubige Bücherstapel auf Tischen und an die Wände gelehnt türmten. Hier waren die Fenster so voller Spinnweben, daß das trübe Sonnenlicht keinen Schatten in die dunkle Kammer warf. Verzweifelt, fast zornig murmelte Legros vor sich hin: »Ich werde es allein nie schaffen. Niemals werde ich bis zu diesen Akten hier gelangen, bevor ich sterbe.«

Caspar hatte keine Angst vor dem Tod, doch er verstand, wieso dieser Mann hier vor dem Gedanken erschrak. Er fürchtete nicht um das Schicksal seiner Seele, sondern trauerte um sein Werk, da er wußte, daß sein Tod den Tod seiner Arbeit bedeutete. Der Junge nickte, als erkannte er dieses Gefühl plötzlich. Was wäre, wenn er stürbe, bevor das Druiden-Ei gefunden war? Was würde mit seiner Heimat, seiner Mutter geschehen? Wenn er versagte, würde Keridwen weiterhin auf ewig lebend im grausam malmenden Schraubstock des Gletschers bleiben.

Wieder murmelte der zahnlose Mann. »Die Kammer im

Westturm oder im Ostturm?« Ungeduldig trommelte er mit seinem Gehstock auf den Holzbohlen herum. »Der König hat die Bücher hier abladen lassen. Zu denen werde ich nie kommen.« Die Verzweiflung war schrecklich. Caspar hätte ihm gerne geholfen, wenn da nicht die Gefahr durch die Vaalaker wäre, doch es war ein nutzloser Gedanke. Es würde ihn in den Wahnsinn treiben, wenn man ihn für alle Zeiten in diese Hallen sperren würde.

»Wir versuchen es erst im Westturm. Es muß im Westturm sein.« Sie schlängelten sich zwischen den Büchertürmen hindurch, die gefährlich hoch gestapelt waren, und Brid raffte ihre weiten Röcke, damit sie nicht überall hängenblieben. Stirnrunzelnd sah Hal sie an, doch sie hob ihr Kinn und lächelte ihn mit ernstem Blick geradewegs an. Legros seufzte, da sich die Tür zum Westturm weigerte nachzugeben, als er sie öffnen wollte. Hal stieß mit der Schulter an die niedrige Bogentür, bis sie plötzlich aufging und in die muffige Kammer fiel. Legros nickte, ohne zu lächeln.

»Sie sind hier drinnen … irgendwo.« Er winkte mit seiner Hand durchs Zimmer, hielt aber inne, als er von einem plötzlichen Husten übermannt wurde. »Meine Arbeit«, stieß er hervor. »Pferdezucht. Ich muß an meine Arbeit.« Er wandte sich ab und ließ sie ohne weitere Erklärungen zurück. Bestürzt sahen sich die beiden Jungen und Brid in der runden Kammer um. Überall waren Bücher gestapelt.

»Es ist wie in dem Märchen vom Mädchen, das in eine Scheune gesperrt wird und in einer Nacht alles Stroh zu Gold spinnen soll«, meinte Caspar, was Hal dazu verleitete, ihn kopfschüttelnd anzusehen.

»Märchen«, lachte er, »sind etwas für Kinder. Glaubst du, daß der Hauptmann zu Hause an so was denkt?«

Caspar tat die Kränkung achselzuckend ab. »Nun, wo fangen wir an?«

»Wir müssen methodisch vorgehen.« Brid krempelte ihre Ärmel hoch.

Hal holte tief Luft, sah sich bestimmend um. »Wir arbeiten uns vom Fenster wieder zur Tür zurück. Ich nehme die linke Seite, Spar, nimm die Mitte, und du kannst die rechte nehmen. Ach ja, und räumt eine Ecke frei, wo wir die Bücher wieder stapeln können. Dann weiß man, wo man war.«

Zwanzig Minuten später ärgerte sich Caspar noch immer über sich selbst, weil er Hal erlaubt hatte, alle vernünftigen Ideen zuerst vorzubringen. Brid hatte bereits ein halbes Dutzend Bücher durchsortiert, bevor er anfing, wobei er sie mit dem Rücken nach vorn stapelte, damit die Titel leicht zu lesen waren. Bei den meisten Büchern handelte es sich um Atlanten der bekannten Welt, einige eher modern, andere Hunderte von Jahren alt. Für den Anfang stapelte Caspar sie eilig aufeinander, wischte nur mit der Hand über die staubige Schrift, um sie richtig lesen zu können, dann legte er sie vorsichtig auf seinen neuen Stapel. Ihm fiel ein uralter Atlas auf. Die Beschriftung war verziert und die Buchstaben altmodisch. Die ersten Blätter zeigten die Gesamtheit der bekannten Welt. Caspar lächelte über die Drachensymbole, welche an den Außenrändern der Karte, gleich jenseits der fernen Länder von Waerlogis, Oria und Salise, eingezeichnet waren. Eine verschlungene Inschrift lautete: »Jenseits der Meere, in welchen es vor Schlangen brodelt, findet sich der Rand der Welt.« Inzwischen war natürlich weithin bekannt, daß es viele ferne Kontinente gab, die sich jenseits davon erstreckten. Belbidia war in der Mitte verzeichnet, doch Caspar wußte, daß es ein nördliches Land war und größer eingezeichnet als die Steppe von Vaalaka, die auf modernen Karten vier- bis fünfmal größer aussah.

»Spar! Mach schon«, fuhr Hal ihn an.

Caspar schreckte auf und machte sich wieder an seine

Aufgabe, zwang sich dazu, nur kurz die Titel zu überfliegen. *Die Baronien von Belbidia, Die Historischen Grafschaften von Belbidia, Die Besiedlung Nattardas, Die Prinzipien der Seefahrt.* Caspar betrachtete das letzte Buch und kam zu dem Schluß, daß es im falschen Raum war. Der Titel *Belbidia und seine Kolonien* lag falsch herum auf dem Rücken, die Schrift war modern und schlicht. Caspar klappte den Deckel auf und entdeckte eine detaillierte Karte ganz Belbidias und der umliegenden Inseln. Sie zeigte uralte Schlachtfelder, alte Drachennester, Ringe von stehenden Steinen, alte Hügelgräber, aber auch die modernen Orte und die Straßen. Er war fasziniert von den Drachennestern, und heimlich schob er das Schriftstück in seine Brusttasche, da er glaubte, daß die Karte noch nützlich werden könnte.

»Wer hatte nur die Zeit, das alles zu schreiben und zu kopieren?« seufzte Caspar. »Die müssen ja jahrelang eingesperrt gewesen sein.«

»Männer wie Ceowulf, die jüngsten Söhne ohne Geburtsrecht oder Ländereien, um die sie sich kümmern mußten. Was haben die sonst zu tun?« erwiderte der ältere Junge verständnisvoll.

Caspar bekam Krämpfe in den Unterschenkeln, und der Boden bohrte sich in seine Kniescheiben. Stundenlang, so schien es ihm, blätterte er schon Bücher durch, doch war es wohl kaum mehr als eine Stunde. »Vielleicht existieren diese Bücher gar nicht. Vielleicht hat Legros sie verlegt. Vielleicht sind sie in der Kammer des Ostturms. Bisher sind wir auf kein einziges Buch gestoßen, das Farona im Titel führt.«

»Wir sind hier richtig«, widersprach ihm Brid. »Diese Bücher behandeln allesamt Orte. Irgendwo hier werden sie schon sein.« Sie war erheblich weiter vorgedrungen als die beiden Jungen, arbeitete zügig mit wachen Augen und Händen, griff schon nach dem nächsten Wälzer, während sie den letzten noch ablegte. Eine weitere Viertelstunde sagte niemand ein Wort, und es war still im Raum, bis auf das dumpfe Geräusch, wenn ein Band auf den anderen gestapelt wurde. Schließlich seufzte Brid und hockte sich auf ihre Fersen. *»Farona, die Strategische Hauptstadt.«*

Die beiden anderen kamen zu ihr herüber. »Was genau suchen wir?« fragte Caspar, während er einen schmalen Band, der in grünes Leder gebunden war, aufnahm und den Rücken musterte.

»Manchmal bist du ein hoffnungsloser Fall, Spar«, beklagte sich Hal. »Wir suchen den Grundriß der alten Stadt.«

»Und den neuen, weil wir die beiden miteinander vergleichen müssen«, korrigierte Brid den älteren Jungen, der widerwillig zustimmend knurrte.

»Ihr meint so was hier?« sagte Caspar grinsend und präsentierte ihnen triumphierend das Buch. Hal riß es ihm aus der Hand und schlug es auf, wendete die trockenen, vergilbten Pergamentseiten vorsichtig, für den Fall, daß sie brachen oder sich sonstwie auflösten. »*Die Drei Epochen Faronas*. Hier, seht, das sind die Kapitel. Die Marktsiedlung, die Einrichtung der Handelswege, die ketzerische Epoche des letzten Jahrtausends und die moderne Hauptstadt. Perfekt. Alles in einem Band. Aber keine Karten«, sagte er enttäuscht. »Alle schreiben nur davon, warum Farona in so vorteilhafter Lage ist. Denken die Leute tatsächlich darüber nach … interessiert es sie überhaupt?«

»Hier ist es doch«, seufzte Brid. »Es ist rausgefallen, als du das Buch an dich genommen hast.« Wieder griff Hal danach, doch sie riß es an sich und drückte es fest an ihre Brust. »Ich weiß, wonach ich suche. Du kannst warten.« Das Pergament zeigte in entfaltetem Zustand drei Karten, die sie sorgsam nebeneinander ausbreitete. Die vier Tore deuteten in alle vier Windrichtungen und befanden sich jeweils an denselben Stellen. Die Brücken über den Dors und die vier Hauptstraßen fanden sich auf den letzten beiden Karten, wohingegen auf der frühesten Karte nur eine schlichte Ansammlung von Hütten und ein Graben verzeichnet waren. Dieser schenkten sie keine weitere Beachtung. »Die alte Burg, der Königspalast und der Witwenpalast sind auf beiden Karten gleich, was uns klare Bezugspunkte gibt.«

»Dreh es um, damit ich sehen kann. Ich kann das besser als ihr beiden.« Hal zog an der Ecke des Pergaments. »Hier, ich hab's euch doch gesagt, es ist offensichtlich. Das ist der Kornmarkt auf der alten Karte, von dem Morrigwen gesprochen hat.« Hal bohrte seinen Zeigefinger neben dem Westtor in das Pergament. Brid drehte die Karte wieder um, so daß sie sie aus dem richtigen Winkel sah, und strich mit den Fingern sanft über die Skizzen.

»Hier«, sagte sie ehrfürchtig. »Hier ist es.« Das Gebäude war nicht beschriftet, aber der Grundriß war rund, mit einem Pentagramm in der Mitte. »Da ist der Tempel.« Sie beugte sich vor und überblickte die Karte mit ihren schwarzen Augen, blinzelte, um klar sehen zu können.

Hal fuhr mit dem Finger die westliche Hauptstraße zur zentralen Kreuzung ab und überquerte den Dors. Dann folgte er derselben Route auf der neuen Karte und tippte auf die entsprechende Stelle.

»Oh, Mutter, o nein! Es ist die Kathedrale! Der Tempel liegt direkt unter der Kathedrale.« Schweigend saßen sie da und dachten an die Gefahr, während Brid die Karte eingehender studierte. Mit geknicktem Daumen maß sie Entfernungen, hielt Querschiff, Hauptschiff und Krypta der einen Karte gegen das Pentagramm auf der anderen. »Die Tempelmitte scheint direkt unter dem östlichen Teil des Gebäudes zu liegen, hier.«

»Du meinst, direkt unter dem Altar. Direkt zu Füßen von Rewiks Bischöfen.«

Sie fanden Legros an seinem Schreibtisch. Die Katze streckte sich gemütlich auf dem Eichentisch aus, lag in einem Streifen Sonnenlicht, der durch ein hohes Fenster fiel und dort eine gute Stelle wärmte. Ihre Schwanzspitze zuckte, als die drei sich näherten, doch ansonsten rührte sie sich nicht. Legros blickte erst auf, als er seine Zeile beendet und die Feder sorgsam ins Tintenfaß gesteckt hatte. »Habt Ihr gefunden, was Ihr suchtet?« fragte er. »Ich bringe Euch nicht zur Tür. Ich habe zu arbeiten. Ihr werdet den Weg schon finden.«

Natürlich brauchten sie die Karte nicht, um den Weg zum Tempel zu finden, doch Hal behielt sie dennoch im Auge. Die Kathedrale war von jedem Punkt der Stadt aus zu erkennen, und selbst wenn sie sie nicht hätten sehen können, hörten sie jeweils zur Viertelstunde ihre Glocken. Eilig liefen sie zu dem prachtvollen Bau mit seinem himmelhohen Turm, den längs unterteilten Fenstern und den verzierten Laternen und Türmchen, welche die westlichen Türen schmückten. Sie waren fest verriegelt, doch es gab in der Mitte des linken Portales einen kleinen Eingang, der sich öffnen ließ und sie zum Eintreten aufforderte. Ein Priester stand im Hauptschiff, und Hal fragte, ob sie eintreten dürften.

»Das Haus des Herrn ist denen, die Rat durch das Gebet suchen, nie verschlossen«, flüsterte er und stellte dabei mit übergroßer Geste zwei bronzene Teller auf eine Schatulle neben dem Eingang. Hal verstand den Hinweis sofort und zog eine Goldmünze hervor, die er in den Bronzeteller fallen ließ. Das Klimpern hallte durch die stille Kathedrale. »Die Armen der Stadt werden Euch segnen, edle Herren.« Der Priester lächelte und entschwebte lautlos.

Caspar erwartete, daß Brid sich fürchten würde. Sie hatte im Palast gezittert, und er war sicher, daß der Aufenthalt in der Kathedrale eine schlimmere Prüfung sein würde, doch sie neigte demütig den Kopf und raffte ihre Röcke um sich, damit sie leichter durch die Tür kam. Sie trippelte mit beherrschten und fügsamen Bewegungen und der Würde und Anmut einer Hofdame voran, wenn auch ohne ihre übliche Energie. Erst als sie vor dem steinernen Becken zurückschreckte, in dem sich das Weihwasser zur Taufe befand, offenbarte sie ihr Unbehagen.

Dem sommersprossigen Jungen war jetzt schon schwindlig, weil er ständig nach oben sah. Er trat zurück, als das ferne Mauerwerk der Decke sich zu drehen begann, hypnotisiert von den Sternenmustern und den gigantischen Steinsäulen, die sich vorbeugten, um ihr Gegenstück zu berühren. Wie mächtige Riesen beim Hochzeitstanz hielten die Säulen ihre Hände hoch über ihren Köpfen und bildeten eine Allee, welche die Gläubigen nach vorn zum Altar locken sollte. Hal stieß seinen Neffen an.

»Hör auf, so zu glotzen. Du torkelst wie ein Trunkenbold«, zischte er leise. »Versuch, dich mit Würde zu benehmen.«

Caspar konnte seinen Blick nur einen Moment lang von der spektakulären Umgebung losreißen, sofort fiel sein Auge auf das Triforium. Die oberen Fenster reihten sich in unfaßbarer Höhe bogenförmig aneinander, ließen das Licht auf die gewölbte Decke fallen. Er betrachtete die grotesken Wasserspeier, die auf den Kapitellen der Säulen kauerten, wie Kobolde, die sich im nächsten Augenblick auf die Sünder herabstürzen wollten.

»Ich war noch nie in einem Haus zu Ehren des Neuen Gottes«, flüsterte Brid. »Ich dachte, ich würde etwas Böses spüren, aber abgesehen von dem befleckten Wasser«, sie lächelte ihn an, »spüre ich nichts, nur ein Gefühl von – nun – Architektur.« Sie flüsterte, um die ungeheure Stille in der Kathedrale nicht zu stören. »Der Bau ist so neu, die Steine sind so sauber, das Eichenholz so hell, daß nichts von alledem eigenes Leben besitzt.«

Der Altar lockte sie nach vorn. Bei dem Anblick blieb Brid entgeistert stehen.

»Mutter! Und sie haben uns zu Hunderten verbrannt, weil sie sagten, wir würden Teufelsopfer darbringen, aber hier beten sie vor einem riesigen Opferaltar. Seht ihn euch an. Da ist ein Opferstein. Diese Heuchler!«

»Nein.« Hal erschrak bei ihrer Vorstellung. »Nein, sie bringen keine Opfer. Der Altar ist für Opferkerzen und Kelche.«

»Ein Kelch, in dem man Blut auffangen kann, Kerzen, um den Opferrauch zum Himmel zu schicken. Das alles sind Opfergegenstände. Ich sollte es wissen, ich bin eine der drei Hohepriesterinnen.«

Caspar wollte bei ihren Worten das Blut gefrieren. Unwillig dachte er an das Kloster in Ovissia. »Du hast doch nicht, du könntest doch nie …«

Hal wich vor ihr zurück, schüttelte den Kopf. »Nein, das glaube ich nicht.«

Brid war so klein und zart. Ihre weiche, verletzliche Gestalt wurde noch hervorgehoben durch ihr Seidenkleid und die Art und Weise, wie sich ihr langes, helles Haar an ihrem Hinterkopf zu einem Knoten schlang. Ihre großen, dunklen Augen leuchteten wie die einer ergriffenen, jungen Dame, welche die Schwelle ihres Elfenbeinturms bisher noch nie übertreten hatte.

Die schreckliche Vorstellung, daß Brid derart verabscheuungswürdige Handlungen beging, war für Caspar schier unfaßbar. Er liebte Brid, wußte, daß sie wild und tapfer war, wußte, daß sie fähig und willensstark war, doch er konnte nicht glauben, daß sie die Brutalität besaß, solche Opferungen auszuführen, nein!

Das Mädchen bestritt weder ihre Befürchtungen, noch bestätigte sie sie, sondern betrachtete einfach nur den Gang. Sie blinzelte, um das Querschiff zu überschauen, dessen Flügel sich vom Hauptschiff aus von Nord nach Süd erstreckten. Stück für Stück betrachtete sie den Bereich hinter dem verzierten Geländer, das den Altar vom Hauptschiff trennte. Hinter dem steinernen Altar beschrieb die runde Nische der Apsis einen Halbkreis. Die Wände der Kathedrale folgten dieser Linie und schwollen zu einer runden Form an, umarmten den Chor und seinen Altar. Goldene Funken glitzerten überall von den Kapitellen der einzelnen Säulen bis zu den Quasten an den Kniepolstern. Selbst ein mächtiges Pult in Form eines Adlers mit ausgebreiteten Flügeln schien aus massivem Gold zu sein. Caspar fragte sich, wie viele Keilerzähne oder Wolfspelze wohl nötig wären, um soviel Gold zu kaufen.

Der Altarraum war vom Rest der Kathedrale durch buntes Glas getrennt und bildete eine fast separate Kammer, die deutlich erkennbar auf runden Fundamenten errichtet war. Die runden Mauern bildeten den Sockel des eindrucksvollen Turms, der sich zu einem Meisterwerk grandioser Architektur aufschwang. Brid glitt zur Mitte vor und drehte sich mit konzentrierter Miene langsam um sich selbst. Ihre hübsche Stirn legte sich in Falten. Caspar trat vor und gesellte sich zu ihr.

»Hier ist es«, flüsterte sie. »Kannst du es spüren?« Die kalte, stille Luft der Kathedrale kühlte die Haut des Jungen, die vom Schweiß des schlechten Gewissens ganz feucht war. Er hatte Angst vor dem, was geschehen würde, falls Rewik sie hier fand oder von ihren wahren Absichten erfuhr. Er nahm das Mandala in seine Hand und spürte, daß es in seiner Hand brannte.

Er nickte zustimmend. »Es ist ganz sicher hier. Etwas sehr Machtvolles ist hier irgendwo, aber wo genau, weiß ich nicht.«

»Es ist genau zu unseren Füßen.« Brid bückte sich und preßte ihre Handflächen auf einen erhabenen Grabstein zwischen den Steinplatten. »Ich kann die Liebe der Mutter unter diesen Steinen spüren, eingekerkert unter diesem Grabstein. Es ist wie ein Sarkophag, in dem ihre Liebe beigesetzt ist, um sie von den Menschen fernzuhalten.«

In der Mitte der Kammer stand auf einer Messingplatte, die in den Grabstein eingelassen war, eingraviert, daß die Gebeine von König Sithric dort bestattet waren. Sie strich mit der Hand über die Buchstaben. »Sieh doch, die Rune der Mutter.«

»Das ist ein Bildnis. Es ist sein Kopf«, hielt Hal dagegen.

»Hast du jemals einen so runden Kopf gesehen? Es ist eine Rune, die Rune der Mutter. Sie ist in der Mitte eingefügt und repräsentiert ihre Gegenwart. Irgendein Maurer kannte und liebte sie und hat diese Plakette eingesetzt, um das Wissen um ihre Gegenwart lebendig zu halten, auch wenn diese Stadt es ihr verweigert.«

»Wie kommen wir da rein?« faßte Hal das praktische Problem in Worte.

Plötzlich merkten sie, daß sie nicht allein waren. Caspar richtete sich auf, fiel absichtlich in Richtung des Altars auf die Knie, um sein Tun zu verbergen, dann wandte er sich langsam und unschuldig den sich nähernden Männern zu. Augenblicklich erkannte er einen der Generäle des Königs vom Tag zuvor, doch nicht dessen zwei Begleiter. Nach der Mitra und dem Krummstab des einen und der schlichten Robe des anderen zu urteilen, handelte es sich um den Bischof und seinen Dekan. Der Bischof trug Weiß mit einer roten Schärpe, und der Dekan trug den schwarzen Talar, der den beiden Edelmännern so vertraut war. Er erinnerte sie gleich an Gwion. Ein Schauer durchfuhr Caspar. Finster blickte der Dekan sie mit kalten, hungrigen Augen an.

»Man hat uns geschickt, um Euch zu holen. Es wurden gewisse Anschuldigungen erhoben«, setzte der General mit feierlicher Stimme an. »Gewisse schwere Anschuldigungen. Ihr müßt mich und Seine Exzellenz, den Lord Bischof, in den Palast begleiten, wo der König hofhält.«

Hal wollte etwas erwidern. »Aus welchem Grund? Wessen beschuldigt man uns?«

Der General zog sein Schwert, wobei die Klinge an ihrer Scheide scharrte. Das harsche Geräusch störte die Stille in der Kathedrale mit einem schneidenden Echo.

»Steckt Euer Schwert weg«, forderte der Bischof mit leiser, eindringlicher Stimme. Es war seine Domäne, der einzige Ort im ganzen Reich, in welchem er selbst über dem König stand, und er wollte keine bösen Worte und auch keine lauten Stimmen. »Ich dulde nicht, daß im Hause des Herrn Waffen gezückt werden. Diese freundlichen Menschen werden sich den Anschuldigungen ihres Königs friedfertig stellen, wie es ihre Pflicht ist. Ist dem nicht so?«

»Wir knien hier vor dem Altar, um dem Herrn zu huldigen«, verkündete Hal entschieden, und seine Stimme dröhnte im gewölbten Raum.

Das scharfe Atmen des Dekans war zu hören, und seine dunklen, kleinen Augen durchbohrten sie mit ungläubiger Miene.

»Ihr vergeudet des Königs Zeit. Das ist Verrat. Heute hat er erklärt, daß sich Belbidia im Kriegszustand befindet.« Die Verärgerung des Generals wurde deutlich, als er am Heft des Schwertes rüttelte, das er widerwillig weggesteckt hatte.

Es wird auch langsam Zeit, dachte Caspar und erinnerte sich an die vielen Monate, die sich sein Vater bereits darauf vorbereitete, den vaalakischen Angriff abzuwehren.

»Es sind nur Kinder. Keiner von ihnen ist mündig«, seufzte der Bischof, dem seine Aufgabe offensichtlich nicht gefiel.

»Der Teufel kennt keine Altersgrenzen. Er pflanzt seine böse Saat in schwache Herzen, und dort wächst sie wie ein Pilz, bis sich das Geschwür des Teufels ausbreitet und alle Organe infiziert«, zitierte der Dekan feierlich.

Caspar straffte seine Schultern und richtete seinen Blick auf die drei Männer. »Selbstverständlich werden wir Euch begleiten, um uns diesen Anschuldigungen zu stellen. Wir haben nichts zu verbergen. Unsere einzige Sorge, unser einziges Mühen gilt der Sicherheit des Reiches.« Er sprach eilig, bevor Hal etwas Unangemessenes murmeln konnte. Er spürte, wie eine ausgesprochene Feindseligkeit in seinem Onkel kochte, welche sich gegen den General richtete. Er wollte Hal nicht noch mehr sagen lassen, das die Faroner gegen sie aufbrächte.

Brid sagte nichts, sondern trat nur mit gesenktem Haupt näher an Hal heran. Sie bürstete ihre Röcke ab, wie Cybillia es getan hätte, und spielte spröde an ihren Locken herum, als gäbe es nichts Wichtigeres als ihr Aussehen. Sie folgten dem Bischof in stiller Prozession den Gang hinunter; der General marschierte schneidig hinter ihnen. Caspar mußte keine Vermutungen anstellen, wie die Anschuldigungen gegen sie lauteten. Er wußte es. Er wußte, daß man ihnen Hexerei und Zauberei zur Last legen würde, also Ketzerei. Er griff nach Brids Hand, doch sie stieß ihn von sich.

»Halt dich von mir fern, Spar. Du siehst zu sehr wie ich aus. Wenn sie einen Inquisitor haben, wird er die Ähnlichkeit bemerken.«

Brid hatte recht. Er richtete sich auf und versuchte, so groß wie Hal zu wirken, wurde ihm Schritt für Schritt ähnlicher.

Draußen vor der Kathedrale wartete eine Garde von zehn berittenen Rittern, die sich zu einer viereckigen Formation aufbauten und die drei jungen Gefährten umstellten. Es gab kein Entrinnen. Sie marschierten die Straße hinab, sammelten allmählich eine Menge neugierigen Stadtvolks hinter sich. Die Versammlung wurde zu einer Prozession, und dann ließen selbst die Händler ihre Stände und Läden unbeaufsichtigt, um zu sehen, wie die Gefangenen per Eskorte zum Palast geleitet wurden.

Als sich der Trupp der permanent heruntergelassenen Zugbrücke näherte, hob der vorderste Reiter ein kurzes Horn an die Lippen und stieß drei scharfe Töne aus, die ihr Eintreffen verkünden sollten. Sie marschierten unter den Falltoren hindurch und über den gepflasterten Hof, und ohne ein weiteres Wort geleitete man sie die langen Gänge hinab. Alle Türen waren bereits aufgeworfen, um ihr Eintreffen im Thronsaal nicht zu verzögern. Es gab diesmal keine Zeremonie. Tödliche Stille erfüllte den Saal.

Der König saß mit verhärmter Miene auf seinem Thron. Zu beiden Seiten standen jeweils zwölf große Männer in schwarzen Röcken, die Köpfe geschoren und die Hände gefaltet. Die Edlen der Stadt, sowie auch Ceowulf zur Rechten und Cybillia zur Linken, waren allesamt am Hof versammelt und standen unter den Säulen. Vorn am Eingang drängte sich ein Häuflein murmelnder Palastdiener.

Als sie den Saal betraten, fiel der Blick des Königs sofort auf Brid. Seine Augen waren klein, schwarz und zielgerichtet wie die eines lauernden Falken, sie warteten auf den richtigen Moment für den Angriff. Seine Hände klammerten sich um die Lehnen des Thrones, legten sich um die feinen Schnitzereien. Er konzentrierte sich auf das Mädchen.

Nur Mut, Brid, dachte Caspar, nur Mut. Sie können nichts beweisen. Bitte hab den Mut, die Mutter zu verleugnen. Er wußte nicht, ob sie das konnte, bezweifelte, daß sie es tun würde. Als sie an den Reihen der Diener vorüberkamen, wichen die Frauen zurück, hielten sich die Brust, als glaubten sie, ein Dämon könne aus Brids Mund zu ihnen überspringen, sich in sie bohren und ihre Herzen infizieren. Die Männer zischten, machten ein kaum hörbares Geräusch, das gerade laut genug war, Brid ihrer Verachtung zu versichern.

Als sie fünf Schritte vor dem Thron waren, hob der General seine Hand, damit sie stehenblieben, und die Soldaten traten zurück, machten eine Flucht unmöglich. Der Bischof und der

Dekan traten feierlich vor und nahmen ihre Plätze neben dem König ein. Ein dumpfer Schlag hallte durch den Thronsaal, als die beschlagenen Türen zugezogen wurden und der Türsteher verkündete: »Der Saal ist verriegelt. Niemand soll kommen oder gehen, während dieses Gericht berät.«

Der König erhob sich, und alle, die bei Hofe saßen, erhoben sich mit ihm.

»Der Vorwurf lautet auf Ketzerei, Hexerei und Zauberei. In Belbidia läutern wir unser Land mit der Reinheit des Feuers. Sollte dieser Gerichtshof die Anklage als rechtmäßig erachten, wirst du brennen, bis das Feuer den Teufel in deiner Seele verzehrt hat.«

KAPITEL 17

Der Schnee fiel derart dicht, daß man die dicken Flocken unmöglich von der grauen Wolkendecke unterscheiden konnte, die den Felsenturm umfing. Die Luft war merkwürdig beleuchtet, als hätte sich das Tageslicht unter den Wolken verfangen. May sah zu, wie es sich auf die Zinnen legte. Wind wehte vom Grund der Schlucht herauf, peitschte die Schneeverwehungen zu weißen Wirbeln auf, die an den Burgmauern entlang tanzten. Fasziniert beobachtete sie, wie eine Flocke plötzlich auf dem feuchten Stein schmolz, während die nächste ihre federige, kristalline Form jedoch länger behielt. Die danach hielt sich noch länger, bis der Boden schließlich schnell bedeckt war.

Ein Rabe fiel aus dem grau aufgewühlten Himmel und ließ gespreizte, dreikrallige Abdrücke zurück, als er durch den jungfräulichen Schnee lief. Er schüttelte den Kopf, um die Schneemütze abzuwerfen, die sich auf seinem Kopf gesammelt hatte.

»Komm vom Fenster weg.« Mas Stimme klang rauh vor Ärger.

»Aber es schneit, Ma!« May drehte sich um und sah die ausgezehrten Wangen ihrer Mutter und die Kleider, die von ihren spitzen Hüften fielen. Sie war nie dick gewesen, hatte aber stets eine gesunde Molligkeit besessen. Jetzt konnte man sie nur noch als dünn bezeichnen. Augenblicklich bereute May das Klagen in ihrer Stimme und sprang vom Sims.

»Es schneit, Morrigwen.« Sie trat an die Bettstatt der Alten und lächelte. Morrigwen aß in Ziegenmilch getunktes Brot und sah schon viel gesünder aus. Zumindest hatte sie jetzt immer

Zeit für sie und Pip, da sie ans Bett gefesselt war, während alle anderen Erwachsenen nur mit ihr schimpften.

»Nun, es sollte auch schneien, May.«

»Aber im Keilerwald schneit es immer erst, wenn Schneemond ist.«

»Ja, aber hier sind wir viel höher, und es ist viel kälter. Dieser Schnee wird erst im Frühling von den Gelben Bergen schmelzen.«

»Du meinst, es schneit jeden Tag?«

»Nein«, lachte Morrigwen, was gleich wieder einen Hustenanfall auslöste. »Nein, natürlich nicht. Es wird ein paar Tage schneien. Er wird nur nicht schmelzen, weil der Boden gefroren ist.«

»Aber Schnee schmilzt immer, wenn die Sonne scheint.«

»Das tut er im Wald, aber hier hat die Sonne im Winter nur wenig Wärme, und wenn der kalte Boden erst bedeckt ist, bleibt er auch unter dem Schnee.«

Zweifelnd sah May sie an.

»Nun, wenn du mir nicht glaubst, wirst du einfach warten müssen.« Morrigwen sah sie mit selbstzufriedenem Lächeln an.

»Ich gehe hinunter in die Küche und helfe dort, May«, teilte ihre Mutter ihr mit, während sie Pip aus dem Bett trieb. »Und du, Freundchen, solltest runter in den Brunnenraum gehen. Wir müssen alle unser Scherflein beitragen.«

Pip stöhnte. »Aber, Ma, du hast keine Ahnung, wie es da unten ist.«

Die Begeisterung ihres Bruders, mit den Maschinen unten im schwefeligen Brunnenraum zu arbeiten, hatte rapide nachgelassen. Seine Kleider waren von dem feinen, gelben Staub aus Schwefelfässern überzogen. Das Brunnenwasser war von Schwefelablagerungen verschmutzt und mußte gereinigt werden, bevor man es trinken konnte. Hatten sie den Schwefel einmal extrahiert und mit anderen Dingen vermischt – obwohl

Pip nicht genau erklären konnte, welchen genau –, bauten sie diese schrecklichen Sprengsätze, die an jedermanns Nerven zerrten. May wünschte, man würde das Wasser besser reinigen, da es unangenehm nach Ei roch. Die alte Frau im Turm nippte an dem ekelhaften Wasser und murmelte, wie sehr sie Catriks Künste vermißte.

Bald schon war May mit der Greisin allein. Sie wirkte heute erheblich lebendiger, und ihre Haut war gerötet.

»Du siehst dünn aus, Kind. Hier, iß etwas von meinem Brot.«

Das junge Mädchen sah das Essen hungrig an, doch sie schüttelte den Kopf. »Nein, du mußt essen. Es ist sehr wichtig, daß du gesund bleibst.« Sie setzte sich auf den Rand des Bettes. »Erzähl mir noch eine Geschichte.«

»Welche denn?«

»Die vom Wolf und dem weißen Hirsch.«

»Die habe ich dir doch schon gut vierzigmal erzählt«, stöhnte die Frau.

»Na, dann eine neue.«

Morrigwen seufzte. »Laß mich nachdenken. Ich erzähle dir die Geschichte von einem reichen, mächtigen Mann, der groß und stattlich war – und sehr, sehr zufrieden mit sich selbst, wie ich hinzufügen sollte. Eines Tages, als er auf seinem großen Pferd durch den Wald donnerte und allen Tieren angst machte, kam er an eine kleine Hütte. Er war durstig und wollte Wasser, also klopfte er an die Tür der Hütte und bat darum. Mir, äh, der Frau, die dort lebte, gefiel sein Ton nicht sonderlich, und sie hätte ihn fortgeschickt, wenn er nicht auch um Wasser für sein Pferd gebeten hätte. Es war ein hübsches, großes schwarzes Tier, und die Frau sah, daß er es gut behandelte, und so kam sie zu dem Schluß, daß er kein gänzlich schlechter Mensch sein konnte. Nun, da er trank, kam die junge Maid, die bei der Frau wohnte …«

»Haben sie Namen?«

»Unterbrich mich nicht, Kind«, fuhr Morrigwen sie an. »Ja, sie haben Namen, aber die brauchst du nicht zu wissen. Also, jedenfalls war dieses Mädchen hübsch. Alles an ihr war hübsch, nicht nur ihr Gesicht, sondern auch ihr liebreizendes Lächeln und die strahlenden Augen, in denen sich die Schönheit ihrer Seele perfekt widerspiegelte. Er warf einen Blick auf dieses Mädchen und sie einen auf ihn, und der Zauber war geschehen.«

»Welcher Zauber?«

»Der Zauber der Liebe.«

»Oh.« May wurde schüchtern.

»Nun, die Frau wollte das Mädchen schützen. Sie war sich der Absichten des Mannes nicht sicher.«

»Was bedeutet das?«

Nachdenklich sah Morrigwen das kleine Mädchen an. »Vielleicht bist du noch etwas jung, um das zu verstehen. Junge Mädchen, die mit dem Neuen Glauben aufgewachsen sind, scheinen nicht viel vom Leben zu verstehen.«

»Nun, ich werde überhaupt nichts verstehen, wenn du es mir nicht erklärst.«

»Hmmm …« Morrigwen hielt inne, um nachzudenken, und kaute an ihrer Unterlippe herum. »Sehen wir mal. Die Frau sorgte sich darum, daß er der Maid den Hof machen würde, ohne sie wirklich heiraten zu wollen. Er war ein reicher und mächtiger Mann. Sie war nur ein Bauernmädchen aus dem Keilerwald. Männer verhalten sich in solchen Situationen nicht immer ehrenhaft.«

May glaubte zu verstehen.

»Die Frau wollte weder erlauben, daß er dem jungen Mädchen hübsche Kleider oder Geschenke kaufte, noch wollte sie die beiden allein durch den Wald spazieren lassen. Unablässig hielt sie dem jungen Mädchen Vorträge und erklärte ihr, daß es nicht rechtens sei, daß es sich für sie nicht auszahlen würde, daß es in Trauer enden sollte, doch das Mädchen war sehr starrsinnig und wollte nicht darauf hören. Längst schon hatte sie sich rettungslos verliebt.« Morrigwen seufzte und sah May offen in die Augen. »Weißt du, Kind, so sind die Jungen immer. So weise sie einem erscheinen mögen und so vernünftig oder gelehrt sie auch sind, verlieben sie sich doch stets wider besseres Wissen. Man versucht, es ihnen zu erklären, aber immer glauben sie, sie wüßten es besser.«

»Wird mir das gleiche geschehen?«

»Dir? Ja, natürlich wirst du dich verlieben, aber man weiß nie, in wen oder warum oder wann.«

»Ich kann mir nicht vorstellen, verliebt zu sein.«

»Nein? Nun, wie alt bist du?«

»Fast zwölf. Alle halten mich für jünger, weil ich so klein bin.«

»Ein Jahr noch, und du wirst verstehen, was ich meine. Wo war ich gleich?«

»Du warst nicht glücklich darüber, daß die beiden verliebt waren.«

»Das stimmt … nur daß nicht *ich* es war«, sagte Morrigwen ernst. »Es war eine andere Frau, und es ist ein ganzes Lebensalter voller Trauer her«, fügte sie geheimnisvoll hinzu. »In Wahrheit aber war es die alte Frau, die sich täuschte. Der Mann liebte das Mädchen wirklich, und es war die alte Frau, die sich von seiner Macht und seinem Reichtum blenden ließ, nicht das junge Mädchen von seiner Liebe. Der Mann war ehrenhaft, und sie feierten eine grandiose Hochzeit und bekamen kurz darauf einen Sohn. Als die skeptische Alte dem Knaben in die Augen sah, erfüllte sich ihr Herz mit Freude, da er ganz wie seine Mutter aussah.«

»Und so lebten sie glücklich bis ans Ende ihrer Tage«, flötete May selig.

Traurig schüttelte Morrigwen den Kopf. »Nein, so ist das

Leben nur selten. Ihre Liebe war so perfekt, daß sie von einem gleichen Maß an Verzweiflung und Trauer ausgeglichen werden mußte. Doch das ist eine andere Geschichte, eine, die es noch zu erzählen gilt. Nun hast du mich erschöpft. Ich will schlafen. Lauf hinauf in die oberste Kammer und sieh nach, wie es Catrik geht.«

»Aber ich soll doch auf dich achtgeben.«

»Ja, Kind, ich weiß, aber du wirst nur reden und mich damit erschöpfen. Die Jugend liebt es, endlos ohne Sinn zu plappern.« Eine Minute lang sah die Greisin sie mit einem ernsten Blick an, doch dann zerknitterten sich die Falten um ihre Augen, und sie lächelte. »Geh nur, lauf. Mir geht es schon viel besser.«

May schob einen Wasserkrug näher an sie heran. »Bist du sicher, daß es gut ist?«

»Paß auf, ich habe es dir gesagt. Streite nicht mit mir. Geh und laß mich allein.« Morrigwens Augen waren fest geschlossen. »Ich schlafe schon.«

May trabte die Treppe hinauf und schlich leise in die Kammer des alten Mannes, um nachzusehen, ob alles in Ordnung war. Die Tür stand bereits offen, und Pater Gwion kniete neben dem Bett, murmelte ein Gebet. Als sie eintrat, wollte er sich eben erheben, um zu gehen, doch er erschrak, als er sie hereinschleichen sah.

»Morrigwen hat mich geschickt, um nachzusehen, wie es ihm geht«, entschuldigte sie sich für ihre Anwesenheit.

Der Priester schüttelte den Kopf. Er bewegte sich lautlos, bis auf seine Robe, die über den Boden schleifte. Er hielt seine Arme ordentlich gefaltet, und sie fühlte sich unwohl, wenn er so ernst auf sie herabsah. Von seiner Tonsur und den Büscheln von mattem, braunem Haar abgesehen glich er dem Baronensohn auf bemerkenswerte Weise, und sie kam zu dem Schluß, daß die beiden miteinander verwandt sein mußten. Auch in Master Spars Nähe fühlte sie sich unwohl.

»Ich fürchte, es geht ihm noch nicht besser. Setz dich doch und sprich mit ihm. Vielleicht bringt es ihn wieder zu uns zurück.« Pater Gwion schwebte zur Tür hinaus und zog sie mit schwerem Schlag hinter sich zu.

May blickte in Catriks Augen und sah, daß sie matt und glasig waren. Seine Stirn war feucht, aber kalt, und sein Gesicht aschfahl. Sie machte sich ihre Gedanken, dachte, er sei auf ganz ähnliche Weise krank wie Morrigwen. Er war zu alt, oder vielleicht hatte das Alter auf beide dieselbe Wirkung. Er war nicht annähernd so alt wie Morrigwen, aber vielleicht hatten seine Verletzungen ihn vorzeitig altern lassen.

Sie kam näher und setzte sich verlegen neben ihn. Wie konnte sie mit jemandem reden, den sie nicht kannte und der nicht antworten konnte? »Man hat mir gesagt, ich sollte Euch Gesellschaft leisten, Herr, aber es gibt nicht viel zu erzählen.« Sie hielt inne, sah auf seine gefalteten Hände, dann zum Fenster hinaus. »Es schneit«, fügte sie freudig hinzu. »Und die Vaalaker sind in den letzten Tagen nur wenig vorgerückt.«

Sie sah seine graue Haut und die ausgetrockneten Lippen. Er war hager, und dunkle Halbmonde lagen unter seinen welken Augen. Sein Atem, der ruckartig und flach ging, kam in ungleichen Ausbrüchen, und er reagierte nicht auf ihre Stimme. Sie seufzte und zermarterte sich das Hirn nach einem Thema. »Pip, mein Bruder, hat im Brunnenraum geholfen. Er kratzt den gelben Schwefel heraus, damit die Männer Pulverfäßchen daraus bauen können. In den letzten Tagen mußten wir keine benutzen, da die Vaalaker nur da unten hocken und warten. Zumindest bedeutet es, daß wir keine Explosionen mehr erdulden mußten.«

Die Lippen des Mannes bewegten sich.

May beugte sich vor und neigte ihren Kopf, lauschte seinem Gemurmel voller Sorge.

»Explosion – der Mondstein – Spar – Master Spar.« Seine Worte erstarben.

»Master Spar geht es gut. Ihm ist nichts geschehen. Er ist nach Farona unterwegs, um Hilfe zu holen«, erklärte sie ihm einfach, da sie nicht wußte, was sie sonst sagen sollte. Die Einzelheiten verstand sie selbst nicht, und widerwillig dachte sie an den Jungen, der dort arrogant auf seinem eleganten Pferd saß. Er ist nur ein kleiner Junge. Bei dem Gedanken rümpfte sie die Nase.

»Explosion … ab-absicht-lich. I-ich habe ihn gesehen …«

Mit einem direkten Blick in Catriks Augen konnte das Mädchen sehen, daß er nicht wach war. Ein glasiger, abwesender Ausdruck lag darin, als sähe er die Bilder eines Alptraums, der durch seinen Kopf toste. »Master Spar, Master Spar!« Er fing an, sich hin und her zu werfen, und hob die Hände, als wollte er nach etwas greifen. »Master Spar, wartet! Haltet Euch, haltet Euch fest. Ich hole Euch.«

May wußte nur, daß der Sohn des Barons durch eine Explosion unten im Brunnen gefangen gewesen und dann irgendwie in Feindeshand gefallen war. Catrik war schwer verletzt worden und hatte das Bewußtsein nie mehr voll zurückgewonnen. Es schien, als fürchtete er um Master Spar, glaubte, er sei noch immer verschüttet. Sie nahm ein Tuch und tunkte es in etwas Wasser, um seine Stirn zu waschen.

»Catrik, hört mir zu. Alles wird wieder gut. Ihr müßt Euch keine Sorgen machen. Master Spar ist unverletzt aus den Tunneln herausgekommen.«

»Ich – ich habe ihn gesehen … er war es. Er war es«, fuhr Catrik fort, ehe das kühlende Wasser ihn tröstete und er wieder in ruhigeren Schlaf fiel.

Danach hielt May es nicht mehr für klug, etwas zu sagen. Sie vertrieb sich die Zeit, indem sie durch die hohe Schießscharte die weiße Schneedecke betrachtete, welche die eckigen Umrisse der Zinnen und des Vorwerks über dem Haupttor weicher machte. Weiter konnte sie nicht sehen. Der Rest der Welt war von der Schneewolke verhüllt. Es war unheimlich, so hoch oben in den Wolken zu sein, dachte sie, und bekam Heimweh nach ihrer kleinen Welt im Wald.

Sie schreckte auf, als die Tür sich knarrend öffnete, und riß den Kopf herum, als der Kaplan in die Kammer trat. Einen Moment lang merkte sie, daß er sie nicht gesehen hatte. Sein Gesicht war von harten Falten durchzogen, die sich durch seine Wangen furchten, und die blaßblauen Augen blickten konzentriert geradeaus, mit dem bohrenden Blick eines Wolfes. Seine schimmernde Kapuze, die um seine Schultern lag, sah aus wie die gefalteten Flügel eines schwarzen Falken, der sich auf seine Beute stürzt.

Aufgeregt sprang sie vom Fenstersims herab, und er blieb stehen. Einen kurzen Moment lang trat ein verdutzter, erschrockener Blick in seine fahlen Augen, dann trat er würdevoll vor und lächelte onkelhaft. »Nun, mein Kind, du bist noch hier? Ich hatte dich nicht gesehen. Du solltest lieber laufen und deiner Mutter zur Hand gehen. Ich setze mich etwas zu Catrik. Du mußt erschöpft sein. Du bist doch schon Ewigkeiten hier. Hat er sich gerührt?«

Sie schüttelte den Kopf, zog es vor zu lügen, statt sich diesem streng wirkenden Mann gegenüber offen zu äußern. Vor dem Kuraten Dunnock hatte sie sich nie gefürchtet. Eigentlich hatte sie den lustigen, kleinen Mann und seine eifrige und redselige Art gemocht. Doch der Kaplan war da ganz anders. Er war streng und kalt, trotz seiner sanften Stimme. Aber das war doch sicher nicht richtig. Eigentlich sollte sie sich vor einem Priester nicht fürchten. Sie fragte sich, ob die Zeit, die sie mit Morrigwen verbracht hatte, Wirkung zeigte. Vielleicht war es nur so, daß sie allmählich den Geheimnissen der Märchen dieser alten Frau verfiel und auf die

Hoffnung, welche die Große Mutter zu bieten hatte, zu bauen begann. Zweifellos fühlte sie sich mit dem Neuen Glauben und seinen Jüngern erheblich unwohler.

Dankbar entfloh sie dem Kaplan und schlich zur Tür hinaus. Sie rannte die Treppe hinunter und kehrte zu der Greisin zurück. Es war dunkel in der Kammer. Anfangs dachte sie, die Alte schliefe noch, doch als sie auf Zehenspitzen heranschlich, machte ihr das Geräusch ihres Atems Sorge. Er klang flach, keuchend und unregelmäßig. Es war Morrigwen um so vieles besser gegangen, seit sie unter ständiger Beobachtung gewesen war, doch im selben Augenblick, als sie die alte Frau allein gelassen hatte, war es ihr wieder schlecht ergangen. Schuldbewußt schlich May zu ihr.

»Morrigwen, Morrigwen, was ist?« Die Schneewolken draußen hatten sich dichter zusammengeballt, und das Feuer drohte auszugehen. Sie nahm die Hand der alten Frau. »Morrigwen.«

Zuckend gingen die Augen der Greisin auf. »Brid, bist du das?«

»Nein, ich bin es nur. May«, entschuldigte sich das junge Mädchen. »Morrigwen, was ist geschehen?«

»Vaal-Peor«, murmelte die Greisin. »Brid, ich kann ihn hier im Raum spüren. Er schleicht sich mit dem Schnee herein. Ich kann spüren, wie seine kalte Verachtung mich erstickt.«

May schürte das Feuer, warf zwei frische Scheite darauf, die Funken sprühten und mächtig qualmten, aber wenigstens flackerten die Flammen in der feuchten Luft freundlich auf. Sie legte die Bärenfelldecken eng um die Schultern der Frau.

»Ich bin krank, Brid. Ich darf nicht sterben. Wir müssen die Trinität wiederherstellen. Brid! Wo bist du?«

May drückte die faltigen Hände der Alten und streichelte ihre Stirn. »Brid ist nicht hier. Sie ist mit Master Hal und Master Spar nach Farona unterwegs. Hier bin nur ich, nur May.«

»Ich brauche Brid. Sie kann mich heilen. Aber ich kann sie

nicht erreichen. Sie hat das Auge vor mir verschlossen, seine Kraft gedämpft. Sie flüstert nicht mehr hinein«, klagte Morrigwen.

Bestürzt sah May sie an. »Ich hole Ma.« Eilig lief sie hinaus, weil sie fürchtete, daß die Alte im Delirium sprach.

Der Schnee auf dem Burghof war weich und leicht wie Puderzucker. Er stieg auf und wehte harsch über den Boden, sammelte sich am östlichen Mauerwerk zu tiefen Verwehungen und türmte sich zu geheimnisvollen Formen auf. Er klebte nicht an ihr wie der feuchte Schnee im tief gelegenen Keilerwald, sondern ließ sich von den Kleidern klopfen, denn die Flocken waren derart fest und gefroren, daß sie ganz trocken wurden. Ohren und Nase brannten von der bitteren Kälte, und sie ballte die Fäuste, zog ihre Ärmel über die Hände. Sie hinterließ tiefe Abdrücke, als sie mühsam über den Hof stapfte, doch diese füllten sich bald, wenn die breiten Flocken wie Daunenfedern vom grimmigen Himmel herunterschwebten.

Auf halbem Weg stolperte sie, fiel in eine tiefere Schneewehe und streckte ihre Hände aus, um ihren Sturz zu dämpfen. Eisig brannte der Schnee an ihren Händen, doch sie empfand eine seltsam prickelnde Freude, als sie unter dem Schnee etwas Hartes berührte. Sie sah zu Boden und fand dort den blutrot leuchtenden Rubin im Schnee. Einen Moment lang vergaß sie die eisige Kälte um sich herum, da ihr Blick instinktiv von den seltsamen Silberfäden angelockt wurde, die in seinem Herzen eingebettet waren. Sie bildeten ein rundes Muster, das in drei gleiche Teile aufgeteilt war, und irgendwie spürte sie, daß dieses Siegel bedeutsam war. Sie legte ihre Stirn in Falten, dachte an das unerklärliche Gefühl des Zutrauens, das der Rubin ihr vermittelte, während sie in die Küche eilte.

»Ma! Ma! Morrigwen geht es wieder schlechter.«

Elaine vergeudete keine Zeit, und Sekunden später rannten sie beide zum Hauptturm hinüber. Eilig warf die rothaarige

Witwe die Tür zu Morrigwens Kammer auf und eilte an die Bettstatt der Greisin.

»Ich bin es, Elaine.« Ihre Stimme klang warm und tröstend. »Na, sehen wir uns dich mal an.« Sie warf einen kurzen Blick auf den kalten Schweiß, der auf der leichenblassen Stirn perlte, und griff nach dem Krug neben dem Bett. Sie gab Wasser in ein Becken, damit sie Morrigwen die Stirn wischen konnte.

Abrupt hielt Elaine inne und runzelte die Stirn.

»Was ist los, Ma?« fragte May.

»Komm her, Kind, und riech daran.« Elaine hielt ihrer Tochter den Krug unter die Nase. »Riech daran.«

»Na ja, es riecht etwas nach faulen Eiern, aber Pip sagt, das liegt am Schwefel. Er sagt, die Männer im Brunnenraum beklagen sich über das Wasser. Sie brauchen Catrik, damit die Reinigung gelingt, und ohne ihn bekommen sie nicht so gute Ergebnisse.«

»Ja, ich weiß, aber riech noch mal.«

Fragend sah May sie an. Das Wasser hatte einen unangenehmen Geruch, an den sie sich allmählich gewöhnte, aber sonst konnte sie nichts Merkwürdiges riechen.

Mißtrauisch warf Elaine einen Blick auf den Hornbecher neben der Liege der alten Frau. Vorsichtig roch sie daran. »Das habe ich seit Jahren nicht gerochen. Aber ich bin mir sicher, es ist …« Noch einmal roch sie daran und verzog das Gesicht. »Vaalakisches Nesselkraut. Damit bin ich nicht mehr in Berührung gekommen, seit die Schmelzflüsse der Drachenwüste vor über einem Dutzend Jahren ausgetrocknet sind. Einige Samen wurden bis an den Rand des Keilerwalds verweht, aber wie es hierherkommt …?« Zögerlich tunkte sie ihren Finger ein und leckte nur mit der Zungenspitze. Angewidert wich sie zurück. »Nimm es und schütte es aus.« Vorsichtig reichte sie ihrer Tochter den Krug. »Verschütte nichts auf dich. Es ist Vaalakisches Nesselkraut, sehr selten und in höchstem Maße giftig.«

KAPITEL 18

Rewik bewegte sich ruckartig. Er blieb vollkommen starr, bis er seinen Kopf herumriß, um dann wiederum in dieser beunruhigenden Bewegungslosigkeit zu verharren, keine stille Ruhe, sondern bewegungslose Anspannung. Caspar sah ihn als großen Vogel, als einen dieser riesigen, kahlköpfigen Geier, von denen er gelesen hatte. Rewik löste seinen Blick von Brid und sah einen Beamten in der Nähe an. »Gerichtsdiener, ruft den ersten Zeugen.«

Mit lauter Stimme rief der Mann: »Das Gericht ruft die ehrenwerte Lady Cybillia von Jotunn in den Zeugenstand.«

Caspars Kehle war ausgetrocknet. Das Mädchen war derart in Hal vernarrt, daß er in ihr nie eine Gefahr gesehen hatte. Dennoch hatten sie sich sorgsam darum bemüht, Brids Identität zu verheimlichen, und Cybillia hatte fest an Pater Rufus' Überzeugung geglaubt, daß allein der Schlag auf den Kopf Brid dazu gebracht hatte, sich so seltsam aufzuführen. Nichtsdestoweniger war das Mädchen mit ihnen gemeinsam gereist, als eine der Ihren, und als sie in die Mitte des Thronsaales trat, fühlte sich Caspar verraten.

»Ich krieg' das dürre Biest«, murmelte Brid zwischen zusammengebissenen Zähnen hindurch. »Ich werde ihr bei lebendigem Leib die Eingeweide rausschneiden und sie ihr um den Hals schlingen. Dann ist sie sicher nicht mehr so hübsch, was?«

»Sprich es aus, Kind«, sagte der König mit lockender Stimme. »Erzähle uns noch einmal, was du heute morgen meinem General erzählt hast.«

Cybillia blickte zu Boden, schwankte leicht auf ihren Beinen und murmelte etwas, wenn auch zu leise, als daß irgendwer etwas hören konnte.

»Sprich lauter, Kind. Niemand wird dir etwas tun.« Rewik reckte seinen Hals nach vorn, versuchte, ihre Worte zu verstehen.

»Ich habe nicht gesagt, daß sie eine Hexe wäre. Ich glaube nicht, daß sie eine Hexe ist.« Cybillias weiße Wangen waren gerötet; schuldbewußt sah sie zu Hal hinüber, flehte ihn mit ihrem Blick um Vergebung an.

»Das zu beurteilen steht dir nicht an. Du bist zu jung und nur ein Mädchen. Die Last einer solchen Verantwortung ist zu groß. Ich möchte nur, daß du wiederholst, was du dem General gesagt hast, als er dich nach ihr befragte.« Ärger war hinter der königlichen Fassade würdiger Geduld auszumachen.

Höflich hustete sie in ihre Hand. »Als sie auf den Gutshof von Jotunn kam, war sie schwer verletzt – eine Kopfwunde. Sie war von Vaalakern angegriffen worden und dem Tode nah. Einige Frauen hatten schreckliche Angst vor ihr, denn sie sagten, sie sähe wie ein Wechselbalg oder eine Hexe aus, doch Pater Rufus sagte, er wüßte es, wenn sie eine Zauberin wäre, denn er habe einen Instinkt für Teufelswerk. Er hat uns davon überzeugt, daß es am Blutdruck in ihrem Kopf läge, und wenn die Wunde wieder gut wäre, würden auch die Anfälle vergehen.«

»Ist das alles, was du dem General erzählt hast?«

»Tatsächlich hatte Pater Rufus recht. Nach zwei Tagen war sie wieder gesund«, fuhr Cybillia mit bebender Stimme fort.

»Das ist nicht das, was du gesagt hast.« Der General trat unaufgefordert vor. Der König riß seinen dünnen Hals herum und sah ihn finster an. »Es tut mir leid, Majestät, aber sie verbirgt die Wahrheit. Darf ich um Erlaubnis bitten, ihre Worte wiederzugeben?«

Mit knapper Handbewegung forderte der König ihn auf fortzufahren, und mit ausschweifender Gestik marschierte der

Soldat aufgeblasen hin und her, um seine Rede zu untermalen. »Diese Kreatur dort«, er deutete mit einem Finger auf Brid, die reglos mit sanfter, ungerührter Miene dastand, »zweifelt nicht daran, Ihr hohen Herren des Gerichts, dieser Dämon ist eine Zauberin des Teufels. Als Pater Rufus, der gute und heilige Mann, seine Heilkünste einsetzte, um ihr das Leben zu retten, konnte sie seine Gegenwart nicht ertragen. Sie schrie wie eine Todesfee und wollte ihm – einem Mann Gottes – verbieten, sie zu berühren.«

»Sie war verletzt. Pater Rufus hat es gesagt. Ihr dreht meine Worte um.« Cybillias verwöhntes Wesen erlaubte es ihr nicht länger, zu schweigen.

»Still, junge Dame«, unterbrach sie der Dekan. »Wir kommen der Wahrheit näher.«

»Solcher Widerwille gegen einen Mann Gottes ist sicher ...«, der General legte eine wirkungsvolle Pause ein, »sicher ein Hinweis auf eine heidnische Seele.« Überall im Saal war zustimmendes Gemurmel zu hören. »Doch da gibt es noch mehr. Diese hübsche Dame aus Jotunn bat den Arzt des Königs um Medizin, da sie von Alpträumen heimgesucht sei und ihr Zeitgefühl verloren habe. Und wann begannen diese finsteren Vorkommnisse?« Er machte eine Pause und sah ganz ruhig in die erwartungsvollen Gesichter im dichtbesetzten Thronsaal, die jedem seiner Worte lauschten. »Erst seit sie in Gesellschaft dieses Wechselbalgs ist. Ich bin der festen Überzeugung, daß dieser Elfenkobold die Macht besitzt, Einfluß auf die Elemente zu nehmen.«

Ein Stöhnen machte sich am Hofe breit, dann summendes Gemurmel, als die Leute ängstlich ihren Sorgen Ausdruck gaben und ihre Entrüstung in die begierigen Ohren der Nachbarn raunten.

»Das ist lächerlich«, widersprach Cybillia. Sie hatte das furchtsame Beben in ihrer Stimme abgelegt und sah den

General wütend und trotzig an, was Caspar augenblicklich an Lady Helena erinnerte. »Ich will nicht hören, daß solche Worte gegen meine Nachbarn erhoben werden. Niemals!« Plötzlich sackte sie in sich zusammen, und ihre Stimme brach schluchzend. »Ihr verdreht meine Worte.«

»Ruhe vor Gericht!« forderte Rewik mit donnernder Stimme. »Tochter des Bullback, mäßigt Eure Ausbrüche, sonst lasse ich Euch bändigen.«

Cybillia schlug ihre Hände vor den Mund und begann zu beben.

»Allerdings wäre das Gericht nicht allein einberufen worden, um den Leiden einer zarten Maid aus dem Norden des Königreichs zu lauschen. Es gibt noch mehr. Gerichtsdiener, fahrt fort.«

»Eure Majestät.« Der Gerichtsdiener verneigte sich vor dem Thron. »Eine Nachricht kam von Torra Alta. Es stimmt, wir sind nicht ganz sicher, von wem dort sie kam. Ich habe sie von einem verhüllten Mann, der mir das Pergament ausgehändigt hat und mit kaum mehr als einem Knurren wieder davonritt. Es handelt sich um einen Auszug aus den heiligen Schriften.« Er hustete und dröhnte dann mit gleichmäßiger Stimme: »Fürchtet die List der Frauen. Allein der Mann wurde nach dem Abbild des Allmächtigen Vaters geformt. Der Frau verwehrte man diese Ehre. Fürchtet jene, die mit weiblichen Reizen und sündiger Verlockung ihre Männer vom Pfad der Rechtschaffenheit locken wollen.«

Hundert Augen starrten Brid finster an. »Es stimmt. Ihre Schönheit ist Sünde.«

Hal trat vor. »Mit Eurer Erlaubnis, Majestät, aber diese Nachricht bezieht sich nicht auf Bridgetta. Es gibt keinen Grund zu der Annahme, daß dieser Auszug aus den Schriften direkt auf sie Bezug nimmt. Woher wissen wir, daß er von Torra Alta kam? Auf das Wort eines namenlosen Boten hin, der schuldbewußt in der Menge untertaucht?« Interessiertes Murmeln wurde laut, als die Männer aus Farona seine Worte überdachten.

»Das habe ich berücksichtigt«, erwiderte Rewik gespreizt, »aber ich finde die Umstände allzu seltsam. Die Schriftrolle trägt weder Unterschrift noch Siegel.«

»Was bedeutet, daß sie kaum offiziell oder mit ehrlichen Absichten versendet worden sein kann«, unterbrach Hal.

Rewiks Augen bohrten sich in seinen unverschämten Vetter und forderten eine Entschuldigung. Eilig verneigte sich Hal und entschuldigte sich für seinen Ausbruch.

»Doch ich neige zur Zustimmung. Ich kann nur vermuten, daß dieses Schriftstück aus Torra Alta stammt, weil das Pergament mit dem Siegel von Branwolfs Baronie versehen ist, und, wie der junge Lord so zutreffend bemerkte, auf das Wort eines geheimnisvollen Boten hin. Dennoch bleibt die Frage: Warum sollte ich im Zusammenhang mit dem Siegel Torra Altas eine warnende Botschaft erhalten? Ich habe drei Besucher, die erst kürzlich aus der Baronie eingetroffen sind. Zwei junge Edelmänner und ein Mädchen von unbestreitbarer Schönheit, und mich erreicht diese Warnung. Das muß bedacht werden.«

In Caspar brodelte Verwirrung. Niemand auf Torra Alta würde so etwas schreiben. Sicher war das Papier gestohlen, und jemand, der der Baronie schaden wollte, hatte es verschickt. Ein vaalakischer Spion, jemand wie Kullak. Hätte er das Wissen? Konnte Dunnock die Botschaft vor seinem Tode weitergegeben haben? Aber er wußte nichts von Brid. Nein, der Kurat konnte es nicht gewesen sein. Die Worte waren ein wohlbekannter Auszug aus den Schriften und stammten nicht notwendigerweise von einem gebildeten Mann. Die meisten Menschen kannten sie, da sie oftmals Ehefrauen vorgehalten wurden, die in häuslichen Situationen schwer zu bändigen waren, wenn die Autorität des Mannes etwas Unterstützung brauchte.

Kalter Schweiß brannte in seinen Handflächen, als ihm plötzlich eine weitere Möglichkeit in den Sinn kam. Konnte sein Vater – nun zufrieden mit der Gesellschaft der Witwe Wystans – seinen eigenen Eid, den Alten Glauben wiederherzustellen, gebrochen haben, da er nicht länger den Wunsch hegte, Keridwen zu finden? Konnte er bereut haben, sie alle nach Farona geschickt zu haben, und nun versuchen, seine Tat ungeschehen zu machen, indem er Brid preisgab, die für ihr gemeinsames Vorgehen die Verantwortung übernehmen mußte? Sicher wäre sein Vater nie das Risiko eingegangen, seinen Sohn in dieses Abenteuer zu verwickeln. Aber vielleicht sah er inzwischen alles etwas anders, nachdem er wieder auf der Burg war, umgeben von seinen Männern und weit vom Ödland Vaalakas entfernt. Es war Wystans Witwe Elaine, die den Jungen argwöhnisch machte. Stets hatte sich Branwolf weibliche Gesellschaft gesucht, um die Leere auszufüllen, die durch den Verlust seiner Frau entstanden war. Elaine zog zweifellos die Aufmerksamkeit des Barons auf sich, auch wenn er wußte, daß Keridwen noch lebte. Das gefiel Caspar nicht.

»Ich betrachte dieses Schriftstück nur als nebensächlich«, sagte der König nickend. »Dennoch sammeln sich die Beweise. Gerichtsdiener, berichte von den Einzelheiten.«

»Eine weitere Botschaft von einem Vogt weit im Norden von Faronshire wurde mir bei einer Audienz des Königs zugetragen. Er berichtete von einer Dienstmagd, die der Gesellschaft ihrer Herrin, Lady Cybillia, entflohen ist. Sie weigerte sich, zu ihrem Herrn, dem Baron Bullback, zurückzukehren, da sie fürchtete, man würde sie dafür bestrafen, daß sie seine Tochter allein gelassen hatte. Dennoch wiederholte sie Lady Cybillias Bericht vom Ausbruch dieser Kreatur angesichts von Pater Rufus. Wiederum haben wir diesen Ausbruch als Anfall aufgrund ihrer Verletzungen abgetan. Die Magd Hetta jedoch schrie, sie habe blauen, roten und grünen Rauch vom Dach des Gasthauses zum Halben Weg aufsteigen sehen, in dem diese Anverwandte Lord Caspars über Nacht abgestiegen war.«

»Zauberei!« murmelte der ganze Hof ehrfürchtig.

Hal trat einen Schritt näher an den Monarchen heran. »Majestät, das Geplapper einer ängstlichen, abergläubischen Magd. Zweifelsohne hat sie die Farben der Morgendämmerung im Rauch als Hexerei mißdeutet.«

»Du hast einen wachen und logischen Verstand.« Tatsächlich schien der König mit den Einwänden des dunkelhaarigen Jungen zufrieden zu sein. »Ich lasse gern Gerechtigkeit walten.« Er stand auf und trat vor, die Hände vor der Brust gefaltet, und schwebte über den Boden. Vor Brid kam er abrupt zum Stehen und brachte sein Gesicht ganz nah an das ihre heran. »Allerdings wurde der Verdacht erhoben, und dem müssen wir begegnen. Meine sechs Hauptinquisitoren sind im Süden Caldeas unterwegs, wo verdächtige Ausbrüche von Hexerei beobachtet wurden, besonders im Westen, im Hafen von Ildros.« Ärgerlich trommelte er mit den Fingern, als dächte er über das neueste Krebsgeschwür heidnischer Aktivitäten in seinem Reich nach, dann riß er seinen Kopf wieder herum und starrte Brid an. »Nun besitze ich jedoch einiges Wissen um die Kunst, eine heidnische Seele aufzuspüren.« Offen sah er ihr ins Gesicht.

Brid errötete und legte ihre zitternde Hand leicht an ihre gepuderten Wangen. Ihre Wimpern flatterten über großen, schwarzen, ängstlichen Augen.

Mit so fest geballten Fäusten, daß sich die Fingernägel in die Handballen bohrten, schwor sich Caspar, daß er Rewik die Kehle herausreißen würde, wenn er ihr auch nur ein Haar krümmte. Der Verrat in seinem Denken ließ ihn schockiert aufschrecken. Ich bin ein treuer Belbidianer. Ich habe meinem

König Gefolgschaft geschworen, und ein Torra Altaner steht zu seinem Versprechen. Wie konnte ich so etwas denken?

Rewik hob seinen Daumen und nahm den Teil vom Knöchel bis zur Nagelspitze, um den Abstand zwischen den Augen der Jungfer abzumessen. Dann nahm er ihr Kinn zwischen seine zangengleichen Finger. Er zog ihren Kopf zur einen Seite und schob ihr Haar zurück, um sich die Ohren anzusehen.

»Zwar mangelt es ihr nicht an Körpergröße, wie vielen Hexen, die wir haben brennen sehen, doch liegt eine gewisse Leichtigkeit in ihrem Knochenbau. Die Augen stehen weit auseinander, die Ohren sitzen hoch. Nun, edler Lord Bischof, was folgert Ihr daraus?« Der König wandte sich dem alten Mann in den weißen Roben zu, doch er wartete nicht auf Antwort. »Nur die Augen, die geben mir ein Rätsel auf.«

Er umkreiste die Priesterin, wie ein Wolf ein Lamm umkreist. Caspars Kehle war trocken, und seine Zunge fühlte sich wie ein Klumpen Pergament an. »Schwarz wie die einer Katze, die durchs Dunkel schleicht. Vielleicht schwarz vor Angst. Verführerische Augen, sündige Augen, doch sind sie nicht von heidnischer Farbe. Sie sollten hellgrün sein oder grellblau. Aber der Angeklagten fehlt diese Farbe. Man sagt, wenn die Liebe zum Alten Glauben in der Seele eines Menschen abnimmt, verblaßt die Farbe seiner Augen. Laß mich deine Stimme hören, Mädchen.«

»Majestät«, sagte sie mit runden Tönen. »Was soll ich sagen? Ich hoffe, daß Euch meine Worte nicht verletzen, Herr.« Brids ansonsten melodische Stimme war nun matt, ein wenig schrill und ohne jeden Hinweis auf ihren Tonfall aus den Bergen. Der König schien zum Teil zufrieden, aber er wackelte nachdenklich mit der Zehenspitze. »Es gibt keinen eindeutigen Beweis, doch ich bin trotzdem nicht überzeugt. Sie hat etwas in ihrem Äußeren, das mir Sorge macht. Wären doch nur die Inquisitoren … Lord Bischof, was haltet Ihr davon?«

Caspar war zutiefst erleichtert, daß die Inquisitoren des Königs in Caldea und nicht hier waren, um die Priesterin zu untersuchen. Unruhig rieb er seinen Nacken.

»Majestät, das Aussehen des Mädchens ist kein Beweis dafür, daß sie eine Heidin ist. Es deutet auf ihre Herkunft hin, doch wie Ihr seht, sieht sie genauso aus wie der kleinere Junge, und gegen ihn erhebt niemand Anklage.« Trauer lag in der Stimme des Bischofs, Verzweiflung über den unausweichlichen Gang der Dinge.

»Ihr Aussehen kündet von ihrer Stammesherkunft, und es ist weithin bekannt, daß diese eine große Rolle in ihrem Glauben spielt«, unterbrach der Dekan. »Niemand hier kann bestreiten, daß die kleinen Menschen der alten Stämme, welche inzwischen durch Gottes Gnade in diesem schönen Land fast ausgestorben sind, nach wie vor an der Erdenmutter und ihrem naiven Glauben festhalten, daß die Erde, die Sonne und der Mond in Wahrheit Gottheiten sind.«

Caspar vermutete, daß der Priester schon zu lange dem Bischof auf den Fersen war und nun in seinem Eifer um Beförderung Stellung gegen ihn bezog. Brid war starr, und einen Moment lang befürchtete er, daß ihre unterdrückte Wut wie ein Vulkan ausbrechen würde.

»Das ist allerdings weithin bekannt«, bekräftigte der König.

»Aber es ist kein Beweis«, beharrte der Bischof. »Das Aussehen des kleinen Jungen bestätigt meine Ansicht. Es ist allgemein bekannt, daß sein Vater eine feudale Kathedrale am Fuße seiner Burg errichtet, und der Junge wurde, trotz seiner zweifelhaften Abstammung, ehrlich und im rechten Glauben erzogen. Niemand zieht seinen Glauben in Zweifel.«

»Ach ja, das bringt uns zu einem weiteren Punkt. Gerichtsdiener, bringt den nächsten Zeugen.«

Caspars Zunge fühlte sich dick und trocken an.

»Das Gericht ruft Rebecca, die Weberstochter und Untermagd in königlichen Diensten.« Wiederum sprach er mit feierlichem Singsang, doch dann redete er leiser und mit normaler Stimme weiter. »Tritt vor, Becky, und antworte deinem König. Komm in die Mitte.« Caspar erkannte die Magd, die am Morgen die Läden in seiner Kammer geöffnet hatte. Nervös sah sie sich um, wollte nicht vortreten, doch der Gerichtsdiener ermutigte sie lächelnd und nickend.

»Nun, Rebecca, meine Köchin sagt, du seist heute morgen mit einer skandalösen Geschichte zu ihr gekommen, und sie war derart schockiert, daß sie es dem Gerichtsdiener zu Ohren kommen ließ.« Der König sprach leise mit dem Mädchen, um es nicht zu erschrecken, aber es war noch immer puterrot, zwirbelte an seinem Haar und konnte nicht aufblicken. »Erzähl uns noch einmal, was du gesehen hast.«

Unruhig sah sich die Weberstochter im Saal um und stammelte unzusammenhängend.

»Sprich lauter, Becky. Dir wird nichts geschehen.« Der Gerichtsdiener trat vor, stellte sich neben sie und tätschelte ihre Hand. »Nun sieh mich an und sag mir, was du heute morgen gesehen hast.«

Sie sah ihm in die Augen und drückte trostsuchend seine Hand. »Ich habe sie gesehen«, sagte sie bebend.

»Erzähle uns von Anfang an.«

Alles war still bei Hofe, als sich sämtliche Ohren bemühten, ihre leisen Worte aufzufangen. »Ich war bei meinen Pflichten, öffnete alle Kammern, wie ich es jeden Morgen tue, und ich kam zu den Räumen im Westflügel. Nun, niemand hatte mir gesagt, daß sie belegt waren, also ging ich wie immer hinein, um die Läden zu öffnen, und da habe ich sie gesehen.«

»Und was war es, das dich so erschreckt hat?«

»Nun, anfangs fanden wir es alle lustig, sie zu überraschen – da sie doch von Adel sind und so. Und wahrlich dachten wir uns nichts dabei, bis Emmy sagte, sie habe gehört, sie seien als

Verwandte angekündigt worden, und zwar als Bruder und Schwester.«

»Und warum war das so schockierend?«

»Warum?! Nun, Herr«, und sie errötete in leuchtendem Dunkelrot, »sie teilten sich ein und dasselbe Bett.«

Der König richtete seinen Blick auf Caspar und stieß ihm einen Finger ans Brustbein. »Nun, dann lautet die Anklage gegen dich, Caspar, Sohn des Branwolf von Torra Alta, auf das abscheuliche Verbrechen des Inzests.«

Alle Worte blieben Caspar im Halse stecken, und Verwirrung summte laut in seinen Ohren. Er wollte ohnmächtig werden, und doch rang er um die rechten Worte, die ihn retten sollten. »Sie ist nicht meine Schwester!« Es hatte keinen Sinn zu erklären, daß sie sich keiner lüsternen Taten schuldig gemacht hatten. Kein Gericht würde ihnen Glauben schenken, denn nirgendwo in der zivilisierten Welt würde eine Dame das Schlafgemach eines Mannes ohne derartige Absichten betreten. Nur Brid tat so etwas, da sie einer anderen Kultur entstammte, die mit solchen Dingen unbefangener umging.

Hals Augen waren groß vor Staunen, und als der König zurücktrat, um seinen Thron wieder einzunehmen, flüsterte Hal ihm zu: »Du kleiner Schurke von einem Neffen!«

»Sie ist nicht meine Schwester«, erklärte Caspar dem Gericht.

»In dem Fall habt ihr mich belogen«, donnerte der König. »Wenn es auch schwer zu glauben ist, da ihr beide das gleiche abstoßende Äußere habt.«

»Wir haben nicht gelogen. Wir haben sie als Anverwandte vorgestellt«, ging Hal dazwischen, um seinen Neffen zu schützen. »Tatsächlich ist sie die adoptierte Enkelin der Pflegemutter von Caspars Mutter.« Die Mienen der Hofgesellschaft verzogen sich zu verdutzter Sprachlosigkeit, als sie einander diese Erklärung wiederholten und sogar versuchten, mit den Fingern abzuzählen, welchen Verwandtschaftsgrad eine solche Verbindung darstellte. »Somit ist sie eine entfernte Verwandte, wenn auch weder durch Blut noch durch Heirat. Sie ist nicht, wie das Gericht fälschlicherweise annahm, eine außereheliche Tochter Branwolfs.«

»Das aber habt ihr uns zweifelsfrei glauben lassen. Ihr habt sie als Anverwandte vorgestellt.« Vorwurfsvoll sah der König den älteren Jungen an.

»Aber, Majestät, genau das ist sie. Sie führt keinen Titel, ist nicht von hoher Geburt, aber dennoch eine Anverwandte«, fuhr der Junge mit beschwichtigender Ahnungslosigkeit fort.

»Vielleicht ist es das ländliche, unkultivierte Benehmen des Nordens, welches euch in der Wahl eurer Worte fehlgeleitet hat.« Die angespannte Miene des Monarchen entspannte sich ein wenig, und er nickte, ohne zu lächeln. »Der Vorwurf des Inzests wird fallengelassen. Die Lords Hal und Caspar von Torra Alta treten beiseite. Der Vorwurf der Hexerei bleibt bestehen.«

Brid sah so klein und schutzlos aus, und in ihre großen, flehenden Augen traten Tränen, als sie dort so ganz allein mitten im Thronsaal stand. Caspar fragte sich, ob sie wohl echt wären, da er daran zweifelte, daß ihr tapferes Herz so voller Angst sein könne. Wenn ihr jemand auch nur ein Haar krümmt, dachte er bitter bei sich, werde ich ihn töten. Hal und Caspar wichen an die Wand zurück, lösten sich aus der blutrünstigen Menge, die den Hexenprozeß kaum erwarten konnte.

»Sie können nichts beweisen, oder?« Caspars Stimme bebte.

Hal zuckte mit den Schultern. »Ich weiß nicht. Ich weiß es einfach nicht.«

Plötzlich war Ceowulf neben ihnen. »Nein. Die können nichts beweisen. Eine Hexe kann nur auf ihr eigenes Geständnis hin verbrannt werden. Aber sie haben gewisse Methoden, jemanden zu einem Geständnis zu ermutigen.«

Ein finsterer Unterton lag in Ceowulfs Worten, und Caspar tastete nach seinem Dolch, aber Hal stieß ihn an.

»Ihre Mutter ist auf dem Scheiterhaufen umgekommen«, erklärte Caspar, »von Rewiks Inquisitoren ermordet, weil sie sich geweigert hat, ihren Glauben abzulegen und sich taufen zu lassen. Brid hat ihr Leben lang darum gekämpft, die Überzeugungen ihrer Mutter aufrechtzuerhalten und das Vertrauen zu bewahren. Es würde ihr sehr schwer fallen, ihre Liebe zur Großen Mutter abzustreiten. Man wird sie verbrennen.« Caspar legte sein ganzes Bemühen in sein Gebet, wollte sie zur Lüge bewegen, konzentrierte sich auf ihre Gedanken, um ihr zu helfen.

»Dieses Mädchen hat nichts Böses getan«, seufzte der Bischof.

Rewik schlug mit seiner Faust auf die geschnitzte Lehne seines Throns. »Warum verteidigt Ihr sie so? Ich werde keine Heiden in meinem Lande dulden, seien sie nun Vaalaker oder Belbidianer.«

»Als ich sie zum ersten Mal gesehen habe, kniete sie betend vor dem Altar. Welche Hexe würde so etwas tun? Sollten wir nicht ablassen und uns um die weit drängenderen Angelegenheiten des Kriegsrates kümmern?«

Ein unzufriedenes Summen breitete sich unter den Höflingen aus.

»Er wird zu alt für seinen Posten. Vielleicht sollte der Dekan seine Chance bekommen.« Das Gemurmel machte sich im ganzen Thronsaal breit. »Es ist seine Pflicht, den Teufel aufzuspüren und uns vor seinen schwarzen Jüngern zu schützen.«

Es war schmerzlich anzuhören. All diese Leute, die von den Härten des Lebens verschont blieben, konnten sich die wahre Bedrohung ihrer Zivilisation nicht vorstellen. Sie konnten die Schrecken der vaalakischen Gefahr nicht begreifen, da diese jenseits der alles umfassenden Stadtmauern lag. Doch hier bei Hofe war die Angst vor einem kleinen Mädchen ungeheuer. »Abergläubische Narren«, murmelte Caspar.

Der Bischof klopfte mit seinem Hirtenstab auf den glatten Marmorboden und forderte Stille. »Laßt das Mädchen seine Unschuld beweisen, indem es vor dem Altar kniet und seinen Kopf mit geweihtem Wasser salben läßt. Dann können wir diesen Prozeß schnell und glücklich zum Ende bringen.«

»Laßt uns vorher erst noch einmal die Stimme der Angeklagten hören«, schlug der Dekan gerissenerweise vor. »Hören wir, wie sie das Creator Mundi spricht. Wohlan, Mädchen, sprich das Gebet.«

Hilflos sank das Kinn des Mädchens herab.

Wir sind schreckliche Narren, tadelte sich Caspar, als ihn der Mut verließ. Wie hatten wir hoffen können, Brid als belbidianisches Edelfräulein verkleiden zu können? Sie hier in den Palast zu bringen war der reine Wahnsinn. Brid konnte so sprechen und so aussehen, aber sie kannte die Worte des Gebetes nicht, das jeder einzelne im Thronsaal, bis hin zum kleinsten Kind, im Schlaf aufsagen konnte.

Erwartungsvoll wandten sich Brid alle Augenpaare zu, während sie hoffnungslos vor sich hin stotterte.

»Auf den Tauchstuhl«, rief der Dekan triumphierend aus. »Erst auf den Tauchstuhl, und dann verbrennen wir sie. Das ist die korrekte Art und Weise, den Dämon aus ihrer Seele zu vertreiben. Seht Euch diese Kreatur an. Sie kennt die Worte des Gebetes nicht.«

»Auf den Tauchstuhl! In den Alten Teich, auf den Tauchstuhl!« wurde der Ruf eifrig aufgenommen. Rewik sah von einem Gesicht zum anderen, trommelte mit den Fingern auf den Thron, dann hielt er abrupt inne.

Der alte Bischof schlug seinen Stab auf den Marmorboden. »Nein, Sir, nein! Seht sie Euch an: ein junges Mädchen, das durch diese Anschuldigungen gänzlich verunsichert ist. Kein Wunder, daß sie nicht mehr weiterweiß. Nein!«

»Das aber ist der normale Gang der Dinge, Lord Bischof. Warum schlagt Ihr anderes vor?«

»Bei diesem Untertauchen entlarvt man die Heiden, nur ertränkt man außerdem die Unschuldigen. Wenn kein unnatürlicher Geist in ihrem Leibe wohnt, der dafür sorgt, daß das reine Wasser sie von sich stößt und sie an die Luft speit, ertrinken sie einfach. Ist das Gerechtigkeit?« hielt der Bischof dagegen.

Er ist wahrlich ein guter Mann, dieser Bischof, dachte Caspar, während er ihn für seinen Mut bewunderte, sich öffentlich gegen König Rewik aufzulehnen. Er muß eine schwere Zeit gehabt haben, seit der alte König tot ist.

Brid stand stocksteif da, mit gesenktem Blick, und Caspar brach es fast das Herz. Wenn er geahnt hätte, wie gefährlich es werden würde, Brid in die Hauptstadt zu bringen, hätte er … Doch nein, sie mußten herkommen. Er dachte an seine Mutter und ihre zwölf qualvollen Jahre im vaalakischen Gletscher. Um ihretwillen hatten sie herkommen müssen. Und um des größeren Guten willen. Die Nordmänner würden das grausame Eis Vaal-Peors in dieses Land bringen und alle vernichten, wenn die Trinität nicht wiederhergestellt wurde.

»Meine Inquisitoren halten den Tauchstuhl für eine ausgezeichnete Waffe im heiligen Kampf gegen den Teufel.« Wieder klapperte Rewik mit seinen langen, manikürten Fingernägeln auf dem Thron herum. Bedrücktes Schweigen erfüllte den Saal, das Scharren von Füßen, ein nervöses Husten, doch ansonsten Stille, während man auf die Entscheidung des Königs wartete. »Die Unschuldigen haben nichts zu befürchten.«

Plötzlich trat Ceowulf vor. »Es ist grotesk, Herr. Wir sind im Krieg. Unsere nördliche Grenze wird ernstlich bedroht. Im Augenblick verhindert einzig und allein Branwolf, daß eine

Flut von Barbaren unser Land überschwemmt. Und Branwolf hält den Nordpaß allein und ohne Hilfe. Dieses Mädchen ist sein Mündel. Es wäre kaum ein Zeichen Eurer Dankbarkeit dem Baron gegenüber, wenn Ihr eines seiner Mündel töten würdet.«

Rewiks Miene rötete sich zornig, als er an seinem eigenen Hof unterbrochen wurde, doch er fing sich soweit, daß er zuhören konnte. »Ihr habt recht. Wir folgen dem Rat des Bischofs. Die Angeklagte wird zur Kathedrale verbracht, und dort soll Gottes Wasser ihre Schuld oder Unschuld beweisen.«

Brid schwankte und erblaßte zu fahlem Weiß. In diesem Augenblick war Caspar sicher, daß sie niemals in der Lage wäre, die Tropfen des heiligen Wassers zu ertragen. Der Teich wäre besser gewesen. Sie wäre eines gnadenreichen Todes durch Ertrinken gestorben. Nun sah sie sich dem Schrecken des Scheiterhaufens ausgesetzt.

Hal lief, um sie aufzufangen, bevor sie in Ohnmacht fiel, und er erklärte laut: »Meine Anverwandte ist von der Erleichterung überwältigt, daß sie die Gelegenheit bekommt, ihre Unschuld zu beweisen.« Doch sie fiel nicht in Ohnmacht. Sie biß die Zähne zusammen und griff nach Hals Hand, um sich an ihm festzuhalten.

Caspar dachte einen Moment lang nach und entschloß sich dann dagegen, ihr zur Seite zu eilen. Statt dessen drückte er sich, während die Menge aufgeregt nach vorn drängte, gegen die kalte Steinmauer, trat hinter eine Säule und schlich leise zu den verriegelten Türen. Es würde ihr nichts nützen, wenn er bei ihr stand und jammerte. Hal würde ihr alle Unterstützung zukommen lassen, zu der er in der Lage war, doch Worte konnten Brids Herz jetzt nicht erreichen. Er erinnerte sich an die Drachenwüste, als sie die traurige Geschichte vom Tod ihrer Mutter erzählt hatte. Brid konnte nicht älter als vier gewesen sein, als man sie zwang zuzusehen, wie die Augäpfel ihrer Mutter in den Flammen schmolzen. Ihre Mutter starb lieber, als daß sie der Göttin abschwor, und Brid konnte weder vergessen noch ihre Mutter verraten, indem sie ihre Treue dem Alten Glauben gegenüber aufkündigte. Es war eine Sache, sich zu verkleiden, doch eine ganz andere, das Weihwasser anzunehmen. Die Berührung durch die heilige Taufe würde ihre heidnische Haut verbrühen. Sie würde vor unerträglichen Schmerzen schreien. Er mußte sie retten.

»Du kannst es schaffen, Brid«, flüsterte Hal aufmunternd. »Es ist nur Wasser.« Die aufgebrachte Menge konnte den Beginn des Hexenprozesses kaum erwarten und erstickte seine Worte beinahe.

Brids starre, schwarze Augen blickten hilflos zu ihm auf. »Ist es aber nicht.«

Plötzlich merkte Hal, daß dieses Mädchen, das er für seine Arroganz und das undamenhafte Selbstvertrauen verachtete, nun nicht mehr schauspielerte. Ihr Zittern war echt. Er spürte einen überwältigenden Drang, sie zu beschützen, als sie nach seinem Arm griff.

»Du hast dich bisher wirklich gut gehalten. Man wird das alles als Zufall und alberne Träume abtun, wenn du weiter durchhältst.«

»Ich kann nicht«, stöhnte sie.

»Brid, wenn nicht, wirst du brennen.«

»Wenn du an meiner Stelle wärst, würdest du nicht auch eher brennen wollen, als deine Seele zu verlieren und damit deine Chance, in den Annwyn zu gelangen und mit der Göttin eins zu sein? Wenn ich Sie verleugne, verliere ich meine Chance, an Ihren Busen heimzukehren und mein Nachleben zu beginnen, damit ich wiedergeboren werde. Wenn ich meine Liebe zu Ihr öffentlich erkläre, mag ich vielleicht im Feuer sterben, doch ich werde wiedergeboren.«

Hal war nicht sicher. Über so etwas hatte er bisher noch nie nachgedacht. »Es ist nur Wasser, Brid«, sagte er etwas lahm und drückte ihre Hand, als sie von der Königsgarde hinausgeführt wurden. Caspar schien sich irgendwie von ihnen getrennt zu haben, jedenfalls konnte er seinen Neffen wegen der drängelnden Menschenmenge nicht sehen.

»Ich kann es schaffen.« Brid nahm seine Hand. »Ich habe gesehen, wie meine Mutter starb, um ihren Glauben zu bewahren, und ich darf sie nicht verraten. Wie konnte ich so arrogant sein zu glauben, daß ich den König hintergehen könnte, ohne meine Seele zu riskieren?«

Hal biß sich auf die Lippe. So vieles hing von diesem Mädchen ab. Selbst wenn sie die Runen und das geheimnisvolle Druiden-Ei fanden, konnten sie die Trinität der drei Priesterinnen ohne Brid nicht wiederherstellen. Warum nur hatte niemand auf ihn gehört, als er gesagt hatte, daß es für sie viel zu gefährlich sei? Natürlich wollte er, daß Keridwen aus dem Gletscher befreit wurde. Der Gedanke an Spars Mutter, die dort unendliche Qualen durchlebte, war schrecklich. Doch vor allem mußten sie ihre Kräfte sammeln, damit sie die Vaalaker zurückdrängen konnten. Er glaubte Gwion, wenn dieser sagte, daß der Einzig Wahre Gott sich für sie nicht einsetzen würde und nur allein die Mächte der Göttin die Burg vor den Horden beschützten.

»Hör zu, Brid, ich mußte meine Seele aufgeben und etwas tun, was ich für Ketzerei halte, um mein Land zu retten. Du wirst das gleiche tun müssen. Ich für mein Teil werde in der Hölle schmoren, weil ich zu dieser Verschwörung, die Göttin wiedereinzusetzen, beigetragen habe. Für das größere Wohl wirst du das gleiche tun müssen. Du mußt leben, damit wir die Runen des Kessels finden können. Wir brauchen nur die Runen.«

»Aber meine Kräfte, Hal. Ich weiß nicht, was geschieht, wenn ich das Weihwasser an meine Haut lasse. Im Namen des allgemeinen Wohls will ich meinen Glauben verraten und mein Recht auf Wiedergeburt verlieren, um die Mutter wiedereinzusetzen, aber, Hal, werde ich auch meine Macht verlieren? Werde ich dann nicht mehr eine der drei Ergebenen Dienerinnen sein, mit der Einsicht und dem Wissen einer Hohepriesterin? Werde ich nichts weiter sein als irgendein Mädchen, ohne die Kraft, die Große Mutter zu rufen?«

Darauf wußte der Junge keine Antwort. Er wollte nur aus Farona fort und wieder nach Torra Alta, und zwar mitsamt dem kostbaren Druiden-Ei, damit sie die Bedrohung durch die Vaalaker abwenden konnten. Er wußte nicht, was es hieß, seine Macht zu verlieren. Vielleicht war es, als würde man sein Schwert verlieren.

»Brid, wenn du es um der Mutter willen tust, wird sie deine Motive sicher verstehen. Sie wird wissen, daß du ihr im Grunde deines Herzens treu bist.«

»Ich weiß nicht, was geschehen wird.« Brids Worte kamen leise, doch sie sah ihn voller Entschlossenheit an. »Aber du hast recht. Wir haben keine Wahl. Um des allgemeinen Wohls willen muß ich überleben, den Alten Glauben wiederherstellen und Keridwen retten. Ich muß das Risiko eingehen. Nun sag mir die Worte dieses Gebetes.«

Er flüsterte es ihr einmal zu, und sie wiederholte die fremden Worte mit nur einem Fehler. Er verbesserte sie, und diesmal blieb sie wortgetreu.

»Ich wußte nicht, daß Mädchen so schnell lernen können.« Er hoffte fast, sie würde ihre gewohnte Kratzbürstigkeit an den Tag legen, doch sie zuckte mit keiner Wimper.

Die Kathedrale überragte das Ende der Straße, und der lange, dünne Schatten des Turms zog sich über die halbe Stadt. »Nun komm, Brid, so schlimm wie die Teufelsanbetung im Kloster kann es nicht werden.«

Sie holte tief Luft, um sich zu fangen. »Laß mich nur nicht

los. Ich glaube nicht, daß ich allein gehen könnte. Ich kann nicht gut sehen, wegen des Nachtschattens. Sind meine Augen noch schwarz?«

Er nickte beruhigend. »Du siehst sehr hübsch aus, absolut entwaffnend mit diesen Kleidern und deinem Haar ...«

»Könnte ich nicht auch als mein normales Ich hübsch sein?«

»Konzentriere dich nur darauf, vor dem Bischof richtig auszusehen. Denk immer daran, daß der Tempel deiner Göttin direkt unter deinen Füßen liegt. Viel Glück, Brid.«

Ein Lakai klingelte mit einem Schlüsselring und begann den mühsamen Vorgang, die drei Schlösser zu öffnen, mit denen sie allesamt im Thronsaal eingesperrt waren. Endlich klickte auch das dritte, und die Türen schwangen nach innen auf. Caspars Herz klopfte, als er auf den richtigen Moment wartete, sich zur Tür hinauszuschleichen. Er stand im Schatten der Eichentüren und versuchte, ruhig und gleichmäßig zu atmen. Der König erhob sich. Caspar nutzte seine Chance, als sich das Gericht erhob und vor dem Monarchen tief verneigte. Er schlich zur Tür hinaus und ging eilig den Korridor hinab, ohne zu rennen, um keinen Verdacht zu erregen. Er hatte keinen Plan. Sein Instinkt sagte ihm, er solle Feuerschweif suchen. Zu Pferd war er stark, zu Pferd konnte er kämpfen, nur wo und wie und gegen seinen König ...? Es war Verrat, Hochverrat. Ihm würde übel. Aber er konnte doch Brid nicht ihrem Schicksal überlassen!

In welcher Richtung lagen die Ställe? Er konnte sich nicht erinnern. Der Palast wirkte wie ausgestorben. Es schien, als wären alle im Thronsaal. Er blieb stehen, um zu lauschen. Leises Klappern von Geschirr war zu hören, das sicher aus der Küche kam. Er wandte sich den dunkleren, weniger geschmückten Korridoren zu, lief die schmalen Dienstbotengänge entlang und fing an zu rennen. Eine kleine Tür führte in die Außenwelt, und er drehte den Ring, der als Türgriff diente. Der Riegel war steif und rostig, doch die Tür gab nach und führte ihn in den Kräutergarten hinaus, der zu dieser Jahreszeit trocken und kahl war. Er sprang über die flachen Hecken, welche die Kräuterbeete voneinander trennten, und erklomm mit Leichtigkeit den Wall, sprang auf das weiche Gras, das am Hang zum Burggraben hinunterführte. Von hier aus war es leicht zu sagen, wo die Ställe lagen, nicht wegen des süßen Strohgeruchs oder der warmen Düfte von Misthaufen, sondern wegen des Lärms von splitterndem Holz und des wilden Gewiehers eines gefangenen Hengstes. Nur Feuerschweif verbreitete solche Unruhe in einem Stall. Offenbar versuchte das Pferd, sich den Weg aus seinem Gefängnis freizutreten.

Nur zwei junge Stallburschen waren geblieben, um sich um die Pferde zu kümmern. Der Rest der Dienerschaft hatte sich wohl der gaffenden Menge angeschlossen, die sich begierig an Brids Leiden labte. Die Jungen waren klein und ohne die Knechte, die sie lenkten, etwas verunsichert, aber sie waren es gewohnt, Befehle entgegenzunehmen, und stellten Caspar keine Fragen. Er nahm Feuerschweifs Sattel und Zaumzeug in die Arme.

Das Pferd war schweißnaß, drückte den Jungen mehrmals gegen die Holzwände, die den Stall umgaben, und lief in seinem Eifer, sich zu befreien, im Kreis herum. »Steh still«, beruhigte der Junge das Pferd, als es den Kopf auf und ab warf und die Kandare nicht annehmen wollte. In seiner Verzweiflung schlug Caspar mit dem Zügelende zu, was das eigensinnige Tier nicht beruhigen konnte, aber wenigstens half es, Caspars angestaute Spannung abzubauen. Seine geschickten Hände machten es möglich, dem Hengst die Kandare zwischen die Zähne zu schieben, und Minuten später hatte Caspar ihm das Zaumzeug angelegt, den Sattel an Ort und Stelle und trabte über die Zugbrücke. Die Prozession des Königs, die von einem aufgebrachten Mob begleitet wurde, war bereits auf dem Weg über die breite Staatsstraße zur Kathedrale hin. Caspar lenkte sein Pferd in eine der schmalen Gassen, da er den Weg abkürzen und außer Sichtweite der Männer des Königs bleiben wollte.

In den Gassen war es wegen der überhängenden Dächer, an denen er sich beinahe den Kopf stieß, finster. Er mußte sich ducken, um den tropfenden Lumpen und den hellen Laken auszuweichen, die von den Leinen zwischen den Häusern hingen. Nicht alle Straßen waren leer. Eine Mutter mit einem Säugling an der Hüfte hängte ihre Wäsche auf, wobei sie nur eine Hand benutzen konnte und die Klammern zwischen ihre schiefen Zähne nehmen mußte. Ein kleiner, barfüßiger Junge jagte eine rötlichgelbe Katze, und ein alter Mann schlurfte vorbei, hielt eine Hand auf seinem runden Rücken. Der Mann drückte sich an einen Türpfosten und schimpfte aufgebracht vor sich hin, als Caspar an ihm vorüberritt.

Er konnte den Turm der Kathedrale sehen, der sich zu seiner Rechten über die Dächer erhob, doch er stellte fest, daß er sich eine andere Gasse suchen mußte, die ihn in diese Richtung führte. Das Klappern der Pferdehufe hallte durch die schmalen, gepflasterten Straßen, und der Junge fürchtete immer mehr, daß er es bis zur Kathedrale nicht rechtzeitig schaffen würde. Wenn er Brid dort herausholen konnte, bevor man sie mit dem geweihten Wasser bedrohte, würde es ihnen die Möglichkeit nehmen, ihre Schuld zu beweisen. Oh, Große Göttin, kannst du denn nichts tun, um deine Priesterin zu schützen? Gibt es keinen Zauber, der sie retten kann? Keinen Runenzauber?

Er fühlte sich machtlos, und plötzlich merkte er, daß er die Kathedrale passierte und noch immer keine Gasse dorthin führte. Das Schicksal stellte sich gegen ihn. Er war an drei oder vier Gassen vorbeigekommen, die nach links ausscherten, und schon konnte er die nächste erkennen. Er trat sein Pferd in einen leichten Galopp, obwohl Feuerschweif auf den glatten, runden Pflastersteinen schlitterte und rutschte. Ein Hund knurrte aus dem Dunkel einer Gasse, was den jungen Hengst seitwärts springen ließ, und Caspar wandte seinen Kopf herum. Einen Augenblick lang nur sah er eine finstere Miene, die dort im Schatten lauerte. Das Bild war fort, nur ein flüchtiger Anblick, der gleich wieder verblaßt war. Erleichtert fand der Junge endlich einen Durchgang, der direkt zur Kathedrale führte.

Doch das Bild der Miene dieses Mannes blieb in seinem inneren Auge eingebrannt: ein dunkles, narbiges Gesicht, ein Gesicht, das er vor kurzem gesehen hatte, als er an einem Pfeil entlanggeschaut hatte. Es ist unmöglich, ein Gesicht zu vergessen, auf das man einmal angelegt hat, das der Gnade deines Bogens ausgeliefert ist.

Die Kathedrale füllte den Raum am Ende der Gasse aus, und Caspar blickte auf, um die nackten Mauern und die schier unendliche Höhe des Turms zu betrachten. Es war kaum vorstellbar, daß ein derart unermeßlich großes Gebäude von Menschenhand errichtet worden war. Die Perspektive war atemberaubend. Die hohen Mauern vermittelten den Eindruck, als stürzten sie ihm entgegen. Eine Menge versammelte sich draußen vor der Westtür, forderte lautstark Einlaß, wurde jedoch abgewiesen und von Wachen mit Spießen vertrieben. Einer aus der Königsgarde saß mit heruntergeklapptem Visier auf seinem Pferd und wachte an der Tür. Ich komme zu spät. Schwer lastete die drückende Niederlage auf Caspars Herz. Ich komme zu spät. Sie ist schon drinnen.

Er nahm sein Pferd, drängte es, mit ruhigem, kontrolliertem Gang voranzuschreiten. Der rote Hengst hob seine Hufe und tänzelte energisch voran, wobei Mähne und Schwanz bei jedem Auftreten durch die Lüfte wehten.

Der Ritter senkte seine Lanze und deutete mit der Spitze auf

Caspars Brust. »Die Kathedrale ist geschlossen. Auf königlichen Befehl hin darf niemand mehr eintreten«, hallte es aus seinem Helm hervor.

»Ich nehme an diesem Prozeß teil. Die Angeklagte ist mit mir verwandt. Ich bin von edler Geburt. Ihr könnt mir den Zugang zu ihrem Prozeß nicht verweigern.« Die Sorge um Brid stärkte seinen Mut, und trotz seiner jungen Jahre sprach Autorität aus seiner Stimme.

»Ich habe meine Befehle.«

»Öffnet die Tür, und holt jemanden von höherer Befugnis, Ritter. Ich habe das Recht, in Gottes Namen in Gottes Haus am Prozeß gegen meine Anverwandte teilzunehmen. Laßt mich durch.« Der Köcher mit den Pfeilen drückte gegen Caspars rechtes Knie. Beide Bögen waren an den Sattel gehängt und lagen an der rechten Schulter des Pferdes. Er konzentrierte sich auf die Lanzenspitze vor ihm, fragte sich, ob er genügend Zeit zum Zielen hätte, bevor diese Lanze in seinen Brustkorb schlug und ihm die Lunge durchbohrte.

Ach, Mutter, hilf uns, betete er instinktiv, hilf uns. Er war sicher, daß sein eigener Gott gegenüber der heidnischen Priesterin niemals Gnade zeigen würde, und so trieb die Angst um Brid seine Seele einen Schritt näher zur Großen Mutter, und er flehte sie um Hilfe an. Doch er konnte kein Bild der Göttin in sich wachrufen. Statt dessen sah er das hübsche Gesicht Keridwens vor sich, wie er es einst kurz im Mondstein gesehen hatte, mit funkelnd blauen Augen, fast violett. Er konnte in ihre wäßrigen Tiefen stürzen, hinab zur schützenden Liebe mütterlicher Hinwendung. Ach, Mutter, hilf mir.

Noch immer schrie die Menge darum, eingelassen zu werden. »He, Soldat, wir haben in dieser Stadt seit Jahren keinen echten Hexenprozeß mehr gesehen«, rief einer. »Komm schon, laß uns rein. Und laß den Knappen auch rein. Er hat ein Recht darauf, wenn es stimmt, was er sagt.«

»Aye!« Gemeinsam drängte die Menge vor, von wilder Schaulust getrieben. Nun hielt der Pöbel alle Welt in Gang. Die Soldaten schlugen mit ihren Knüppeln zu, doch schürten die Schmerzensschreie die Entschlossenheit der Menge nur. »Hier, Männer, nehmen wir gemeinsam Anlauf.«

»Ich habe noch nie eine Hexe gesehen«, rief einer der Jüngeren und schaffte es, über die Schultern der Soldaten zu klettern, die widerwillig mit ihren Holzknüppeln losprügelten.

Der Ritter sah nun etwas beunruhigter aus, da seine Männer mit dem drängenden Mob beschäftigt waren. Er zog sein Schwert aus der Scheide und schlug an die Tür. »Der junge Lord von Torra Alta fordert, eingelassen zu werden. Was soll ich tun?«

Caspar konnte hören, wie die großen, eisenbeschlagenen Türen aufgezogen wurden. Dieses Geräusch brachte die Menge augenblicklich zum Schweigen, und als ein schmaler Spalt zu sehen war, schob sie sich nach vorn und zwang die Türen auf. Sie schwärmte über die Soldaten hinweg, die ebenso nach dem Spektakel in der Kathedrale schielten. Unsicher hielt der Ritter sein Pferd zurück, doch ihm wäre nichts anderes übriggeblieben, als mit seinem Schwert auf die Menge einzuschlagen. Als es einen unverstellten Blick genoß, beruhigte sich das Stadtvolk augenblicklich. Die kleineren Männer weiter hinten drückten die Schultern vorn herunter und stellten sich auf die Zehenspitzen, um einen besseren Blick auf das Mädchen werfen zu können, das dort vor dem Altar kniete. Der Ritter seufzte und ließ seine Lanze sinken, da er merkte, daß der Pöbel keinen Ärger mehr machen würde. Er wendete sein Pferd, um die Zeremonie mit eigenen Augen zu betrachten.

Caspar hielt sich zurück, sah sich alles an. Von Feuerschweifs Sattel aus konnte er die Menge leicht überblicken. Die Kathedrale war voll, alle Plätze waren besetzt, und man spürte das Drängen der Menschen. Spannende Erwartung lag in der Luft. Aus jeder einzelnen Seele schien Energie zu quellen, die von der Umgebung, der Luft und den Steinen aufgefangen wurde. Caspar erinnerte sich daran, daß die Kathedrale keinerlei Geschichte ausgestrahlt hatte, doch nun, so dachte er, würde sie für immer und ewig die Erinnerung an diese aufgebrachte Menschenmenge bewahren.

»Sie ist so klein«, flüsterte jemand.

»Ich habe ihr Gesicht gesehen. Sie ist wunderschön.«

»Aye. Bezaubernd!«

»Das Weibsvolk sagt, sie sei ein Wechselbalg, keine Hexe«, verkündete einer der Jungen.

»Was ist das?«

»Es bedeutet, daß sie nicht menschlich ist, nicht mal ein natürliches Wesen, sondern ein Elfengeschöpf, etwas aus dem Land der Feen.«

Brid kniete in der Mitte des runden Altarraums, wo sie am Morgen gekniet und die Kraft der Göttin gespürt hatten, die aus dem Tempel unter ihnen heraufquoll. Es war ein magischer Anblick. Das Licht vom bunten Fenster über dem Altar fiel herein, salbte den Kopf der Jungfrau, wusch die ätherischen Farben des Regenbogens über sie. Sie hatte ihren Kopf geneigt und einen Arm ausgestreckt, mit dem sie Hals schützende Hand hielt. Vor ihr standen Priester im Halbkreis: der Bischof mit seiner Mitra und dem Krummstab, der Dekan und drei Küster. Aus der Entfernung konnte Caspar ihre Mienen nicht erkennen. Er blickte den Gang entlang zum Altar hin, schätzte den Weg auf etwa achtzig Schritte. Seine Gedanken verschwammen vor Unentschlossenheit, und die Vernunft überlagerte seine aufkommende Panik.

Der Bischof hob einen Kelch hoch über seinen Kopf, hielt ihn aus Achtung vor der Heiligkeit mit seinen Fingerspitzen. Caspar wußte noch, wie Brid ihn einst aufgeklärt hatte, daß es der schlimmste Verrat von allen sei, zuzulassen, daß Weihwasser sie berührte. Es war die endgültige Verleugnung ihrer Göttin, und er wußte, daß sie nicht in der Lage wäre, auch nur einen Tropfen dieser Flüssigkeit zu ertragen. Sein Herz schlug schneller, als seine Gedanken sich die Schrecken ausmalten. Die Macht im Weihwasser wird ihre Haut versengen und ihre Seele auflösen. Sie wird vor Schmerzen schreien, und der König wird daran erkennen, daß die Dämonen in ihr stecken. Dann läßt er sie auf dem Scheiterhaufen verbrennen.

Caspar wußte nicht, was er tun sollte. Er mußte die Zeremonie aufhalten. Heimlich tastete er nach seinem neuen Bogen, löste ihn vom Sattel. Er betete darum, daß sich der Ritter nicht umwandte und ihn ansah, während die Menge ruhig und unberührt blieb, alle Augen nach Osten gerichtet. Er ließ seine Hand über die grauen Gänsefedern seiner Pfeile streichen, tastete nach einem mit kurzen, abgewinkelten Federn, die ihm Geschwindigkeit verliehen. Er wußte noch immer nicht, was er tun würde. Er stellte sich vor, in genau dem Augenblick zu schießen, in dem der Bischof den Becher neigte, um dem Mädchen das Wasser über den Kopf zu gießen. Er stellte sich vor, wie der Pfeil schnurgeradeaus flog und das Herz des Bischofs zum Stehen brachte. Er stellte sich vor, wie Brid aufstand und sich zu ihm umdrehte, während er Feuerschweif durch die Menge trieb, die Kathedrale der Länge nach entlanggaloppierte und über die glatten Steinplatten rutschte. Er stellte sich vor, wie er sie in die Arme schloß und von dannen stürmte, doch bis dahin wären die Türen geschlossen. Aber Feuerschweif konnte sie mit seinen Hufen eintreten und … und … nein, es war hoffnungslos.

Er mußte etwas unternehmen. Der Pfeil lag auf der Sehne, und langsam hob er ihn an. Als er am Schaft entlangsah, konnte er nur ferne Gestalten erkennen. Alles andere, die Kathedrale, die Säulen, der Gang, alles verschwamm am Rande seines Blickfelds. Tief und langsam atmete er ein, versuchte, seinen Atem und Herzschlag zu beruhigen. Es war ein weiter Schuß. Er mußte absolut still halten. Brids Hinterkopf füllte sein Blickfeld aus. Wäre es besser so? Sie würde auf der Stelle sterben, für immer unschuldig, schuldlos und treu bis zum letzten. Das wäre sicher besser, als sie brennen zu lassen. Der Tod käme sofort. Feuerschweif verlagerte sein Gewicht auf den anderen Fuß und störte Caspars Konzentration. Nein, das konnte er nicht tun. Die Göttin mußte sie retten.

Der Gedanke an Brids Worte blieb in seinem Herzen. Sie hatte gepredigt, daß die Göttin niemals bedingungslos etwas gab. Jeder, der sich auf ihre Macht berufen wollte, mußte erst alles in seiner eigenen Macht Stehende tun, um dieses Ziel zu erreichen. Noch einmal sah er sich die Szenerie an. Der Bischof ließ den Kelch sinken, langsam, ein feierliches Ritual. Caspar setzte sein Ziel etwas höher an. Es mußte der Bischof sein. Es war nicht unmöglich, zu Brid zu gelangen. Feuerschweif war schnell. Der Sprint würde nur Sekunden dauern. Das Durcheinander über den Tod des Bischofs würde jeden Gegenangriff aufhalten. Hal war da. Das große Schwert schlang sich um seinen Rücken, die heidnischen Runen durch die Scheide vor den Augen des Königs verborgen. Hal konnte Brid beschützen, bis er da wäre. Er zog die Bogensehne auf Höhe seines Kinns.

Aber der Bischof ist ein guter Mann. Er will niemandem schaden, und er hat versucht, sie zu verteidigen. Caspars Gewissen bäumte sich in ihm auf. Lebenslange Gebete zum Gott des Neuen Glaubens ließen ihn abrupt innehalten. Ich darf keinen Mann Gottes töten, nicht so kaltblütig. Ich trage keinen Haß in meinem Herzen. Irgendwo in seiner Seele stieg der darin versteckte Glaube an die Große Mutter auf und lenkte sein Herz zu ihrer Liebe hin, doch er konnte die Lehren aus seiner Kindheit nicht verleugnen. Seine Ehrfurcht vor dem Einen Gott brannte nach wie vor in ihm, und einen Priester vor dem Altar zu töten war eine zu große Schuld, um sie auf sich nehmen zu können. Er würde für alle Zeiten in der Hölle schmoren. Er setzte sein Ziel noch höher an, zielte auf den goldenen Kelch, der rote Lichtstrahlen reflektierte, welche durch die bunten Scheiben über ihnen drangen. Es war ein sehr kleines Ziel für die Entfernung, aber er war ein erfahrener Schütze. Es war möglich. Sicher würde ihm die Göttin ihre Gunst durch das Glück erweisen, mit diesem Pfeil zu treffen.

Er holte tief Luft, seufzte sie gleichmäßig heraus, damit das Heben und Senken seiner Brust das Zielen nicht vereitelte. Wenn keine Luft mehr in ihm wäre, wollte er den Pfeil loslassen.

Dann geschah alles auf einmal. Feuerschweif warf seinen Kopf in die Luft, biß auf die Kandare, daß die Ketten klirrten. Das erregte die Aufmerksamkeit eines kleinen Jungen, der hinter der Gruppe stand und ungläubig quiekte: »Er will die Hexe erschießen.«

Der Aufschrei des Jungen erstickte im erwartungsvollen Stöhnen der Menge, als Wassertropfen aus dem Kelch und Brids Kopf entgegenspritzten. Der Schuß war verdorben. Er kam zu spät. Er ließ den Bogen sinken, während er besiegt mit offenem Mund und verkrampftem Herzen zusah. Er kam zu spät, er hatte versagt. Brid würde brennen.

Der Augenblick war derart angespannt, daß die Zeit stehenzubleiben schien. Caspar kam es vor, als dauerte es eine Ewigkeit, bis das Wasser aus dem heiligen Kelch rann. Er hätte es gar nicht sehen können, doch verwandelten sich die Tropfen in glitzernde Juwelen, als sie durch die leuchtenden Strahlen fielen, die vom Buntglasfenster her kamen. Das Wasser prasselte auf Brids Kopf, weichte ihr Haar auf, tropfte auf die Haut, rann über sie. Caspar hielt die Luft an. Jeder Mann, jede Frau, jedes Kind hielt den Atem an, wartete darauf, daß sie schrie, wartete auf den qualvollen Schrei, wenn sich das Heidenherz gegen die Berührung durch das Weihwasser aufbäumte, doch alles blieb still.

Brid erhob sich aus ihrer knienden Stellung vor dem Altar und verkündete mit lauter, feierlicher Stimme:

»O Creator mundi, te laudamus.
Creator caelorum, te laudamus.
O Creator omnium, te laudamus.
Pater et Princeps, Dominus et Deus es;
Tibi gratiam et laudem damus.«

Die große Kathedrale war vom Echo ihrer Stimme erfüllt, die zu bedeutungsvollem Schweigen verging, tiefem und vielsagendem Schweigen. Die Stille schrie dem impulsiven Jungen zu, daß die heidnische Priesterin gerettet war. Seine Brid war gerettet.

Es war vorbei. Er fühlte sich erleichtert und gleichzeitig ganz leer.

Nun beugte sie sich vor, um den Ring am Finger des Bischofs zu küssen. Die Kathedrale bebte vom Jubel der Gemeinde, wenn auch auf einigen der jüngeren Gesichter in Caspars Nähe Enttäuschung auszumachen war, denn sie hatten gehofft, einer spannenden Hinrichtung auf dem Scheiterhaufen beizuwohnen.

Zufrieden mit dem Ausgang der Zeremonie wandte sich der König nun zum Gehen. Langsam zog sich Brid aus der flehentlichen Pose vor dem Bischof zurück. Hal zog sie auf die Beine und hielt sie fest in seinen Armen, dann bot er ihr seinen Arm an, um sie triumphierend den Gang hinabzuführen. Selbst darin habe ich versagt, dachte Caspar. Ich habe deinen Mut unterschätzt und uns alle mit meinem törichten Versuch großer Taten in Gefahr gebracht, während ich an deiner Seite hätte stehen und dich stützen sollen. Hal ist da. Hal hat alles richtig gemacht. Ich habe versagt. Er lenkte Feuerschweif rückwärts, fühlte sich lächerlich hoch oben auf seinem Pferd. Er stieg eilig ab und schwor sich, Hal und Brid von seinen Absichten niemals etwas zu erzählen.

Er trat beiseite, während sich die Menge zerstreute, verneigte sich, als der König und sein Bischof von der Hofgarde hinauseskortiert wurden, und wartete auf seine Gefährten. Brid sah erschöpft aus, tropfnaß von der Taufe. Hal warf seinem Neffen einen argwöhnischen Blick zu, der fragte, wo er in einem solchen Augenblick gewesen war. Da sie nun keine Sensation mehr war, wurde Brid von der Menge nicht mehr beachtet, und man ließ die drei Torra Altaner allein zurück. Hal hob das erschöpfte Mädchen auf den Rücken des Pferdes.

Sie waren allein, von Grabsteinen umgeben, für den König und die Bewohner dieser Stadt nicht mehr von Interesse. Unter ihrem tropfenden Haar suchten Brids verzweifelte Augen Caspars Blick. »Ich habe meine Seele verloren.«

DAS RUNENALPHABET

A	ᚨ	P	ᛈ
B	ᛒ	Q	
C	ᚴ	R	ᚱ
D	ᛞ	S	ᛋ
E	ᛖ	T	ᛏ
F	ᚠ	U	ᚢ
G	ᚷ	V	ᚢ
H	ᚻ	W	ᚹ
I	ᛁ	X	ᛉ
J	ᛁ	Y	ᚣ
K	ᚴ	Z	ᛦ
L	ᛚ	Th	ᚦ
M	ᛗ	Ea	ᛠ
N	ᚾ	Ng	ᛝ
O	ᚩ	St	ᛥ